WOLFGANG KAES

DAS LEMMING-PROJEKT

THRILLER

Rowohlt Polaris

2. Auflage März 2022
Originalausgabe
Veröffentlicht im Rowohlt Taschenbuch Verlag,
Hamburg, September 2021
Copyright © 2021 by Rowohlt Verlag GmbH, Hamburg
Coverabbildung und -gestaltung
HAUPTMANN & KOMPANIE Werbeagentur, Zürich
Satz aus der Proforma bei CPI books GmbH, Leck
Druck und Bindung GGP Media GmbH, Pößneck, Germany
ISBN 978-3-499-00610-4

Die Rowohlt Verlage haben sich zu einer nachhaltigen Buchproduktion verpflichtet. Gemeinsam mit unseren Partnern und Lieferanten setzen wir uns für eine klimaneutrale Buchproduktion ein, die den Erwerb von Klimazertifikaten zur Kompensation des CO_2-Ausstoßes einschließt.
www.klimaneutralerverlag.de

«Jeder Mensch soll alles mit jedem teilen können.
Das ist unsere Mission.»
Mark Zuckerberg

«Der Glaube an eine größere Zukunft ist einer der mächtigsten Feinde gegenwärtiger Freiheit.»
Aldous Huxley

«Die Tragödie des modernen Menschen besteht nicht darin, dass er immer weniger über den Sinn seines Lebens weiß, sondern dass ihn das immer weniger stört.»
Václav Havel

1

Ignorieren.
Löschen.
Ignorieren.
Ignorieren.
Ignorieren.
Löschen.
Ignorieren.
Ignorieren.
Ignorieren.
Löschen.
Ignorieren.
Ignorieren.
Löschen.
Ignorieren.
Löschen.
Ignorieren.
Lösch... Ignorieren!
Ignorieren.
Ignorieren.
Löschen.
Ignorieren.
Ignorieren.
Ignori... Löschen!
Ignorieren.

Löschen.
Ignorieren.
Löschen.
Ignorieren.
Ignorieren.
Mann im Kittel, hinten offen wie bei Krankenhauspatient. Er ist barfuß, kniet, die Hände hinter dem Rücken verschränkt, gefesselt. Angst, weit aufgerissene Augen, große Angst. Schäferhund starrt den Mann an, lässt ihn nicht aus den Augen, keine Sekunde aus den Augen, fletscht die Zähne, dreißig Zentimeter zwischen den Reißzähnen und dem Hals des Mannes. Aber da ist ein Halsband, eine Leine, ein Mann in Uniform hinter dem Hund, Springerstiefel, ein Soldat steht hinter dem Schäferhund, hält die Leine fest, hat alles im Griff ...
Ignorieren!
Solange der Hund nicht zuschnappt: ignorieren!
Ignorieren.
Ignorieren.
Das ist Vorschrift! Solange nichts passiert ...
Ignorieren.
Ignorieren.
Zwei Sekunden!
Löschen
Ignorieren.
Zwei Sekunden Zeit!
Ignorieren.
Ignorieren.
Ignorieren.
Zwei Sekunden für jede Entscheidung!
Ignorieren.
Löschen.
Alejandro hält seinen Schnitt.
Ignorieren.
Ignorieren.

Es läuft gut heute. Es läuft fantastisch.
Ignorieren.
Löschen.
Mädchen Asiatin Zöpfe Schulranzen Schulmädchen sitzt auf Mauer lacht verlegen Zahnspange weiße Kniestrümpfe karierter Faltenrock kurzer Rock sehr kurzer Rock ...
Löschen!
Ignorieren.
Ignorieren.
Es wird wiederkommen. Alles kommt wieder.
Ignorieren.
Wieder und immer wieder.
Ignorieren.
Kind Baby nackt Junge sitzt auf Schoß ...
Ignorieren!
Die Vorschrift lautet: unbekleidete Kinder – sichtbare primäre Geschlechtsmerkmale – löschen! Aber in diesem Fall: ignorieren! Leonardo, Madonna mit der Nelke, spätes 15. Jahrhundert. Die Mutter Gottes mit dem Jesuskind. Kunst. Alejandro kennt sich aus mit europäischer Kunstgeschichte. Und das wissen die da oben. Deshalb haben die ihn eingestellt, jede Wette.
Ignorieren.
Ignorieren.
Das ist die Unternehmensphilosophie, die sie ihm eingebläut haben: So viel wie nötig löschen, so viel wie möglich ignorieren.
Ignorieren.
Kind – Baby – Junge streckt seinen kleinen nackten Hintern der erwachsenen Hand entgegen ...
Lösch... Ignorieren!
Leonardo, Madonna mit der Spindel, 1500/1501. Die Hand der Mutter. Die Mutter Gottes mit dem Jesuskind.

Ignorieren.
Ignorieren.
Auch das nächste Bild kennt Alejandro:
Der kleine nackte Junge schlingt seine speckigen Ärmchen um den schneeweißen Hals der Mutter, sie küssen sich, ihre Lippen auf seinen Lippen, nicht wie Frau und Baby, nicht wie Mutter und Kind, eher wie ... Mann und Frau ...
Quentin Massys, Madonna mit den Kirschen. Antwerpener Schule, frühes 16. Jahrhundert. Quentin Massys war mit Albrecht Dürer und Hans Holbein dem Jüngeren befreundet.
Na und? Macht ihn die Freundschaft zu Dürer und Holbein schon zum großen Künstler?
Billige Effekthascherei, nichts weiter. Keine Tiefe. Alejandro hält Massys für maßlos überschätzt.
Acht Sekunden!
Viel zu lange!
Löschen!
Sexualisierte Kunst. Pornografischer Missbrauch von Kindern. Basta!
Löschen!
Ignorieren.
Ignorieren.
Acht Sekunden! Das gibt Ärger!
Ignorieren.
Ignorieren.
Sie ziehen dir verschwendete Zeit vom Lohn ab. Motivierungshilfe nennen sie das.
Ignorieren.
Ignori... Löschen!
Ignorieren.
Jede Pinkelpause ziehen sie vom Arbeitszeitkonto und am Ende des Monats vom Lohn ab. Der Computer registriert das Verlassen der Kabine und misst die Zeit bis zur Wiederkehr.

Manche bringen eine leere Plastikflasche mit und pinkeln da rein, um keine Zeit und kein Geld zu verlieren. Aber so weit ist Alejandro noch nicht.
Ignorieren.
Ignorieren.
Madonna. Ohne Kind. Foto. Schwarzweiß. Madonna auf der Straße. Zigarette im Mundwinkel, die Handtasche baumelt am linken Arm, sie trägt High Heels. Sonst trägt sie nichts, blondierte Haare, aber schwarz behaarte Vulva, cooler Blick, ausgestreckter rechter Arm, der Daumen zeigt nach oben: Halt gefälligst an, lass mich in dein Auto steigen und nimm mich mit ...
Vier Sekunden!
Wieder zu lange!
Löschen!
Madonna, die Pop-Ikone.
Sexualisierte Kunst.
Konzentriere dich, Alejandro!
Ignorieren.
Ignorieren.
Die Lampe über dem Bildschirm blinkt auf. Schichtende. Der Bildschirm wird schwarz. Mitternacht.

Alejandro setzt die Kopfhörer ab und legt sie neben die Tastatur, reibt sich die Augen, streckt sich auf dem Bürostuhl aus, so gut es eben geht, streckt Arme und Beine von sich, soweit die enge Kabine dies zulässt, und gähnt ungeniert. Hinter ihm hüstelt jemand. Die Ablösung. Junger Typ. Kleiner als Alejandro. Aber das sind sie alle. Jünger als Alejandro. Auch das sind sie alle. Aber den hier hat Alejandro noch nie gesehen. Muss ganz neu sein. Der Neue wirkt ziemlich nervös. Hat keine Zeit zu verlieren. Kein Geld zu verlieren. Also greift Alejandro nach seinem Rucksack, stopft eilig die halbleere Wasserflasche und die Tupperdose und den Löffel hinein und beeilt sich, den Verschlag zu räumen.

«Hallo, wie geht's? Ich bin Alejandro.»

Der Kopf des Neuen reicht Alejandro kaum bis zum Brustkorb. Klein und schmächtig. Der Kleine nickt nur schüchtern, vermeidet den Augenkontakt, quetscht sich an ihm vorbei, setzt sich und loggt sich ein.

Alejandro lässt den Blick durch den Saal schweifen. In allen 120 Schuhschachteln ist jetzt Schichtwechsel. Alejandro setzt ein nichtssagendes Gesicht auf. Macht er immer so, ganz automatisch, wegen der Kameras hoch oben in allen vier Ecken. Die Kameras verändern sein Verhalten, manchmal ärgert ihn das. War ein harmloser Tag heute. Der Algorithmus hat es gut mit ihm gemeint. Alejandro, der Glückspilz. Keine Videos. Nur Fotos. Alejandro wirft einen letzten Blick in seine Kabine, schaut über die Schulter des Neuen hinweg auf den Bildschirm. Nur so aus Neugierde, was der Algorithmus dem schweigsamen Neuen zu bieten hat.

Video. Wüste. Drei Männer knien im Sand. Kapuzen über den Köpfen. Hinter ihnen stehen breitbeinig drei vermummte Gestalten. Sie halten Äxte in den Händen ...

Alejandro sieht weg. Videos müssen grundsätzlich bis zum Ende angeschaut werden, bevor eine Entscheidung getroffen werden darf. Schnelldurchlauf ja, aber immer bis zum Ende. Alejandro geht. Er muss sich heute nichts mehr bis zum Ende anschauen.

Am Ende des Saals hockt der Aufseher in seiner gläsernen Kabine. Alejandro nickt. Der Aufseher nickt zurück und hebt die Hand zum Gruß. Dann gähnt er ungeniert. Alles gut. Kein Ärger mehr heute, keine Vorladung in den ersten Stock. Alejandro schiebt die Ausweiskarte, die er vorschriftsgemäß an einem Band um den Hals trägt, in den Schlitz neben dem Drehkreuz. Jenseits der Schleuse springt in dem Schrank neben der Pförtnerloge automatisch die mit seiner Personalnummer etikettierte Schublade auf.

Alejandro nimmt sein Handy aus der Schublade. Handys dürfen nicht mit zum Arbeitsplatz genommen werden. Draußen steht Maria und raucht. Alejandro stellt sich neben sie und steckt sich ebenfalls eine Zigarette an. Sie sehen sich nicht an. Kontakte unter Mitarbeitern sind nicht erwünscht. Die Kameras sehen alles. Auch hier draußen. Sie rauchen schweigend und sehen zu, wie die Männer und Frauen nach draußen strömen, während durch die zweite Tür Menschen nach drinnen strömen. Alle jung. Alle ernst. Alle still.

Als sie aufgeraucht haben und alle anderen weg sind, sieht Alejandro Maria an, und Maria nickt. Also gehen sie zu ihren Autos auf dem Parkplatz, Maria zu ihrem verbeulten, vom Rost zerfressenen Nissan Micra, Alejandro zu seinem elf Jahre alten Seat Leon, den er vor vier Jahren günstig von seinem Schwager aus Barcelona übernommen hat. Maria fährt vom Parkplatz, die Schranke öffnet sich, der Nissan biegt nach rechts ab und verschwindet in der Nacht.

Alejandro wartet noch ein paar Minuten. Dann verlässt auch er das Gelände der ehemaligen Zuckerfabrik. Als er die Schranke passiert, winkt Alejandro dem uniformierten Security-Mann zu. Aber der reagiert nicht. Alejandro biegt ebenfalls nach rechts ab.

Unterwegs stellt sich Alejandro vor, es wäre helllichter Tag. Die Mittagssonne scheint grell vom Himmel, Madonna steht auf der Straße von Maro nach Nerja, mitten auf der alten N-340, Handtasche, High Heels, Zigarette im Mundwinkel, und wartet auf ihn, dass er sie gefälligst mitnimmt in die Stadt.

Maria ist introvertiert, klein und pummelig und lässt die Schultern hängen. Sie ist nicht sein Typ. Und er ist nicht ihr Typ. Aber darum geht es jetzt nicht.

Playa el playazo am westlichen Ende der Stadt. Der hässlichste Strand weit und breit. Im Dunkeln spielt das keine Rolle. Der einsamste Strand weit und breit. Hierhin verirrt sich kein Tourist. Und um diese Uhrzeit auch kein Einheimischer. Auf dem verlassenen Platz vor der Reparaturwerkstatt für Außenborder und Bootselektrik parkt er den Seat neben Marias Nissan und läuft über den staubigen Trampelpfad zwischen den Avocado-Plantagen hinunter zum Strand.

Sie ist schon nackt, aber anders als Madonna, sie hält die Arme um ihren Körper geschlungen und zittert. Nicht vor Kälte. Es ist überhaupt nicht kalt und fast windstill. Er reißt sich die Kleider vom Leib, lässt sie achtlos fallen, sie sieht ihm dabei zu. Er reicht ihr die Hand, sie greift danach, ihr Händedruck ist warm und fest, zusammen rennen sie über den feuchten Sand ins Meer. Es ist ihr immer gleiches mitternächtliches Ritual, wenn sie beide die Abendschicht haben. Seit zwei Monaten geht das schon so. Fast jede Nacht. Sobald das Salzwasser sie umspült, schlingt sie ihre Arme um seinen Hals und ihre Beine um seine Hüften, sie drückt ihre Wange an seine Wange und ihre großen, weichen Brüste gegen seine dürren Rippen, so tanzen sie in den Wellen, unschuldig wie Kinder, sie tanzen ihren mitternächtlichen Tanz, spülen sich all den Dreck von der Seele, sie reden nie, sie wollen nur ein bisschen vergessen.

Außer ihrem Namen weiß Alejandro nichts über Maria.

Nicht, wo sie herkommt, nicht, wo sie hinwill.

Nicht einmal, wo sie wohnt.

2

Von: Human Resources Management, Nerja/España
An: Human Resources Management, Dubai/VAE
Beurteilungsobjekt: CA Alejandro Vidal Romero
CA-Status: Ende 1. Halbjahr, Anforderungslevel A1

Bio/Charakteristik:
Mit 34 Jahren der mit Abstand älteste *Content Analyst* am Standort Nerja. Politisch unauffällig, überdurchschnittlich intelligent, überdurchschnittlich gebildet. Vorbeschäftigung: arbeitslos. Betätigt sich nebenher als Maler und Bildhauer, talentiert, aber erfolglos, versieht gelegentlich Restaurationsarbeiten in den Pfarrkirchen der Axarquía.
Katholisch, ledig, kinderlos, aktuell keine feste Beziehung bekannt. Vermutlich heterosexuell. Wohnt bei seiner Mutter in seinem Geburtsort Frigiliana, einem Dorf oberhalb von Nerja. Als Schüler war er Ministrant in der dortigen Pfarrkirche San Antonio de Padua.
Abschluss in Germanistik, spanischer Geschichte und europäischer Kunstgeschichte. Prädikatsexamen. Das Studium an der Universidad Complutense de Madrid wurde mit Hilfe eines Stipendiums des Erzbistums Granada finanziert.

Abweichungen von der Norm:
Plus: CA Alejandro Vidal Romero verfügt über ein außergewöhnlich gutes, geradezu fotografisches Gedächtnis. Minus: CA Alejandro Vidal Romero ist nach unserer Kenntnis privat in keinem sozialen Netzwerk registriert, geschweige denn aktiv. Beim Bewerbungsgespräch darauf angesprochen, teilte er lediglich mit, er leide nicht an Vereinsamung, und die Lektüre von Fachliteratur sowie der Tageszeitung *El País* genüge ihm als Informationsquelle. Diese eher ungewöhnliche Normabweichung muss zwar nicht zwangsläufig zum Schaden des Unternehmens sein, schränkt aber die Möglichkeiten der Kontrolle seiner persönlichen Kontakte und seines Privatlebens deutlich ein.

Detailbeurteilung:
Analyse-Kompetenz: *****
Schnelligkeit: ***
Daraus resultierende Effizienz: ****
Zuverlässigkeit/Pünktlichkeit: *****
Loyalität/Verschwiegenheit: noch keine Bewertung möglich
Leistungsbereitschaft: ****
Richtlinien-Kompetenz: *****
Finanzielle Abhängigkeit vom Unternehmen: *****

Empfehlung:
Weiterbeschäftigung, neuer Vertrag über sechs Monate. Erste Tests für neue Aufgaben im Anforderungslevel A2.

3

«Hallo, wie geht's? Ich bin Alejandro.»
Gabriel senkt den Blick und quetscht sich wortlos an dem Langen vorbei. Wie er es hasst, dass fast alle Männer größer sind als er. Und attraktiver. Gabriel setzt die Kopfhörer auf und loggt sich ein. Er spürt, dass der Lange immer noch hinter ihm steht und ihn beobachtet. Gabriel spürt solche Sachen. Gabriel hat gute Instinkte. Wie ein Tier.
Video. Wüste. Drei Männer knien im Sand. Kapuzen über den Köpfen. Hinter ihnen stehen breitbeinig drei vermummte Gestalten. Sie halten Äxte in den Händen ...
Gabriel weiß: Videos müssen bis zum Ende angeschaut werden, bevor eine Entscheidung getroffen werden darf.
Gabriel spürt, dass der Lange sich abwendet und geht. Na also. Wieder einer, der der Wahrheit nicht ins Auge sehen will. Schönen Feierabend.
Bei Videos von IS-Hinrichtungen benutzt Gabriel nie den erlaubten Schnelldurchlauf. Obwohl seine Entscheidung längst gefallen ist:
Ignorieren!
Sollen ruhig alle sehen, zu was diese Mullahs fähig sind. Vielleicht begreifen sie dann endlich!
Ignorieren!

4

Von: Human Resources Management, Nerja/España
An: Human Resources Management, Dubai/VAE
Beurteilungsobjekt: CA Gabriel Calvo Montero
CA-Status: Beginn 1. Halbjahr, Anforderungslevel A1

Bio/Charakteristik:
Mit 24 Jahren liegt er im Altersdurchschnitt; intelligent, aber eher durchschnittliche Allgemeinbildung. Vorbeschäftigung: arbeitslos. Studierte Elektrotechnik und Maschinenbau an der Universität Salamanca, brach aber nach sechs Semestern ohne Examen ab. Katholisch getauft, ledig, kinderlos, aktuell keine feste Beziehung bekannt. Sexuelle Präferenz: unbekannt. Klein, schmächtig, Stotterer. Wuchs in Madrid bei seiner alleinerziehenden Mutter auf, verbrachte aber viel Zeit bei seinen streng katholischen Großeltern in einem Dorf außerhalb Madrids.

Abweichungen von der Norm:
Plus: CA Gabriel Calvo Montero zeigt außergewöhnlichen Ehrgeiz. Er äußerte während des Bewerbungsgesprächs, er wolle unbedingt noch etwas erreichen in seinem Leben, etwas Bleibendes schaffen. Er scheint ferner keinerlei Probleme damit zu haben, sich Anordnungen, Anforderungen und Unternehmenszielen bedingungslos unterzuordnen.

Minus: CA Gabriel Calvo Montero wirkte während des gesamten Bewerbungsgesprächs auffällig schüchtern, geradezu verschlossen. Auf Fragen antwortete er ehrlich und aufrichtig, aber einsilbig. Dies hängt möglicherweise mit seinem Stottern zusammen.

Detailbeurteilung:
Analyse-Kompetenz: ***
Schnelligkeit: *****
Daraus resultierende Effizienz: ****
Zuverlässigkeit/Pünktlichkeit: *****
Loyalität/Verschwiegenheit: noch keine Bewertung möglich
Leistungsbereitschaft: *****
Richtlinien-Kompetenz: ***
Finanzielle Abhängigkeit vom Unternehmen: *****

Empfehlung:
Weiterbeschäftigung und erneute Bewertung vor Vertragsende.

5

Als Ana Romero Perez am Sonntag vom Kirchgang zurückkehrt, schläft Alejandro noch. Soll er. Ist ein guter Junge. Hat ihr noch nie Schande bereitet. Und nur selten Kummer. Hat wieder lange gearbeitet, bis in die Nacht.

Sie nimmt ein Glas aus dem Küchenschrank, hält es unter den Wasserhahn und lässt es volllaufen. Dann schluckt sie ihre Tabletten, eine für den Blutdruck, eine für die Gelenke, eine für die Verdauung, eine für die Stimmung, und leert das Glas in einem Zug. Immer wenn sie zur Kommunion in die Kirche geht, isst und trinkt sie zuvor nichts. Nicht mal einen Schluck Wasser, um ihre tägliche Morgenration an Tabletten einzunehmen. Erst wenn sie wieder zu Hause ist. So ziemt sich das, so war es immer schon, so soll es immer sein.

Ana setzt Kaffee auf.

Als sie die obere Tür des Hängeschranks über der Spüle öffnen will, wird sie plötzlich von hinten umklammert und hochgehoben, als sei sie leicht wie eine Feder.

«Alejandro! Bist du verrückt, dich immer so anzuschleichen? Du erschreckst mich noch zu Tode. Außerdem hebst du dir eines Tages einen Bruch.»

Alejandro lacht und setzt seine Mutter behutsam ab. Sie dreht sich trotz ihrer Leibesfülle in erstaunlicher Geschwindigkeit zu ihm um, täuscht eine Ohrfeige an, tätschelt aber stattdessen seine Wange.

«Du bist noch nicht rasiert.»
«Ich weiß. Bin ja gerade erst wach geworden.»
«Das ist doch keine Entschuldigung. Es ist Sonntag. Der Tag des Herrn. Trinkst du einen Kaffee mit mir?»
«Klar.»

Alejandro trägt das Tablett mit den Kaffeetassen, der Zuckerdose und dem Kännchen mit der heißen Milch vors Haus und scheucht die Katze von der Bank. Der Zucker ist selbstverständlich aus Zuckerrohr hergestellt. Das einstige Gold der Axarquía. Die Zuckerrohrpflanzen brachten die Mauren vor 1300 Jahren mit nach Andalusien. Seine Mutter würde jetzt sagen: Das einzig Gute, was wir den *moros* zu verdanken haben. Anderer Zucker kommt Ana Romero Perez nicht ins Haus.

Ana entfährt ein Ächzen, als sie sich neben ihrem Sohn niederlässt. Die alte Bank knarrt empört.

«Wird heiß heute.»

Alejandro nickt.

«Viel zu heiß für Anfang Juni.»

«Ja.»

«In den Nachrichten haben sie gesagt, es soll bis zu 39 Grad werden. Und noch heißer.»

«Aha.»

Alejandro nimmt einen Schluck aus seiner Tasse und blickt in den makellos blauen Himmel.

«Hast wieder lange arbeiten müssen, mein Junge.»

«Ja. Bis Mitternacht. Wie immer.»

«Aber du bist erst um zwei nach Hause gekommen!»

«Habe ich dich etwa geweckt? Entschuldige.»

«Nein. Du warst wie immer rücksichtsvoll. Guter Junge. Aber ich habe so einen leichten Schlaf. Die Schlaftabletten, die mir der Arzt verschrieben hat, nützen gar nichts. Außerdem kann ich erst richtig einschlafen, wenn du zu Hause bist. Wo warst du denn noch?»

«Bin ein bisschen rumgefahren.»

«Rumgefahren?»

«Ja. Und ich war kurz schwimmen.»

«Ich mag es überhaupt nicht, wenn du allein im Dunkeln schwimmen gehst. Hörst du? Eines Tages ...»

«Mach dir keine Sorgen, Mama. Ich bin ein guter Schwimmer. Ich kann nach der Arbeit nicht sofort schlafen gehen.»

«Warum nicht?»

«Weil ich zu aufgekratzt bin.»

«Hast du Sorgen?»

«Nein. Alles in Ordnung, Mama.»

«Warum hast du eigentlich immer Spätschicht?»

«Keine Ahnung. Ist nun mal so. Besser als Nachtschicht. Andere haben immer nur Nachtschicht.»

«Werden sie dich behalten?»

«In der Firma?»

«Ja, wo sonst?»

«Weiß noch nicht. Mein Vertrag läuft in drei Wochen aus. Erst zwei Wochen vor Vertragsende kriegt man die Nachricht. In einer Woche weiß ich Bescheid. Aber ich mache mir keine Sorgen. Wird schon klappen.»

«Das ist gut. Ich bin so froh, dass du endlich Arbeit gefunden hast. Und eine Arbeit, bei der du dir nicht die Gesundheit ruinierst wie dein Großvater. Ist schon merkwürdig, dass mein Sohn jetzt in derselben Zuckerfabrik arbeitet wie damals mein Vater. Vielleicht hat sich der Herrgott ja was dabei gedacht.»

«Bestimmt hat er sich was dabei gedacht. Aber das ist nicht mehr die alte Zuckerfabrik. Da steht jetzt ein Neubau.»

«Ja, weiß ich doch. Ich werde nie vergessen, wie die Zuckerfabrik geschlossen wurde. Dein Großvater hat das nie verwunden. Seit seinem zwölften Lebensjahr hatte er dort gearbeitet. Sich zum Vorarbeiter hochgearbeitet. Er war ein fleißiger Mann. Ein Vorbild für alle anderen. Jeden Tag ist er die sieben

Kilometer hinunter nach Nerja zu Fuß gegangen. Und abends wieder zu Fuß zurück. Den langen, steilen Weg den Berg hoch. Und dann war er mit einem Mal arbeitslos. Von einem Tag auf den anderen. Ausgerechnet dein fleißiger Großvater! Hat dann nie wieder Arbeit gefunden, der Ärmste. Dem Herrgott sei es gedankt, dass deine Großmutter das nicht mehr miterleben musste.»

Alejandro hört nicht mehr zu. Er kennt dieses Kapitel der Familiengeschichte der Romeros in- und auswendig. Seine Mutter erzählt es ihm mindestens einmal pro Woche. Dieses und ein paar andere Kapitel. Er könnte die Geschichte der Romeros im Schlaf herunterbeten. Wort für Wort.

Ignorieren.

Löschen geht nicht.

Ignorieren.

Alejandros Blick schweift über die Hügel und Gärten und weiß gekalkten steinernen Würfel und roten Ziegeldächer hinab ins Tal und verliert sich in der Ferne. Am Horizont ist ein schmaler blassblauer Streifen Mittelmeer zu erkennen.

Die Geschichte der Romeros geht in der Kurzfassung so: Wäre sein prächtiger Großvater nicht schon wenige Jahre nach Schließung der Fabrik vor Gram gestorben, dann hätte er sicher zu verhindern gewusst, dass die jüngste seiner drei Töchter, seine Lieblingstochter Ana, ausgerechnet während der *semana santa* auf diesen Hallodri hereinfiel, diesen Vidal, diesen arbeitsscheuen Lebemann und Spieler und Schürzenjäger aus Motril, der sie im Nu schwängerte. Rasch wurde geheiratet, um die Schande zu verbergen, Felipa kam also ehelich zur Welt, und als Ana wieder schwanger wurde, mit Alejandro, da machte sich der verantwortungslose Bursche über Nacht aus dem Staub, heuerte in Málaga auf einem Frachtschiff nach Venezuela an und verschwand auf Nimmerwiedersehen.

«Hörst du mir überhaupt zu?»

«Natürlich höre ich dir zu.»

«Also?»

«Also was?»

«Ich habe dich gefragt, was genau deine Arbeit in der Zuckerfabrik ist. Was du da genau machst.»

«Das ist nicht mehr die Zuckerfabrik.»

«Das weiß ich! Also?»

«Schwer zu erklären.»

«Ich bin zwar nicht so gebildet wie du, aber auch nicht so dumm, wie du denkst. Also könntest du es wenigstens versuchen.»

«Okay. Es geht ums Internet.»

«Aha. Und weiter?»

«Ich bin als *Content Analyst* eingestellt.»

«Aha. Ist das Englisch?»

«Ja. Abgekürzt: CA. Ist vielleicht leichter zu merken.»

«Also? Was machst du da ... als CA?»

«Schau mal, das ist so ähnlich wie früher bei deiner Arbeit als Zimmermädchen im Hotel unten in Nerja. Du hast den Dreck anderer Leute weggemacht. Oder so ähnlich wie hier in deinem Garten, wenn du das Unkraut aus der Erde reißt. Genau das mache ich auch. Ich räume auf, ich mache den Dreck weg, ich reiße das Unkraut aus und vernichte es. Allerdings im Internet.»

Sie schaut ihren Sohn durchdringend an.

«Dieser Dreck im Internet ... der sieht wahrscheinlich anders aus als mein Dreck damals im Hotel ...»

«Ja.»

Zum ersten Mal seit einem halben Jahr fragt sie ihn nach seiner Arbeit. Was er monatlich verdient, hat sie ihn damals gefragt, als er den Job bekam. Aber nicht, was er da mache.

«Und wie sieht der aus?»

«Der Dreck im Internet?»

«Ja. Du meine Güte, muss ich dir jedes Wort einzeln aus der Nase ziehen!»

«Das darf ich dir nicht sagen. Ich darf überhaupt nichts über meine Arbeit erzählen. Das musste ich unterschreiben. Sonst fliege ich raus. Und die können mich verklagen.»

«Aber deiner Mutter wirst du doch wohl ...»

«Nein. Nicht mal meiner Mutter.»

Sie zieht diesen Schmollmund, der ihm zeigen soll: Ich bin zutiefst beleidigt. Ich bin bitter enttäuscht von meinem Sohn.

Ignorieren.

Löschen geht nicht.

Ignorieren.

Alejandro ahnt schon, was als Nächstes kommt: *Hättest du doch etwas anderes studiert, Medizin oder ...*

«Hättest du besser mal was anderes studiert, Medizin oder Pharmazie oder Theologie ...»

«Mama, das hatten wir schon.»

«Ja. Und ich kann es gar nicht oft genug wiederholen. Immerhin hattest du ein Stipendium vom Erzbischof persönlich!»

«Vom Erzbistum Granada, ja. Ich bezweifle allerdings, dass der Erzbischof persönlich ...»

«Vom Erzbischof persönlich! Und jetzt lenk nicht ab!»

Alejandro fühlt sich unendlich müde und erschöpft, obwohl er gerade erst aus dem Bett gestiegen ist.

«Mama, ich will nicht schon wieder darüber reden!»

«Wie du meinst. Was verdienst du eigentlich?»

«900 Euro, das weißt du doch genau. Aber wenn man gut war, also gut in der Zeit lag, und wenn man außerdem die richtigen Entscheidungen getroffen hat, dann gibt's noch einen Bonus. Ist ein ziemlich kompliziertes Berechnungssystem ...»

Alejandro erwähnt nicht, dass er noch nie einen Bonus bekommen hat. Und dass sie ihm in den vergangenen sechs Monaten schon zweimal den Lohn gekürzt haben.

«Immerhin verdienst du mehr als ich damals. Aber viel weniger als ein Arzt oder ein Apotheker. Und wenn du schon nicht Priester geworden bist, womit du mich sehr glücklich gemacht hättest, könntest du mir wenigstens allmählich eine Schwiegertochter präsentieren und ein Enkelkind schenken.»

«Du hast doch ein Enkelkind. Von Felipa ...»

«Du weißt doch, wie selten sie zu Besuch kommen kann. Von Katalonien sind es 900 Kilometer. Eine halbe Weltreise.»

Der Flug von Barcelona nach Málaga dauert nicht länger als anderthalb Stunden. Und seine ältere Schwester und ihr Mann verdienen ordentlich. Aber Felipa hat einfach keine Lust, ihre ewig an ihr herumnörgelnde Mutter öfter als nötig zu sehen. Alejandro weiß, dass seine Mutter das weiß. Er vermutet, dass sich Felipa damals, gleich nach der Schule, die entfernteste Großstadt in ganz Spanien für ihr weiteres Leben ausgesucht hat.

Um weiteren Vorwürfen aus dem Weg zu gehen, wirft er einen Blick auf seine Armbanduhr.

«Ach du meine Güte. Ich hab ja Pater Daniel völlig vergessen.»

«Wieso? Was ist denn mit Pater Daniel?»

«Wir sind verabredet.»

«Heute? Am Sonntag?»

«Ja. Er hat mich gebeten, nach San Antonio zu schauen. Der Heiligenschein müsste angeschweißt werden.»

«Am heiligen Sonntag? Was für ein Heiligenschein?»

«Ich schaue mir das nur mal an. Geschweißt wird dann ein anderes Mal.»

«Aber unser San Antonio hat doch gar keinen Heiligenschein! Das wüsste ich! Er hat nur das Jesuskind auf dem Arm.»

«Früher aber doch. Der ist wohl vor deiner Zeit mal abgebrochen. Die Figur ist ja mindestens 200 Jahre alt. Pater Daniel hat den Heiligenschein neulich zufällig beim Aufräumen in der

Sakristei entdeckt. Ziemlich verrostet ist er. Ich muss ihn wohl erst mal abschleifen und dann neue Goldbronze auftragen.»

Alejandro erhebt sich von der Bank und sieht erneut demonstrativ auf die Uhr.

«Moment noch! Du kennst dich doch aus. Du hast das doch studiert. Kennst du irgendeinen San Antonio, der einen Heiligenschein trägt? Ich nicht. Eine schlichte Mönchskutte, einen Haarkranz, wegen der Tonsur, aber doch keinen Heiligenschein!»

«Ich auch nicht. Aber unser Antonio hier in Frigiliana ist eben was ganz Besonderes. Pater Daniel hat sogar das angeschraubte Stück Metall am Hinterkopf der Figur entdeckt, wo der Heiligenschein mal befestigt war und dann abgebrochen ist. Außerdem ...»

«Wie soll denn ein Heiligenschein einfach so abbrechen?»

«Überleg doch mal, wie oft im Jahr der Kerl durch die enge Kirchentür rein- und rausgetragen wird.»

«Sprich nicht so abfällig von einem Heiligen!»

Alejandro schaut seine Mutter an und sieht in ihren Augen, dass sie ihm kein Wort glaubt. Aber das verwundert ihn nicht weiter. Weil er davon überzeugt ist, dass beim Widerstreit von Glauben und Wissen der Glaube stets den Sieg davonträgt. Schon seit Menschengedenken. Bis heute und in alle Ewigkeit. Er wird Pater Daniel raten, den verrosteten Heiligenschein um des lieben Friedens willen vielleicht besser im hohen Bogen auf den Müll zu werfen.

«Jetzt muss ich aber wirklich los!»

Alejandro geht. Nicht mal gekämmt und rasiert hat er sich, bevor er Pater Daniel aufsucht. Was macht das denn für einen Eindruck? Ana Romero Perez sieht ihrem Sohn lange nach. Bis die Calle Real bei Federicos Bar eine scharfe Biegung macht und Alejandro aus ihrem Blickfeld verschwindet. Federico, dieser Nichtsnutz. Alejandros bester Freund aus Kindertagen. Seit der gemeinsamen Zeit in der Basketballmannschaft. Als die Bar noch von Federicos Vater betrieben wurde, war Alejandros Vater, dieser Hallodri, dort Dauergast. Aber Alejandro ist ein guter Junge.

Nicht so undankbar wie Felipa. Alejandro würde seine Mutter nie im Stich lassen.

Die Sonne brennt unbarmherzig vom Himmel. Ana erhebt sich ächzend von der Bank, geht zurück ins Haus und bis zum Ende des langen, schmalen Flurs, betritt ihr kühles, ewig abgedunkeltes Schlafzimmer, das seit 34 Jahren kein Mann mehr betreten hat, kniet vor dem gekreuzigten Christus nieder, betet zu ihm und fleht ihn an, er möge dafür Sorge tragen, dass ihr Sohn sie niemals nach der Wahrheit fragen wird.

6

Ignorieren.
Ignorieren.
Ignori... Löschen!
Ignorieren.
Ignorieren.
Löschen.
Lösch... Ignorieren!
Ignorieren.
Löschen.
Ignorieren.
Ignorieren.
Ignorieren.
Foto. Schwarzweiß. Kind. Mädchen. Abgemagert bis auf die Knochen. Nackt. Läuft auf die Kamera zu. Schreit. Vor Angst. Vor Schmerz. Sie hat noch keine Brüste. Aber die noch unbehaarte Vulva zeichnet sich deutlich ab.
Ignorieren!
Die Vorschrift lautet: unbekleidete Kinder – sichtbare primäre Geschlechtsmerkmale – löschen!
Aber in diesem Fall: Ignorieren!
Alejandro kennt das Foto. Vietnam, 8. Juni 1972. Napalm-Angriff. Die neunjährige Phan Thi Kim Phúc rennt aus ihrem Dorf, über die Landstraße, direkt auf den vietnamesischen Pressefotografen Nick Út zu. Der drückt auf den Auslöser seiner Ka-

mera. Eine hundertfünfundzwanzigstel Sekunde später rettet er das Leben des Mädchens, indem er sie behutsam auf den Arm nimmt und ins nächste Krankenhaus trägt. Die Haut auf ihrem Rücken, auf ihrem Nacken, auf ihrem linken Arm ist fast vollständig verbrannt.

14 Monate verbringt das Mädchen im Krankenhaus. Operationen, Hauttransplantationen. Erst zehn Jahre später wird sich Phan Thi Kim Phúc wieder vollständig bewegen können. Nach einer weiteren Operation, in einer Spezialklinik in Deutschland.

Ignorieren!

Journalismus. Keine Pornografie. Journalismus! World Press Photo 1972. Pulitzer-Preis 1973. Im Hintergrund sieht man amerikanische Soldaten, die ungerührt vom Leid des Kindes die Straße entlangschlendern. Das Foto hat für einen Aufschrei in der Weltöffentlichkeit und eine Ächtung der Napalm-Bomben gesorgt, hat zur Beendigung dieses grauenhaften Krieges beigetragen.

Ignorieren!

Löschen.

Ignorieren.

Ignorieren.

So ändern sich die Zeiten. Das bei WikiLeaks zu besichtigende Video aus einem Kampfhubschrauber der US-Army, der Angriff auf hilflose irakische Zivilisten und die deutlich vernehmbaren menschenverachtenden Kommentare der Piloten haben im Vergleich zu diesem Foto gar nichts bewirkt.

Ignorieren.

Ignorieren.

Schwarzweiß. Dasselbe Vietnam-Foto!

Ignorieren!

Schwarzweiß. Wieder dasselbe Foto!

Ignorieren!

Was ist los? Zufall? Oder wollen die ihn testen?
Ignorieren!
Löschen.
Ignorieren.
Kein Foto. Ein Video. Aufgenommen mit einer Unterwasserkamera. Das Objektiv ist nach oben gerichtet, in Richtung Oberfläche. Spiegelglatt. Eine Lichtquelle. Dann ein Schatten. Der Schatten kommt rasch näher. Der Schatten durchbricht die spiegelglatte Oberfläche und wühlt das Wasser auf. Der Kopf eines Mannes wird von zwei Händen unter Wasser gedrückt, die Augen sind unnatürlich weit aufgerissen, starren in die Kamera, starren Alejandro an, Angst, Todesangst, Luftblasen quellen aus den Mundwinkeln, aus der Nase ...
Löschen!
Die Vorschrift lautet: Videos müssen bis zum Ende ...
Löschen! Löschen! Löschen!
Ignorieren.
Löschen.
Ignorieren.
Löschen.
Ignorieren.
Ignorieren.
Ignorieren.

Die Lampe über dem Bildschirm blinkt auf. Schichtende. Der Bildschirm wird schwarz. Mitternacht. Alejandro packt seinen Rucksack und verlässt seinen Arbeitsplatz.

Vor der Kabine wartet schon der Neue. Alejandro vergisst, ihn zu grüßen. Er ist mit seinen Gedanken weit weg.

Draußen steckt er sich eine Zigarette an. Maria ist nicht da. Vielleicht hat sie eine andere Schicht übernommen. Vielleicht hat sie Urlaub. Vielleicht ist sie krank.

Alejandro fährt zum Strand. Er zieht sich aus, rennt los, springt kopfüber in die Brandung. Von klein auf schwimmt und taucht er auch im Salzwasser grundsätzlich mit geöffneten

Augen. Keine große Sache. Reine Gewohnheit. Auch wenn er jetzt, in der Dunkelheit, gar nichts sehen kann.

Als er unter der pechschwarzen Welle durchtaucht, sieht er mitten in das Gesicht des Ertrinkenden aus dem Video. In die vor Angst, vor Todesangst geweiteten Augen des Menschen, dessen Kopf unter Wasser gedrückt wird.

Panik.

Alejandro rudert wild mit den Armen, verliert in der Dunkelheit die Orientierung, schließlich sieht er die Straßenlaternen, weit weg, kleine weiße Punkte, er macht auf der Stelle kehrt, krault zurück, so schnell er kann, bis er den sandigen Boden unter seinen Füßen spürt. Er rennt aus dem Wasser. Außer Atem. Er schnappt nach Luft. Er zittert. So wie Maria immer zittert.

7

Heute hätte er den Langen gegrüßt. Jedenfalls hat er sich das auf dem Weg zur Arbeit vorgenommen. Aber der Lange sieht durch ihn hindurch, als er die Kabine verlässt. Als sei er Luft.
Dann eben nicht.
Gabriel lässt sich vor dem Bildschirm nieder, setzt die Kopfhörer auf und loggt sich ein.
Ignorieren.
Ignorieren.
Ignorieren.
Löschen!
Manche nennen so was Kunst. Lächerlich.
Löschen!
Entartete Kunst ist das.
Löschen!
Wird höchste Zeit, dass sich etwas ändert in diesem Land.

8

Federico weiß so ziemlich alles über die Bewohner des Dorfes, das er nie verlassen hat. Über die Einheimischen wie über die wenigen Zugezogenen, zumindest hier im Barrio Morisco.

Von ihm weiß Alejandro, dass die Deutsche ungefähr so alt ist wie seine Mutter. Alejandro kann das kaum glauben. Denn seine Mutter ist 61 und eine alte Frau. Seine Mutter war schon immer eine alte Frau. Solange sich Alejandro zurückerinnern kann. Ihre Unförmigkeit. Ihre teigige, blasse Haut. Ihr schwankender, schleppender Gang. Ihr lautes Ächzen und Stöhnen, sobald sie sich setzt oder vom Stuhl erhebt. Der ständig mürrische Blick. Die Freudlosigkeit in ihren Augen. Die langen, dunklen Röcke, die bis zu den aufgequollenen Fesseln reichen. Das schwarze Kopftuch, das sie trägt, wenn sie zur Kirche geht. Merkwürdig: In seiner Erinnerung war sie zwar noch nicht ganz so dick, aber schon eine alte, verbitterte Frau, als Alejandro noch ein kleiner Junge war. Und sie etwa so alt wie er heute.

Die Deutsche ist anders.

Sie bewegt sich anmutig. Sie trägt Jeans und T-Shirts oder weiße Hippie-Blusen. Sie trägt Turnschuhe aus Segeltuch oder Flip-Flops oder läuft barfuß herum. Ihre Augen blitzen vor Lebenslust. Sie lacht viel und gern und laut. Sie färbt ihr Haar nicht, sondern trägt ihr graues Haar lang und offen und selbstbewusst. In ihrem Haus läuft immer Musik. Manchmal klassische Musik, manchmal Jazz, oft wilder, lauter Rock aus der Zeit, als sie eine junge Frau war.

Unten in Nerja leben jede Menge deutsche und englische und niederländische und skandinavische Rentner. Wegen des einzigartigen Mikroklimas südlich der Sierra Nevada. Wegen des extrem kurzen und milden Winters, der nirgendwo in Europa kürzer und milder ist. Nicht wenige der Residenten wohnen in *gated communities* mit Hausmeister und Putzkolonne und Poolboy und eigenem Sicherheitsdienst.

Aber hier oben in Frigiliana leben nicht viele Ausländer. Vor allem nicht im Barrio Morisco. Weil an den schroffen Felshängen rund um das einstige maurische Dorf mit seinen steilen, schmalen Gassen kein Platz ist für Neubauten.

Lis Neuhäuser zog als erste Ausländerin ins Oberdorf. Und deshalb hat sie bis heute ihren Namen weg: die Deutsche. Auch weil ihr Nachname *Neuhäuser* für einen Spanier unmöglich auszusprechen ist. Manche nennen sie auch *la periodista alemana*. Die deutsche Journalistin. Dabei hat sie nie geschrieben. Sondern fotografiert. Überall in der Welt. Überall, wo es Krieg und Elend und Leid zu fotografieren gab.

Vor zwanzig oder noch mehr Jahren hat sie das Haus gleich nebenan gekauft. Größer und auch komfortabler als das Haus der Romeros. Der ehemalige Sommersitz einer Familie aus Granada, die irgendwann keine Verwendung mehr für das Haus hatte oder Geld benötigte, so genau weiß das niemand mehr. Und es interessiert auch niemanden mehr. Die Deutsche kam zunächst nur zwei- oder dreimal im Jahr für jeweils ein paar Wochen, aber inzwischen wohnt sie das ganze Jahr hier.

«Guten Morgen, Alejandro. Wie geht's dir?»

Sie spricht ihn auf Deutsch an, obwohl sie fließend Spanisch spricht. Weil sie weiß, dass Alejandro jede Gelegenheit dankbar annimmt, seine Deutschkenntnisse aus dem Studium nutzen zu können, um ein wenig in der Übung zu bleiben.

«Guten Morgen, Lis. Meine Mutter schickt mich. Sie hat frische Tomaten für dich. Aus ihrem Garten.»

«Oh, ihr verwöhnt mich! Richte ihr bitte meinen herzlichen Dank aus. Willst du dich nicht einen Moment setzen? Hast du Zeit für einen Kaffee?»

«Klar doch.»

Für Lis hat er immer Zeit.

«Einen *cortado*? Wie immer?»

«Wenn es keine Mühe macht.»

«Ich würde doch wirklich keine Mühen scheuen, damit mich ab und zu ein so junger, attraktiver Mann wie du besucht.»

Sie lacht laut über ihren Scherz und verschwindet im Haus. Alejandro weiß, dass sie anzügliche Scherze liebt.

Der Garten seiner Mutter sieht aus wie ein Miniaturkasernenhof mit einer zum Morgenappell angetretenen Kompanie Zinnsoldaten. Das Gemüse in Reih und Glied, keiner schert aus. Dieser Garten hier sieht aus, als stamme er aus einem Märchenbuch. Wild. Üppig. Bis auf das winzige Kräuterbeet und den Zitronenbaum völlig unnütz. Aber zauberhaft. Und mittendrin das mannshohe rostige Fabelwesen, das er für sie geschmiedet hat. Eigentlich ist die Skulptur viel zu groß für den kleinen Garten. Dass sie nun schon seit drei Jahren hier steht, erfüllt ihn mit Stolz.

«Du hast Talent, Alejandro.»

Er hat sie nicht kommen gehört. Sie bewegt sich so geschmeidig und lautlos wie eine Katze. Und sie scheint seine Gedanken lesen zu können. Aus ihrem Wohnzimmer dringt Vicente Amigos «Mezquita». Lis stellt die beiden Kaffeebecher auf das Tischchen. Sie schäumt die heiße Milch, so wie es die Italiener machen. Sie setzt sich, schaut ihm tief in die Augen und wartet geduldig. Also muss er wohl was dazu sagen.

«Ach. Ich hab einfach zu wenig Zeit.»

«Mit deinem Talent solltest du nach Madrid gehen.»

«Da war ich doch schon. In Madrid hab ich studiert. Aber Madrid ist nichts für mich. Zu laut. Zu hektisch. Zu kalt. Zu arrogant. Madrid macht krank.»
«Oder nach Deutschland.»
«Nach Deutschland?»
«Warum nicht? Du kannst Deutsch. Du könntest zum Beispiel nach Düsseldorf gehen. In meine Heimatstadt. Düsseldorf ist das Zentrum der Bildenden Kunst in Deutschland. Bei deinem Talent ...»
Alejandro entgegnet nichts. Er weiß, dass Lis feinfühlig genug ist, das Thema zu wechseln, wenn er nicht antwortet.
«Deine Mutter hat mir erzählt, du hast wieder Arbeit.»
«Ja. Schon seit fast einem halben Jahr. Die Zeit rennt.»
«Was arbeitest du?»
«Darf ich nicht drüber sprechen.»
«Du meine Güte. Bist du beim Geheimdienst gelandet?»
Er lacht. Sie lacht. Lis stellt zwar gerne Fragen, fast so viele wie seine Mutter, aber nicht so penetrant wie seine Mutter. Außerdem bewertet sie nichts und verurteilt nichts. Sie ist einfach nur neugierig auf die Menschen in ihrer Umgebung. Auf Alejandro wirkt ihr Staunen über die Welt fast kindlich. Trotz ihres Alters und ihrer jahrzehntelangen Arbeit als Kriegsreporterin. Ein Beruf, der wie geschaffen sei, empathische Menschen binnen kürzester Zeit in abgebrühte Zyniker zu verwandeln. Den Satz hat Alejandro in dem Buch gelesen, das sie ihm mal geschenkt hat. Ein Bildband mit ihren Fotos aus aller Welt. Der Verfasser des Vorworts rühmte Lis Neuhäuser dafür, dass aus ihr trotz all des Grauens, das sie gesehen und dokumentiert habe, überraschenderweise keine Zynikerin geworden sei.

Das Buch schenkte sie ihm, nachdem Alejandro sich beharrlich geweigert hatte, Geld für die Skulptur in ihrem Garten zu nehmen. Im Vorwort des Buches hat Alejandro auch gelesen, dass ihr Mann, der Reporter Roger Neuhäuser, bei Recherchen in Afghanistan erschossen wurde.

«Alejandro ...»

«Ja?»

«Es geht mich natürlich nichts an. Und wenn du der Meinung bist, dass ich zu weit gehe, dann musst du es mir bitte auf der Stelle sagen. Dann halte ich die Klappe.»

«*Sí, claro.*»

Er wechselt reflexartig ins Spanische.

Auch Lis spricht auf Spanisch weiter: «Alejandro, du bist ein sehr charmanter und liebenswürdiger junger Mann. Du bist sprachbegabt, du bist intelligent, belesen, und du besitzt großes künstlerisches Talent ...»

«Danke. Du machst mich verlegen. Aber was ...?»

«Dir steht die Welt offen. Es ist rührend, wie du dich um deine Mutter kümmerst ...»

«Sie ist schon alt. Sie ...»

«Ich finde, sie ist noch ganz schön rüstig, wenn ich sie bei der Gartenarbeit sehe. Außerdem ist sie vermutlich nicht viel älter als ich, oder?»

«Was willst du mir damit sagen?»

«Ich will damit sagen: Deine Mutter müsste keineswegs so alleine und einsam sein, wie sie zu sein vorgibt. Du solltest über deine rührende Sorge nicht vergessen, dir dein eigenes Leben aufzubauen.»

9

Ignorieren.
Ignorieren.
Löschen.
Zu viel löschen bedeutet: Ärger.
Ignorieren.
Ignorieren.
Zu wenig löschen bedeutet: Ärger.
Löschen.
Ignorieren.
Alejandro hat das im Griff. Er weiß, auf was es ankommt in diesem Job. Er weiß, was man von ihm erwartet.
Ignorieren.
Ignorieren.
Video. Geweihe an der Wand. Hirsch. Steinbock. Rehbock. Der ausgestopfte Kopf eines Wildschweins, eines ausgewachsenen Keilers mit mächtigen Hauern. Vermutlich eine Jagdhütte. Rechts im Bild prasselt ein Kaminfeuer. Links im Bild ein Sessel, darin sitzt kerzengerade ein älterer Herr, schlohweißes, volles Haar, energisches Kinn. Zu seinen Füßen liegt ein Jagdhund und schläft. Der Herr im gedeckten Dreiteiler lächelt freundlich in die Kamera und erzählt mit samtener Bariton-Stimme von der guten, alten Zeit, als alles noch seine Ordnung hatte ...
Nicht schon wieder dieser Spinner. Alejandro hört schon gar nicht mehr hin, sondern drückt die Taste für den Schnelldurch-

lauf und trommelt ungeduldig mit den Fingern auf die Tischplatte. Wie heißt der Typ noch gleich? Cristóbal. Genau. Cristóbal Rivera Espinosa. Pensionierter General der Legión Española, der früheren spanischen Fremdenlegion. Gründer eines Vereins, der sich Reconquista 2.0 nennt. Was für ein merkwürdiger Name. Für diesen Verein tritt er regelmäßig im Internet vor die Kamera. Einer von diesen selbstverliebten alten Männern, die nicht akzeptieren können, dass ihre Pensionierung sie zur Bedeutungslosigkeit verdammt hat. In der Sekunde, in der das Video endet, drückt Alejandro die Taste:

Ignorieren!

Weil: Meinungsfreiheit!

Ignorieren.

Ignorieren.

Löschen.

Kopfschmerzen.

Ignorieren!

Löschen.

Seit ein paar Tagen schon. Sie gehen einfach nicht weg.

Ignorieren!

Löschen.

Lösch... Ignorieren!

Löschen.

Das Aspirin aus der Apotheke hilft nicht mehr.

Ignorieren.

Er kann doch seine Mutter nicht im Stich lassen.

Ignorieren.

So einfach ist das nicht, Lis.

Ignorieren.

Vielleicht ist das ja in Deutschland einfacher.

Ignorieren.

In Deutschland, so liest man immer wieder, werden alte Menschen, die gestorben sind, manchmal erst Monate nach ihrem Tod in ihren verwahrlosten Wohnungen gefunden. Niemand hat sie vermisst. Niemand hat sich zu Lebzeiten für sie interessiert. Niemand hat sich im Alter um sie gekümmert.

Ignorieren.

Ignori... Löschen!

Vier Sekunden!

Du musst dich konzentrieren, Alejandro!

Ignorieren.

Ignorieren.

Eine Zeichnung. Eine Karikatur. Ein alter Mann. Steht hinter einer Ziege. Die Hosenträger hängen links und rechts herab. Das Gesicht des Mannes hat der Zeichner recht gut getroffen: Erdoğan.

Löschen!

Vorschrift: Verunglimpfende Karikaturen prominenter Personen der Zeitgeschichte sind zu löschen. Mohammed, der Prophet. Erdoğan, der Prophet. Trump, der Prophet. Putin, der Prophet. Täglich kommen neue Vorschriften. Fotos und Videos mit kurdischen Flaggen sind jetzt ebenfalls verboten.

Löschen.

Ignorieren.

Ignorieren.

Diese verfluchten Kopfschmerzen!

Löschen.

Ignorieren.

Ignorieren.

Foto. Eine Synagoge. Alejandro kennt sich aus mit sakraler Architektur. Außerdem hat er das Gebäude schon mal auf einem Foto gesehen, ganz sicher. Bei Lis! Der Bildband über Berlin steht in ihrem Wohnzimmer im Bücherregal. Alejandro erinnert sich: die prachtvolle Synagoge in der Oranienburger Straße, Berlin-Mitte. Das hier ist aber ein anderes Foto als in dem Bildband. Kein Architekturfoto. Ein Amateurfoto. Vor dem Eingang stehen Menschen, die fröhlich in die Kamera lachen. Eindeutig eine Hochzeitsgesellschaft. Die Männer tragen Anzug und Kippa, die Frauen schöne Kleider. In der Mitte steht das junge Brautpaar. Ein Erinnerungsfoto nach der Hochzeit. Die Menschen auf dem Foto sind bester Laune. Das frisch vermählte Paar guckt sich verliebt an. Unter dem Foto steht dick und fett in deutscher Sprache:

Leider sind noch nicht alle vergast.

Löschen!

Und Meldetaste drücken! In diesem Fall: Meldetaste drücken!

Löschen.

Löschen.

Was für ein Dreck.

Löschen.

Löschen.

«Meme» nennen sie das. Ein ikonisches Foto oder eine kurze Videosequenz, nachträglich versehen mit einer Botschaft. Kurz. Einprägsam. Und krank. Memes verbreiten sich im Internet wie ein Virus auf dem Weg zur Pandemie. Nur schneller.

Löschen!

Löschen!

Löschen!

All dieser Hass!

Löschen.

Löschen.

Woher kommt all dieser Hass?

Löschen.

Ignorieren.

Ignorieren.

Video. Wüste. Drei Männer knien im Sand, Hände hinter den Rücken. Keine Kapuzen über den Köpfen. Angst in den Gesichtern. Hinter ihnen stehen breitbeinig drei Gestalten. Das sind IS-Leute. Die Fahnen. Alejandro kennt die Fahnen. Sie halten keine Äxte in den Händen, sondern Messer. Einfache Jagdmesser. Sie setzen die Messer an die Kehlen der Knienden ...

Alejandro drückt das Video mittendrin weg. Nicht gelöscht, auch nicht ignoriert, sondern einfach zurück in den Pool. Man darf ein Video verweigern und weiterreichen – maximal dreimal pro Monat. Wer häufiger als dreimal pro Monat verweigert, arbeitet nicht effizient und kann gleich gehen. Für immer.
Löschen.
Löschen.
Messer sind schlimmer als Äxte. Weil es viel länger dauert. Weil sie mit den Messern nicht nur die Kehlen durchschneiden, bis das Blut aus den Hälsen spritzt, sondern so lange säbeln, bis die Köpfe vollständig abgetrennt sind. Das ist ihnen wichtig. Das soll man sehen in den Videos. Die Mörder empfinden ganz offensichtlich Vergnügen dabei.
Löschen!
Löschen!
Löschen!
Don't overthink! Den Satz haben sie Alejandro in dem fünftägigen Crash-Kurs eingebläut. *Don't overthink!*
Ignorieren.
Ignorieren.
Ignorieren.
Löschen.
Ignorieren.
Foto. Ein Zimmer. An der Wand im Hintergrund hängt ein Gemälde. Groß. Riesig. Öl auf Leinwand. Alejandro kennt das Gemälde. Es zeigt die heilige Agatha von Catania. Sie führte im dritten Jahrhundert auf Sizilien ein gottgefälliges Leben der inneren Abtötung. Ja, so nennen die das: ein gottgefälliges Leben der inneren Abtötung. Weil die schöne Agatha sich weigerte, von ihrem Gelübde abzulassen, und weil sie sich als gottgeweihte Jungfrau dem Heiratsantrag des römischen Statthalters auf Sizilien widersetzte, brachte man sie erst in ein Bordell und dann, nach der Entehrung, den Folterknechten. Seither

wird die Märtyrerin nicht nur auf Sizilien, sondern in der gesamten katholischen Welt des europäischen Mittelmeerraums verehrt ...

Acht Sekunden.

Die am oberen Bildschirmrand eingeblendete digitale Stoppuhr fordert unerbittlich eine Entscheidung.

Zehn Sekunden!

Aber Alejandro kann keine Entscheidung treffen.

Alejandro ist vom Anblick des Gemäldes wie gelähmt, sein Gehirn vollkommen blockiert.

Ein öffentlicher Platz. Agatha ist nackt. Ihre Haut ist so weiß wie Porzellan. So unschuldig weiß, dass man den Eindruck gewinnen könnte, ihr Körper sei in diesem Moment zum ersten Mal in ihrem Leben dem Tageslicht ausgesetzt. Mit ihren zarten, schmalen Händen bedeckt sie ihre Scham. Sie hat die Augen gen Himmel gerichtet. Sie ist fast schon im Himmel. Zwei Folterknechte stehen links und rechts von ihr und lachen. Der eine Folterknecht nimmt eine riesige Zange aus dem Feuer und quetscht ihr damit die rechte Brust ab. Das Blut. So viel Blut ...

16 Sekunden!

Nein, Alejandro kennt das Gemälde nicht etwa aus dem Studium der Kunstgeschichte. Er kennt es aus seiner Kindheit. Es ist ihm später nie wieder begegnet. Aber in seiner Kindheit ist es ihm begegnet. Manchmal konnte er nicht einschlafen, wenn er sich als Kind an das Ölbild erinnerte. Dann hat seine Mutter ihn in den Arm genommen, ihn an sich gedrückt und ihm von all den Märtyrern erzählt, die für Gott gestorben sind. So viele Märtyrer. Keinen Millimeter seien sie von ihrem Glauben und ihrer Liebe zu Gott abgewichen, selbst unter den grausamsten Martern und Schändungen nicht. Niemals hätten sie ihren Herrgott oder die Jungfrau Maria verleugnet. Niemals.

23 Sekunden!

Löschen!

Das Foto verschwindet augenblicklich.

Auf dem Monitor erscheint das nächste Bild.

Eine Mohammed-Karikatur. Der Prophet Mohammed als dumpfe, kleinwüchsige, billige, lächerliche Witzfigur.

Löschen!

Ignorieren.

Ignorieren.

Löschen.

Ignorieren.

Ignorieren.

Weil er so sehr auf das Ölgemälde mit der Folterung der heiligen Agatha an der Wand im Hintergrund fixiert war und weil die digitale Stoppuhr erbarmungslos tickte, ist unmittelbar vor dem Löschen der Vordergrund des Fotos nur bis in sein Unterbewusstsein vorgedrungen.

Löschen.

Ignorieren.

Ignorieren.

Jetzt erst schiebt sich die Erinnerung aus dem Unterbewusstsein in sein Bewusstsein. Der Vordergrund des gelöschten Fotos:

Fünf Jungen. Vor dem Gemälde mit der heiligen Agatha stehen fünf kleine Jungen. Noch so klein, dass ihre Köpfe nicht mal bis an die untere Kante des barocken Rahmens reichen. Sie tragen alle dieselbe Kleidung. Eine Art Uniform: kurze dunkelblaue Hosen, die knapp über den mageren Knien enden, dazu weiße Hemden mit kurzen Ärmeln. So weiß wie die Haut der heiligen Agatha. Und Fliege. Jeder von ihnen trägt eine rote Fliege. So rot wie das Blut der heiligen Agatha. Sie grinsen verlegen in die Kamera.

Nur einer nicht. Der zweite von rechts schaut ganz ernst. Traurig. Schwermütig. Der zweite Junge von rechts ist er: Alejandro.

10

In der Nacht treffen sie sich am Strand. Sie tanzen stumm im Takt der Wellen und versuchen vergeblich zu vergessen. Dann legen sie sich nackt und nass nebeneinander in den schmutzig grauen Sand, halten sich an den Händen und starren stumm in den sternenklaren Nachthimmel.

Alejandro bricht das Schweigen.

«Mir ist heute etwas Merkwürdiges passiert.»

Maria reagiert nicht.

«Maria?»

Sie schweigt.

«Maria, könntest du nicht heute ausnahmsweise mal mit mir reden? Nur ein bisschen. Bitte! Ich weiß nämlich nicht, mit wem sonst ich darüber sprechen könnte. Mir ist heute etwas sehr Merkwürdiges passiert. Ich habe ...»

«Mir passiert jeden Tag sehr Merkwürdiges!»

«Ich meine nicht diesen täglichen Dreck, Maria. Ich meine etwas anderes. Etwas, das mit mir zu tun hat. Bitte hör mir nur einen Augenblick zu! Heute hatte ich nämlich plötzlich ein altes Foto auf dem Schirm. Und auf diesem Foto ...»

«Ich kann nicht mehr!»

Sie schreit den Satz heraus.

«Was sagst du?»

«Ich weiß nicht mehr weiter! Ich schlafe nicht mehr. Ich esse nicht mehr. Ich kann mich über nichts mehr freuen. Seit ...»

«Maria! Du darfst das nicht so an dich ranlassen. Du musst ...»

«Nicht so an mich ranlassen? Wie soll das denn gehen? Ich sitze doch direkt davor! Jeden Tag! Soll ich etwa die Augen schließen? Jeden Abend kommt das Böse zu mir. Und neuerdings ...»

«Du musst einen Weg finden, um ...»

«Was für einen Weg denn? Lässt dich das etwa kalt, was du in deiner Schicht zu sehen kriegst? Verfolgen dich die Bilder nicht bis in den Schlaf? Nisten sie sich nicht in deine Träume ein? Gib mir bitte eine Antwort: Was macht das mit dir?»

Er denkt über eine Antwort nach. Während er noch nachdenkt, lässt sie seine Hand los, springt auf und zieht sich hastig an.

«Maria! Lass uns doch darüber ...»

«Ich kann nicht reden. Mit niemandem. Auch nicht mit dir. Es war schön hier am Strand. Mit dir. Es hat mir geholfen, für einen Moment zu vergessen. Solange wir nicht geredet haben. Schade. Ich wünsche dir alles Gute auf dem Weg, den du für dich gefunden hast. *Chao*, Alejandro.»

Sie geht. Alejandro bleibt.

11

Er weiß, wo er suchen muss. Eine alte Hutschachtel im untersten Fach des Küchenschranks. Er bemüht sich, leise zu sein, mitten in der Nacht, weil seine Mutter längst schläft. Er schiebt den Stapel gebügelter und gestärkter Tischdecken beiseite, zerrt den Karton hervor, stellt ihn auf den Tisch und öffnet ihn.

Das visuelle Gedächtnis der Familie. Jedenfalls das des Romero-Zweigs. Der Vidal-Zweig ist aus dem kollektiven Gedächtnis gelöscht. Alejandro weiß weder von Großeltern väterlicherseits noch von Tanten oder Onkeln, Cousins oder Cousinen, Nichten oder Neffen mit dem Namen Vidal.

Fotos. Ungeordnet, wild durcheinander. Fast alle schwarzweiß.

Seine Schwester Felipa als kleines Mädchen im weißen Kleid vor der Kirche in Frigiliana. Erstkommunion. Sie trägt ein Blumenkränzchen im Haar. Sie strahlt vor Glück.

Sein Großvater vor der Zuckerfabrik. Die Arme vor der Brust verschränkt. Ein kräftiger Mann in der Blüte seines Lebens. Der Großvater guckt auf dem Bild so ernst und so stolz, als würde ihm die Zuckerfabrik gehören.

Ein Mann auf der Plaza Balcón de Europa, die auf einer weit ins Meer ragenden Felsnase angelegte Flaniermeile im Zentrum von Nerja. Die Schultern durchgedrückt, das Kinn selbstbewusst vorgestreckt. Er lächelt entwaffnend charmant in die Kamera. Lässt sich offenbar gern fotografieren, der Herr.

Vidal. Sein Vater.

Vidal, der Hallodri, wie ihn seine Mutter immer nennt. Alejandro fällt zum ersten Mal auf, dass er den Vornamen seines Vaters gar nicht kennt. Nur den Familiennamen Vidal, der auch Alejandros und Felipas erster Familienname ist.

Ein bemerkenswert attraktiver Mann. Und er scheint sich seiner Attraktivität durchaus bewusst zu sein. Im Hintergrund sind zwei Touristinnen zu sehen, die sich ungeniert und interessiert nach ihm umdrehen und miteinander tuscheln. Vidal trägt ein bleistiftschmales, sorgsam gestutztes Oberlippenbärtchen, eine riesige Sonnenbrille, einen weißen Anzug und einen dazu passenden weißen breitkrempigen Hut. Er sieht aus wie ein wohlhabender Geschäftsmann auf der Durchreise.

Oder wie ein Hochstapler.

Das nächste Foto. Alejandros Mutter als junge Frau. Ihr Blick ist frech und fröhlich. So kennt er sie gar nicht. Alejandro hat sie nie fröhlich und unbekümmert erlebt. Sie trägt ein schickes weißes Kleid mit großen schwarzen Punkten und hat sich bei einer Freundin untergehakt. Sie stehen vor einer *churros*-Bude. Im Hintergrund ist unscharf ein Kettenkarussell in voller Fahrt zu erahnen. Vermutlich wurde das Foto auf dem Festplatz während der *feria* zu Ehren des heiligen Antonio gemacht. Wie alt mag sie da wohl gewesen sein?

Das Hochzeitsfoto. Alejandros Mutter schaut merkwürdig ernst, es ist nichts mehr übrig von der unbekümmerten Heiterkeit auf dem Foto mit der Freundin vor der *churros*-Bude. Da muss sie schon schwanger gewesen sein.

Felipa als Volontärin an ihrem Schreibtisch in der Zentralredaktion von *El País* in Madrid. Sie schaut so selbstbewusst in die Kamera, als wäre sie mindestens schon Chefredakteurin der Zeitung. Der Stolz, der sich in ihrem Gesicht spiegelt, ähnelt dem des Großvaters auf dem Foto vor der Zuckerfabrik. Ansonsten ist die Ähnlichkeit mit ihrer Mutter auf dem Foto vor der *churros*-Bude frappierend. Trotz der unterschiedlichen Frisuren.

Das nächste Foto. Alejandro mit seiner Basketballmannschaft. Acht Jungs im siebten Himmel. Mehr Spieler hatten sie nicht aufzubieten. Die blassgelben Trikots. Alejandro erinnert sich, dass sie die Rückennummern mit einem dicken schwarzen Filzstift auf die billigen Trikots gemalt haben. Gleich neben ihm steht Federico, den silbern glänzenden Pokal in der Hand. Das muss das Jahr gewesen sein, als sie den haushohen Favoriten Torrox im Endspiel um die Jugendmeisterschaft geschlagen haben.

Und schließlich das Foto, nach dem er gesucht hat.

Eines der wenigen Farbfotos in der Sammlung. Das Zimmer mit dem riesigen Ölgemälde, das die heilige Agatha und ihre Folterer zeigt. Und davor, unter dem Gemälde an der Wand, die fünf kleinen Jungs. Von denen der zweite von rechts aussieht wie Alejandro, als er ein kleiner Junge war.

Aber er ist es nicht.

Alejandro öffnet die Schublade des Küchentischs und nimmt die Lupe heraus, mit deren Hilfe seine Mutter immer die Zeitung liest, statt eine Brille zu benutzen.

Tatsächlich ist die Ähnlichkeit verblüffend. Aber er ist es definitiv nicht. Denn Alejandro weiß mit Bestimmtheit zu sagen, dass er noch nie in seinem Leben eine Fliege getragen hat. Keiner der Jungs hier im Dorf hat jemals eine Fliege getragen. Und er kennt keinen der anderen Jungs auf dem Bild. Sie sind ihm völlig fremd. Wenn sie aus Frigiliana wären, würde er sie wiedererkennen.

Alejandro legt das Foto zurück in den Karton.

Und nimmt es gleich wieder zur Hand.

Er ist es nicht.

Er war nie in diesem Zimmer mit dem Ölgemälde. Denn auch daran würde er sich mit Sicherheit erinnern.

Es gibt nur eine plausible Erklärung: Alejandro muss schon als Kind dieses Foto gesehen haben, das er jetzt in der Hand hält. Die Jungen im Vordergrund hat er im Lauf der Jahre vergessen. Vielleicht auch nie richtig wahrgenommen. Weil ihn das Ölgemälde mit der grausamen Folterung der heiligen Agatha so gefesselt hat. Es hat sich tief in sein Gedächtnis eingebrannt. Bis in seine kindlichen Träume verfolgt. Und deshalb hat er das Gemälde auch sofort wiedererkannt, als das Foto auf dem Monitor erschien.

Sexualisierte Gewalt.

Ignorieren!

Löschen geht nicht.

Ignorieren!

In der Darstellung sexualisierter Gewalt hat es die europäische Kunst im Lauf der Jahrhunderte vor allem mit dem Segen und im Auftrag der Kirche zu wahrer Meisterschaft gebracht.

Bleiben allerdings noch drei Fragen unbeantwortet:

Wer ist dieser Junge, der ihm so verblüffend ähnlich sieht?

Wer hat das Foto gemacht?

Und wie kommt es in diese Kiste?

«Was machst du hier? Warum gehst du nicht endlich schlafen? Weißt du eigentlich, wie spät es ist?»

Er hat seine Mutter nicht kommen gehört. Sie trägt ein weißes Nachthemd. Er hat sie noch nie im Nachthemd gesehen, er hat sie noch nie so unvollständig bekleidet gesehen. Nicht, solange er sich erinnern kann.

«Ich schaue mir die alten Fotos an.»

«Warum gehst du nicht endlich schlafen? Es ist schon so spät.»

«Wer ist das, Mama?»

Sie setzt sich. Mit einem Ächzen.

«Räum das wieder weg!»

Er legt das Foto, das er in den Händen hält, auf den Tisch. Er schiebt es ihr über den Tisch zu.

«Wer ist das?»

«Wer?»

«Der zweite Junge von rechts.»

«Räum das wieder ein und stell die Kiste zurück in den Schrank!»

«Wer ist der Junge auf dem Bild?»

Sie schweigt. Sie starrt das Foto an. Sie ist weit weg mit ihren Gedanken. Irgendwo in der Vergangenheit.

«Ich will eine Antwort, Mama. Jetzt.»

Keine Reaktion. Dann schluchzt sie mit einem Mal auf, ein schauerliches Aufheulen, das Alejandro augenblicklich verstummen lässt. Sie zittert am ganzen Leib.

«Mama? Was ist los mit dir?»

Sie streckt ihre Hände ruckartig aus, nicht nach ihm, sondern um nach dem Foto zu greifen, zieht aber ihre Hände sofort wieder zurück und versteckt sie in ihrem Schoß.

Sie kann das Foto nicht anfassen.

«Mama? Ich will doch nur wissen ...»

«Es ist dein Bruder.»

12

Sie findet keinen Schlaf. Sie findet seit Wochen keinen erholsamen Schlaf mehr. Weil sie sich vor ihren Träumen fürchtet. Sie weiß: Sobald sie einschläft, sickert das Grauen in ihre Träume. Das schwarz-weiße Grauen, das in jeder Schicht zu ihr zurückkehrt. Jeden Abend während der Spätschicht. Heute sogar mehrere Male, vielleicht ein halbes Dutzend Male. Das Grauen hat Besitz von ihr ergriffen. Gott im Himmel, warum legst du mir diese schwere Prüfung auf? Gott im Himmel, ich bitte dich, ich flehe dich an: Zeige mir einen Weg aus der Dunkelheit.
    Zurück ans Licht.
    Sonst bin ich verloren.
    Sie sitzt regungslos auf ihrem Stuhl. Seit zwei Stunden schon sitzt sie auf diesem Stuhl, dem einzigen Stuhl in dem 14 Quadratmeter kleinen möblierten Zimmer im fünften Stockwerk des siebenstöckigen Mietshauses, und starrt unentwegt gegen die weiße Wand. Es gibt ohnehin nicht viel zu sehen in diesem Zimmer. Außer dem Stuhl ein schmales Bett, ein verbeulter, an den Kanten verrosteter Spind und ein ständig brummender Kühlschrank. Eine Falttür neben dem Kühlschrank führt in einen winzigen, fensterlosen Verschlag, in den man ein Klo und ein Waschbecken montiert hat.
    Ihr neues Zuhause.
    Weit weg von ihrem alten Zuhause. Von ihrer Familie.
    Die Familie glaubt, es gehe ihr gut. Weil sie das glauben sol-

len. Weil sie das glauben wollen. Weil sie auch alles andere glauben wollen. Wie soll sie dieser Familie jemals wieder unbefangen gegenübertreten?

Seit das Grauen sie zum ersten Mal auf dem Bildschirm heimgesucht hat, hat sie sich schon zweimal krankgemeldet. Sie war nicht mehr in der Lage, die Wohnung zu verlassen. Wie gelähmt. Ein drittes Mal, und sie wird den Job verlieren. Das hat ihr Don Javier schon angekündigt. Mit einem Lächeln im Gesicht.

Sie wünscht sich einen Augenblick lang, Alejandro läge in ihrem Bett, wartete geduldig, dass sie endlich ihren Stuhl verlässt und zu ihm kommt, streckte die Hand nach ihr aus: *Komm zu mir, Maria, ich wärme deine Seele, ich vertreibe deine bösen Gedanken.* Aber Alejandro weiß ja noch nicht einmal, wo sie wohnt.

Ihre Gedanken drehen sich unentwegt im Kreis. Kein Anfang, kein Ende. Keine Hoffnung.

Sie betrachtet das Bild, dass sie in den Händen hält. Ein altes Schwarz-Weiß-Foto, das sie seit so vielen Jahren hütet wie einen Schatz. Wie eine kostbare Reliquie. Das Foto zeigt einen ernst dreinblickenden Mann mit gütigen Augen und einem mächtigen Schnäuzer unter der Hakennase. Das zerfurchte, früh gealterte Gesicht eines Arbeiters. Strohhut, zerschlissener Anzug, klobiges Schuhwerk. Das Gewehr geschultert.

Das Gewehr.

Es ist kaum sichtbar. Er hat es mit einem Lederriemen quer über den Rücken gehängt. Der Gewehrlauf mit dem daran befestigten Bajonett ragt über die rechte Schulter hinaus.

Sie hat die Waffe früher nie wahrgenommen. Jetzt starrt sie nur noch auf das Gewehr und das am Lauf befestigte Bajonett, sobald sie das Foto betrachtet.

Sie hat dieses Foto geliebt.

Jetzt zerreißt sie es in tausend Fetzen.

Schleudert sie zu Boden.

Aber das Grauen bleibt.

13

Zum Kotzen. Die Bälger im sechsten Stock reißen ihn mit ihrem Geplärre und ihrem hysterischen Geschrei aus dem Schlaf. Gabriel verschränkt die Hände hinter dem Kopf und starrt voller Wut hinauf zur Decke. Warum stopft diese verdammte Schlampe ihren Bälgern nicht endlich das Maul?
Elf Uhr.
Zwei Stunden Schlaf. Viel zu wenig nach acht Stunden Nachtschicht. Schlaf ist wichtig. Er hat mal gelesen, dass man Menschen allein schon durch Schlafentzug in den Wahnsinn treiben kann. Die perfekte Folter. Gabriel liest alles, was man zum Thema Folter im Netz finden kann.
Er dreht sich zur Seite, mit dem Gesicht zur Wand.
Letzter Versuch.
Er ist fast schon wieder eingeschlafen, als in dem Apartment nebenan die Klospülung rauscht. Vielen Dank auch. Hört sich an, als säße die kleine, fette Schlampe mit ihrem Arsch nicht auf ihrer, sondern auf seiner Kloschüssel. Aber bei geöffneter Tür. So dünn sind die Scheißwände hier.
Die aus dem sechsten Stock, die mit den brüllenden Bälgern, hat er noch nie gesehen. Glück für sie. Und Glück für die Bälger. Aber die kleine Fette von nebenan, der ist er neulich im Treppenhaus begegnet, letzten Sonntag, und hat sie gleich wiedererkannt. Die arbeitet nämlich auch bei CleanContent. Andere Schicht. Spätschicht, nicht Nachtschicht. Aber die sieht er fast

immer auf dem Parkplatz rumstehen, wenn seine Schicht beginnt. Und ihre Schicht vorbei ist. Steht da mit dem Langen rum und raucht. Sie warten immer, bis alle weg sind. Ohne zu reden. Dann fahren sie getrennt vom Hof. Die haben was miteinander, so wie die gucken. Jede Wette. Soll wohl keiner merken. Aber Gabriel merkt so was sofort. Er hat Instinkte. Wie ein Tier. Am Anfang ist er immer zu früh gekommen und musste vor der Kabine warten, bis der Lange seine Sachen gepackt hat. Bis er kapiert hat, dass zwischen den Schichten fünf Minuten Pause sind. Man kann dann zwar schon arbeiten, kriegt es aber nicht bezahlt.

Als sie sich im Treppenhaus begegnet sind, hat sie ihn freundlich gegrüßt. Er hat sie keines Blickes gewürdigt. So weit kommt's noch.

Mit einem Satz ist er aus dem Bett. Nach dem Pinkeln hält er den Kopf ungefähr eine Minute lang unter das kalte Wasser aus dem Hahn am Waschbecken. Dann zieht er sein tägliches Programm durch. Sit-ups und Liegestütze. Er muss sich unbedingt noch eine Stange besorgen, um im Türrahmen Klimmzüge üben zu können. Zwei Kurzhanteln mit variabel aufschraubbaren Scheiben wären auch nicht schlecht. Sind aber teuer. Muss noch warten.

Er nimmt die H-Milch und die Dose mit dem Pulver und mixt sich einen Protein-Shake. Sein tägliches Frühstück. Auch das Training zieht er konsequent durch. Seit er den neuen Job angefangen hat. An seiner mangelnden Körpergröße kann er nichts ändern. Aber an seiner Kraft kann er arbeiten.

Gabriel leert das Glas mit dem Protein-Shake in einem Zug. Dann setzt er sich an den Tisch und fährt sein Laptop hoch.

Die Incel-Community kann ihn mal. Kein Bock mehr. Alles nur Loser und Poser.

Nein, er hat was Besseres gefunden:

Reconquista 2.0

Klickt sich zum geschlossenen Mitgliederbereich.
Er tippt sein Passwort ein.
Sehen, was es Neues gibt.

14

Es werden immer mehr.

Alejandro sitzt unter der Markise auf einem der Klappstühle vor Federicos Bar, trinkt seinen *cortado* und liest *El País*. So wie jeden Tag. Nein, nicht wie jeden Tag. Denn heute liest er gar nicht richtig. Weil er es heute nicht erträgt. Er scannt nur die Schlagzeilen auf den Seiten und blättert angewidert weiter.

Es werden immer mehr.

Trump.

Salvini.

Johnson.

Höcke.

Bolsonaro.

Strache.

Orbán.

Narzissten. Sie haben keine Idee von einer besseren Welt. Sie haben nur eine Idee von sich selbst.

Einen Artikel liest er dann doch noch ganz. Eine Reportage seiner Schwester zur Lage in Katalonien.

Von unserer Korrespondentin Felipa Vidal Romero

Alejandro liest grundsätzlich alles, was seine Schwester schreibt. Weil sie so klug ist. Weil sie so aufmerksam beobachtet und so wohltuend leise formuliert. Weil sie immer fair mit den Menschen umgeht, über die sie schreibt. Und weil er sehr, sehr stolz ist auf seine große Schwester.

«Hey! Was guckst du denn so griesgrämig? Trübsal blasen kannst du wieder, wenn die *feria* vorbei ist.»

Federico setzt sich zu ihm und strahlt übers ganze Gesicht. Federico ist eine Frohnatur. Immer bester Laune. Das ist sein Lebensprinzip. Seine ganz persönliche Überlebensstrategie.

Als Alejandro vor einem Jahr zurück nach Frigiliana gezogen ist, hat sich wohl niemand im Dorf so sehr darüber gefreut wie Federico. Es war gleich vom ersten Tag an so, als wäre Alejandro nie weg gewesen. Als hätte sich nichts geändert seit Kindertagen. Alejandro käme niemals auf die Idee, sich mit Federico über Politik oder Geschichte oder Philosophie zu unterhalten. Er unternimmt erst gar nicht den Versuch. Die gemeinsame Schnittmenge der Interessen ist begrenzt: die Gründe für die jüngste Niederlage ihres gemeinsamen Lieblingsvereins Unicaja Málaga in der spanischen Basketballliga ACB zum Beispiel, da sind sie meist einer Meinung, oder die aktuellen Entwicklungen im Flamenco Nuevo, da sind sie meist unterschiedlicher Meinung.

Aber das ist alles nicht entscheidend. Entscheidend ist lediglich: Federico ist sein Freund. Sein bester Freund, schon immer. Aufrichtig. Ehrlich. Zuverlässig.

«Musst du zur Arbeit heute Abend?»

Alejandro schüttelt den Kopf.

«Hab frei heute.»

«Das trifft sich gut. Ich schmeiße nämlich nach der Prozession, wenn alle ins Festzelt rennen, um sich diese vulgäre Queen-Coverband anzuhören, noch eine kleine private Spontanparty.»

«Okay. Was gibt es denn zu feiern?» Federico veranstaltet mindestens zweimal pro Monat eine sogenannte kleine Spontanparty in seiner Bar, ohne dass es dafür eines besonderen Anlasses bedürfte.

«Es ist *feria*!»

«Klar. Verstehe.»

«Außerdem will ich dir Mercedes vorstellen.»

«Wer ist das? Die neue Sportlehrerin aus Cádiz?»

«Das ist doch längst vorbei. Die trauert immer noch ihrem treulosen Ex hinterher. Keine Chance. Wird bestimmt nicht mehr lange dauern, dann zieht sie zurück nach Cádiz. Jede Wette.»

«Okay. Und wer ist Mercedes?»

«Die Goldschmiedin! Aus dem Oberdorf.»

«War sie mit uns auf der Schule?»

«Nein. Ja. Also ...» Federico druckst herum, kratzt sich verlegen am Kopf. «Sie ist ein bisschen älter als wir.»

«Mercedes. Sagt mir jetzt auf Anhieb nichts. Zum Glück. Denn wenn ich sie kennen würde, müsstest du sie mir ja nicht mehr vorstellen, und die Spontanparty müsste ausfallen.»

Federico lacht schallend. Alejandro findet seinen Scherz nicht gerade brillant. Aber Federico lacht nun mal gern und zu jeder sich bietenden Gelegenheit.

Zwei Touristinnen nähern sich der Bar. Sie sind etwa in seinem Alter. Outdoor-Sandalen, Survival-Rucksäcke, merkwürdige Kopfbedeckungen, Fleece-Jacken um die Hüften geknotet, Trinkflaschen aus Aluminium mit Karabinerhaken an den Rucksäcken befestigt. Bestens ausgerüstet also, um in der Zivilisationswüste namens Andalusien zu überleben.

Al-Andalus. Das Land der Vandalen.

Die Frauen studieren mit ernster Miene den Aushang mit den *tapas del día*, bevor sie die Entscheidung treffen, ihre Pause an diesem Ort einzulegen.

Tapas des Tages. Hört sich gut an. Alejandro kann sich allerdings nicht erinnern, wann sich der Aushang mit den von Federico empfohlenen Tapas des Tages jemals geändert hätte. Als Nächstes müssen sie nur noch entscheiden, ob sie den freien der beiden Tische unter der Markise nehmen oder es wagen, ins schummrige Innere der Bar vorzustoßen.

Sie wagen es. Auch diese Entscheidung fällt nonverbal, weshalb Alejandro nicht einzuschätzen vermag, aus welchem Land sie kommen.

Federico springt auf, um ihnen in seine Höhle zu folgen.

«Kundschaft. Bis später dann.»

15

Gut eine Stunde vor dem großen Ereignis haben die *abuelas* ihre Logenplätze auf den Parkbänken rund um den Kirchplatz eingenommen, um nur ja nichts zu verpassen. Sie haben sich dem Anlass entsprechend herausgeputzt und tragen ihre besten, auf Hochglanz gewienerten Lederschuhe, mit moderatem Blockabsatz natürlich, auch wenn die Hüfte noch so sehr schmerzt. Niemals kämen sie auf die Idee, solche unförmigen Gesundheitsschuhe oder offenen Sandalen zu tragen wie die deutschen oder englischen Touristinnen.

Nein, sie wissen, was sich an diesem Tag ziemt. Sie haben ihr bestes Sonntagskleid aufgebügelt, die Haare frisch gefärbt und onduliert, und manche haben sogar ganz verwegen ein bisschen Lippenstift aufgetragen. Und wenn dann die jungen Burschen in ihren engen, wildledernen, vorne geknöpften Caballero-Hosen, ihren Reitstiefeln und ihren blütenweißen Hemden auf ihrem Weg zum Festplatz kurz haltmachen, um mit den *abuelas* zu scherzen und sie der Reihe nach ausgiebig zu herzen, dann ist das Glück dieses Tages perfekt.

Abgesehen von der *semana santa*, der Karwoche, ist die *feria de San Antonio*, das fünftägige Patronatsfest zu Ehren des Dorfheiligen, nicht nur für die alten Frauen des Dorfes, sondern für sämtliche Bewohner von Frigiliana das wichtigste gesellschaftliche Ereignis des Jahres. Aber für die *abuelas* ist wiederum das Wichtigste an diesen fünf Tagen und Nächten der *feria* nicht etwa der für heute Abend angekündigte Auftritt der Queen-Coverband im Festzelt oder das für morgen Abend anberaumte Konzert der Musiker und Tänzer der Gitano-Familie Carmona aus Granada, auch nicht die Stierhatz durch die schmalen Gassen oder die fröhlichen Tanzabende bis in die Morgenstunden, auch nicht das spektakuläre mitternächtliche Schlussfeuerwerk am Fuße der Sierra de Almijara, sondern das, was sich gleich auf diesem Platz vor der Kirche zutragen wird.

Die Heimkehr des Heiligen.

Die Stunde Wartezeit vergeht für die alten Damen wie im Fluge, man kriegt gut was weggequatscht und die neuesten Gerüchte ausgetauscht. Wer mit wem und wer mit wem nicht mehr. Auch die aktuellen Krankheitsstände und jüngsten medizinischen Diagnosen sind hinreichend diskutiert, als endlich das dumpf-diffuse Brodeln aus dem Schalltrichter der schmalen Calle Real bis auf den Kirchplatz dringt. Erst kündigt es sich hauchzart an, wie ein Flüstern, dann schwillt es stetig an und platzt schließlich mit Macht aus der engen Gasse auf den Platz.

Zuerst erscheinen zwei stämmige, in zwei Nummern zu enge Uniformen gequetschte Gemeindebeamte der Policía Local auf ihren frisch geputzten, kobaltblau schimmernden Motorrollern. Ihnen folgt die örtliche Blaskapelle. Posaunen, Klarinetten, Saxofone, Tuba, Trommeln, Becken, schrill und dramatisch. Den Musikern folgen die Dorfschönheiten in ihren prächtigen Kleidern, die in der Regel ihre Mütter genäht haben. Eng tailliert, auf die Haut geschneidert, um das Gesäß zu betonen, Volants, um Fesseln und Handgelenke zu betonen, das mit prächtigen *peinetas* hochgesteckte Haar und die armreifgroßen Creolen an den Ohren, um Hals und Nacken zu betonen. Die *feria* ist nach wie vor auch ein Heiratsmarkt.

Nach den jungen Frauen kommen, die breitkrempigen Hüte tief in die Stirn gezogen, sechs Caballeros auf ihren Andalusiern. Wunderschöne Tiere, Weiß bis Blassgrau. Sie tänzeln nervös und schnauben verächtlich und wissen ganz genau, wie schön sie sind. *Pura Raza Española.* Die reine spanische Rasse. So werden die Andalusier von Pferdezüchtern genannt.

Von wegen. Alejandro, der ein Stück abseits vom Trubel an einer Hauswand lehnt und dank seiner Körpergröße keine Mühe hat, das Spektakel aus der Distanz zu beobachten, schüttelt den Kopf. Er hat zur «reinen spanischen Rasse» eine eigene Meinung: Vermutlich entstammen die Tiere allesamt wilden Kreuzungen der eleganten, schlanken Araberpferde mit den robusten, genügsamen Berberpferden, die während der *reconquista* von den Mauren bei ihrer Flucht über die Meerenge von Gibraltar auf dem spanischen Festland zurückgelassen wurden.

Aus der offenen Tür der Kirche springt ein kleines Mädchen. Sie trägt eine Blume im Haar und schreit aus Leibeskräften:

«*¡Viva Antonio!*»

Als hätte sie nur auf dieses erlösende Signal gewartet, stimmt die Menge auf dem Kirchplatz augenblicklich ein:

«*¡Viva Antonio!*»
«*¡Viva Antonio!*»
«*¡Viva Antonio!*»

Zwei Ochsen mit mächtigen Hörnern ziehen den schlichten zweirädrigen Karren mit dem Dorfheiligen bis vor die Freitreppe, die vom Platz hinauf zum Portal der Kirche führt. Die Stiernacken der beiden Ochsen sind mit einem Joch verbunden. Speichel trieft ihnen aus dem Maul nach der anstrengenden Tour vom Festplatz hinauf ins Oberdorf über das uralte maurische Kieselsteinpflaster. Glatt wie ein Spiegel, wenn man auf Hufen unterwegs ist. Der an den Hörnern befestigte blutrote Vorhang aus geknüpften Wollfäden raubt den gestressten Tieren die Sicht.

«*¡Viva Antonio!*»
«*¡Viva Antonio!*»
«*¡Viva Antonio!*»

Der Ochsenführer, dessen inzwischen nicht mehr ganz blütenweißes Rüschenhemd bis zum Bauchnabel aufgeknöpft ist, damit jedermann seine muskulöse, dicht behaarte Brust bewundern kann, stoppt die beiden Ochsen, indem er sich mit aller Kraft gegen ihre Schädel stemmt. Die sechs Caballeros springen elegant von ihren Pferden, eilen herbei, heben auf ein stilles Kommando den *trono* vom Karren, das hölzerne Tragegestell mit dem Podest, und schultern die sich unter der Last biegenden Stangen. Der Heilige hoch oben auf seinem Podest steht bis zu den Knien in einem Meer von Blumen.

Im Gleichschritt stapfen die Männer in den Reitstiefeln nun Stufe für Stufe die Freitreppe empor, der Heilige zittert bei jedem Schritt und schwankt bedenklich.

«*¡Viva Antonio!*»
«*¡Viva Antonio!*»
«*¡Viva Antonio!*»

Das allgemeine Entzücken mündet in einen kollektiven, frenetischen Jubel, die *abuelas* bekreuzigen sich unentwegt.

«*¡Viva Antonio!*»
«*¡Viva Antonio!*»
«*¡Viva Antonio!*»

Am Rande der Menge entdeckt Alejandro die beiden Touristinnen aus Federicos Bar. Sie halten respektvoll Abstand. Fotografieren verschämt, nicht mit ihren Handys, sondern mit richtigen Kameras. Sind gefangen von der Magie des Augenblicks. Sie sehen sympathisch aus. Vielleicht sollte er sich später zu ihnen gesellen, sie einfach ansprechen und fragen, woher sie denn kommen. Vielleicht sollte er sie einladen zu Federicos kleiner privater Spontanparty in der Bar. Mal sehen.

Die sechs Träger verharren nach drei Vierteln der Strecke auf dem letzten Treppenabsatz vor dem Ziel, verschnaufen einen kurzen Moment, konzentrieren sich, nehmen Maß, dann steigen sie synchron die letzten Stufen empor, Antonio gerät mächtig in Schieflage, die Zuschauer auf dem Kirchplatz halten vor Schreck den Atem an, die Männer gehen unmittelbar vor der offenen Tür leicht federnd in die Knie, damit sich Antonio nicht den Kopf stößt. Geschafft. Der Heilige ist wieder zu Hause.

«¡*Viva Antonio!*»

«¡*Viva Antonio!*»

«¡*Viva Antonio!*»

Alejandro schaut kurz rüber zu Pater Daniel. Der nickt Alejandro stumm und erleichtert zu und will damit sagen: War die richtige Entscheidung, auf den Heiligenschein zu verzichten. Alejandro nickt zustimmend zurück.

Dann entdeckt Alejandro seine Mutter.

Sie steht am Rande der Menschenmenge, allein, weit weg von den versammelten ehrwürdigen *abuelas* des Dorfes. Klein und unscheinbar steht sie da in ihrem traurigen schwarzen Witwenkleid. Ana Romero Perez hebt das Kinn und wirft ihrem Sohn einen triumphierenden Blick zu.

Ignorieren!

Löschen geht nicht.

Ignorieren!

16

«... geheiligt werde dein Name. Dein Reich komme. Dein Wille geschehe, wie im Himmel, so auf Erden ...»

Sieben Kilometer südlich von Frigiliana kniet eine junge Frau auf dem harten, kalten Steinfußboden im linken Seitenschiff der Iglesia de El Salvador an der Plaza de Cavana in Nerja. Sie ist allein, abgesehen von den vereinzelten englischen Touristen, die sich gelegentlich in die Kirche verirren, durch den Mittelgang bis vorn zum Altar schlendern, sich dort gelangweilt umschauen, statt sich zu bekreuzigen und so dem Herrn die Ehre zu erweisen. Sie machen zur Sicherheit noch schnell ein Foto mit ihrem Handy, wer weiß, wofür, als Beleg, dass man da war, man weiß ja nie, und gehen wieder. Beim Verlassen der Kirche glotzen die Engländer die im Seitenschiff auf dem steinernen Boden kniende junge Frau ungeniert an, als gehöre sie zum eigens für sie arrangierten Folkloreprogramm des Ausflugs.

Die junge Frau kniet schon seit einer halben Stunde auf dem Boden neben dem verwaisten Beichtstuhl. Aber sie wartet nicht darauf, dass ihr die Beichte abgenommen wird. Sie hat nicht die Absicht, sich einem Pfarrer anzuvertrauen.

Sie spricht lieber mit Jesus Christus, der vor ihr aufgebahrt in seinem engen, kalten Grab liegt, das man im 17. Jahrhundert in die meterdicke Kirchenmauer gemeißelt hat. Von den Knöcheln oberhalb der durchnagelten Füße bis zur Taille bedeckt ein schneeweißes Leinentuch den nackten Leichnam. Das Haupt des Gekreuzigten ist auf ein Brokatkissen gebettet.

Die junge Frau betrachtet voller Mitleid den geschundenen Körper, die blutigen Wundmale an den Handgelenken, die blutverkrustete Wunde in der rechten Brust, das edle, ebenmäßige Gesicht. Dann wandert der Blick der jungen Frau nach oben. Dort steht Maria in ihrer hell erleuchteten Grotte, lebensgroß, inmitten eines Blumenmeers. Sie ist wunderschön. Maria, die Mutter Gottes, schaut mitfühlend auf die junge Frau herab.

Nein, das stimmt gar nicht.

Sie schaut nicht auf die junge Frau, sondern auf ihren Sohn herab. Tränen so groß und so funkelnd wie aufgeklebte Kristalle perlen aus ihren Augen und an ihren blassen Wangen herab.

«... und vergib uns unsere Schuld, wie auch wir vergeben unseren Schuldigern ...»

Die junge Frau bittet Jesus Christus und seine barmherzige Mutter Maria inständig um Vergebung. Für die Erbschuld ihrer Familie. Für die Todsünde, die ihr Urgroßvater begangen hat.

Aber sie erhält keine Antwort.

«... und führe uns nicht in Versuchung, sondern erlöse uns von dem Bösen ...»

Die junge Frau bittet um Verständnis. Für den Schritt, den sie zu gehen beabsichtigt. Für sich selbst bittet sie nicht um Vergebung. Nur um Verständnis. Weil sie genau weiß, dass es für die Todsünde, die sie begehen will, keine Vergebung geben kann.

Aber sie erhält wieder keine Antwort.

Die junge Frau nimmt Abschied für immer. Sie ist davon überzeugt, dass sie Jesus nie mehr begegnen wird.

Nicht in dieser Welt, auch nicht in jener Welt.

17

Alejandro schiebt die Karte in den Schlitz und nickt dem Mann im Glaskasten zu. Der Mann beugt sich zum Mikrofon vor.
«Du sollst zum Chef.»
«Jetzt?»
«Jetzt.»
Alejandro nimmt statt des Fahrstuhls die Treppe, die am Kopfende der Halle hinauf zur Galerie führt.
Merkwürdig, die Arbeitskabinen von oben zu betrachten. Von hier sehen sie wie die Waben eines Bienenstocks aus.
Auf der Galerie im ersten Stock ist alles deutlich nobler und eleganter als im Erdgeschoss. Teppichboden statt PVC. Eine schicke, offene Küche mit Espressomaschine und Mikrowelle und Stehtischen und Barhockern für die Pausen, die den Mitarbeitern des ersten Stocks auch nicht vom Arbeitszeitkonto abgezogen werden, heißt es.
Auch die Beleuchtung ist deutlich angenehmer. Nicht so grell, nicht so kalt. Hier oben gibt es auch nur 24 statt 120 Arbeitskabinen. Und die sind deutlich größer und komfortabler als im Erdgeschoss. Das *Quality Management*. Hier oben machen sie Stichproben, führen Statistiken und kontrollieren so die Effizienz der Arbeit der *Content Analysts* im Erdgeschoss. Wenn man sich im Erdgeschoss anstrengt und sehr gute Beurteilungen erzielt, kann man eines Tages den Aufstieg in die erste Etage schaffen, haben sie Alejandro beim Einstellungsgespräch

versichert. *Natürlich noch nicht nach einem halben Jahr. Aber vielleicht nach zwei, drei Jahren, wer weiß. Alles hängt nur von Ihrer Leistung ab.*

Entlang der linken Wand reihen sich drei Türen. Hinter der ersten Tür befinden sich das Sekretariat und die Buchhaltung. Im zweiten Büro arbeiten die sechs IT-Spezialisten, die für das reibungslose Funktionieren der Computer und der Netzverbindungen verantwortlich sind. Alejandro klopft an die dritte Tür. Auf dem Schild steht: *Human Resources Management.*

Hinter dem Schreibtisch sitzt Javier García Ferrer, der Geschäftsführer und Personalchef der Niederlassung Nerja. Das Jackett seines strohfarbenen Sommeranzugs hängt über der Rückenlehne des ledernen Schreibtischsessels, die Hemdsärmel hat Don Javier hochgekrempelt.

«Alejandro! Wie geht's? Setzen Sie sich doch bitte. Schön, dass Sie sich die Zeit nehmen konnten.»

Auch die Zeit, die er sich für Don Javier nimmt, weil Don Javier es so wünscht, wird ihm später von seinem Arbeitszeitkonto abgezogen, weiß Alejandro.

«Ich habe eine gute Nachricht für Sie!»

Alejandro gibt sich Mühe, überrascht und zugleich freudig erregt zu gucken. Alejandro weiß, was Chefs mögen.

«Wir werden Ihren Arbeitsvertrag vorzeitig um ein weiteres halbes Jahr verlängern. Was sagen Sie dazu?»

Vorzeitig.

«Ich freue mich sehr, Don Javier. Und ich danke Ihnen für Ihr Vertrauen. Vielen Dank.»

Vorzeitig heißt in Alejandros Fall: zwei Wochen vor Auslaufen des ersten Halbjahresvertrags. Wie großzügig, Don Javier. Javier García Ferrer mag es, wenn man ihn mit *Don Javier* anspricht. So ließen sich früher auch die Zuckerbarone von ihren Arbeitern nennen, weiß Alejandro von seiner Mutter, und die weiß es von Alejandros Großvater.

«Allerdings muss sich Ihre Performance deutlich verbessern, sofern Sie bei uns auf eine Zukunft hoffen, Alejandro. Sie sind mitunter erschreckend langsam, sagt die Statistik. Erst kürzlich benötigten Sie für eine Entscheidung 23 Sekunden ...»

«Das war eine absolute Ausnahme, Don Javier. Ich ...»

«Sagen wir mal: Es war der Höchstwert in Ihren ersten sechs Monaten bei uns. Ich sehe hier auf meiner Liste auch mal acht Sekunden, mal zwölf Sekunden ... In einem Fall, ist noch gar nicht so lange her, haben Sie ein Video gelöscht, bevor Sie es sich bis zum Ende angeschaut haben. Sie können sich doch sicher ausmalen, in welche Schwierigkeiten Sie unsere Kunden mit solchen eigenmächtigen Aktionen bringen können.»

«Ich weiß. Es war nur ...»

«Alejandro: Der Grund für Ihr eigenmächtiges Verhalten interessiert mich überhaupt nicht. Dafür gibt es keine Entschuldigung. Sparen Sie sich also den Atem.»

«Ich werde mich bessern, Don Javier.»

«Das hoffe ich in Ihrem Interesse. Sie verfügen über eine exzellente Allgemeinbildung, Sie sprechen fließend Deutsch, Sie besitzen Spezialwissen in diversen Segmenten ... Nur das hat Sie vor dem frühen Rausschmiss bewahrt. Sie waren nah dran, glauben Sie mir. Ganz nah dran. Die Aufgaben werden von nun an anspruchsvoller, dessen müssen Sie sich bewusst sein ...»

«Ich werde mich Ihres Vertrauens würdig erweisen, Don Javier. Sie können sich auf mich verlassen.»

«Sie müssen schneller werden, Alejandro. Machen Sie was aus Ihren Talenten. Sie haben Potenzial. Aber Sie müssen schneller werden ... Natürlich ohne zu schludern. Dann haben Sie bei uns eine Zukunft. Und uns gehört nämlich die Zukunft, müssen Sie wissen. Aber unsere Kunden setzen hohe Erwartungen in uns. Wir müssen diesen Erwartungen gerecht werden.»

«Selbstverständlich.»

«Haben Sie eine Ahnung, wie viele junge Leute aus dem

Heer der Arbeitslosen in diesem Land liebend gern und auf der Stelle Ihren Job übernehmen würden?»

«Es wird nicht wieder vorkommen.»

«Wir von CleanContent haben eine wichtige Mission zu erfüllen, Alejandro. Wir müssen das Netzwerk heilen. Wir müssen die Menschheit vor all dem Gift im Netz beschützen. Und Sie sind Teil dieser Mission. Seien Sie sich dessen immer bewusst.»

«Ich werde Sie nicht enttäuschen, Don Javier.»

«Okay. Das war's von meiner Seite.»

Javier García Ferrer wendet sich schon wieder dem Bildschirm auf seinem Schreibtisch zu.

Mit dem neuen Arbeitsvertrag in der Hand verlässt Alejandro das Büro des Personalchefs. Er eilt die Treppenstufen hinab. Auf halber Treppe hält er kurz inne und schaut hinunter in den Saal. Aber er kann Maria nirgendwo entdecken.

In seiner Kabine setzt Alejandro die Kopfhörer auf, loggt sich ein und wirft einen Blick auf die Uhr.

3:48 Minuten. Er könnte jetzt ausrechnen, um wie viel Euro die dreieinhalb Minuten seinen nächsten Monatslohn dezimieren werden. Aber er lässt es. Man kann auf einen freien Tag oder einen Urlaubstag verzichten und stattdessen zur Arbeit kommen, um das Konto wieder auszugleichen.

Ignorieren.

Ignorieren.

Löschen.

Sie müssen schneller werden, Alejandro.

Ignorieren.

Ignorieren.

Ignorieren.

Wir haben eine wichtige Mission zu erfüllen, Alejandro.

Ignorieren.

Löschen.

Ignorieren.
Wir müssen das Netzwerk heilen.
Ignorieren.
Ignorieren.
Löschen.
Haben Sie eine Ahnung, wie viele junge Leute aus dem Heer der Arbeitslosen in diesem Land liebend gern und auf der Stelle Ihren Job übernehmen würden?
Ignorieren.
Lösch... Ignorieren.
Ignorieren.

18

«Juan Carlos.»

«So wie der ...»

«Ja. Genau der. Kein Zufall. Sie hat ihren Erstgeborenen tatsächlich nach König Juan Carlos I. benannt.»

«Nach diesem raffgierigen, notgeilen ...»

«Moment! Einspruch. Spanien hat diesem Mann viel zu verdanken. Für mich war er immer ein Held und wird es immer bleiben. Trotz allem.»

«*Perdón*. Ich wollte dich nicht ...»

«Meine Mutter hat ihren Erstgeborenen nach dem Mann benannt, der Spanien nach Francos Tod und nach 36 Jahren Diktatur zurück in die Demokratie geführt hat. Ohne dass ein einziger Tropfen Blut vergossen wurde. Das ist für mich immer noch ein Wunder. Denn als Franco putschte, um die Macht an sich zu reißen und die Demokratie abzuschaffen, da gab es eine halbe Million Tote.»

«Im Bürgerkrieg.»

«Ja.»

«Lange her.»

«Wie man's nimmt. Die Narben sind bis heute sichtbar.»

«Und du hattest keine Ahnung, dass du einen ...»

«Nein.»

«Und deine Schwester auch nicht?»

«Nein. Ich nicht, meine Schwester nicht.»

«Aber ...»

«Was aber?»

Lis lässt Alejandro die Zeit, die er braucht, um über das reden zu können, weshalb er vermutlich zu ihr gekommen ist. Also sagt sie:

«Jetzt erinnere ich mich wieder. Hat mich damals sehr beeindruckt. Jemand, der seit seinem zehnten Lebensjahr unter Francos strenger Aufsicht aufwuchs, wenn ich mich recht entsinne. Eliteschule, Militärakademie ...»

«... jemand, der von klein auf das Wertesystem des Diktators eingetrichtert bekam, wartet in aller Seelenruhe auf dessen Tod, um die Diktatur abzuschaffen. Was für eine Willensstärke. Was für eine Freiheit des Geistes. Schade nur, dass er später alles getan hat, um sein eigenes Denkmal zu zerstören. Die krummen Geldgeschäfte, die Frauengeschichten ...»

«... bis sich sogar sein Sohn von ihm abgewendet hat.»

«Traurig. Ein Held, der sich als alter Mann zum Narren und zum Gespött der Nation macht. Aber was er als junger Mann vollbracht hat, das war eine große menschliche Leistung. Auch wenn die Demokratie damals zu einem hohen Preis erkauft wurde.»

«Erkauft? Was meinst du damit?»

«Straffreiheit für all die Verbrechen gegen die Menschlichkeit während der Diktatur. Das war der Deal. Das war der zentrale Punkt der mit den Franquisten ausgehandelten *transición*. Immerhin löste Adolfo Suárez González ...»

«Wer war das noch mal?»

«Der erste demokratisch gewählte Ministerpräsident nach Francos Tod. Der hatte den Mut, die mächtige klerikalfaschistische Falange Española aufzulösen und zu verbieten. Aber ... um wieder aufs Thema zurückzukommen ... das war nicht der Grund, warum sie ihren Erstgeborenen auf den Namen Juan Carlos taufen ließ. Nicht aus politischen Gründen.»

«Sondern?»

«Es fällt mir schwer, das zuzugeben, Lis, aber meine Mutter findet den Zwerg bis heute ganz großartig.»

«Was für ein Zwerg? Juan Carlos ist doch kein ...»

«Franco! Der maß doch ohne Reitstiefel und Generalsmütze gerade mal 163 Zentimeter.»

«Franco? Aber was fand deine Mutter an dem kleinen Franco so großartig?»

«Dass die Kirche während der Diktatur das Sagen hatte. Dafür liebt sie ihn nach wie vor. Weil alles seine gottgefällige Ordnung hatte. Ob sie Franco immer noch in ihr Nachtgebet einschließt? Würde mich nicht wundern.»

«Und was glaubst du, warum sie ihren Sohn ausgerechnet auf den Namen Juan Carlos taufen ließ?»

«Als Frigiliana mal zum schönsten Dorf Andalusiens gekürt wurde, während der *transición*, da reiste der König in seiner schmucken Uniform aus Madrid an und ließ sich durchs Dorf führen, und meine Mutter war eine der Chorsängerinnen oder so etwas und durfte ihm die Hand geben. Das ist der wahre Grund: Der junge, stattliche König persönlich hat ihr die Hand gegeben und ein Lächeln geschenkt. Wenn man ihr zuhört, könnte man glauben, Juan Carlos sei einzig und allein ihretwegen nach Frigiliana gekommen. Vermutlich hat damals nicht viel gefehlt, und er hätte sie hinauf auf sein weißes Pferd gezogen und wäre mit ihr Richtung Sonnenuntergang davongaloppiert.»

«Der war mit einem Pferd da?»

«Nein, natürlich nicht. Aber jedes Mal wenn sie davon erzählt und zu schwärmen beginnt, kriege ich solche merkwürdigen Fantasien. Die Geschichte mit dem Besuch des Königs im Dorf habe ich von ihr schon tausendmal gehört.»

Lis hat Alejandro noch nie so aufgewühlt erlebt. Er redet schneller als sonst, lauter als sonst, anders als sonst.

«Lis, ich hatte keinen blassen Schimmer. Und meine Schwester auch nicht. Ich habe gestern mit ihr telefoniert. Ich dachte immer, Filipa sei die Erstgeborene, und zwei Jahre später wurde ich dann geboren. Aber dass meine Mutter vier Jahre vor Felipa einen Sohn zur Welt gebracht hat ...»

Die Stimme stockt. Die Augen schimmern feucht. Lis lässt ihm Zeit, nimmt einen Schluck aus ihrer Kaffeetasse, zündet sich eine Zigarette an und starrt eine Weile in ihren Garten. Bis sie glaubt, dass Alejandro bereit ist weiterzureden.

«Was ist mit dem Jungen passiert?»

«Ich weiß es nicht. Ich kann dir nur wiedergeben, was mir meine Mutter erzählt hat. Und nachdem sie mich all die Jahre belogen hat, weiß ich noch nicht, ob ich ihr glauben soll.»

«Was hat sie dir denn erzählt?»

«Juan Carlos war sechs Jahre alt, als mein Vater beschloss, nach Lateinamerika abzuhauen. Heuerte in Málaga auf einem Frachtschiff nach Venezuela an. Da war ich noch im Bauch meiner Mutter. Mein Bruder hat wohl sehr an seinem Vater gehangen. Meine Mutter war damals völlig überfordert, sagt sie. Das zumindest glaube ich ihr. Die Schwangerschaft mit mir war wohl kein Zuckerschlecken, die Geburt ebenfalls nicht. Das Drama meiner Geburt, bei der sie nach eigenem Bekunden fast gestorben ist: Die Geschichte tischt sie mir jedes Jahr an meinem Geburtstag auf. Seit ich ein kleiner Junge war. Jedes Jahr an meinem Geburtstag, solange ich mich erinnern kann. Als hätte ich ihr mit meiner Geburt ein Leid antun wollen.»

Lis spürt Verbitterung in Alejandros Stimme.

«Jedenfalls: Als Vidal seine Kinder und seine schwangere, mittellose Frau im Stich ließ, drehte Juan Carlos völlig durch, gab meiner Mutter die Schuld am Verschwinden des Vaters, wurde immer renitenter, immer aggressiver, nicht nur ihr gegenüber. Er prügelte sich ständig mit den anderen Jungs aus dem Dorf, selbst mit größeren und stärkeren. Er schwänzte die

Schule, auch weil er dort gehänselt wurde, wegen seines liederlichen, gottlosen Vaters, er schwänzte die Messe, sehr zum Missfallen des Pfarrers, und von meiner Mutter ließ er sich bald gar nichts mehr sagen.»

«Erzählt deine Mutter.»

«Ja.»

«Und dann?»

«Das ging wohl zwei Jahre so. Dann kam der Pfarrer eines Tages zu meiner Mutter und sagte ihr, das Erzbistum unterhalte irgendwo in der Sierra, auf halbem Wege nach Granada, ein Heim. Auch für Waisenkinder, aber in erster Linie für Kinder wie Juan Carlos. Eine Besserungsanstalt für Knaben. So hat es meine Mutter formuliert: eine Besserungsanstalt. Der Pfarrer hatte sich schon um alles gekümmert, Kontakt zum Erzbistum aufgenommen und so weiter.»

«Und deine Mutter hat dem zugestimmt?»

«Das spielte keine große Rolle mehr. Als der Pfarrer zu ihr kam und sie in Kenntnis setzte, war das längst schon beschlossene Sache. Die katholische Kirche in Spanien war nun mal daran gewöhnt, für die Kinder alleinerziehender Mütter die zumindest informelle Vormundschaft zu übernehmen.»

«Aber das war doch schon nach Francos Tod.»

«Ja und? Die Macht der Kirche blieb noch viele Jahre nach der Diktatur ungebrochen. Vielleicht nicht mehr so sehr in den großen Städten, aber hier auf dem Land allemal. Außerdem ...»

«Ja?»

«Unabhängig davon, was meine Mutter dachte und wollte ... und ob sie überhaupt noch die Kraft besaß, selbständig etwas zu denken und zu wollen: Niemals hätte sie sich gegen den Willen der Kirche gestellt. Unmöglich.»

«Und was ist dann passiert? Hat sie deinen Bruder tatsächlich in dieses Heim gebracht?»

«War nicht nötig. Meine Mutter musste keinen Finger rühren. Ihr war sicher ganz recht, dass sie selbst nicht aktiv werden musste, ihr Schicksal nicht selbst in die Hand nehmen musste, sondern andere ihre Angelegenheiten für sie organisierten.»

«Und das bedeutet?»

«Ein paar Tage später wurde Juan Carlos abgeholt. Zwei fremde Geistliche erschienen im Dorf, in Mönchskutten. Und in Begleitung von zwei Gardisten. Wenn die damals im Dorf aufkreuzten, war das etwa anderes als heute. Die Guardia Civil war immer noch die gefürchtete und verhasste paramilitärische Landpolizei. Die einstige Stütze der Diktatur. Neben der Kirche Francos zweiter starker Arm.»

«Die haben den achtjährigen Juan Carlos also mitgenommen. Ich verstehe es immer noch nicht. Wir reden von einer Zeit, da war das alte Regime doch schon längst Geschichte.»

«Längst Geschichte? Das denkst du! So wie die Macht der Kirche noch viele Jahre nach Francos Tod fortwährte, so hat sich auch die Geisteshaltung der Guardia Civil nicht automatisch mit Francos Tod geändert. War das denn bei euch in Deutschland in den Jahren nach 1945 so viel anders?»

«Nein. War es nicht. Du hast ja recht.»

«Hast du schon mal was von 23-F gehört?»

«Was ist das?»

«So nennen wir Spanier das, was am 23. Februar 1981 passierte. Sechs Jahre nach Francos Tod.»

«Irgendwas dämmert da. Hilf mir auf die Sprünge.»

«An diesem Tag hat das Oberkommando der Guardia Civil zusammen mit Offizieren der Streitkräfte sowie den alten Seilschaften der verbotenen Falange Española versucht, die Demokratie mit einem Putsch im Keim zu ersticken.»

«Jetzt erinnere ich mich wieder an die Fernsehbilder. Da stand doch dieser Uniformierte mit gezückter Pistole im Parlament in Madrid am Rednerpult. Und alle Abgeordneten hatten sich gleich vor Schreck unter die Bänke verkrochen.»

«Antonio Tejero. Oberstleutnant der Guardia Civil. Aber erstens war er nicht allein, sondern mit zwei schwer bewaffneten Hundertschaften im Parlament erschienen. Die ballerten wie verrückt mit ihren Maschinenpistolen herum. Die Einschusslöcher in der Stuckdecke des Plenarsaals kannst du heute noch sehen. Und zweitens hatte Tejero die Abgeordneten unmissverständlich aufgefordert, sich unverzüglich auf den Boden zu werfen. Nur drei Parlamentarier, unter ihnen Adolfo Suárez González, widersetzten sich dem Befehl und blieben auf ihren Plätzen sitzen. Und wurden auch gleich festgenommen und abgeführt.»

«Aber der Putsch ist doch gescheitert, oder?»

«Ja. Aber das stand auf Messers Schneide. Der Putsch ist am Ende an König Juan Carlos gescheitert. Der trat nämlich in der Uniform des Oberbefehlshabers der spanischen Streitkräfte vor die Fernsehkameras, befahl ausdrücklich alle Soldaten zurück in die Kasernen und sprach sich vor den Augen und Ohren der Nation für die Demokratie und die neue Verfassung aus. Manche warfen Juan Carlos später vor, er habe auffällig lange gezögert. Aber das ist im Nachhinein immer leicht gesagt. Ich hätte jedenfalls nicht in seiner Haut stecken wollen.»

«Alejandro, ich fürchte, wir sind schon wieder etwas vom Thema abgekommen. Hast du eigentlich schon mal über eine Karriere als Geschichtslehrer nachgedacht?»

«Ein aussterbender Beruf. Niemand in der jüngeren Generation interessiert sich noch für Geschichte. Nicht mal für die eigene. Wann ist dir zuletzt ein Streifenwagen der Guardia begegnet?»

«Weiß nicht. Vor zwei, drei Tagen?»

«Hast du dir schon mal das Wappen auf den Wagentüren angesehen? Drei Symbole. Eine Krone, so weit, so gut. Darunter ein Schwert, das ein *Fascis*-Bündel kreuzt.»

«Was ist ein *Fascis*-Bündel?»

«Ein Reisigbündel, an das ein Beil gebunden ist. Jetzt könnte man sagen, du meine Güte, na und, das ist doch nur ein harmloses Symbol aus der römischen Antike. Man kann aber auch sagen: Das *Fascis*-Bündel war das Symbol der Faschisten. So wie das Hakenkreuz der Nazis in Deutschland. Das Hakenkreuz ist in der Bundesrepublik Deutschland verboten. Unter Strafe gestellt. Da wird nicht gesagt: Ist doch nur eine germanische Rune. Aber im Spanien des 21. Jahrhunderts fährt die mächtigste Polizeieinheit des Landes nach wie vor ein Symbol des Faschismus spazieren.»

«Das Wappen ist mir noch nie aufgefallen. Aber wir sind schon wieder vom Thema abgekommen.»

«Wie man's nimmt. Vielleicht hängt auch alles mit allem zusammen. Was ich dir nun erzähle, weiß ich nur aus dem Mund meiner Mutter. Ich war ja erst zwei Jahre alt. Meine Schwester Felipa war da zwar schon vier, kann sich aber genauso wenig erinnern, sagt sie. Jedenfalls bekam meine Mutter, nachdem Juan Carlos abgeholt worden war, kurz darauf per Post dieses Foto, das ich dir eben gezeigt habe, das Foto mit Juan Carlos und vier weiteren Jungs der Besserungsanstalt im Vordergrund und diesem grauenhaften Ölgemälde im Hintergrund, das Gemälde mit der heiligen Agatha und ihren Folterern, das mich als kleiner Junge bis in meine Träume verfolgt hat.»

«Nur ein Foto? Sonst nichts?»

«Doch. Dem Foto lag ein Brief bei, in Schönschrift, so wie Kinder schreiben, wenn sie das Schreiben gerade erst erlernt haben. Nur ein paar Zeilen, angeblich von meinem Bruder verfasst: Es gehe ihm gut, aber er brauche nun Zeit, um seine Seele zu läutern. Und er sei dankbar, dass man ihm diese Zeit schenke. Ich frage dich: Schreibt ein Achtjähriger so etwas? Seine Seele läutern! Gebraucht ein Achtjähriger solche Worte, wenn er seiner Mutter schreibt? Aber darüber hat sich meine Mutter erst gar nicht den Kopf zerbrochen. Im Gegenteil: Mit dem Brief hat sie ganz wunderbar ihr schlechtes Gewissen beruhigen können: Es geht ihm ja gut, schreibt er. Alles in bester Ordnung.»

«Existiert der Brief noch?»

«Nein. Sagt jedenfalls meine Mutter. Das Foto hat sie in den Karton mit den Familienfotos gesteckt, und da habe ich es dann als Kind zufällig gefunden. Sie sagt, ich hätte mich so sehr über das Ölgemälde erschrocken, dass ich den Jungen, der mir so ähnelt, gar nicht auf dem Foto bemerkt hätte. Und darüber sei sie sehr froh gewesen.»

«Hat deine Mutter ihn dort besucht?»

«Juan Carlos? Wo? In der Besserungsanstalt?»

«Ja. Wäre doch eine Möglichkeit gewesen, um festzustellen, ob es ihm tatsächlich gut geht.»

«Nein. Hat sie nicht. Das gehörte angeblich zum pädagogischen Konzept der Anstalt, sagt sie. Rigoroser Kontaktabbruch bis zur Besserung. Offenbar trat die erwünschte Läuterung bei Juan Carlos auch später nicht ein. Denn das Foto und der Brief waren das letzte Lebenszeichen, das sie von ihm erhielt.»

«Und deine Mutter?»

«Was meinst du?»

«Wie ist sie damit umgegangen?»

«Hat dann versucht, ihn zu vergessen, sagt sie.»

«Ist ihr das gelungen?»

«Wenn sie glaubt, etwas nicht ändern zu können, verdrängt sie es einfach. Ich kenne sie nicht anders.»

«Alejandro, ich kann deine Verbitterung nachvollziehen. Versteh mich jetzt nicht falsch ... aber was du deiner Mutter da unterstellst, das würde ja ein Maß an Fatalismus voraussetzen ...»

Alejandro unterbricht sie barsch. «Lis, das hier ist al-Andalus. Wir sind die wahren Meister des Fatalismus.»

«Wie meinst du das?»

«Die Vorfahren meiner Mutter stammen aus Granada. Warst du schon mal in Granada?»

Sie nickt nur. Neugierig, worauf er hinauswill.

«Die Stadt war in ihrer Geschichte deutlich länger islamisch als anschließend christlich. Fast acht Jahrhunderte lang islamisch. *Inschallah.* So Gott will. Das war unsere erste Lektion in Fatalismus. Wir Andalusier haben mit dem Emirat Granada und dem Kalifat von Córdoba die bislang liberalste und fortschrittlichste Epoche des Islam erlebt und gleich danach die rückständigste und brutalste Form des Christentums. Córdoba war während des Kalifats die größte und modernste Stadt Europas. Die hatten schon im Mittelalter fließendes Wasser und eine Kanalisation. Hier gab es freie Religionsausübung. Es gab in Granada sogar mal einen jüdischen Poeten als Großwesir. Das muss man sich heute mal vorstellen: Ein Jude als rechte Hand eines muslimischen Herrschers ... Es gab eine freie Wissenschaft, freien Handel und einen ausgeprägten Mittelstand. Unter den christlichen Herrschern war all das vorbei. Mit der *reconquista* erhielten wir Andalusier unsere zweite, etwas andere Lektion in Fatalismus verpasst. Der Katholizismus brachte uns Feuer und Schwert und die Inquisition. Gottes Wille geschehe. Seine Rache wird fürchterlich sein. Die Juden mussten konvertieren oder binnen 90 Tagen das Land verlassen. Anschließend das Gemetzel an den Morisken ...»

«Wer sind die Morisken?»

«Mauren, die nicht schnell genug die Flucht übers Meer ergriffen hatten und die man nach dem Sieg der Katholischen Könige zwang, zum Christentum zu konvertieren. Aber das genügte den neuen Herrschern nicht. Hier in Frigiliana wurden 7000 zum Christentum konvertierte Morisken abgeschlachtet, weil sie gegen die Feudalherren aufbegehrten.»

«Lange her.»

«Ja, Lis. Lange her. Aber die Geschichte wirkt nun mal bis in die Gegenwart nach. In deiner Heimat gehört doch den Bauern das Land, das sie bewirtschaften, oder?»

«Ich glaube schon. Ich bin jetzt allerdings nicht gerade die Expertin auf dem Gebiet der ...»

«Und dann kommen billige Erntehelfer aus Polen oder Rumänien zu euch, oder? Hier war das immer umgekehrt. Hier waren die Einheimischen die besitzlosen Tagelöhner. Und das Land gehörte seit der *reconquista* den degenerierten *señoritos* im Norden, die saßen in ihren hübschen kastilischen Stadtvillen und machten Party und ließen Andalusien derweil von ihren Gutsverwaltern auspressen wie reife Zitronen.»

«Alejandro ...»

«Ja?»

«Du bewegst dich ständig in der Vergangenheit.»

«Irrtum. Daran hat sich nämlich bis heute nichts geändert: Vier Prozent der Landbesitzer in Andalusien gehört 52 Prozent des Bodens. Das alles bestimmt unser fatalistisches Denken und Handeln bis heute.»

«Sag mal ... wo hier gerade kein grüner Geländewagen mit dem *Fascis*-Bündel auf der Tür rumkreuzt ... hast du zufällig noch was von dem fantastischen Kraut von neulich?»

«Klar. Ahnte ich doch, dass du mich danach fragen würdest.»

Alejandro greift in die Hemdtasche und zieht zwei dünne Selbstgedrehte heraus.

«Wo kriegst du das Zeug eigentlich her?»

«Also die Zigarettenblättchen, die gibt's hier im Dorf, in Marisas Tabakladen. Bestell Marisa einfach einen schönen Gruß von mir, dann wird sie dir bestimmt ...»

«Alejandro! Verarsch mich nicht.»

«Wenn du in Richtung Málaga fährst, also nicht über die Autobahn, sondern über die alte Küstenstraße ... gut einen halben Kilometer hinter den letzten Häusern von Torre del Mar, da liegt rechts im Berghang eine kleine Siedlung. Ganz unscheinbar, ein paar Wellblechhütten, ein paar Bretterverschläge, ein paar aus alten Lkw-Planen improvisierte Zelte. Da leben Afrikaner. Ich weiß nicht genau, aus welchem Land die kommen. Zwei, drei Dutzend vielleicht. Illegal, weil sie hier sowieso kein Asyl bekämen. Die leben davon, den Touristen an den Stränden und in den Straßencafés Sonnenbrillen und billigen Modeschmuck und solchen Kram zu verkaufen. Nette Leute. Ein bisschen misstrauisch am Anfang, kann man ja verstehen. Aber die tun keinem was und liegen auch keinem auf der Tasche.»

«Und die haben ...»

«Sie bauen es selber an. Auf dem unwegsamen Hang hinter der Siedlung. Versteckt zwischen dem ganzen Wildwuchs.»

Lis nimmt einen tiefen Zug.

Déjà-vu.

Sie kennt nur wenige Kriegsreporter, die nicht irgendwann damit begonnen haben, ihre Seele zu betäuben. Alkohol. Medikamente. Koks. Heroin.

Lis hat zum Glück stets ein Joint gereicht. Und inzwischen braucht sie gar nichts mehr. Es ist nur die Lust. Wenn Alejandro vorbeikommt. In seiner Gegenwart fühlt sie sich wie verwandelt. Ist wieder jung und verwegen.

Wegen des Joints?

Oder wegen Alejandro?

Themenwechsel. Wo waren sie stehengeblieben?

«Alejandro ... weshalb bist du zu mir gekommen?»

«Wie soll ich das sagen? Ist nur so eine Idee ...»

«Also raus mit der Sprache!»

«Ich bitte dich um deine Hilfe. Du bist Journalistin ...»

«Ich war Fotografin ...»

«Ich will herausfinden, was damals mit meinem Bruder passiert ist. Und ich will wissen, ob er noch lebt. Und wenn er noch lebt, will ich ihn finden. Ich will mit ihm sprechen. Wissen, wie es ihm ergangen ist in den letzten dreißig Jahren.»

«Und da dachtest du ...»
«Und da dachte ich: Vielleicht weiß Lis ja einen Rat. Lis weiß doch bestimmt, wie man so etwas recherchiert. Lis Neuhäuser kennt eine Menge Leute ...»
«Aber deine Schwester arbeitet bei *El País* ...»
«... und ist im Moment ziemlich im Stress. Außerdem hat sie private Sorgen, über die sie am Telefon nicht sprechen wollte. Aber sie will so bald wie möglich Urlaub nehmen und herkommen, um mir zu helfen. Ich dachte nur, es wäre vielleicht gut, noch jemanden zu haben, der emotional nicht so verwickelt ist in die Sache. Jemand, der Distanz ...»

Lis steht auf, verschwindet in der Küche, holt zwei Flaschen San Miguel aus dem Kühlschrank. Auf dem Rückweg durchs Wohnzimmer legt sie Paco de Lucía auf. «Almoraima». Ihr kommt es so vor, als erzählte Pacos Gitarre all das, was Alejandro soeben über Andalusien erzählt hat, noch einmal im Schnelldurchlauf.

«Alejandro, das alte Foto ist der Schlüssel zu allem. Das Foto, das ausgerechnet bei deiner Arbeit auf dem Bildschirm aufgetaucht ist. Also ist auch deine Arbeit ein Schlüssel. Bevor ich darüber nachdenke, ob und wie ich dir vielleicht helfen könnte, will ich wissen, was das für ein Job ist, den du da machst.»

«Ich darf nicht über meine Arbeit sprechen.»
«Gut. Es ist deine Entscheidung.»
Sie schweigen sich eine Weile an.
Aus der Weile wird eine halbe Ewigkeit.
Schließlich sagt Alejandro:
«Okay. Ich reinige das Netz von der Sünde.»

19

Löschen.
Löschen.
Löschen.
Löschen.
Löschen.
Maria, du löschst zu viel, hat ihr Javier schon vor sechs Monaten gesagt. Du löschst eindeutig zu viel.
Ignorieren!
Löschen.
Löschen.
Ignorieren.
Löschen.
Löschen.
Am liebsten würde sie alles löschen!
Löschen.
Löschen.
Ignorieren.
Löschen.
Löschen.
Alles! Den ganzen Dreck.
Löschen.
Löschen.
Ignorieren.
Löschen.

Löschen.

Das sei im Interesse der Kunden nicht länger zu tolerieren, hat Javier ihr schon vor einem halben Jahr gesagt.

Ignorieren!

Löschen.

Löschen.

Löschen.

Ihre Effizienz sei allenfalls durchschnittlich. Wenn überhaupt.

Ignorieren!

Löschen.

Löschen.

Löschen.

Aber dann hat er ihr vor sechs Monaten trotzdem einen neuen Vertrag gegeben.

Löschen.

Löschen.

Löschen.

Nicht einfach so. Nein, nicht einfach so. Maria weiß ganz genau, warum sie den bekommen hat.

Löschen.

Löschen.

Löschen.

Seit ziemlich genau einem Jahr arbeitet sie nun schon hier. Ihr zweiter Vertrag läuft nächste Woche aus. Maria weiß, dass Javier ihr einen dritten Vertrag geben will. Trotz seiner regelmäßigen Drohungen, sie wegen mangelnder Effizienz rauszuschmeißen. Seit drei Monaten weiß sie es schon. Seit Javier sie vor drei Monaten in sein Büro bestellt hat, zugegeben zum ersten Mal nach wochenlanger Pause. In der Absicht, ihr erst mal seine übliche Predigt zu halten, dass sie zu viel lösche, viel zu viel lösche, und die Kunden und die Effizienz und die Mission. Aber sie hat ihn gar nicht erst ausreden lassen. Nicht

nötig. Sie weiß, wie sie seine selbstverliebten Monologe stoppt. Ohne Worte.
Löschen.
Löschen.
Löschen.
Ist ganz einfach. So einfach!
Löschen.
Löschen.
Löschen.
Aber das spielt jetzt alles keine Rolle mehr.
Löschen.
Löschen.
Löschen.
Nichts spielt mehr eine Rolle.
Löschen.
Löschen.
Löschen.
Video. Wüste. Im Hintergrund die Silhouette einer Stadt, in der flirrenden Hitze sieht die Stadt aus wie eine Fata Morgana. Aber das ist keine Fata Morgana. Alles, was sie hier zu sehen kriegt, Abend für Abend in ihrer Kabine, ist real. Ein Kreisverkehr im Vordergrund. So ein richtiger Kreisverkehr, wie es sie hier in Nerja überall gibt. Aber das ist nicht hier. Und doch hier. In dieser Kabine. Vor ihren Augen. Bärtige Männer stehen mitten in dem Kreis. Sie spießen abgeschlagene Köpfe auf ins Erdreich gerammte Pfähle. Andere schauen erregt zu, johlen vor Freude und schießen mit ihren Gewehren in die Luft.
Löschen!
Löschen!
Löschen!
Maria reißt sich die Kopfhörer von den Ohren, springt auf und stürzt aus der Kabine. Sie richtet den Blick nach links. Fünf Kabinen weiter sitzt Alejandro. Er sieht sie nicht. Er starrt an-

gestrengt auf seinen Monitor. Er ist in seine Arbeit vertieft. Er könnte sie jetzt retten, aber er sieht sie nicht. Er hat sie nie gesehen. Maria wendet sich nach rechts, in Richtung Ausgang. Niemand schaut auf, niemand beachtet sie.

Am Ende des Saals sitzt der Aufseher in seinem Glaskasten und blättert in einer Zeitschrift. Maria schiebt die Ausweiskarte, die sie vorschriftsgemäß am Band um den Hals trägt, in den Schlitz neben dem Drehkreuz. Jenseits der Schleuse springt in dem Schrank neben der Pförtnerloge die Schublade auf. Maria nimmt ihr Handy aus der Schublade und geht.

Jetzt erst bemerkt der Pförtner sie. Er lässt die Zeitschrift sinken und beugt sich zu seinem Mikrofon vor.

«Maria, was ist los? Wo willst du hin? Deine Schicht hat doch gerade erst angefangen!»

Maria ignoriert ihn und verlässt die Halle. Sie überquert den Parkplatz, geht zu Alejandros Auto, nimmt den Briefumschlag aus ihrer Umhängetasche und klemmt ihn unter den Scheibenwischer des Seat. Dann läuft sie zu ihrem Nissan, steigt ein und legt das Handy auf den Beifahrersitz. Damit die Polizei später nicht so viel Arbeit hat. Deshalb lässt sie auch die Ausweiskarte an dem Band um ihren Hals hängen. Sie verlässt den Parkplatz, ignoriert den Security-Mann an der Schranke, so wie er sie ignoriert, schon immer ignoriert hat, seit einem Jahr ignoriert, Abend für Abend, sie biegt nicht wie sonst nach rechts, sondern nach links ab, sie folgt der N-340 in Richtung Maro, wenig später biegt sie wieder nach links ab, auf einen staubigen, holprigen Feldweg, der nach einigen hundert Metern im Nirgendwo endet.

Sie steigt aus, lässt den Wagen unverschlossen und klettert den steilen Hang hinauf. Dornengestrüpp. Felsiger Boden. Sie klettert höher und höher. Bis ganz nach oben. Dann balanciert sie über den schmalen Sims entlang der Wasserrinne des Aquädukts bis zu der Säule in der Mitte. Sie war noch nie hier oben, aber sie weiß, was der Baumeister in die Säule eingravieren ließ, sie hat es in einem Buch über Nerja gelesen:

PURA Y LIMPIA CONCEPCIÓN.

Reine und unbefleckte Empfängnis.

Sie stellt sich auf die Zehenspitzen und tastet nach den Buchstaben hoch über ihrem Kopf, es ist stockdunkel, sie kann nichts sehen, sie zeichnet die Buchstaben wie eine Blinde mit den Fingern nach.

Dann dreht sie sich um.

Lüge! Alles Lüge! Sie denkt ... sie denkt nichts mehr.

Löschen!

20

Lis Neuhäuser gehört zweifellos nicht zu jenen Menschen, die man landläufig als *digital natives* bezeichnet. Sie besitzt zwar einen Computer in Gestalt eines Laptops. Der ist für sie aber nicht mehr und nicht weniger als ein Arbeitsgerät, ein Werkzeug, so wie ihre Kameraobjektive. Sie benutzt das Internet, um Flüge und Bahnfahrten zu buchen, um Daueraufträge und Überweisungen zu tätigen. Sie hält per E-Mail Kontakt zu einigen wenigen Freunden in aller Welt. Freunde, die den Namen verdienen. Freunde aus Fleisch und Blut. Das war's.

Sie hat nie verstanden, wie ihre schreibenden deutschen Kollegen in der unter stetigem Auflagenrückgang leidenden, dem Tode geweihten Branche der gedruckten Medien auf die Idee kommen konnten, den Begriff «soziale Medien» bereitwillig zu etablieren, obwohl er eine völlig irreführende Übersetzung des angelsächsischen Begriffs darstellt. Weil das Wort «sozial» im Deutschen mit einem anderen Kontext belegt ist als das englische *«social»*. Was an den lukrativen Erfindungen dieser neoliberalen Kapitalisten im kalifornischen Silicon Valley soll denn bitte schön sozial sein? Impliziert der Begriff «soziale Medien» nicht automatisch, die traditionellen Medien seien unsozial?

Noch weniger versteht sie das unterwürfige Anbiedern deutscher Journalisten, wenn sie unablässig zitieren, was «die Netzgemeinde» zu einem politischen Thema zu sagen hat. Die

Netzgemeinde? Wer bitte schön soll das denn sein? Als sei das Zitieren von schlecht gelaunten Leuten, die grundsätzlich zu allem eine Meinung haben, die sich hinter ihrer Anonymität und ihren infantilen Fantasienamen verstecken, eine seriöse Quelle. Ein anonymer Leserbrief würde niemals in der Zeitung abgedruckt. Begreifen die Kollegen, die noch sorgfältig recherchieren, bevor sie auch nur eine Zeile schreiben, denn nicht, dass sie ihrem Totengräber bereitwillig die Tür geöffnet haben?

So hat sie es bei ihren Recherchen immer gehalten: Lis spricht lieber mit Menschen, deren Wissen sie schätzt, als sich auf dubiose Internetquellen zu verlassen. Für ihren ersten Rechercheschritt fällt ihr spontan jemand ein, mit dem sie nur höchst ungern und deshalb extrem selten, praktisch nur in Notfällen kommuniziert.

Ihr Bruder Hans.

Das hier ist ein Notfall.

Und leider ist er der Beste.

Hans Gollmann arbeitet als IT-Spezialist beim Landeskriminalamt NRW in Düsseldorf. Zivilangestellter, kein Polizeibeamter. Und ein Kotzbrocken. Findet jedenfalls seine Schwester. Schon immer gewesen. Seit Kindesbeinen. Vor drei, vier Jahren hat Lis ihren jüngeren Bruder mal spontan besuchen wollen, als sie zufällig in Düsseldorf zu tun hatte. Weiter als bis zur Pforte des LKA kam sie nicht. Der Pförtner legte den Hörer wieder auf, guckte ziemlich hilflos und verstört aus der Wäsche und sagte: «Herr Gollmann lässt ausrichten, er habe jetzt leider keine Zeit. Nein, auch nicht später. Nein, auch nicht morgen.»

Es habe ihm gerade nicht in den Kram gepasst, schrieb er ihr zwei Wochen später. Er habe sich an diesem Tag auf die Lösung eines komplexen Problems konzentrieren müssen, und sie habe in diesem Moment seine Konzentration unnötig gestört, schrieb er. Ihre Fantasie reicht nicht aus, um sich vorzustellen, dass es in dem Gebäudekomplex an der Völklinger Straße Menschen geben soll, die Tag für Tag und von morgens bis abends mit Hans zusammenarbeiten müssen.

Lis hat ihm gestern eine lange Mail geschickt. Ihm mit freundlichen Worten klargemacht, dass es ihr überaus wichtig und dringlich ist. Ihm geschmeichelt. Und an Gefühle appelliert, von denen sie gar nicht sicher ist, ob er sie überhaupt besitzt.

Jetzt starrt sie draußen auf der Terrasse mit dem ersten Kaffee des Tages in der Hand ungläubig auf den Bildschirm ihres Laptops und öffnet seine Antwortmail.

Er hat tatsächlich geantwortet.

So schnell.

Vergangene Nacht um drei. Hans war schon immer ein Nachtmensch. Ein medizinisches Wunder: ein Mensch, der so gut wie keinen Schlaf benötigt.

Liebe Elisabeth *(wie sie es hasst, wenn er sie Elisabeth nennt statt Lis)*, **schön, von dir zu hören. Ich habe eigentlich überhaupt keine Zeit, mich mit deinem Anliegen zu beschäftigen. Ein Name und ein Kinderfoto – nicht gerade üppig. Das Einscannen von Papierfotos solltest du noch üben** *(danke, du mich auch)*. **Eine höhere Auflösung wäre hilfreich gewesen. Besitzt du als professionelle Fotografin etwa keine gescheite Bildbearbeitungssoftware? Oder fotografierst du etwa immer noch analog?** *(Na und? Ich habe ein Berufsleben lang mit Rollfilm und Dunkelkammer und Papierabzügen gearbeitet, und das werde ich auch nicht mehr ändern.)* **Außerdem kann ich nicht zaubern, auch wenn das einige hier in der Behörde glauben** *(du aufgeblasener, selbstverliebter Gockel)*.
Aber hier kommt schon mal ein grober Überblick zu der anderen Thematik, nach der du gefragt hast. Damit du überhaupt weißt, auf welchem Feld du dich bewegst. Das dürfte ja absolutes Neuland für dich sein, so wie ich dich kenne *(Hans, du*

kennst mich nicht, du weißt rein gar nichts über mich und mein Leben). Vermintes Terrain sozusagen (ach du meine Güte, im Gegensatz zu dir weiß ich sehr genau, wie es sich anfühlt, über vermintes Gelände zu laufen).
Erinnerst du dich an den Attentäter von Christchurch, im Süden Neuseelands *(vielen Dank, Hans. Wer nichts von IT versteht, hat natürlich auch keine Ahnung von Geografie. Ich war schon mal in Christchurch. Im Gegensatz zu dir bin ich ein bisschen rumgekommen in der Welt. Hast du dich eigentlich jemals aus Düsseldorf herausbewegt?).*
Dem Mann reichte es nicht, 50 Menschen zu töten. Er trug bei seiner Tat eine Helmkamera, die den Massenmord an muslimischen Gläubigen in Echtzeit per Facebook ins Internet übertrug. In den sogenannten sozialen Medien wurde sein Live-Video in Windeseile millionenfach kopiert, Mutationen hatten sich längst viral verbreitet, als Facebook, YouTube, Google und andere das Original schließlich und erst auf massiven Druck der neuseeländischen Regierung eliminierten.
Weltweit empörten sich Politiker, dass Facebook nicht schneller in der Lage war, das Video zu löschen und so die millionenfachen Mutationen im Netz zu verhindern. Sie überschätzten wieder einmal sowohl die moralische Kompetenz eines IT-Weltkonzerns, der mit den ungehemmten Auswüchsen menschlicher Niedertracht jährlich zweistellige Milliardenumsätze generiert, als auch die Möglichkeiten der sogenannten Künstlichen Intelligenz. Die Wahrheit ist: Computer sind Vollidioten! Automatische Bilderkennungsprogramme scheitern schon an der schlichten Aufgabe, einen Hund auf einem Foto als einen Hund zu erkennen, sobald der Hund Männchen macht, sich also einen Moment lang nicht auf vier Beinen bewegt. Oder einen Stuhl als Stuhl zu identifizieren, sobald er von einem verrückten italienischen Designer stammt und nicht vom Möbel-Discounter. Jeder Dreijährige

besitzt mehr Abstraktionsvermögen *(Hans, wann kommst du endlich zum Punkt? Dein Dozieren geht mir gewaltig auf die Nerven)*. Jetzt kommen wir zum Punkt: Aus diesem Grund säubern nicht etwa Algorithmen im kalifornischen Silicon Valley, sondern etwa 150 000 Menschen im philippinischen Manila tagtäglich die «sozialen Medien» vom digitalen Giftmüll. Sozusagen in Handarbeit. Im Auftrag der amerikanischen IT-Konzerne. Die Algorithmen sorgen lediglich für eine grobe Selektion im Vorfeld. Zu mehr sind sie intellektuell gar nicht in der Lage.

In Manila sitzen Heerscharen junger Filipinos Tag für Tag, Nacht für Nacht in riesigen Bürohallen vor den Monitoren und löschen den Dreck aus dem Netz. Dass die widerlichsten Dinge nur im Darknet kursieren, ist nämlich ein Ammenmärchen. Im Darknet kannst du illegal Waffen kaufen. Im Internet erzählen sie dir, gegen wen du die gekaufte Waffe einsetzen sollst. Billiglohnarbeiter aus den Slums arbeiten für Subunternehmen, die ihre Dienstleistung an die Großkonzerne verkaufen. Die Arbeit geht ihnen nicht aus: Jede Minute werden weltweit 500 Videostunden auf YouTube hochgeladen, 450 000 Tweets bei Twitter, 2,5 Millionen Posts auf Facebook.

Die jungen Leute in Manila werden von den Firmen *Content Analysts* genannt. Sie selbst nennen sich *Cleaners* (das trifft es auch besser) und sind dankbar dafür, etwas mehr zu verdienen als ihre Eltern und Nachbarn, die täglich auf den analogen Müllhalden Manilas nach Verwertbarem suchen. Für drei US-Dollar Tageslohn haben sie pro Schicht bis zu 10 000 Fotos zu sichten.

Wer sich in Manila Tag für Tag dem weltweiten digitalen Giftmüll aussetzt, der erleidet ähnliche posttraumatische Belastungsstörungen wie Soldaten im Krieg. Schwere Depressionen sind oft die Folge. Die Suizidrate unter den Cleaners ist extrem hoch.

Wenn du meine Meinung wissen willst: Politisch betrachtet ist das nichts anderes als moderner Kolonialismus im Zeitalter der Globalisierung. Ein Schattenheer von Billiglöhnern erledigt für uns die digitale Drecksarbeit und sorgt dafür, dass unsere zarte Psyche nicht Schaden nimmt, dass wir nicht konfrontiert werden mit den im Netz sichtbaren Abgründen der menschlichen Gesellschaft. Denn was für uns «User» unsichtbar bleibt, das existiert auch nicht. Schöne neue Welt.

Schöne neue Welt. Die Zigarettenschachtel ist leer. In der Küche müsste noch eine volle liegen. Außerdem braucht sie einen zweiten Kaffee.

Sie legt im Wohnzimmer einen Zwischenstopp vor dem Bücherregal ein. *Schöne neue Welt.* Der Roman von Aldous Huxley. Eines der wenigen Bücher, die seit Jahrzehnten jeden Umzug überlebt haben. So wie die benachbarten Bücher in der untersten Regalreihe. John Steinbecks *Cannery Row.* Jack Kerouacs *On the Road.* Lis geht in die Hocke und besichtigt die restlichen zerfledderten Überlebenden. Erich Maria Remarque: *Der Weg zurück.* George Orwell: *Mein Katalonien.* J.D. Salinger: *Der Fänger im Roggen.* Ernest Hemingway: *49 Depeschen.* Ken Kesey: *Einer flog über das Kuckucksnest.* Hans Magnus Enzensberger: *Der kurze Sommer der Anarchie.* Per Wahlöö: *Das Lastauto.* Bücher, die sie unbedingt eines Tages ein zweites Mal lesen wollte, aber natürlich ist sie nie dazu gekommen. Bücher, die sie aber auch nicht einfach so aussortieren kann, weil sie in einer längst vergangenen Zeit eine Bedeutung besaßen, die möglicherweise mehr mit der längst vergangenen Zeit als mit dem Inhalt der Bücher zu tun hat.

Schöne neue Welt. Sie zieht das Exemplar aus dem Regal, versucht vergeblich, die Eselsohren zu glätten. Das Buch duftet verlockend nach Papier und erschreckend nach Vergangenheit. Obgleich der Roman eine Gesellschaft im Jahr 2540 beschreibt.

Eine auf stetige und sofortige Bedürfnisbefriedigung dressierte Menschheit. Sie kann sich zwar nicht mehr so ganz genau erinnern, aber sie beschleicht das Gefühl, dass die reale Gegenwart die fiktive Zukunft in diesem Punkt längst eingeholt hat.

Sie hat das Buch zu einer Zeit gelesen, als sie mühsam und schmerzvoll lernen musste, Gefahren zu wittern. Um zu überleben. Aber die Gefahren, denen sie in den Kriegsgebieten dieser Welt begegnet ist, waren klar erkennbar, sobald man gelernt hatte, sie zu wittern.

Während die Maschine die Kaffeebohnen zermalmt, erinnert sie sich an Manila. Ewig lange her. Eine Fotostrecke für den *Stern*. Die Menschen, die auf den Müllhalden wohnen und arbeiten. Die Trostlosigkeit in den Augen der Kinder. Die Müdigkeit, die Hoffnungslosigkeit in den Augen der Erwachsenen. Augenblicklich steigt ihr der bestialische, tief in ihrem Gedächtnis abgespeicherte Gestank der Müllhalden wieder in die Nase. Nach so vielen Jahren.

Mit der neuen Schachtel und dem vollen Kaffeebecher kehrt sie auf die Terrasse zurück und liest weiter:

Du fragst dich vielleicht, was dieser digitale Giftmüll überhaupt in den sogenannten sozialen Medien macht? Glaube mir, das ist kein Zufall, sondern systemimmanent. Maschinen werden von Menschen programmiert, damit sie genau das tun, was von ihnen erwartet wird. So einfach ist das.
Der ehemalige Google-Topmanager Tristan Harris hat das ganz klar gesagt: «Die Social-Media-Technologie ist auf größtmögliche Aufmerksamkeit angelegt. Deshalb wird sie so gestaltet, dass sie das Schlechteste in uns hervorbringt.»
Und warum ist das so? Ganz einfach:
Das Geheimnis des Facebook-Erfolgs ist die Sehnsucht der Menschen nach Aufmerksamkeit und Anerkennung. Auch Sehnsucht kann eine Sucht sein. Weltweit erliegen ihr rund

2,7 Milliarden Nutzer, die wie die Lemminge ein paar Meinungsführern und Heilsbringern hinterherhecheln.
In der Sprache der Facebook-Architekten verspricht nur *engagement* satte Gewinne – gemeint ist damit der möglichst häufige und möglichst lange und aktive Aufenthalt des Nutzers in der Facebook-Welt. Darüber freut sich dann die Werbewirtschaft und mit ihr Herr Zuckerberg. Denn Facebook und Co. profitieren ausschließlich von Werbeeinnahmen. Und die steigen automatisch mit wachsendem *engagement*.
Das lässt sich allerdings nicht allein mit dem Austausch von Nettigkeiten und lustigen Katzenfotos erzielen, sondern nur mit emotional extrem aufgeladenem Content. Die selbstlernenden Algorithmen der Großrechner im Silicon Valley haben schnell begriffen, dass negative Emotionen deutlich mehr *engagement* erzeugen als positive Emotionen. Neid und Missgunst, Angst und Wut, kalte Verachtung und blanker Hass sind effizienter und damit profitabler als zum Beispiel Empathie. Negatives Feedback ist schneller und damit preisgünstiger herzustellen als positives Feedback. Ergebnis: Wer am lautesten schreit und moralisch-ethische Grenzen überschreitet, wer aggressiv und verletzend im Ton wird, wer Versagensängste oder Minderwertigkeitsgefühle bei anderen hervorlockt, wer verleumdet oder herabwürdigt, der erzielt über die Algorithmen mehr *likes*, mehr *follower*, also mehr Aufmerksamkeit und Bestätigung.
Die Narzissten unter den Usern werden also permanent belohnt, tanken Glücksgefühle und Selbstbewusstsein. Den Rest erledigen Zombies: gekaufte Fake People, Bots, Trolle. Für das Geschäftsmodell spielt es am Ende keine Rolle, ob *engagement* durch echte Menschen oder durch Maschinen erzeugt wird.
Statt die Welt zusammenzuführen, wie es Zuckerberg versprochen hat, spaltet Facebook die Gesellschaft und gefährdet die

Demokratie. Die Algorithmen sorgen nämlich dafür, dass sich die Leute, ohne es zu merken, nur noch in ihren homogenen Echokammern bewegen. Also unter Gleichgesinnten. Dort bestätigt man sich gegenseitig und lebt seinen Hass aus. Und glaubt, alle Welt denke so wie man selbst.

Warum sind diese Echokammern so gefährlich? Demokratie setzt voraus, dass es eine Verständigung auf ein paar gemeinsame Grundwahrheiten gibt. Verständigung entsteht durch Kommunikation. Wenn aber Kommunikation nur noch in abgespaltenen Echokammern stattfindet, zerstört das die demokratische Gesellschaft nach und nach. Facebook und Co. machen also ihren Reibach damit, demokratische Gesellschaften zu zerstören. Das mag nicht ihr Ziel sein, aber sie nehmen es billigend in Kauf.

Vielleicht schicken ja deshalb so viele IT-Manager ihre eigenen Kinder auf die im Silicon Valley florierende private Waldorfschule: Social Media hat dort nämlich keinen Zutritt. Strengstens verboten!

Lis schwirrt der Kopf. Bis gestern dachte sie, die Welt sei ihr durch ihre Arbeit, durch ihre vielen Reisen vertraut. Nun blickt sie auf eine neue, ihr bislang verborgene Welt. Eine Welt, die sich offenbar anschickt, die ihr vertraute zu zerstören.

Sie geht ins Schlafzimmer. Sie öffnet das Holzkästchen, das ihren Schmuck beherbergt. Und den Joint, den ihr Alejandro bei seinem letzten Besuch dagelassen hat. Das gute Zeug aus der Siedlung der Afrikaner am Stadtrand von Torre del Mar.

Sie geht zurück, zündet ihn an und nimmt einen tiefen Zug. Schließt die Augen. Nimmt noch einen Zug. Dann erst liest sie weiter:

Jetzt wirst du dich wahrscheinlich fragen: Was bitte schön hat denn all das mit Nerja zu tun?

Weil in der westlichen Welt der politische Druck auf die IT-Konzerne wächst, müssen die zumindest den gröbsten Dreck aus ihren Kanälen filtern. Das geschieht aufgrund der niedrigen Löhne bevorzugt in Manila. Aber nicht nur aufgrund der Löhne. Filipinos sind fromme Christen. Die spanischen und dann amerikanischen Kolonialherren haben dem Land einen toxischen Mix aus katholischer Leidensfähigkeit und calvinistischer Arbeitsethik hinterlassen. Hier lassen sich Gläubige an Karfreitag ans Kreuz nageln, mit echten Nägeln, um das Leiden Christi und dessen Opferung für die Sünden der Welt nachzuempfinden. Solchen Menschen kann man natürlich sehr leicht einreden, sie befänden sich mit ihrem Job als Cleaner auf einer heiligen Mission und befreiten die Menschheit vom Bösen. Ein digitaler Kreuzzug.

Inzwischen hat man aber festgestellt, dass junge Filipinos, auch wenn sie überdurchschnittlich gebildet sind, den in einem ihnen fremden Kulturkreis wie Europa kursierenden Content im Sinne der Erzeuger und Nutzer und natürlich der Werbekunden nicht immer zufriedenstellend bewerten können. Das heißt ganz simpel: Sie löschen zu viel. Was ist Kunst im liberalen europäischen Verständnis? Was ist Erotik im Unterschied zur Pornografie im europäischen Verständnis? Was ist Meinungsfreiheit im europäischen Verständnis?

Wenn zu viel gelöscht wird, ist das nicht gut fürs Geschäft. Deshalb hat man begonnen, zusätzliche, wenn auch deutlich kleinere, Cleaning-Fabriken in Europa zu installieren. In Polen, in Irland und in Spanien. Diese drei Länder weisen einerseits niedrige Lohnkosten auf, und die Arbeitslosenquote unter jungen Leuten ist hoch, weshalb auch gebildete Menschen jeden Job annehmen müssen, den sie kriegen können. Denn als Cleaner kommen nur junge, gebildete, internetaffine Leute in Frage.

Hinzu kommt: Polen, Irland und Spanien sind erzkatholische

Länder. Auch das ist ein Faktor für die Standortwahl nach dem erfolgreichen Vorbild Manila. Ob damit in Andalusien derselbe Effekt erzielt wird wie in Manila, vermag ich nicht zu beurteilen. Von calvinistischer Arbeitsethik kann bei euch wohl keine Rede sein. Und der Katholizismus? Besitzen die katholischen Andalusier tatsächlich dieselbe demütige und fatalistische Haltung wie die katholischen Filipinos?

So, meine liebe Elisabeth. Ich hoffe, ich konnte dir ein wenig helfen. Und hoffentlich waren meine Ausführungen für dich verständlich.

Demnächst mehr, sobald ich die Zeit dafür finde, nach diesem geheimnisvollen Juan Carlos zu suchen. Sei herzlich gegrüßt von deinem kleinen Bruder Hans.

P.S.: Hast du eigentlich gewusst, wie stolz ich immer auf meine große Schwester war? Wahrscheinlich nicht.

Nein, hab ich nicht gewusst.

Und alles andere auch nicht.

Hans, ich muss zugeben: Ich habe dich unterschätzt.

Lis Neuhäuser klappt ihr Laptop zu und greift nach dem Handy. Hält es eine Weile unschlüssig in der Hand, denkt nach, wägt ab, legt es schließlich wieder zurück auf den Tisch.

Besser nicht.

Soll sie ihm stattdessen eine E-Mail schreiben?

Um sich bei ihm zu bedanken?

Aber Lis hat Sorge, die falschen Worte zu wählen und alles wieder kaputt zu machen.

Hans wird sich von alleine wieder melden.

Ganz sicher sogar.

21

El acueducto del Águila. Ausgerechnet. Eines der beliebtesten Fotomotive der Touristen. Sie fotografieren das Ding wie blöd, weil die Idioten denken, es stamme aus der Antike. Dabei wurde das Aquädukt nicht in der Antike gebaut, sondern erst im 19. Jahrhundert. Um Quellwasser und Schmelzwasser aus der Sierra zu den Zuckerfabriken an der Küste zu transportieren und die zwischen Nerja und Maro gelegene enge, 40 Meter tiefe Schlucht namens Barranco de la coladilla zu überbrücken. Die Touristen können das Aquädukt zum Glück nur aus der Ferne der Parkbucht betrachten und fotografieren, weil das Gelände hier völlig unwegsam ist. Das fehlte gerade noch, dass die in der Schlucht herumturnen und sich die Knochen brechen.

Capitán Santiago Robles Alvarez, Chef der Wache der Guardia Civil in der Calle San Miguel in Nerja, legt das Foto vom Fundort der Leiche zurück auf den Schreibtisch. Er lockert die Krawatte und öffnet den obersten Hemdknopf. Das einzige Zugeständnis an die Hitze, das er sich hin und wieder gestattet, wenn er alleine in seinem Dienstzimmer sitzt, abgesehen von dem altmodischen Deckenventilator, dessen Brummen ihm aber nach spätestens einer Viertelstunde dermaßen auf die Nerven geht, dass er ihn wieder abschaltet.

Er hat einen neuen Ventilator beantragt.

Aber das kann dauern.

Den jagdgrünen Uniformrock mit den Orden und Ehrenzeichen über der linken Brusttasche legt er selbst im Hochsommer nicht ab. Nicht einmal in seinem Büro. Nur den *tricornio* setzt er im Büro ab. Der schwarz lackierte Dreispitz thront auf dem Aktenschrank hinter dem Schreibtisch. Viele der Kameraden, sogar der Offizierskameraden, haben ihn längst gegen die modernere, bequemere und pflegeleichtere Dienstmütze eingetauscht.

Capitán Santiago Robles Alvarez nicht.

Der *tricornio* ist ihm heilig.

Die Tradition ist ihm heilig.

Nicht wenigen Kameraden ist die Tradition inzwischen völlig schnuppe. Vor allem den jüngeren Offizieren, diesen Karrieristen und Opportunisten. Sie loben und feiern unentwegt das moderne Antlitz der Guardia, die endlich im 21. Jahrhundert angekommen sei. Was auch immer das heißen soll. Sie stürzen sich mit Verve auf all die neuen, der persönlichen Karriere dienlichen Aufgaben, widmen sich organisierter Kriminalität, Korruption, Cybercrime. Und natürlich der ihrer Ansicht nach vornehmsten Aufgabe, dem Schutz der demokratischen Verfassung vor ihren zahlreichen Feinden.

Capitán Santiago Robles Alvarez lehnt sich in dem ledernen Drehstuhl zurück und verschränkt die Hände im Nacken.

40 Meter.

Die Sache könnte unliebsame Folgen haben. Mal ganz abgesehen davon, dass es eine schwere Sünde ist, sich das Leben zu nehmen. Eine Todsünde. Hat sie denn keine Sekunde an ihre bedauernswerten Eltern gedacht, die nun mit dieser Schande leben müssen?

40 Meter.

Urlauber wie Residenten schätzen die fröhliche, unbekümmerte, lebensbejahende Atmosphäre an der Costa del Sol. Die Sonnenküste. Auch wenn Capitán Santiago Robles Alvarez die Ausländer unerträglich findet, die verwöhnte Brut der Neureichen mit ihren nächtlichen Partys, die kiffenden Althippies, die koksenden Yuppies auf ihren Yachten, die Schwulen und Transen in den Nachtclubs, die betrunkenen, herumgrölenden Engländer in der Altstadt und nicht zuletzt diese ekelhaften Nudisten an der Playa de las Alberquillas. Einfach widerlich. Was für eine Welt.

Aber der Tourismus ernährt die Menschen hier. Da darf man nicht wählerisch sein. Das hat schon der Caudillo früh erkannt: Der Tourismus spült Geld in die Kassen und schafft Arbeitsplätze, und Arbeiter mit gefüllten Bäuchen zetteln keine Aufstände an. Die Augen des Capitán suchen das blasse Rechteck an der Wand, hinter seinem Schreibtisch, über dem Aktenschrank und dem dort abgelegten Dreispitz.

40 Meter.

Auf keinen Fall darf Nerja zum Mekka für Lebensmüde werden. Wenn sich das herumspricht, wird es Nachahmer geben. Und spätestens dann wird die Journaille aus Madrid auftauchen, um über die perspektivlose Jugend in Andalusien zu schwadronieren, die warten doch nur auf eine solche Gelegenheit. Nicht auszudenken, welche Folgen das für die heimische Wirtschaft nach sich ziehen könnte.

Zum Beispiel für die neue Firma auf dem Gelände der ehemaligen Zuckerfabrik. Diese internationalen Konzerne sind da gnadenlos. Schließen den Laden und machen am anderen Ende der Welt wieder auf, wenn ihnen der Standort nicht mehr behagt.

Das fehlt gerade noch.

Ein kurzes, energisches Klopfen an der Tür. Endlich.

«Treten Sie ein, Sargento.»

Sargento David Moreno Flores wundert sich zwar jedes Mal aufs Neue, dass sein Vorgesetzter ihn offenbar am Klopfton erkennt, aber er lässt sich seine Verwunderung auch jetzt nicht anmerken und grüßt militärisch korrekt.

«Wir haben neue Informationen, Capitán.»

«Dann mal los.»

«Die Tote heißt Maria Ruiz Delgado. 26 Jahre. Ledig. Die Identität ist zwar noch nicht abschließend von der Rechtsmedizin bestätigt, aber sie trug einen Ausweis ihres Arbeitgebers um den Hals. Sie scheint ihn sogar eigens in den Ausschnitt ihrer Bluse gestopft zu haben, damit er während des Sturzes nicht verloren geht. Außerdem haben wir ihr Auto auf einem Feldweg in der Nähe gefunden. Unverschlossen. Auf dem Beifahrersitz lag ihr Handy. Es war nicht abgeschaltet, und der Akku war noch halb voll, merkwürdigerweise lag sogar ein handschriftlicher Zettel mit dem Code daneben, wir konnten also einfach nachsehen.»

«Und?»

«Leider findet sich in ihrem Handy kein Hinweis auf etwaige Suizidabsichten oder ein schlüssiges Motiv. Man könnte fast den Eindruck gewinnen, als habe sie das alles so arrangiert, damit wir möglichst schnell ihre Identität feststellen. Als wollte sie uns Arbeit ersparen. Dennoch habe ich dem Rechtsmediziner klargemacht, dass wir den Bericht so schnell wie möglich benötigen.»

«Gute Arbeit, Sargento. Wohnung? Arbeitsplatz?»

«Sie hat bei CleanContent gearbeitet. Das ist diese neue Computerfirma auf dem Gelände der ehemaligen Zuckerfabrik, wenn Sie in Richtung Maro ...»

«Ich weiß, wo das ist. Ich kenne die Firma.»

CleanContent. Ein Grund mehr, den Suizid unbedingt unter Verschluss zu halten, denkt der Capitán. Man kann nur dankbar sein für jedes moderne, zukunftsorientierte Unternehmen, das sich bei uns ansiedelt und Arbeitsplätze schafft und nicht vom Tourismus abhängt. Aber er sagt es nicht. Stattdessen fragt er:

«Vollzeit?»

«Ja. Meistens hatte sie die Abendschicht. Also die Spätschicht bis Mitternacht. Ein befristeter Vertrag, sie vergeben dort immer nur Halbjahresverträge, aber ihrer sollte wohl verlängert werden, heißt es dort. Und das hatte man ihr auch schon mitgeteilt. Angst vor Arbeitslosigkeit kommt also als Motiv nicht in Frage. Der Personalchef hat keine Erklärung dafür, warum sie sich das Leben genommen haben könnte. Sie wurde dort nicht als depressiv wahrgenommen. Ist ja auch ein schöner Arbeitsplatz. Sauber, modern, klimatisiert …»

«Sonst noch was?»

«Der Personalchef mutmaßt, ihr sei ihre Nebenbeschäftigung über den Kopf gewachsen. Sie hat nämlich zusätzlich als Zimmermädchen im Hotel Perla Marina ausgeholfen. Wenn jemand ausfiel, wegen Krankheit oder so, sprang sie kurzfristig ein. Und das kam wohl in jüngster Zeit häufiger vor, sagt er.»

«Fleißig, fleißig.»

«Vielen Dank, Capitán.»

«Ich meinte nicht Sie, sondern die junge Frau. Was für eine Schande. Statt einen Ehemann glücklich zu machen und ihm Kinder zu schenken, nimmt sie sich nach sinnlos verblühter Jugend das Leben. Wie konnte sie das nur ihren armen Eltern antun? Sind die Angehörigen schon informiert? Stammt sie von hier?»

«Nein. Sie wohnte erst seit ungefähr einem Jahr hier. Oben in Capistrano. Aber nicht in dem feinen Viertel, wo die englischen Residenten wohnen. Sie hatte ein möbliertes Zimmer in diesem Hochhaus. Nicht gerade die beste Adresse.»

«Aber preiswert. Auch das muss es geben.»

«Natürlich. Wir haben uns die Wohnung gründlich angeschaut. Obwohl … Wohnung ist eigentlich zu viel gesagt. Ein winziges Zimmer. Der Vermieter nennt es Apartment, weil es über einen Kühlschrank und eine verrostete Kochplatte verfügt. Kostet trotzdem eine Menge Geld.»

«Langweilen Sie mich nicht, Sargento. Ist sie von hier?»

«Jedenfalls konnten wir auch dort keinen Hinweis etwa in Gestalt eines Abschiedsbriefs finden. Nein, sie kommt ursprünglich aus Málaga. Stammt wohl aus sehr einfachen Verhältnissen. Aber das wissen wir alles erst seit einer halben Stunde.»

«Sehen Sie, Sargento, dann war sie von klein auf gewohnt, in einfachen Verhältnissen zu leben. Ich möchte, dass Sie persönlich nach Málaga fahren und den Angehörigen die betrübliche Nachricht überbringen. Und bieten Sie ihnen unsere volle Unterstützung an: Überführung der Leiche, Behördengänge, Totenschein und so weiter. Die armen Leute sollen sich von uns gut betreut fühlen. So gut, dass sie gar nicht erst auf die Idee kommen, hierher nach Nerja zu reisen. Das fehlte uns gerade noch. Und nehmen Sie die persönlichen Sachen aus dem Zimmer der Toten gleich mit nach Málaga.»

«Aber ...»

«Das ist ein Befehl. Ich möchte so wenig Aufhebens wie möglich in der Angelegenheit. Um ehrlich zu sein: Ich möchte überhaupt kein Aufhebens. Nichts geht an die Medien! Kein Verbrechen, kein tragischer Unfall, nur ein Suizid. Eine Privatsache also. Das geht die Medien nichts an. Haben wir uns verstanden?»

22

Querido Alejandro,
zum ersten und zugleich letzten Mal bitte ich dich um einen Freundschaftsdienst. Vielleicht ist das das falsche Wort, weil ich ja nicht einmal weiß, ob wir jemals so etwas wie Freunde waren. Ich weiß nicht, was ich für dich war. Vielleicht ist das, worum ich dich bitte, zu viel verlangt. Das kannst nur du entscheiden. Wenn ja, dann vergiss es einfach. Und dann vergiss bitte auch mich.
Ich habe niemanden sonst, den ich darum bitten könnte. Und der überhaupt verstehen könnte, was ich meine. Es ist mein letzter, mein innigster Wunsch. Bitte fahr zu meiner Familie (die Adresse steht auf dem Zettel im Umschlag) und erkläre ihnen, warum ich keine andere Wahl hatte. Damit sie es verstehen. Sie müssen verstehen, dass ich es nicht getan habe, um ihnen Leid zuzufügen. Niemals hätte ich ihnen oder irgendeinem Menschen Leid zufügen können.
Ich habe bei der Arbeit etwas gesehen, das mir den Verstand raubt. Es kommt wieder und immer wieder. Es hat Besitz von mir ergriffen. Es erscheint nicht mehr nur während der Arbeit auf meinen Bildschirm, wieder und immer wieder, es ist längst in meine Gedanken, in meine Träume gekrochen. Es beweist, dass sich ein Mitglied meiner Familie eines schrecklichen Verbrechens schuldig gemacht hat. Ich habe meinen Urgroßvater als Beschützer der Armen und Entrechteten verehrt.

Als Märtyrer im Dienst der guten Sache. So wie es mir meine Familie beigebracht hat. Ich wünschte, ich könnte traurig sein. Ich wünschte, ich könnte wütend sein. Aber ich fühle nichts mehr. Meine Seele ist taub. Mein Verstand ist gelähmt. Es gibt keinen Ausweg.
Deine Maria

23

Gabriel läuft hinauf in den fünften Stock. Er nimmt immer die Treppe statt des Aufzugs. Und immer zwei Stufen auf einmal. Selbst wenn er morgens übermüdet und gerädert von der Nachschicht kommt. So wie jetzt. Keine Ausnahme.
Um den Körper zu stählen.
Um bereit zu sein.
Hätte er den versifften, ewig nach Schweiß und Urin stinkenden Aufzug genommen, wäre ihm die offenstehende Tür des Nachbarapartments wahrscheinlich gar nicht aufgefallen. Weil der Flur hier einen Knick macht und der Aufzug genau gegenüber seiner Wohnungstür hält. Aber von der Treppe aus ist das gar nicht zu übersehen, weil er unmittelbar darauf zuläuft: Die Tür zu dem Apartment steht sperrangelweit offen.
Die Gelegenheit kann er sich unmöglich entgehen lassen.
Du meine Güte. Die Bude ist ja noch kleiner als seine eigene. Nicht mal ein Tisch. Der würde auch gar nicht reinpassen.
Auf dem Bett steht ein Karton. Voll mit Kram. Ein paar Bücher obenauf. *Das Neue Testament.* Teresa von Ávila: *Die Seelenburg.* Eine Heilige. Und die Schatzpatronin Spaniens. Das hat Gabriel von seiner Großmutter gelernt. Die wusste solche Sachen, kannte alle Heiligen und ihre Lebensgeschichten. Im Gegensatz zu seiner Mutter. Die wusste und kannte gar nichts.
Erich Mühsam: *Trotz allem Mensch sein.* Nie gehört. Isabel Al-

lende: *Das Geisterhaus.* Nie gehört. Wird er später googeln. Um Bescheid zu wissen über die kleine Fette.

Ein Brief. Unterzeichnet mit: *Deine dich liebende Mutter.* Gabriel überfliegt den Text. Langweiliges Zeug.

Eine Jeans. T-Shirts. Unterwäsche. Eine Haarbürste. Schminkzeug. Eine Dose Oliven.

«Was machen Sie da?»

Gabriel lässt vor Schreck die Dose fallen. Sie fällt zum Glück nicht mit Getöse zu Boden, sondern zurück in den Karton.

«Was haben Sie hier zu suchen?»

Ein Soldat der Guardia.

«Verzeihung, Sargento. Ich hahahahab nur gesehen, dass die Tür offen stand. Und dadadada hahahahab ich mir Sorgen gemacht, das vielleicht was passiert ist ...»

«Wohnen Sie hier?»

«Ja. Nebebebebenan.»

«Kannten Sie die Frau?»

Kannten Sie die Frau. Dann ist sie also tot.

Sonst hätte er gefragt: *Kennen Sie die Frau?*

Gabriel achtet auf solche Kleinigkeiten.

«Ja. War eine Kollegin.»

«Bei CleanContent?»

«Ja.»

«Hatten Sie näheren Kontakt?»

«Nein.»

«Was wissen Sie über die Frau?»

«Ich bin erst seit ein paar Wochen bei der Firma. Hahahahab vorher in Kastilien gewohnt. Deshalb weiß ich nix.»

«Wie heißen Sie?»

Der Sargento zückt ein kleines schwarzes Notizbuch aus der Uniformtasche und klappt es auf.

«Ich?»

«Ja klar. Wer sonst?»

«Gabriel Calvo Montero.»
«Geboren wann und wo?»
«13. Mai 1995. Madrid.»
«Okay. Sie können gehen.»
«Dadadadarf ich fragen, was mit der Frau ist?»
«Nein.»
Der Sargento steckt das Notizbuch und den Kugelschreiber zurück in die Uniformtasche, verschränkt die Hände hinter dem Rücken, baut sich breitbeinig vor Gabriel auf, strafft den Brustkorb und hebt das Kinn in Gabriels Richtung.
«Sie können gehen!»
Gabriel schaut zu ihm auf.
«Mir ist gegegegerade noch was eingefallen.»
«Ja?»
«Die hatte immer didididie Spätschicht. Und ich didididie Nachtschicht. Bei Schichtwechsel stand didididie oft mit so einem Typ rum. Draußen, auf dem Papapapa ...»
«Parkplatz.»
«Ja. Auf dem Parkplatz. Ich glaube, didididie hatten was miteinander. Garantiert.»
«Name?»
«Von dem Typ?»
«Ja.»
«Keine Ahnung. Ich weiß ja noch nicht mal, wie didididie Frau hier hieß. Aber das ist so ein Lalala ... so ein Langer, also ziemlich groß, und wir teilen uns eine Kakakabibibi ... Scheißwort!»
«Kabine.»
«Ja. Den Arbeitsplatz. Hat immer didididie Spätschicht. Müssten Sie also problemlos über dededeen Personalchef rauskriegen können, wie der Kollege heißt. Jede Wette, dass didididie was miteinander hatten.»
«Danke.»

«Sehr gerne.»

Gabriel geht.

Er verkneift sich das Grinsen, bis er durch die Tür und außer Sichtweite ist. So, Langer, jetzt kriegst du hoffentlich auf die Fresse, du arrogantes Arschloch.

Gabriel verschließt seine Wohnungstür von innen, setzt sich an den Tisch und fährt den Rechner hoch.

Der Sargento hat nicht schlecht gestaunt, als er ihn mit seinem korrekten Dienstgrad angesprochen hat. Erlebt der sicher nicht alle Tage. Gabriel kennt sich aus mit den Dienstgradabzeichen. Guardia. Heer. Marine. Luftwaffe. Überall hat sich Gabriel beworben. Bei allen Waffengattungen. Als Freiwilliger. Überall ist er abgelehnt worden. Untauglich! Zu klein. Zu schmächtig.

Und außerdem Stotterer. Das haben die zwar nicht gesagt. Aber Gabriel hat gespürt, dass sie genau das gedacht haben.

Gabriel googelt.

Isabel Allende. Chile. Schriftstellerin. Sozialistenhure. Hätte er sich gleich schon denken können.

Erich Mühsam. Deutschland. Publizist. Jude. Pazifist. Anarchist. 1934 im KZ Oranienburg liquidiert. Einer weniger.

Reconquista 2.0 hat er sich in die Favoritenleiste gelegt. Kann ruhig jeder sehen. Auch der Sargento, wenn er jetzt anklopfte und reinkäme und noch eine Frage hätte. Ist ja wohl nichts dabei. Schließlich leben wir in einer Demokratie. Schließlich haben wir Meinungsfreiheit, oder nicht?

Die frei zugängliche Website für die Öffentlichkeit.

Gabriel überfliegt die News auf der Startseite. Die jüngsten Zahlen zur Flüchtlingsflut. Es werden immer mehr. Und die von Reconquista 2.0 recherchierte Statistik über den hohen Anteil an Kriminellen und Terroristen unter all diesen Parasiten. Gabriel schreibt schnell noch einen Kommentar fürs Forum. Kurz und bündig: *Danke für die wertvolle Info! Wir erleben eine komplette Umvolkung, und die von unseren Steuergeldern hochbezahlten Politiker reden alles schön! Zum Kotzen!*

Senden.

Dann klickt Gabriel auf den Button *Mitgliederbereich*. Gibt sein Passwort ein. Von dort in den Chatroom. Seit zwei Wochen ist er freigeschaltet. Hat die ganze Prozedur mit Bravour bewältigt. Eine knallharte Auslese. Was die alles von ihm wissen wollten. Insgesamt 40 Fragen. Dann noch die Identitätsüberprüfung. Schließlich, drei Tage später, die erlösende Nachricht:

Herzlichen Glückwunsch, Gabriel.

Willkommen bei Reconquista 2.0, willkommen im inneren Zirkel, willkommen im Kreis der Retter Spaniens.

24

Die Eisentür kreischt empört auf, als Pater Daniel sie öffnet. Der Benediktinermönch betätigt den altmodischen Kippschalter. Mit Verzögerung springt die Neonröhre an der Tunneldecke an, zuckt erst eine Weile nervös, als sei sie etwas aus der Übung. «Stoß dir nicht den Kopf», sagt Pater Daniel und stapft voran. Alejandro folgt ihm gebückt durch die enge, in den Felsen getriebene Röhre. Nach einigen Metern weitet sich der Stollen zu einem vielleicht vier mal vier Meter großen Raum. Von den vier Neonröhren funktionieren nur zwei.

«Müsste ich mal reparieren lassen.»

«Mach ich dir bei Gelegenheit, kein Problem. Und die Türscharniere werde ich auch ölen. Ganz schöner Aufwand, nur um ein paar Akten unterzubringen.»

«Was meinst du damit?»

«Na, diese künstliche Grotte im Fels.»

«Nein, nein, das waren wir nicht. Das waren die Mauren. Die haben den Stollen in den Berg getrieben. Vermutlich elftes Jahrhundert. Vielleicht diente sie als Versteck? Zum Schutz vor Piraten? Oder um Wein kühl zu lagern? Haben die Muslime damals Alkohol getrunken, Alejandro? Ich weiß es nicht.»

Der Pater schaltet seine Taschenlampe ein. Der starke Lichtkegel zuckt über hölzerne, von einer dicken Staubschicht bedeckte Regale, die allesamt aussehen, als hätten sie schon während der *reconquista* existiert.

«Als ich aus San Sebastián nach Frigiliana kam, haben wir schon alles digital gespeichert. Deshalb war ich auch so gut wie nie in diesem Raum. Angeblich existieren in diesem Archiv sogar noch Dokumente aus der Zeit der Inquisitionstribunale, die, wie du sicher weißt, erst 1834 endgültig abgeschafft wurde. Zu jener Zeit hatten die USA schon seit einem halben Jahrhundert eine demokratische Verfassung.»

Alejandro wundert sich nicht zum ersten Mal über die deutlich spürbare emotionale Distanz, die der Benediktiner aus dem Baskenland der römisch-katholischen Kirche entgegenbringt. Vielleicht weil den baskischen Priestern seit jeher die Rebellion im Blut liegt. Sie waren die Einzigen innerhalb der katholischen Kirche Spaniens, die sich im Bürgerkrieg gegen Franco gestellt haben. Auf seinen Gott lässt Pater Daniel nichts kommen. Aber mit dem amtlichen Katholizismus steht er auf Kriegsfuß.

Sie brauchen keine Viertelstunde, um zu finden, wonach sie suchen. Die achtziger Jahre des 20. Jahrhunderts. Versammelt in zwei großen Pappkartons. Sie tragen die beiden Kartons durch den engen Stollen in die Küche des Pfarrhauses. Pater Daniel nimmt zwei Gläser und eine Flasche Brandy aus dem Schrank.

«Das spült den Staub aus der Kehle und beflügelt den Geist. Ein *Gran Duque d'Alba*. Nur für besondere Anlässe. Und dies ist ja wohl ein besonderer Anlass, will ich meinen.»

Sie nehmen sich jeder einen Karton vor.

Taufen, Erstkommunionen, Hochzeiten, Beerdigungen. Der Kreislauf des Lebens. Die Chronologie eines Dorfes.

Sie finden die Hochzeitsurkunde seiner Eltern.

Und die Taufscheine.

Alejandro. Felipa. Und Juan Carlos.

«Dann wäre er jetzt also 40. Wenigstens stimmt diese Information meiner Mutter. Vier Jahre älter als meine Schwester Felipa. Und sechs Jahre älter als ich. Falls er noch ...»

«Ja, falls er noch lebt, Alejandro. Falls er das Heim überlebt hat. Versteh mich nicht falsch, ich möchte dich nur vor einer bitteren Enttäuschung bewahren. 34 Lebensjahre lang hast du nichts von seiner Existenz gewusst. Das hat vielleicht Gründe, die ...»

«Keine Sorge. Ich bin da realistisch. Und auf alles gefasst. Ich will nur wissen, was passiert ist.»

Sie suchen weiter.

Als Alejandro mit seinem Karton durch ist, verlässt er die Küche, geht durch den Flur des Pfarrhauses nach draußen, setzt sich auf die im Schatten liegenden, kühlen Treppenstufen vor der Haustür und raucht eine Zigarette.

Maria.

Der Schmerz ist unerträglich.

Morgen wird er nach Málaga fahren. Er hat sich zwei Tage Urlaub genommen. Don Javier hat ihn gefragt, warum er so kurzfristig Urlaub brauche. Alejandro hat es ihm gesagt. Don Javier hat zwar die Stirn in Falten gelegt, wie immer, wenn er sein äußerstes Missfallen zum Ausdruck bringen will. Aber er hat den Urlaub genehmigt.

«Alejandro?»

Pater Daniels kräftige Stimme schallt durch den Flur. Also drückt Alejandro die Kippe aus, steckt sie in die Hosentasche und geht zurück in die Küche.

«Setz dich. Ich hab was gefunden. Eine Aktennotiz, die der damalige Pfarrer Miguel Fuentes Ortega am 18. November 1987 an sich selbst verfasst hat.»

«Lies es mir vor.»

«Du kannst auch gern selbst ...»

«Bitte, lies es mir vor.»

Pater Daniel seufzt und fügt sich. Er setzt seine Brille auf, nimmt das vergilbte Stück Papier mit spitzen Fingern vom Tisch und liest laut vor:

An seinem heutigen achten Geburtstag wurde der Knabe Juan Carlos Vidal Romero, erstgeborener und in Sünde gezeugter Sohn der zwar gottesfürchtigen, aber willensschwachen und der Fleischeslust zugeneigten Señora Ana Romero Perez, auf ausdrückliche Weisung Seiner Exzellenz, des Erzbischofs von Granada, in die Obhut der Besserungsanstalt für Knaben der Frommen Bruderschaft der Heiligen Agatha übergeben. Zwei Erzieher der Anstalt erschienen am frühen Nachmittag in Frigiliana, um ihn mitzunehmen. Sie wählten die Stunden der Siesta, um möglichst wenig Unruhe in der Dorfgemeinschaft zu erzeugen. Die beiden Padres wurden von zwei Soldaten der Guardia Civil begleitet, da der Knabe Juan Carlos als äußerst aggressiv und gewalttätig bekannt ist. Doch der Knabe leistete überraschend keinerlei Widerstand. Der heillos überforderten Señora Ana Romero Perez wurden von Amts wegen die Vormundschaft und das Sorgerecht entzogen. In der nächsten Heiligen Messe werden wir in der Pfarrkirche gemeinsam zu Gott beten, dass der Knabe in dieser Anstalt zurück auf den rechten Weg geführt werden möge.

Pater Daniel legt das Blatt zurück auf den Küchentisch, setzt die Brille ab und greift nach der Brandyflasche.

«Noch ein Schlückchen?»

Alejandro schüttelt geistesabwesend den Kopf.

«Also nach meiner Einschätzung hat das mein Vorvorgänger aus einem einzigen Grund geschrieben: um sein schlechtes Gewissen zu beruhigen. Um seine Hände demonstrativ in Unschuld zu waschen. Um der Nachwelt zu hinterlassen, dass er nur als unbedeutendes Werkzeug einer höheren, göttlichen Macht gehandelt hat. Dabei ist es doch auf seine Initiative hin geschehen! Ohne sein Zutun wäre der Junge nicht in die Besserungsanstalt gebracht worden. Und ohne sein Zutun hätte man deiner Mutter nicht das Sorgerecht entzogen.»

«Hast du schon mal was von dieser Bruderschaft gehört?»
«Die Fromme Bruderschaft der Heiligen Agatha?»
Alejandro nickt.

Pater Daniel zögert einen Augenblick. Als müsste er erst die richtigen Worte finden.

«Die hatten mal eine ähnliche Bedeutung wie das Opus Dei. Waren einflussreiches Bindeglied zwischen dem Franco-Regime und der Kirche, hatten beste Kontakte in den Vatikan. Makler und Mittler zwischen der weltlichen Macht und der geistlichen Macht. Zwischen Rom und Madrid. Vielleicht nicht ganz so mächtig wie das Opus Dei. Aber wer weiß das schon. Denn die Bruderschaft agierte noch sektiererischer als das Opus Dei, und das will schon was heißen. Zwischen den beiden Orden gab es erhebliche Rivalitäten. Die Fromme Bruderschaft der Heiligen Agatha hatte es sich nämlich zum Ziel gesetzt, den Nachwuchs für die Schlüsselpositionen der spanischen Gesellschaft heranzuziehen und nach ihren Wünschen und Vorstellungen zu formen. Das passte dem Opus Dei überhaupt nicht. Die Bruderschaft unterhielt zu diesem Zweck Eliteinternate als Kaderschmieden. Aber auch jede Menge Waisenhäuser. Und sogenannte Besserungsanstalten für Schwererziehbare. Aber das ist ja zum Glück längst Vergangenheit.»

Pater Daniel greift nach der halbvollen Brandyflasche und sieht Alejandro fragend an. Der nickt geistesabwesend. Also füllt der Pater beide Gläser.

«*¡Salud!*»

«*¡Salud!* Wieso zum Glück?»

Pater Daniel nimmt erst mal einen Schluck, bevor er weiterspricht.

«Gerüchte gab es schon länger.»

«Was für Gerüchte?»

«Sexueller Missbrauch an minderjährigen Schutzbefohlenen in den Heimen der Bruderschaft.»

Der Satz schwebt durch den Raum wie eine unsichtbare Wolke aus Giftgas. Alejandro fällt das Atmen schwer. Pater Daniel lässt die Worte nur so sprudeln, um die Wolke zu vertreiben:

«Während der *transición* wurde sowieso alles unter den Teppich gekehrt. Erst Zapatero hat dann im Zuge der strikteren Trennung von Kirche und Staat der Frommen Bruderschaft der Heiligen Agatha die Lehrerlaubnis sowie die Lizenz zur Inobhutnahme Minderjähriger entzogen. Allerdings in aller Stille, unter dem Radar der Öffentlichkeit, also ganz im Geiste der *transición*, wenn du so willst. Die Bruderschaft musste also notgedrungen ihre Waisenhäuser, ihre Besserungsanstalten für Knaben und ihre Eliteinternate schließen oder an andere, vom Staat lizenzierte Träger übergeben.»

«Hast du eine Ahnung, wo das Heim war, in das mein Bruder gebracht wurde?»

«Nein. Aber wir werden es herausfinden, Alejandro.»

25

Durch die dünne Wand dringt ein lang anhaltender Schrei aus dem Nachbarzimmer. Der Schrei einer Frau. Der Schrei, ein einziger Schmerzenslaut, geht Alejandro durch Mark und Bein. Er hat noch nie einen Menschen so schreien gehört.

«Tag und Nacht geht das so», sagt Diego. Dann bricht seine Stimme: «Es ist für uns alle ... aber für sie ist es ...»

In das Wehklagen mischt sich ein wütendes Pochen von oben. Es dringt durch die Betondecke über ihren Köpfen in das winzige Wohnzimmer. Erzeugt von einem harten, spitzen Gegenstand, vielleicht einem Hammer. Vielleicht auch nur von einen Besenstiel, der in der Wohnung über ihnen im Takt auf den Fußboden gerammt wird. Diego springt auf, stößt den Stuhl beiseite, reißt die Balkontür auf, lehnt sich rücklings über das Geländer des schmalen Balkons im elften Stockwerk, so weit, dass Alejandro nur vom Zusehen schwindlig wird, und brüllt nach oben: «Hier ist ein Trauerhaus, du alter faschistischer Sack. Gib sofort Ruhe, oder ich komme die Treppe rauf und schmeiß dich aus dem Fenster!»

Diego knallt die Balkontür zu, hebt den Stuhl auf und setzt sich wieder an den Tisch.

«Ich schwöre, eines Tages mach ich den kalt. Der hat uns schon die Polizei auf den Hals gehetzt. Der dreht da oben am Rad, wenn das Kind nur mal lacht oder weint.»

Das Kind steht schon seit geraumer Zeit stumm neben seinem Dreirad in der Ecke. Alejandro schätzt es auf vielleicht zwei Jahre. Der kleine Junge starrt jetzt zur Abwechslung mal nicht Alejandro, sondern Diego mit großen Augen an und bohrt mit seinen schmutzigen Fingern in der Nase.

Diego greift nach der Flasche und füllt die drei Gläser erneut mit der bernsteinfarbenen Flüssigkeit. Eins für Alejandro, eins für sich, eines für seinen Bruder Paco, der bislang noch kein einziges Wort gesagt hat, sondern die ganze Zeit mit versteinerter Miene seine auf der Tischplatte abgelegten Hände anstarrt. Hände wie Schraubstöcke.

«Das geht jetzt so, seit die Guardia hier war und uns die Nachricht überbracht hat. Die hatten sogar schon Marias Apartment in Nerja ausgeräumt und ihre Sachen in zwei große Kartons gestopft und mitgebracht. Dürfen die das überhaupt? Dürfen die sich einfach so über ihre privaten Sachen hermachen? Sag mal, warst du mal in ihrem Apartment?»

Alejandro schüttelt wahrheitsgemäß den Kopf.

«Dann hat der Gardist gefragt, ob er irgendwas für uns tun kann. Sein Chef, der Capitán der Guardia in Nerja, habe seine volle Unterstützung zugesagt. Behördengänge und solche Sachen. Ich habe ihm gesagt, die Arbeiterfamilie Ruiz lässt sich nicht von Faschistenknechten helfen, und er soll sich schleunigst zum Teufel scheren. Und dann hab ich einen Arzt für Pilar gerufen.»

«Pilar?»

«Unsere Mutter. Der Arzt hat ihr eine Spritze gegeben, da hat sie zwei Stunden geschlafen, und was zur Beruhigung aufgeschrieben, das habe ich dann aus der Apotheke geholt, aber das hilft überhaupt nicht. Maria war ihre einzige Tochter. Ihr Nesthäkchen. Maria kam erst zehn Jahre nach mir zur Welt. Und acht Jahre nach Paco. Dazwischen hatte Pilar zwei Totgeburten. Und nur ein paar Wochen nach Marias Geburt ist Pilars Mann gestorben. Unser Vater. Arbeitsunfall. Im Hafen.

Wurde beim Festmachen von einem Frachtschiff zerquetscht. Ist auf einer Öllache ausgerutscht, von der glitschigen Kaimauer gestürzt und wurde zwischen Fender und Betonwand zerquetscht. Die Reederei hat natürlich nichts gezahlt. Selber schuld, hat die Reederei gesagt. Nur ein bisschen höflicher, ein bisschen eleganter. Die wissen, wie man schöne Worte findet. Die haben dafür ihre durchtriebenen Anwälte.»

Alejandro nickt verständnisvoll.

«Alle Männer in unserer Familie sind Hafenarbeiter. Ich bin Kranführer drüben im Containerhafen. Und Paco arbeitet am Kreuzfahrtterminal, seit es im Frachthafen immer weniger Stückgutfrachter zum Beladen und Löschen gibt. Paco karrt mit seinem Kühlwagen Lebensmittel ran für das verwöhnte Pack in den schwimmenden Hotels. Champagner, Edelfische, Gambas, Langostinos, Cigalas, lauter solche Sachen. Alles vom Feinsten natürlich. Stimmt's, Paco?»

Paco sieht kurz auf, sagt aber nichts. Also redet Diego weiter. So unterschiedlich trauern Menschen, denkt Alejandro.

«Alles inklusive an Bord. *All inclusive.* Deshalb lassen die auch so gut wie kein Geld in der Stadt. Trampeln in Horden durch die Straßen, machen ein paar Fotos und verschwinden wieder. Extra für das Pack haben sie das Hafenviertel aufgehübscht. Da gibt's jetzt mehr Parkbänke als Arbeitsplätze. Und für die, die nicht mit dem Kreuzfahrtschiff, sondern mit dem Flugzeug kommen, haben sie die *barrios* gentrifiziert. So nennt man das doch, oder? Gentrifiziert. In La Trinidad und El Perchel gibt's jetzt Restaurants mit Sieben-Gänge-Menus, da könnte sich unsereins nicht mal ein Glas Wasser leisten. Die Wohnungen in der Altstadt rund um den Hafen werden luxussaniert und dann teuer an Ausländer vermietet. Hart arbeitende *málagueños* wie wir können sich ihre eigene Stadt nicht mehr leisten. El Perchel ist Geschichte, mein Freund. Jetzt wohnen wir Arbeiter in diesen Betonsilos fast in der Sierra. Möglichst weit weg vom

Hafen, möglichst weit weg von unseren Arbeitsplätzen. Zwölf Stockwerke. Hauchdünne Wände. Ehrlich, da kannst du die Leute in der Nachbarwohnung furzen hören. 63 Quadratmeter für fünf Personen. Mehr können wir uns nicht leisten. Glaub ja nicht, dass der Aufzug hier immer funktioniert. Und wenn er mal funktioniert, kippen die Arschlöcher einfach ihren Müll rein. Ist ja auch viel bequemer, als mit dem Müllsack bis ins Erdgeschoss zu fahren und ohne Müllsack wieder hoch. Früher konnten wir zu Fuß zur Arbeit gehen. Hier gibt's nicht mal eine Bar. Hier kannst du nicht mal Kippen oder eine Flasche Olivenöl kaufen, ohne den Bus zu benutzen. Hier gibt es auch keine Nachbarschaft, nicht so wie in El Perchel, wo jeder jedem geholfen hat in der Not. Hier gibt es Heroinabhängige und Kriminelle. Die schmeißen ihren Fernseher einfach aus dem Fenster, wenn er kaputt ist. Weißt du, wie dieses Ghetto hier heißt?»

Alejandro schüttelt pflichtschuldig den Kopf.

«La Palma», antwortet Paco und starrt dabei weiter auf die Tischplatte und seine Hände.

«Genau», bestätigt Diego. «La Palma. So haben die Stadtplaner und die Politiker das Ghetto hier getauft. La Palma. Was für ein Hohn. Jetzt sag mal: Hast du auf dem Weg durch diese Betonwüste eine einzige Palme gesehen?»

Alejandro schüttelt erneut den Kopf.

Der Junge stellt sich neben Paco und reckt flehend die dünnen Ärmchen in die Höhe. Paco hebt ihn hoch, wirft ihn in die Luft und fängt ihn wieder auf. Der Kleine quiekt und kräht vor Vergnügen. Zum ersten Mal erhellt sich Pacos Miene für einen kurzen Moment. Paco setzt ihn auf seinen Schoß und schiebt ihm einen Schnuller in den Mund.

«Das ist Marco», sagt Diego. «Unser Sonnenschein. Pacos Sohn. Und Carmens Sohn. Meine Schwägerin ist nebenan bei Pilar. Die ganze Zeit schon. Tag und Nacht. Jetzt ist Pilar ruhig, hörst du?»

Alejandro nickt. Dann stellt Diego die beiden Fragen, auf die Alejandro schon die ganze Zeit gewartet hat:

«Warum hat sie das getan?»

«Ich weiß es nicht.»

«Wart ihr ein Liebespaar?»

«Nein.»

Diego sieht ihn forschend an, ebenso Paco. Als wollten die beiden Brüder so überprüfen, ob Alejandro die Wahrheit sagt. Zwei Augenpaare, zwei Lügendetektoren. In der Nachbarwohnung rauscht die Toilettenspülung.

«Aber Kollegen wart ihr! Du und Maria!»

«Ja.»

«Unsere kleine Maria konnte keiner Fliege was zuleide tun. Sie war ein so lieber Mensch. Viel zu gut für diese Welt.»

Alejandro nickt und schweigt.

«Leider war sie schrecklich fromm. Rannte andauernd in die Kirche. In unserer Familie ist niemand so fromm wie Maria. Außer Pilar vielleicht. Aber Paco und ich, wir sind Atheisten, so wie schon unser Vater und dessen Vater und dessen Vater. Und Anarchisten sind wir. Wie schon unser Vater und dessen Vater und dessen Vater. Weißt du, was Anarchismus bedeutet?»

«So ungefähr.»

Alejandro kommt sich vor wie damals im mündlichen Examen an der Madrider Universität.

«So ungefähr? Dann erklär ich dir das besser mal. Anarchismus bedeutet: Selbstbestimmung, Gleichberechtigung, Selbstverwaltung von Politik und Arbeit. So, jetzt weißt du das mal. Wir lehnen die Herrschaft von Menschen über Menschen ab. Deshalb sind wir auch nicht gläubig. Weil der Katholizismus immer ein Instrument der Unterdrückung des Volkes war. Macht durch Manipulation und Erzeugung von Angst. Opium fürs Volk. Ich nehme mal an, du hast studiert, so wie Maria. Hat ihr nichts genützt, eine Anstellung hat sie damit nicht gefunden. Also?»

Alejandro hat in Diegos Redeschwall keine Frage erkannt.

«Also was?»

«Ich hab dich was gefragt.»

«Was denn?»

«Hast du auch studiert, so wie Maria?»

«Ja. Aber in Madrid.»

«So, so, ein Akademiker. Und trotzdem hast du jetzt noch was Neues lernen können. Von uns einfachen Arbeitern, die nie eine Universität von innen gesehen haben.»

Diego lehnt sich zufrieden zurück. Paco grinst.

«Hast du sie gut gekannt?»

«Maria?»

«Ja, natürlich Maria.»

«Leider nicht. Enge Kontakte unter Kollegen sind in der Firma nicht gern gesehen.»

«Was ist denn das für eine Scheißfirma?»

«IT-Branche. Wir ...»

«Wie heißt die Firma?»

«CleanContent.»

«Was für ein bescheuerter Name. Wem gehört die Firma?»

«Keine Ahnung.»

«Keine Ahnung? Seid ihr organisiert?»

«Was meinst du damit?»

«Sind die Arbeiter in der Firma gewerkschaftlich organisiert?»

«Nein, ich glaube nicht.»

«Warum nicht?»

«Ich weiß es nicht. Es wird nicht gerne gesehen.»

«Nicht gerne gesehen? Was soll das denn heißen? Hat diese Scheißfirma etwa Maria auf dem Gewissen?»

«Ich weiß nur, was Maria in ihrem Brief ...»

«Du hast mir gezeigt, was Maria geschrieben hat. Ich will es aber von dir wissen. Was ist deine Meinung?»

«Sie hat bei ihrer Arbeit offenbar etwas gesehen, was mit eurer Familiengeschichte zu tun hat. Und ich glaube nicht, dass das ein Zufall war. Weil es wieder und wieder auf ihrem Bildschirm auftauchte. Jeden Tag.»

Diego denkt eine Weile nach. Dann trifft er eine Entscheidung, die ihm nicht leichtfällt. Er leert sein Glas in einem Zug, wischt sich mit dem Handrücken über den Mund, steht auf, öffnet die oberste Schublade der Kommode an der Wand und zieht einen Schuhkarton hervor. Einen Karton voller Fotos. Visualisierte Familiengeschichte, auf ähnlich chaotische Weise konserviert wie in der Hutschachtel von Alejandros Mutter im Küchenschrank in Frigiliana.

«Hier!»

Diego legt ein altes Schwarz-Weiß-Foto auf den Tisch. Ein ernst dreinblickender Mann mit einem mächtigen Schnäuzer unter der Hakennase. Strohhut, zerschlissener Anzug, klobiges Schuhwerk, ein an einem Lederriemen quer über den Rücken gehängter Karabiner. Der Gewehrlauf mit dem daran befestigten Bajonett ragt über die rechte Schulter hinaus.

«Unser Urgroßvater. Das war während des Bürgerkriegs. Er hat für die Freiheit gekämpft und am Ende sein Leben für sie gegeben. Franco hat ihn nach dem Krieg hinrichten lassen. Er war nach Francos Sieg in den Untergrund gegangen, in die Sierra. Dort hat er weitergemacht, hat nie aufgegeben. Erst in den fünfziger Jahren haben sie ihn geschnappt und hingerichtet. Diese Schweine!»

«Aber was hat das mit Maria zu tun?»

Diego und Paco sehen sich lange an. Stumme Konversation unter Brüdern. Der kleine Marco ist inzwischen auf Pacos Schoß weggedämmert. Der Schnuller fällt ihm aus dem Mund.

«Es ist etwas passiert damals», sagt Paco.

«Aha. Wollt ihr es mir erzählen?»

Diego übernimmt: «Sagt dir das Massaker von Málaga was?»

«Es ist mir echt peinlich, aber bei mir klingelt nichts.»

«Du musst dich nicht schämen. Das ist nämlich kein Wunder. Daran ist die verfluchte *transición* schuld. Außerdem hat das Franco-Regime viel dafür getan, dass im Ausland niemand mitgekriegt hat, was hier passiert ist.»

«Was ist denn passiert?»

«Nach dem Putsch 1936 standen die *malagueños* mehrheitlich und unerschütterlich auf der Seite der Republik. Deshalb griffen die Faschisten sie von Land, von See und aus der Luft zugleich an. Die tapferen Verteidiger hielten den ganzen Januar 1937 gegen die militärische Übermacht der von Deutschland und Italien unterstützten Generäle stand. Aber am 8. Februar brach der Verteidigungsring zusammen. Die Zivilbevölkerung machte sich zur Flucht bereit. Das ist aber nicht so einfach hier. Schau dir nur die Gegend an, dann weißt du Bescheid: im Norden die Sierra, im Süden das Meer ... da blieb nur die N-340 entlang der Küste nach Osten, in Richtung Nerja und weiter nach Almería, das noch republikanisch war. Manche sagen, es waren 15 000, andere sagen, es waren 50 000 Menschen, die sich auf den langen Weg nach Osten machten. Frauen, Kinder und Greise. Zivilisten.»

«Und die Männer?»

«Die Widerstandskämpfer blieben in der Stadt. Die Flüchtlinge hatten kaum Proviant dabei, so eilig mussten sie Málaga verlassen. Und vor allem hatten sie keine Waffen. In Höhe von Torre del Mar, wo sich heute die Touristen die Sonne auf den Bauch scheinen lassen, wurde der Flüchtlingsstrom von Francos Luftwaffe und von zwei Kriegsschiffen bombardiert. Als hätten sie dort auf die Flüchtlinge gewartet. Zwischen 3000 und 5000 wehrlose, schutzlose, hilflose Menschen starben bei dem Angriff aus dem Hinterhalt. Keiner kennt die genaue Zahl der Toten. Einfach niedergemetzelt. Abgeschlachtet. Die Sache kam erst nach Francos Tod und dem Ende der Diktatur an die Öffentlichkeit. Aber das Massaker wurde natürlich im Interesse der *transición* weiter totgeschwiegen.»

«Und was hat das mit Maria zu tun?»

Nebenan schluchzt Marias Mutter auf. Diego lauscht angestrengt und wartet ab. Dankbar für jede Minute Aufschub. Alejandro leert derweil das Glas mit dem billigen Brandy. Paco schenkt ihm und Diego nach. Marco liegt zusammengerollt wie eine Katze auf Pacos Schoß und schläft tief und fest.

«Es war eine andere Zeit.»

«Zweifellos.»

«Eine Zeit voller Hass. Eine halbe Million Tote.»

«Keine Frage.»

«Unser Urgroßvater ist damals in Málaga geblieben. Mit den anderen Widerstandskämpfern. Die Männer wollten nicht aufgeben, obwohl sie keine Chance hatten. Sie versteckten sich in der Stadt, in ihrer Stadt, um weiter gegen die Faschisten zu kämpfen. Das war ihr einziger Vorteil: Sie kannten die Stadt wie ihre Westentasche, jede Gasse, jeden Winkel. Und wenn es gar nicht mehr ginge, wenn die Munition zur Neige ginge, was nur noch eine Frage der Zeit war, wollten sie in die Sierra fliehen. Das war der Plan. Aber dann hörten sie von dem Massaker. Viele der Widerstandskämpfer hatten auf einen Schlag ihre gesamte Familie verloren. Ihre Frauen, ihre Kinder, ihre Eltern, ihre Geschwister ...»

Carmen steht in der Tür und wartet geduldig, bis Diego sie bemerkt und sich ihr zuwendet.

«Was ist denn, Carmen?»

«Sie schläft jetzt.»

«Das ist gut. Das ist sehr gut. Endlich. Carmen, du bist ein Engel.»

«Ich muss jetzt zur Arbeit. Höchste Zeit.»

«Alles klar. Wir passen auf Marco auf.»

Carmen guckt so, als sei ihr Vertrauen in die Betreuungskünste ihres Schwagers und ihres Mannes eher begrenzt.

«Ich verlasse mich auf euch.»

«Mach dir keine Sorgen, Carmen. Der Junge kriegt was Feines zu essen und nichts Süßes mehr und kein Fernsehen, und ich putze ihm die Zähne und erzähle ihm eine Gutenachtgeschichte.»

Diego wartet, bis die Wohnungstür ins Schloss fällt. Dann erst spricht er weiter:

«Durch einen Zufall erfuhren sie schließlich, wer die Flucht der Frauen und Kinder und Greise an die Faschisten verraten hatte. Jemand, den sie schon lange im Verdacht hatten, schwarze Listen mit Namen und Adressen von Republikanern an die Putschisten zu schmuggeln. Der Pfarrer von La Trinidad.»

Diego nimmt einen Schluck und tauscht Blicke mit seinem Bruder. Paco nickt. Also fährt Diego fort:

«Im Morgengrauen machten sie sich auf den Weg zum Pfarrhaus, zerrten das Schwein aus dem Bett und hinüber in die Kirche, die Wendeltreppe hinauf in den Glockenturm und warfen ihn hinunter. Dann zündeten sie in ihrer Trauer und Wut die Kirche an. Sie gossen einen Kanister Benzin ...»

«Eine Frage bitte ...»

«Was?»

«Wenn Anarchismus doch Herrschaftslosigkeit bedeutet ...»

«Ja?»

«Muss dann Herrschaftslosigkeit nicht zwangsläufig auch Gewaltlosigkeit bedeuten? Denn sonst ...»

«Ja, natürlich, du Schlaumeier. Eine freie anarchistische Gesellschaft ist frei von Gewalt ... sowohl von staatlicher Gewalt als auch von individueller Gewalt. Aber wir leben ja nicht in einer freien anarchistischen Gesellschaft. Auf dem Weg dorthin kann Gewalt notwendig sein, um ...»

«Ich verstehe.»

«Gar nichts verstehst du. Du hast keine Ahnung, in welchem Maße dieser von Franco angezettelte Bürgerkrieg die gesamte Gesellschaft verroht hat. Hör jetzt mal einfach nur zu, vielleicht verstehst du anschließend wenigstens ein bisschen was!»

«Okay.»

«Was mein Urgroßvater und die anderen nicht wussten: In der Kirche befanden sich fünf Nonnen. Ganz vorne, in den ersten Bankreihen. Im Halbdunkel. Zum stillen Gebet im Morgengrauen. Sie hatten sich aus Angst versteckt, blitzschnell zwischen den Bänken auf den Boden geduckt, als die Kämpfer mit dem Pfaffen im Schlepptau erschienen und die Wendeltreppe gleich neben dem Eingang hinauf in den Glockenturm stiegen. Dabei hatten die Nonnen doch überhaupt nichts von uns zu befürchten! Und die Freiheitskämpfer wussten nichts von ihnen. Sonst wäre nämlich nicht passiert, was dann passierte. Jetzt brannte also mit einem Mal die vermeintlich menschenleere Kirche lichterloh, und die Nonnen stolperten wie lebende Fackeln schreiend ins Freie. Und das hat ein englischer Reporter gefilmt, der zufällig draußen herumstreunte. Vielleicht auch nicht zufällig, wer weiß das schon so genau? Jedenfalls wurde der Film des Reporters dann mit Francos Unterstützung nach England gebracht und dort in den Wochenschauen gezeigt, und prompt versiegten die privaten Spenden aus England für die republikanische Sache. Aber von den Tausenden Zivilisten, die auf der N-340 verreckt sind, sprach natürlich niemand.»

Diego schießen die Tränen in die Augen.

«Dieser verfluchte Film. Unser Urgroßvater ist in der Wochenschau deutlich zu erkennen. Zweimal sogar: Wie er dem Verräter einen Tritt verpasst und ihn höchstpersönlich vom Turm stürzt und anschließend mit geballter Faust da oben steht und brüllt: Es lebe die Revolution, es lebe das freie Spanien ... Und dann ist er noch einmal zu sehen, nämlich wie er mit Hand anlegt, um die Kirche in Brand zu stecken. Wie er den Benzinkanister in die Kirche schleppt. Ohne zu ahnen, dass die Nonnen ...»

Alejandro tippt auf die Fotografie. Er muss gar nicht erst fragen, Diego liefert die Antwort prompt:

«Ja, Maria kannte das Foto. Seit Kindesbeinen. Und seit Kindesbeinen hört sie von ihrer Familie, dass ihr Urgroßvater ein Held war. Sie war so stolz auf ihn, weil er sein Leben lang für Gerechtigkeit gekämpft und sich stets für die Schwachen und Benachteiligten eingesetzt hat, fast so wie ihr geliebter Jesus, sodass wir ihr als Geschenk zu ihrem zehnten Geburtstag einen Abzug von diesem Foto geschenkt haben. Das Bild hing über ihrem Bett. Also zumindest, als sie noch hier wohnte. Sie hat ihren geliebten Urgroßvater immer in ihr Nachtgebet eingeschlossen.»

«Und die andere ... Sache?»

«Was damals in der verfluchten Kirche passiert ist? Nein. Von dem Wochenschau-Film und dem, was er damals getan hat, haben wir ihr nie was erzählt. Das hätte sie nämlich nicht verstanden.»

26

Ignorieren.
Ignorieren.
Löschen.
Ignorieren.
Ignorieren.
Löschen.

Video. Eine Jagdhütte. Geweihe an der Wand. Hirsch. Steinbock. Rehbock. Der ausgestopfte Kopf eines Wildschweins. Rechts im Bild prasselt ein Kaminfeuer. Links im Bild ein Sessel, darin sitzt kerzengerade ein älterer Herr, schlohweißes, volles Haar, energisches Kinn. Zu seinen Füßen liegt ein Jagdhund und schläft. Der Herr im Dreiteiler lächelt freundlich in die Kamera und erzählt mit seiner samtenen, vertrauenerweckenden Baritonstimme von der guten, alten Zeit, als alles seine Ordnung hatte. Und von all den Gefahren, die den Menschen in der neuen Zeit drohen ...

Cristóbal Rivera Espinosa.

Nicht schon wieder!

Früher tauchte der höchstens einmal pro Monat auf YouTube und anderen Kanälen auf; inzwischen schwadroniert er mehrmals pro Woche vor der Internetkamera. Kürzlich hat Alejandro in *El País* ein Porträt über ihn gelesen. Der pensionierte General der Legión Española und Gründer dieses merkwürdigen Vereins, der sich Reconquista 2.0 nennt, sei ein «charismatischer Rechtspopulist», stand da zu lesen. Cristóbal

Rivera Espinosa trage sich mit dem Gedanken, mit seinem obskuren Verein demnächst auch als Partei bei Wahlen anzutreten. Er nennt seine Reconquista 2.0 allerdings nicht Verein, sondern Bewegung.

Unsere Bewegung.

In jedem Video liegt dieser Jagdhund zu seinen Füßen und schläft. Ist der überhaupt echt? Oder vielleicht ausgestopft? Auch im Hochsommer prasselt das Feuer in dem Kamin, als stünde die Jagdhütte mitten in Sibirien.

Technisch sind die Videos in jüngster Zeit deutlich besser geworden, stellt Alejandro fest.

Er drückt die Taste für den Schnelldurchlauf. Er hat keine Lust, sich das ganze verquere Zeug anzuhören. Die Fantasien eines alten, zur Bedeutungslosigkeit verdammten Mannes.

Ignorieren!

Meinungsfreiheit!

Ignorieren.

Ignorieren.

Ignorieren.

Löschen.

Ignori... Löschen!

Ignorieren.

Ignorieren.

Foto. Montage. Meme. Die deutsche Bundeskanzlerin Angela Merkel in SS-Uniform ...

Löschen!

Alejandro liest gar nicht erst den angehängten Text.

Ignorieren.

Ignorieren.

Löschen.

Lösch... Ignorieren!

Die Lampe über dem Bildschirm blinkt auf. Schichtende. Der Bildschirm wird schwarz. Mitternacht.

Der kleine Schmächtige wartet schon. Diesmal guckt er nicht weg, sondern grinst ihn frech an.

«Hallo, ich bin Alejandro. Und wer bist du?»

«Ich bin dein schlechtes Gewissen», sagt der Kleine und verschwindet in der Kabine.

Idiot!

Alejandro steigt in den Seat, folgt der N-340 bis ins Zentrum von Nerja, biegt nach rechts ab in Richtung Frigiliana. Er war nicht mehr am Strand, seit ...

Maria. Sie fehlt ihm.

Sie fehlt ihm so sehr.

Tot. Sie ist tot.

Maria ist tot.

Er kann es sich hundertmal sagen und wird es nicht verstehen. Er kann immer noch nicht begreifen, dass er nie mehr mit ihr nachts in den Wellen tanzen, nie mehr ihre Wärme, ihre Nähe und ihre stille, stumme Vertrautheit spüren wird.

Gestern ist er zur Beisetzung nach Málaga gefahren. Die Mutter, gestützt von der Schwiegertochter. Die beiden Brüder. Versteinerte Mienen. Aber sie nickten ihm dankbar zu, nicht die Mutter, nicht die Schwiegertochter, aber Diego und Paco, die beiden Brüder. Der kleine Marco warf eine rote Rose auf den Sarg seiner Tante. Außer der Familie waren ehemalige Nachbarn aus El Perchel gekommen, Arbeitskollegen von Diego und Paco, Hafenarbeiter, Arbeitskolleginnen von Carmen aus dem Supermarkt. Am Ende der Beisetzung hob Diego den rechten Arm, winkelte ihn an, ballte die Hand zur Faust und legte die Faust an die Schläfe. Der Gruß der Widerstandskämpfer im Bürgerkrieg gegen den Faschismus. Paco und die Mehrzahl der Trauergäste folgten augenblicklich seinem Beispiel.

Auch Alejandro.

Zum ersten Mal in seinem Leben.

Er zögerte einen Augenblick.

Aber in dem Moment, als er seine Faust an seine Schläfe legte, spürte Alejandro sich mit den anderen verbunden.

Frigiliana schläft schon. Wie immer nach der *feria* fällt das Dorf in einen komatösen Dornröschenschlaf. Alejandro steigt aus, nimmt aber nicht die Treppe hinauf zum Haus, sondern schlägt den Weg zu Federicos Bar ein. Eine halbe Stunde nach Mitternacht. Federico hat garantiert noch geöffnet. Auch wenn Alejandro weiß, dass ihn sein Handy in weniger als fünf Stunden wecken wird, will er noch ein kühles Bier trinken, dummes Zeug quatschen, lachen, auf andere Gedanken kommen. Und vor allem seiner Mutter nicht begegnen.

27

Als Pater Daniel mit seinem alten, klapprigen Toyota Landcruiser pünktlich um sechs Uhr am Samstagmorgen am vereinbarten Treffpunkt an der nördlichen Dorfausfahrt auftaucht, ist es noch angenehm kühl. Alejandro klettert nach hinten auf die harte Rückbank des Geländewagens und lässt Lis vorne sitzen. Aus Höflichkeit. Und für den Fall, dass er noch eine Runde Schlaf benötigt. Denn es war nicht bei dem einen Bier geblieben, sodass er Federicos Bar erst vor knapp drei Stunden verlassen hat. Alejandro kennt das nie versiegende Kommunikationsbedürfnis des Paters, besonders während längerer Autofahrten. Da wäre vorne auf dem Beifahrersitz an Schlaf nicht zu denken.

Der baskische Benediktiner und die deutsche Fotografin kennen sich zwar kaum, aber wie Alejandro geahnt hat, verstehen sie sich prächtig.

Allerdings ist zu Alejandros Bedauern auf der engen, unbequemen Rückbank ebenfalls nicht an Schlaf zu denken. Wegen der harten Federung des Geländewagens, der unzähligen Schlaglöcher auf der kurvenreichen Strecke und nicht zuletzt wegen Pater Daniels ruppigem Fahrstil.

Erst geht es parallel zur Sierra de Almijara nach Norden, dann eine Weile hinab in Richtung Südwesten, fast bis nach Torrox hinunter, dann in einer großen Schleife wieder bergauf in den Norden. Um sieben Uhr morgens passieren sie Cómpeta, das Alejandro auf den ersten Blick immer an Frigiliana erinnert. So schön, so weiß, so verschlafen, so unschuldig.

Weiter nach Norden. Aufgeschreckt von dem vor Anstrengung aufheulenden Dieselmotor, ergreifen Steinböcke die Flucht über die schroffen Felshänge. In einem Dorf namens Canillas de Albaida stoppt Pater Daniel vor der Kirche und verschwindet darin. Eine Viertelstunde später taucht er wieder auf, und die Fahrt geht weiter. Pater Daniel lässt sich etwas Zeit mit der Beantwortung der Frage, die unausgesprochen in der Luft hängt:

«Ein Kollege, den ich noch aus dem Studium kenne. Wir haben gestern telefoniert. Er hat uns einen Führer besorgt. Und jetzt hat er mir den Weg zum Treffpunkt erklärt.»

Sie passieren ein Dorf namens Árchez. Als sie es hinter sich gelassen haben, nickt Alejandro kurz weg. Und ist sofort wieder hellwach. Denn auf der schmalen Straße hinauf nach Salares legt Pater Daniel mitten in einer scharfen Linkskurve eine Vollbremsung hin. Eine Ziegenherde blockiert die Fahrbahn. Die Tiere haben allesamt ein gleichmäßig nougatbraunes, samtenes Fell, als stammten sie aus demselben Wurf. Der Schäfer steht rechts im Steilhang auf seinen Stock gestützt und starrt den alten Toyota so misstrauisch an, als handelte es sich um ein soeben aus einer fernen Galaxie gelandetes Raumschiff. Der Hund, ein nicht mehr ganz junger Border Collie, gibt sich redlich Mühe, die Herde den Hang hinaufzuscheuchen. Aber immer mehr Tiere tauchen von links wie aus dem Nichts auf, hetzen über die Straße und den steilen Hang hinauf – oder aber sie bleiben mitten auf der Straße stehen, um das Auto zu bestaunen.

Ziegen sind höchst neugierige Tiere. Lis stößt einen Schrei des Entzückens aus, nimmt ihre Kamera aus der Umhängetasche, springt aus dem Wagen und macht Porträts von Ziegengesichtern. Die Ziegen finden auch das äußerst interessant.

Alejandro blickt noch leicht benommen nach links aus dem Wagenfenster, um zu sehen, wo die Tiere eigentlich herkommen. Er sieht aber gleich wieder weg, ihm wird auf der Stelle schwindlig, so steil geht es gleich neben dem Wagen bergab.

Die letzten drei Ziegen weigern sich partout, die Straße zu räumen. Also lässt der Pater den Diesel im Leerlauf aufjaulen und hupt ein paarmal, bis die Tiere den Weg freigeben.

Hinter Canillas de Aceituno schlagen sie einen weiten Bogen, um die unpassierbaren nordwestlichen Ausläufer der Sierra de Tejeda zu umfahren. In der Nähe des Stausees von Viñuela legen sie eine Pause ein. Eine schlichte Bar an der Landstraße mit einem halben Dutzend Tischchen vor dem Haus. Sie sind die einzigen Gäste. Der Wirt lässt sich dennoch alle Zeit der Welt, bis er seinen Platz hinter der Theke verlässt und sich anschickt, die Bestellung aufzunehmen. Er scheint zwar nicht allerbester Laune zu sein und seinen Job nicht besonders zu lieben, aber was er schließlich auftischt, sieht lecker aus und schmeckt auch so: *albóndigas*, *tortilla de patatas*, frittierte *boquerones*, mit *manchego* belegte *bocadillos*.

Sie reden über alles Mögliche.

Nur nicht über das Ziel und den Zweck ihrer Reise.

Nach dem Essen bestellt Lis die *cortados* für alle, und Pater Daniel verschwindet auf die Toilette. Als er zurückkehrt, trägt er seine Soutane. Jeans und Hemd stopft er in einen Leinensack, den er in den Kofferraum wirft.

«Jetzt wird es wohl ernst», mutmaßt Lis.

«Ist nicht mehr weit», entgegnet Pater Daniel. «Eine Soutane kann in den Bergen manchmal Wunder bewirken.»

Die Dörfer werden trister und ärmlicher. In Ventas de Zaffaraya ist kein Mensch in den Gassen unterwegs. Aber mitten auf dem Kirchplatz steht ein kleiner, alter Mann und winkt aufgeregt mit seinem Stock, als er den Toyota sieht. Pater Daniel stoppt, steigt aus und begrüßt den Alten. Der reagiert so unterwürfig und ehrfürchtig auf die Soutane, wie der Benediktinerpater es vorhergesehen hat. Lis klettert nach hinten zu Alejandro auf den Rücksitz, Pater Daniel hilft dem Mann auf den Beifahrersitz. Als sie das Dorf verlassen, sehen sie in der Ferne die schneebedeckten Gipfel der Sierra Nevada.

20 Minuten später biegen sie auf Geheiß des Alten von der asphaltierten Landstraße nach rechts auf eine Schotterpiste ab und passieren bald ein Geisterdorf. Zwei Dutzend Häuser vielleicht, dazu ein paar windschiefe Scheunen und Ställe. Und eine winzige Kapelle. Kein Mensch zu sehen.

«Valdeiglesias», sagt der Alte.

«Heißt das Dorf so?»

«Ja.»

«Dein Heimatdorf?»

«Ja, hier bin ich aufgewachsen.»

«Sieht ziemlich verlassen aus.»

«Da wohnt schon lange niemand mehr. So ist das hier oben in den Bergen: Die Jungen ziehen weg, die Alten sterben weg.»

«Und früher?»

«Mal so, mal so. Aber in Valdeiglesias ging es den Menschen lange Zeit gut. Solange die Besserungsanstalt da war, gab es ein bisschen was zu verdienen für die Leute.»

Der Alte stößt einen tiefen Seufzer aus.

Die Schotterpiste windet sich in engen Serpentinen durch dichten Wald die Nordausläufer der Sierra de Tejeda hinauf. Nach weiteren 20 Minuten mündet der Waldweg in eine große, künstlich geschaffene Lichtung. Ein gepflasterter Hof, hufeisenförmig umgeben von Gebäuden. Mitten auf dem Platz eine Fahnenstange ohne Fahne. Rechts eine Scheune und angrenzende Stallungen. Links ein Wirtschaftsgebäude. Am Kopf des gepflasterten Hofes ein zweieinhalbstöckiges Hauptgebäude mit Erkern und Zinnen und Türmchen und sehr viel Stuck und einem von zwei stämmigen dorischen Säulen getragenen Balkon über dem Portal, zu dem vom Hof eine breite Treppe führt.

Pater Daniel stoppt den Toyota mitten auf dem Platz, zieht die Handbremse und schaltet den Motor ab.

Sie steigen aus.

Ein Miniaturmärchenschloss im Dornröschenschlaf.

Oder, das ist Alejandros erster Gedanke, ein architektonischer Albtraum in Neobarock. Und die Natur ist schon fleißig dabei, sich die Lichtung und alles andere zurückzuerobern.

«Da sind wir», sagt der Alte.

28

Javier García Ferrer fühlt sich gar nicht wohl in seiner Haut. Normalerweise ist er es, der hier die Anweisungen erteilt. Die Rolle des Befehlsempfängers ist der Geschäftsführer und Personalchef der Niederlassung Nerja schon lange nicht mehr gewohnt. Schon gar nicht in seinem eigenen Büro.

Aber der merkwürdige Besucher aus der Zentrale strahlt eine Autorität aus, die keinen Widerspruch duldet.

Don Javier versucht es deshalb auf die joviale Tour: «Da haben Sie aber verdammtes Glück, dass Sie mich hier antreffen. Sie hätten ruhig vorher anrufen können. Eigentlich säße ich jetzt in einem Termin beim Bauamt der Stadtverwaltung. Das leidige Thema Brandschutz. Der Termin ist aber zum Glück für Sie kurzfristig verschoben worden ...»

«Keine Sorge. Ich hätte Sie überall gefunden.»

Kalt wie Eis. Die Stimme. Die Augen.

Der Besucher schiebt wie in Zeitlupe einen Briefumschlag über den Schreibtisch.

«Was ist das?»

«Öffnen können Sie ihn später. Ich sage Ihnen aber gleich, was in dem Umschlag steckt. Damit Sie nicht vor Neugier platzen.»

«Keine Sorge, ich ...»

«Das war ein großer Fehler. Dass Sie der Polizei gesagt haben, Sie hätten bei der Mitarbeiterin vor ihrem Freitod keine depressive Neigung beobachtet. Die Sprachregelung hätten Sie vorher mit uns abstimmen müssen.»

«Dafür war doch gar keine Zeit. Ich musste improvisieren! Zwei Gardisten standen plötzlich hier vor meinem Schreibtisch und teilten mir mit, dass sich die Mitarbeiterin das Leben genommen hat. Das war ein Schock, glauben Sie mir. Das ging auch mir unter die Haut, also in menschlicher Hinsicht. Allein die Vorstellung, dass sie einfach so vom Aquädukt in die Schlucht gesprungen ist. Ich habe es auf die zunehmende Überarbeitung und Erschöpfung durch ihren Zweitjob als Zimmermädchen geschoben. Sie arbeitete dort manchmal morgens als Vertretung, wenn jemand krank war. Auf Abruf. In dem Moment ist mir wirklich nichts Besseres eingefallen. Außerdem klingt das doch recht plausibel, oder?»

«Im Gegenteil. Ich habe mich erkundigt. In jüngster Zeit gab es kaum Vertretungsbedarf im Hotel. Weil niemand krank war. Die Leute feiern nicht mehr so schnell krank wie früher. Alle haben Angst um ihren Job. Nicht nur in der Tourismusbranche.»

Angst um den Job. Die Botschaft ist angekommen.

«Javier ... Ich darf Sie doch Javier nennen, oder? Lassen Sie mich Ihnen einen Tipp geben: Improvisieren sollte man grundsätzlich nur, wenn man die hohe Kunst des Improvisierens beherrscht. In dem Umschlag steckt der Brief eines Psychiaters aus Granada, der bescheinigt, dass Maria Ruiz Delgado schon seit zwei Jahren bei ihm in Behandlung war, sich aber in jüngster Zeit beharrlich geweigert hat, die von ihm verordneten Antidepressiva einzunehmen. Auch zu den vereinbarten therapeutischen Sitzungen war sie schon seit einigen Wochen nicht mehr erschienen. Dem armen Menschenkind war also nicht mehr zu helfen.»

Don Javier fragt lieber nicht nach, wie dieser Brief, der die ärztliche Schweigepflicht verletzt, zustande gekommen ist.

Stattdessen fragt er:
«Und was soll ich damit tun?»
«Mit dem Brief?»
«Ja.»
«Nichts.»
«Aber ...»
«Stecken Sie ihn in Ihre Schreibtischschublade. Machen Sie sich vorher ein paar Kopien, für alle Fälle. Eine reine Vorsichtsmaßnahme. Falls mal jemand auftaucht und wissen will, warum sich die Frau das Leben genommen hat ...»
«Die Guardia zum Beispiel ...»
«Machen Sie sich darum keine Gedanken. Die Guardia Civil wird hier nicht mehr auftauchen. Jedenfalls nicht wegen des Freitods.»
«Wie können Sie da so sicher sein?»
Der kalte Blick des Mannes spiegelt nichts als Verachtung. Also stellt Don Javier rasch die nächste Frage:
«Aber wer könnte denn sonst noch auf die Idee kommen?»
«Ich sagte doch: eine rein prophylaktische Maßnahme. Für den Fall, dass zum Beispiel Angehörige der Verstorbenen aus Málaga hier auftauchen. Oder für den ähnlich unwahrscheinlichen Fall, dass einer der Mitarbeiter dumme Fragen stellt. Aber Sie erwähnten ja eben selbst, dass Ihre Mitarbeiter unsere Firmenphilosophie beherzigen und privaten Kontakt untereinander vermeiden.»
«Ja, schon.»
«Was denn?»
«Nichts.»
«Haben Sie etwa Zweifel an Ihren eigenen Worten?»
«Nein, natürlich nicht.»
«Wir erwarten von unseren Führungskräften absolute Transparenz. Können wir Ihnen etwa nicht mehr vertrauen?»
«Doch, doch. Selbstverständlich.»

«Und Sie selbst pflegten natürlich ebenfalls keinen näheren Kontakt zu dieser Frau, nehme ich an.»

«Natürlich nicht.»

Don Javier gerät trotz der Klimaanlage allmählich ins Schwitzen.

«Na also. Dann ist doch alles in bester Ordnung.»

Der Mann lehnt sich zurück, schlägt die Beine übereinander und beobachtet Don Javier über den Schreibtisch hinweg.

Er lässt sich Zeit damit.

Don Javier wischt sich den Schweiß von der Stirn.

Der Mann ist mit Sicherheit kein Spanier. Schon wegen der strohblonden Haare. Mittleres Alter. Ziemlich groß, mindestens 1,90, schätzt Don Javier. Schlank, athletisch. Der Mann trägt einen dieser modischen, schmal geschnittenen Anzüge, bei denen der Saum des taillierten Sakkos gerade noch so den Hosengürtel verdeckt, aber den Hintern freilässt. Anzüge der Sorte, die Don Javier nicht tragen kann, weil er vor dem Spiegel eines Fachgeschäftes für Herrenoberbekleidung in Málaga feststellen musste, dass er darin aussieht wie eine fette Wurst.

Der Mann sieht darin keineswegs aus wie eine fette Wurst. Eher so, als sei dieser Schnitt eigens für ihn erfunden worden. Weißes Hemd. Krawatte. Wer trägt heute noch Krawatte? Teure Uhr. Teure Schuhe. Beeindruckender Wortschatz. Für einen Ausländer. Auch die saubere Aussprache. Der Mann macht insgesamt den Eindruck, als beherrsche er alles perfekt, was er tut.

Don Javier hält das eisige Schweigen nicht mehr aus.

«Und wie geht's jetzt weiter?»

«Betrachten Sie den Test als beendet. Wir werden die Testreihe möglicherweise mit einem anderen Probanden fortsetzen. Mehr müssen Sie im Augenblick nicht wissen. Für Sie ändert sich gar nichts. Machen Sie einfach weiter, als sei nichts geschehen.»

Als sei nichts geschehen.

29

Der ehemalige Speisesaal. Knarzender Parkettboden. Stumpfes Holz. Am Kopfende des Saals führen drei Treppenstufen auf ein Podium mit Rednerpult und einem Theatervorhang aus weinrotem Samt, der aber nichts weiter verbirgt als eine nackte, unverputzte Wand. Die Illusion einer Theaterbühne. Davor, im Saal, zwei lange Tischreihen von einem zum anderen Ende. Die Stühle sind verschwunden.

Eine Kapelle mit kreisrunder Apsis. Zwei gotische Fenster, billige Glasmalerei, die heilige Agatha in ihrem Schmerz. Ein Altar aus grauem Granit. Alles andere ist verschwunden.

Eine Bibliothek. Die leeren, wandhohen Regale tragen eine dicke Staubschicht statt Büchern.

Zwei Klassenzimmer, noch komplett möbliert, inklusive Tafel. Die engen Schulbänke sind fest mit dem Fußboden verschraubt. Alejandro sucht vergebens nach Kritzeleien oder Schnitzereien im Holz der Bänke, wie er sie aus seiner Schulzeit kennt.

Zwei Büroräume, durch eine wattierte, mit Leder bezogene Zwischentür verbunden. Im ersten Büroraum ein altmodischer Schreibtisch aus eierschalenweiß lackiertem Metall sowie zwei Aktenschränke. Sie sind so wie die Schubladen des Schreibtischs leer. «Das Vorzimmer», erzählt der Alte. «Hier hat die Sekretärin gesessen. Dahinter das Büro des Direktors. Das war sehr prunkvoll eingerichtet. Ein Schreibtisch aus Mahagoni auf einem Perserteppich. Haben die alles abtransportieren lassen. Alles von Wert haben sie mitgenommen.»

Der erste Stock. Ein langer, dunkler Flur. Davon gehen sieben Türen ab. Hinter den Türen: Eine Zweizimmerwohnung mit einem großzügig bemessenen Badezimmer. Und ein Balkon, getragen von den dorischen Säulen, die den Eingang der Villa rahmen. Ferner vier Einzimmerapartments, jeweils mit einem kleineren Bad. Ferner ein Raum mit sechs Waschbecken, sechs Urinalen und vier Toilettenschüsseln, ohne Deckel und Brillen, die Aborte ohne verschließbare Türen, nur durch hüfthohe Milchglasscheiben voneinander getrennt.

Hinter der letzten Tür am Kopfende des Flurs ein Schlafsaal. Zwei Dutzend metallene Feldbetten in Reih und Glied. Die Matratzen sind weg. An der den Fenstern abgewandten Seite zwei Dutzend Spinde in Reih und Glied. Alle ausgeräumt.

Der Keller. Der Strom ist abgestellt. Pater Daniel hat zum Glück seine Taschenlampe mitgebracht.

Ein weiß gefliester Duschraum. So wie in den Sporthallen, die Alejandro aus seiner Jugendzeit kennt. Nur größer. Alejandro zählt 18 Duschköpfe. Nebenan drei Lagerräume. Leer.

Zwei Arrestzellen: gemauerte Pritsche, Toilettenschüssel aus Metall, Waschbecken aus Metall, jeweils ein winziges, vergittertes Kellerfenster in etwa zwei Metern Höhe.

Am Ende des Ganges betreten sie einen etwa fünf mal fünf Meter großen Raum, dessen Funktion sich ihnen nicht augenblicklich erschließt. Der Fußboden ist gefliest und hat einen Abfluss in der Mitte. Eine schmale Liege wie beim Arzt, die dünne Polsterung ist mit abwaschbarem schwarzem Wachstuch überzogen. An der Wand hängt aufgerollt ein an einen Wasserhahn angeschlossener Gartenschlauch.

Lis atmet schwer.

Pater Daniel dreht sich zu dem Alten um, der sich im Hintergrund hält, und sieht ihn fragend an. Der Alte reagiert nicht.

«Was ist das hier?»

Der Alte zuckt mit den Schultern. Pater Daniel formuliert seine Frage neu: «Welchem Zweck diente dieser Raum?»

«Bestrafung.»

Der Alte dreht sich um und schlurft wortlos davon.

Lis nimmt ihre Kamera von der Schulter und macht Fotos von dem Raum, so wie sie von allen Räumen Fotos gemacht hat.

Sie treffen den Alten draußen auf dem Hof. Er steht vor dem Eingang des Wirtschaftsgebäudes und nickt ihnen zu. Dann schließt er die Tür auf und verschwindet im Inneren.

Eine Großküche. Ein Kühlraum. Zwei weitere Lagerräume für Lebensmittel. Eine Werkstatt. Die Werkbank steht noch, aber das Werkzeug ist verschwunden. Hinter der Küche eine kleine, bescheidene Zweizimmerwohnung. Ausgeräumt bis auf das Bett samt durchgelegener Matratze im Schlafzimmer.

«Wer hat hier gewohnt?»

«Ich. Und meine Frau. Als wir hier ausziehen mussten, als die Anstalt geschlossen wurde, da haben wir uns für die neue Wohnung in Ventas de Zaffaraya ...»

«Du warst der Hausmeister hier ...»

«Ja. Meine Frau war die Köchin. Vor zwölf Jahren sind wir hier ausgezogen. Nein, vor 13 Jahren. Meine Frau ist letztes Jahr gestorben. Bauchspeicheldrüsenkrebs. War nichts mehr zu machen. Zum Glück musste sie nicht allzu lange leiden.»

«Mein Beileid. Wo wohnte das restliche Personal?»

«Nicht hier. Die kamen jeden Morgen aus dem Dorf. Die Sekretärin kam mit dem Auto. So einem kleinen Fiat. Ich weiß nicht, woher. Nicht aus unserem Dorf.»

«Und die Erzieher?»

«Die haben alle im Haupthaus gewohnt. Und der Direktor natürlich. Haben Sie ja gesehen. Im ersten Stock. Der Direktor hatte die Zweizimmerwohnung, die Erzieher die Apartments. Und im Schlafsaal haben die Kinder ...»

«Kannst du dich noch an die Kinder erinnern, die hier lebten?»

Der Alte antwortet nicht.

«Zum Beispiel an Juan Carlos?»

Der Alte weicht Pater Daniels Blick aus.

«Hast du meine Frage verstanden?»

«Ja, Hochwürden. Habe ich verstanden. Aber das waren ja so viele im Lauf der Zeit. Man konnte sich doch nicht alle Namen und Gesichter merken. Meine Frau und ich, wir haben 1973 hier angefangen. Da hat Franco noch gelebt, so lange ist das her. Erst sind wir jeden Tag vom Dorf hier hoch. Zu Fuß. Aber nach einem halben Jahr Probezeit haben wir dann die schöne Wohnung hier bekommen. Das war eine große Erleichterung, nicht jeden Tag den weiten Weg gehen zu müssen.»

«Und wie lange gab es das Heim da schon?»

«Oje. Also das wurde schon ziemlich bald nach dem Krieg eröffnet. Nach Francos Sieg. 1940, glaube ich. Aber das weiß ich nur vom Hörensagen. Das war am Anfang eine Umerziehungsanstalt für Kinder von Staatsfeinden. Also für Kinder von Rotspaniern, die man hingerichtet oder ins Zuchthaus gesteckt hatte. Oder ins Lager. Aber vielleicht waren die Konzentrationslager ja auch nur Propaganda der Roten, schamlose Lügen, weil ... die Kirche hätte doch niemals so etwas zugelassen ...»

Alejandro unterbricht den Alten barsch mitten im Satz: «Das ist keine Propaganda von wem auch immer, das ist eine belegbare und unbestreitbare historische Tatsache.»

«Also ich weiß nicht ...»

«Ich aber. Willst du es ganz genau wissen? 190 Konzentrationslager gab es während der ersten zwei Jahrzehnte der Diktatur in Spanien. Die letzten wurden erst 1962 geschlossen. Und viele republiktreue Landsleute hat man in den ersten Jahren der Diktatur auch einfach in deutsche Konzentrationslager deportiert. Als die Nazis in Deutschland noch an der Macht waren und Francos Verbündete. 10 000 Spanier sind dort gestorben. Und in den spanischen Gefängnissen saßen während der Diktatur anderthalb Millionen politische Häftlinge ...»

Pater Daniel legt beschwichtigend seine Hand auf Alejandros Arm, während der Alte einfach weiterspricht, als hätte er gar nicht zugehört: «... oder die Kinder von Rotspaniern, die zur Strafe als Zwangsarbeiter tätig waren, beim Wiederaufbau nach dem Krieg, als Wiedergutmachung, in den Minen, im Straßenbau. Auch das Heim hier wurde von rotspanischen Zwangsarbeitern gebaut. Die Kinder von den Staatsfeinden wurden aus dem ganzen Land hierhergebracht.»

Pater Daniel kommt Alejandro zuvor:

«Die Kinder von Staatsfeinden!»

«Ja. Sagte ich doch.»

«Die wurden hier umerzogen?»

«Ja.»

«Zu ordentlichen Staatsbürgern erzogen!»

«Ja.»

«Zu braven Christenmenschen erzogen!»

«Ja.»

«Hast du eine Ahnung, wie viele Kinder man mit dem Segen der Kirche ihren leiblichen Müttern weggenommen hat?»

Der alte Mann zuckt mit den Schultern. Der Pater ist ihm nicht ganz geheuer.

«Mehr als 300 000 Kinder. Man hat sie in solche Anstalten wie diese hier gesteckt oder, wenn sie noch Säuglinge waren, gleich nach der Geburt kinderlosen, linientreuen Paaren gegeben. Das war ein großes Unrecht. Begangen von der katholischen Kirche. Das war ein Verbrechen, verstehst du? Deshalb sind wir hier. Wir müssen das jetzt alles aufklären. Das ist nämlich Gottes Wille, dass endlich die ganze Wahrheit ans Licht kommt. Und Gott wird es dir danken, dass du uns dabei hilfst.»

Der Alte nickt noch eifrig und pflichtschuldig, während Pater Daniel schon die nächste Frage abfeuert:
«Und du?»
«Ich? Was ist mit mir?»
«Warst du als junger Mann Franquist oder Republikaner?»
«Ich war Hausmeister.»
«Sehr witzig.»
«Ist kein Witz. Ich war nur ein Hausmeister. Aus der Politik habe ich mich immer herausgehalten. Ist besser so.»
«Wie funktionierte denn diese Umerziehung?»
«Hier? In der Anstalt?»
«Ja.»
«Das war doch schon vorbei, als meine Frau und ich hier anfingen. Da gab es ja längst nicht mehr so viele Staatsfeinde. Also gab es auch nicht mehr so viele Kinder von Staatsfeinden, die man umziehen musste. Als wir hier anfingen, waren das alles schon die Schwererziehbaren.»
«Schwererziehbare. Wie waren die denn so?»
«Das waren ... eigentlich ganz normale Kinder. Also die meisten jedenfalls. Gut, es gab auch Ausnahmen. Aber die meisten waren brav. Meine Frau und ich, wir konnten leider keine Kinder bekommen. Die Jungs hier waren sehr scheu. Die hatten viel Angst. Meine Frau litt sehr darunter.»
«Worunter?»
«Was mit den Jungs hier passiert ist.»
«Was ist denn mit ihnen passiert?»
«Wir konnten doch nichts dagegen tun. Meine Frau hätte sie am liebsten alle mit in unsere Wohnung genommen, um sie zu beschützen. Hat sie auch manchmal. Also nicht alle, sondern nur einzelne. Heimlich. Aber die Bruderschaft duldete nicht, dass wir Kontakt zu den Jungen hatten. Und wir waren ja froh und dankbar, die Arbeit hier zu haben. Ein Dach über dem Kopf und immer genug zu essen und ein Auskom-

men, sodass wir sogar etwas sparen konnten, beiseitelegen konnten fürs Alter.»

«Sehr schön.»

«Wenn einer von den Jungs in der Arrestzelle saß, und das war ziemlich oft, dann ist meine Frau spätabends im Schutz der Dunkelheit ums Haupthaus herum zum Kellerfenster geschlichen und hat ihm was zu essen und zu trinken gebracht. Meine Frau hatte ein gutes Herz, das können Sie mir glauben. Das waren doch noch Kinder! Manchmal haben wir nachts Schreie gehört. Und geweint haben sie viel. Ja, geweint haben sie oft.»

«Wie lange waren die Kinder hier?»

«In der Arrestzelle?»

«Nein. In diesem Heim.»

«Ganz unterschiedlich. Also es gab hier Kinder von sechs bis 16. Manche waren die vollen zehn Jahre hier, manche auch nur zwei oder drei. Sie verschwanden von einem auf den anderen Tag wieder. Ich weiß nicht, wo sie hingebracht wurden. Ich weiß es wirklich nicht.»

Sie verlassen die muffig riechende Wohnung und treten wieder ins Freie. Sie überqueren den Hof und setzen sich auf die Treppe, die hinauf zum Eingang des Haupthauses führt. Alejandro bietet dem Alten eine Zigarette an, der greift dankbar danach, hält sie sich an die Nase, saugt genüsslich den Duft des Tabaks ein, bevor er sich Feuer geben lässt. Pater Daniel geht zum Wagen, kehrt mit einem Korb zurück. Oliven, eine Flasche Rotwein, vier Pappbecher. Er wirft Alejandro einen Blick zu, der so viel sagt wie: Das hilft vielleicht noch mehr als die Soutane.

«Guter Mann, was ist hier passiert?»

Der Alte nimmt einen Schluck. Und noch einen.

Die anderen warten geduldig.

«Also ... hier gab es immer vier Erzieher und den Direktor.

So alle paar Jahre wurden die ausgetauscht. Also nie alle auf einmal, sondern nach und nach. Die liefen immer in ihren Mönchskutten rum, so wie auch der Direktor des Heims.»

Der Alte legt eine Pause ein und sieht sie der Reihe nach an. Um sich zu vergewissern, ob er tatsächlich weitererzählen soll. Pater Daniel nickt ihm aufmunternd zu.

«Regelmäßig kamen auch noch Hospitanten aus der Bruderschaft dazu, ziemlich oft sogar, aus dem ganzen Land, die kamen von überallher, blieben ein paar Monate oder ein paar Wochen oder manchmal auch nur für ein Wochenende, die trugen dann dieselben Mönchskutten wie die Priester und schliefen bei den Jungen im großen Schlafsaal. Wir hatten immer ein paar Feldbetten als Gästebetten in Reserve. Die Erwachsenen haben auch immer gemeinsam mit den Knaben im Keller geduscht ...»

Der Alte nimmt einen tiefen Zug. Er bläst den Rauch geräuschvoll aus und schaut zu, wie er sich verflüchtigt.

«Also ich will nicht behaupten, dass die Menschen meiner Generation in den Dörfern hier in der Sierra eine glückliche Kindheit hatten. Wir haben sehr früh lernen müssen, was harte Arbeit bedeutet. Es war auch für Kinder ein hartes Leben in der Sierra. Strenge Eltern. Strenge Lehrer. Strenge Pfarrer. Aber wir Kinder hatten trotzdem ab und zu unseren Spaß.»

Pater Daniel schenkt ihm nach, füllt den Pappbecher fast bis zum Rand. Der Alte nickt dankbar.

«Guter Mann, willst du uns damit sagen, dass die Kindheit hier im Heim anders war als ...»

«Die Kinder hier in der Besserungsanstalt ... die kannten keinen Spaß. Die kannten nur Schikane. Und Erniedrigung. Und Demütigung. Und Prügel. Und Hunger. Und Kälte. Und Angst. Diese Kinder hier waren nie unbekümmert. Das konnte man in ihren Augen lesen: Angst und Traurigkeit. Meine Frau hat sich stets bemüht, den Jungs etwas Wärme und Zuneigung zu schenken, soweit es ging ...»

Der Alte blickt geistesabwesend in den Himmel. Als könnte er sich dort oben Rat holen, wie weit er gehen darf.

«Der Herrgott wird es dir danken, wenn du uns alles erzählst. Und deine Seele wird ...»

«*Señores*, ich kann euch eine Geschichte erzählen. Damit ihr versteht, was ich meine. Damit ihr versteht, wie das hier war.»

Pater Daniel nickt ihm aufmunternd zu.

«Das war an einem Sonntag im Dezember um die Mittagszeit, ich weiß nicht mehr, in welchem Jahr, aber es war der dritte Advent. Meine Frau hatte für die Brüder einen Kuchen gebacken. Für den Nachmittagskaffee im Büro des Direktors. Der Kuchen stand noch in der Küche, auf der großen Anrichte, meine Frau hatte ihn schon aufgeschnitten, in zwölf gleich große Stücke ... und plötzlich fehlte ein Stück. Meine Frau konnte sich schon denken, wer es stibitzt und wahrscheinlich auf der Stelle verschlungen hatte. Vor lauter Hunger. Der Junge, der an diesem Tag Spüldienst in der Küche hatte, ein spindeldürres, ungefähr zehnjähriges Kerlchen. Spindeldürr waren die ja alle, vom vielen Arbeiten und vom wenigen Essen. Die Brüder nannten das Straffasten ... um die Seele zu reinigen. Meine Frau hatte schon vor, die verbliebenen elf Stücke auf dem Kuchenteller so gleichmäßig im Kreis zu verteilen, dass niemand was gemerkt hätte. Doch in diesem Moment betrat einer der Brüder die Küche, plötzlich stand der neben meiner Frau und sagte, oh, was duftet denn hier so verführerisch? Das war so ein fetter, verfressener Kerl, der kaum noch in seine Mönchskutte passte. Jedenfalls führte ihn seine Nase geradewegs zu dem Kuchen, schon in großer Vorfreude auf den schönen Nachmittagskaffee ...»

Die Stimme des Alten stockt.

«Was passierte dann?»

«Dann stutzte er, zeigte auf den Kuchen und sagte zu meiner Frau: Da fehlt ja ein Stück. Das hört sich jetzt vielleicht merkwürdig an, aber man konnte glauben, dass er sich über den Diebstahl noch mehr freute als über den Kuchen.»

Der Alte nimmt erst einen großen Schluck Wein aus dem Becher, bevor er weiterspricht.

«Ungefähr eine Stunde später sehe ich aus dem Fenster der Werkstatt hinaus auf den Hof. Da stehen die Zöglinge wie die Soldaten auf einem Kasernenhof beim Appell. Nur sind sie alle nackt. Nicht mal Schuhe trugen sie. Es war an diesem Tag bitterkalt, ein eisiger Wind fegte über die Sierra. Die Jungen zittern vor Kälte. Und vor Angst. Der Direktor steht auf seinem Balkon über dem Eingang und hält eine Rede. Während er redet, gehen die anderen Brüder durch die Reihen und schlagen mit klatschnassen Handtüchern auf die Hinterteile der Jungen. Die Brüder gucken dabei zwar ganz ernst. Aber ich habe gespürt, wie viel Freude ihnen das bereitete. Ich konnte durch das geschlossene Fenster der Werkstatt nicht alles verstehen, was der Direktor auf dem Balkon sagte. Aber er nannte das siebte der Zehn Gebote: Du sollst nicht stehlen! Das habe ich deutlich verstanden. Ich hätte mich niemals getraut, das Fenster in der Werkstatt zu öffnen, um besser zuhören zu können. Aber ich musste auch nicht alles genau verstehen, um zu wissen, was da passiert ...»

«Was passierte? Gib deinem Herzen einen Ruck.»

«Ich kannte das ja schon. Sie mussten auf dem Hof stillstehen, bei dieser Eiseskälte, bis sich der Übeltäter freiwillig meldete. Diesmal ging es sehr schnell. Das magere Kerlchen hob den Arm. Da wurde er von den vier Brüdern gepackt, an seinen spindeldürren Armen und Beinen, und ins Haus getragen. Wie ein Stück Beute. Ab in den Keller. Die anderen mussten dann immer noch eine halbe Stunde auf dem Hof ausharren, ohne sich zu bewegen. Zur Abschreckung.»

«Was ist mit dem Jungen passiert?»

«Ich weiß es nicht.»

Der Alte merkt, wie ihn drei Augenpaare anstarren.

«Ich weiß wirklich nicht, was sie mit den Delinquenten im Keller gemacht haben. Nach der Bestrafung in dem großen Raum, den ihr im Keller gesehen habt, blieben die immer noch so ungefähr eine Woche in einer der Arrestzellen.»

Sie schweigen. Kein Laut ist zu hören.

Der Alte räuspert sich. «Kann ich bitte noch etwas ...»

«Aber ja doch», sagt Pater Daniel und beeilt sich, ihm von dem Rotwein nachzugießen.

«Die harte Arbeit jeden Tag, die strengen Strafen für die kleinsten Verfehlungen, die brutalen Züchtigungen ... Das war die eine Sache. Das ist schon schlimm genug für ein Kind.»

Alejandro hält ihm seine Zigarettenschachtel hin.

Der Alte greift dankbar zu.

«Aber die andere Sache ...»

Seine Hände zittern. Alejandro gibt ihm Feuer.

«Nachts ...»

Der Alte inhaliert noch einmal tief, dann stößt er die Worte zusammen mit dem Rauch aus: «Nachts haben sie sich an den Kindern vergangen. An den zartesten und ängstlichsten unter ihnen. Nachts sind sie in den Schlafsaal und haben sich ein Kind gegriffen.»

Dem Alten steigen Tränen in die Augen.

«Der Rauch. Das ist der Rauch.»

Lis, Alejandro und Pater Daniel nicken stumm.

«Nicht alle Kinder haben die Jahre in der Besserungsanstalt überlebt. Manche sind hier gestorben. Vor allem im Winter. Lungenentzündung. Dann kam ein Arzt und hat die Totenscheine ausgestellt. Und dann wurden sie hier beerdigt.»

«Hier? Was heißt das?»

«Auf dem Friedhof.»

«Es gibt hier einen Friedhof?»

«Ja. Gleich hinter der Scheune da drüben.»

Alejandro springt auf. «Zeig ihn mir!»

Der Alte erhebt sich schwerfällig von den Treppenstufen und geht voran. Er stützt sich auf seinen Stock, als fiele ihm das Gehen mit einem Mal schwerer als sonst.

Ein schmaler Trampelpfad führt zwischen Scheune und Stallungen hindurch in die Wildnis. Nach 200 Metern endet er vor einem hüfthohen schmiedeeisernen Tor, das in eine ebenfalls hüfthohe Trockenmauer eingelassen ist.

Gräber, dicht an dicht, vier lange Reihen.

Schlichte Holzkreuze, verwittert. Bei einigen sind die Inschriften recht gut zu entziffern, bei anderen kaum noch lesbar.

Name.

Geburtsdatum.

Todesdatum.

Mehr nicht.

Manche Gräber stammen aus den frühen vierziger Jahren, ein anderes weist das Todesjahr 2004 aus.

Alejandro schreitet die rechte Reihe ab, von Holzkreuz zu Holzkreuz, er studiert die verwitterten Inschriften, er ist noch nicht ganz durch mit der Reihe, als plötzlich Lis neben ihm steht, sich bei ihm unterhakt und ihn mit sanftem Druck in die entgegengesetzte Richtung lenkt.

Vor dem dritten Grab in der linken Reihe bleibt sie stehen. Lis lässt ihn los und tritt einen Schritt zurück, um ihn alleine zu lassen mit dem Grab, mit seinen Gedanken und Gefühlen.

Juan Carlos Vidal Romero
* 18. November 1979
† 21. Dezember 1995

30

«Gegrüßet seist du Maria voll der Gnade der Herr ist mit dir du bist gebenedeit unter den Frauen und gebenedeit ist die Frucht deines Leibes heilige Maria Mutter Gottes bitte für uns Sünder jetzt und in der Stunde unseres ...»

Na endlich!

Pater Daniel eilt durch den Mittelgang des Hauptschiffs, bekreuzigt sich vor dem Altar und nickt ihr ebenso freundlich wie verlegen zu, während er nach rechts ins Seitenschiff abbiegt.

Ana Romero Perez schaut erst demonstrativ auf ihre Armbanduhr und wirft dann Pater Daniel einen Blick zu, der höchste Missbilligung signalisiert. Um 15 Uhr sollte die Beichtstunde laut Aushang an der Tafel am Eingang beginnen. Und jetzt? Jetzt ist es 15.07 Uhr! Seit einer halben Stunde schon kniet sie in der Bank und betet und wartet. Die Armbanduhr hat ihr Felipa letztes Jahr zum 60. Geburtstag geschenkt. «Was soll ich denn mit einer Armbanduhr?», hat sie ihre Tochter damals gefragt. «Ich bin ein Leben lang ohne Armbanduhr ausgekommen. Oder soll ich etwa damit messen, wie wenig Zeit du für mich erübrigst?»

Ana Romero Perez wartet ungeduldig, bis Pater Daniel endlich die Stola umgelegt hat und im Beichtstuhl verschwunden ist. Dann erhebt sie sich mit einem unüberhörbaren Ächzen aus der Bank und macht sich auf den Weg ins Seitenschiff. Unterwegs bekreuzigt sie sich vor dem heiligen Antonio und deutet einen Knicks an, so gut es eben geht. Im Beichtstuhl kniet sie nieder und spricht zu dem dunklen, vergitterten Fensterchen, hinter dem das Profil des Paters nur schemenhaft zu erkennen ist.

«Vater, ich habe gesündigt.»

«Möchtest du darüber sprechen?»

«Ja. Ich möchte hier und jetzt meine schwere Sünde gestehen und Gott um Verzeihung anflehen.»

«Sprich!»

«Ich habe Unzucht getrieben ...»

Dieses Wort. Dieser Satz. In einem Beichtstuhl. In der Kirche. Dem Geistlichen durch das Gitter ins Gesicht geschleudert.

Aber Pater Daniel reagiert nicht.

«Ich habe Unzucht getrieben ... mit einem Hallodri aus Motril, der mich verführte ... während der *semana santa* ...»

«Aber das ist doch fast vierzig Jahre her!»

«Woher wissen Sie das, Hochwürden?»

«Ich habe erst kürzlich zusammen mit Alejandro im Pfarrarchiv den Taufschein Ihres Erstgeborenen gesucht und gefunden.»

«Alejandro! Was geht den das an?»

«Juan Carlos war immerhin sein Bruder.»

«Er hat ihn doch gar nicht gekannt.»

«Ebendrum.»

«Er weiß doch gar nicht ...»

«Weil er ihn nicht kennenlernen durfte, weil er nicht einmal von der Existenz seines Bruders wissen durfte, will er nun mehr über ihn in Erfahrung bringen. Ich verstehe das gut.»

«Ich habe zwei undankbare Kinder, Hochwürden. Felipa sowieso und jetzt auch noch Alejandro! Und wenn ich Juan Carlos, diesen Nichtsnutz, noch mitzähle, dann hatte ich sogar drei undankbare Kinder. Womit habe ich das nur verdient, Vater?»

«Stopp! Gute Frau ...»

«Was denn?»

«Die Beichte ist einzig und allein dazu da, eigene Verfehlungen zu bekennen und zu bereuen. Aber nicht, um andere Menschen anzuklagen.»

«Das sind nicht andere Menschen, sondern meine eigenen Kinder. Die Frucht meines Leibes. Und deshalb ...»

«Eigene Verfehlungen und basta! Das allein ist der Sinn der Beichte.»

«Aber ...»

«Ich mache Ihnen einen Vorschlag. Sie laden mich in den nächsten Tagen zum Kaffee ein, und dann bin ich nicht Ihr Beichtvater, sondern Ihr Seelsorger. Und wir können in Ruhe reden. Über alles, was Sie auf dem Herzen haben. Einverstanden?»

Ana Romero Perez verlässt den Beichtstuhl. Pater Daniel hat keine Ahnung, ob sie nun beleidigt ist oder sich geschmeichelt fühlt. Vermutlich beides. Er lauscht ihren schlurfenden Schritten. Bis Stille ist. Dann verlässt auch er den Beichtstuhl. Er ist alleine in seinem Gotteshaus. Niemand sonst will seine Sünden loswerden. Gut so.

Im Wohnzimmer des Pfarrhauses geht er vor dem Bücherregal in die Hocke. Vor Jahr und Tag hat Pater Daniel neben der Katholischen Theologie im Hauptfach ein paar Semester Psychologie an der Universität des Baskenlandes in San Sebastián studiert. Um als künftiger Seelsorger die menschliche Seele etwas besser zu verstehen.

In der untersten Regalreihe findet er, wonach er sucht. Er macht sich einen Kaffee, dann lässt er sich mit dem Standardwerk der klinischen Psychiatrie in seinem Lieblingssessel nieder, sieht im Inhaltsverzeichnis nach, schlägt die entsprechende Seite auf:

Menschen mit **narzisstischer Persönlichkeitsstörung** (NPS) überschätzen ihre eigene Bedeutung im Kontext ihres sozialen Umfelds maßlos. Ihnen fehlt jegliche realistische Selbsterkenntnis. Sie sind nicht willens, Empathie für andere zu empfinden und die Gefühle anderer zu akzeptieren. Sie erwarten eine permanente, exklusive Vorzugsbehandlung. Sie verhalten sich im sozialen Umfeld manipulativ und in ausbeuterischer Absicht. Erich Fromm bezeichnete diese Störung als «bösartigen Narzissmus», dessen Symptombild sowohl narzisstische als auch antisoziale und sadistische Züge vereinige. Die Opfer dieser Manipulationen tragen nicht selten schwere psychische Schäden davon.

Schematisierter Verlauf der Täter-Opfer-Beziehung:
Die Opfer werden zunächst kühl nach ihrer vermuteten Tauglichkeit ausgewählt und umworben (s. «Love-Bombing»), bis sie die von ihnen erwartete Bestätigung liefern. In einer zweiten Eskalationsstufe werden die ausgewählten Opfer manipuliert (s. «Gaslighting»), um Schuld- und Schamgefühle zu erzeugen und zu manifestieren. Oft stellen die Täter zu diesem Zweck ihre angebliche Verletzlichkeit demonstrativ zur Schau (Alter, Krankheit, Einsamkeit, Hilfsbedürftigkeit) – mit dem Ziel, Abhängigkeitsstrukturen zu schaffen. In einer dritten Eskalationsstufe werden die Opfer weggestoßen, sodann mit Verachtung, mit demütigendem und offen aggressivem Verhalten bestraft, sobald sie den stetig wachsenden Anforderungen nicht mehr genügen. Menschen mit narzisstischer Persönlichkeitsstörung sind zur Pflege langfristiger Beziehungen auf freiwilliger Basis und auf Augenhöhe nicht in der Lage.

Heilung: Die Störung gilt als unheilbar, weil diese Menschen die Kompetenz des Psychotherapeuten in Zweifel ziehen, auch ihn zu manipulieren suchen oder gar nicht erst auf den Gedanken kommen, einen Therapeuten aufzusuchen, weil sie zutiefst davon überzeugt sind, dass mit ihnen – im Gegensatz zum Rest der Welt – alles in bester Ordnung sei.

31

Ignorieren.
Ignorieren.
Löschen.
Ignorieren.
Ignorieren.
Ignorieren.
Foto. Montage. Meme. Ein Galgen. Die deutsche Bundeskanzlerin Angela Merkel hat einen Strick um den Hals ...
Löschen!
Alejandro liest den Text erst gar nicht.
Löschen!
Ignorieren.
Ignorieren.
Ignorieren.
Video. Die Jagdhütte. Die Geweihe an der Wand. Das Kaminfeuer. Links sitzt in einem gemütlichen Sessel ...
Alejandro schaut dem Herrn im Sessel eine Weile zu, ohne weiter auf den Ton zu achten. Er muss sich eingestehen: Er würde ohne Arg einen Gebrauchtwagen von General a.D. Cristóbal Rivera Espinosa kaufen.
Schnelldurchlauf, ignorieren, Meinungsfreiheit!
Ignorieren.
Ignorieren.
Löschen.

Ignorieren.

Ignorieren.

Foto. Zimmer. An der Wand im Hintergrund hängt das riesige Gemälde mit der Jungfrau Agatha und ihren Folterern. Die heilige Agatha. Die nackte Agatha. Die Folterknechte. All das Blut. So viel Blut. Und davor die fünf kleinen Jungen. Sie sind noch so klein, dass ihre Köpfe nicht mal bis an die untere Kante des barocken Rahmens reichen. Wen von ihnen greifen sich die Brüder diese Nacht? Wer von ihnen ist ihr nächstes Opfer? Kurze, dunkelblaue Hosen, weiße Hemden. So weiß wie die Haut der heiligen Agatha. Und rote Fliegen. So rot wie das Blut der heiligen Agatha. Sie grinsen verlegen in die Kamera. Nur einer nicht. Einer schaut ganz ernst. Juan Carlos. Geboren am 18. November 1979. Gestorben am 21. Dezember 1995.

Löschen!

Löschen!

Löschen!

Wieso taucht dieses Foto schon wieder auf seinem Bildschirm auf?

Löschen!

Löschen!

Löschen!

16 Jahre durfte er werden.

Löschen!

Löschen!

Löschen!

Acht Jahre verbrachte er in dieser Hölle.

Löschen!

Löschen!

Löschen!

Die Hälfte seines Lebens.

Löschen!

Löschen!

Löschen!

Warum zeigt ihr mir schon wieder dieses Foto?
Löschen!
Löschen!
Löschen!
Woher habt ihr das Foto?
Löschen!
Löschen!
Löschen!
Was wollt ihr von mir?
Löschen!
Löschen!
Löschen!
Wollt ihr mich vernichten? So wie Maria?
Löschen!
Löschen!
Löschen!
Das schafft ihr nicht.

32

Die Maschine aus Barcelona landet auf die Minute pünktlich.
Ihre Haare sind anders. Kürzer. Steht ihr gut.
Sie hat abgenommen, dabei war sie doch eh schon so mager.
Sie winkt ihm zu, strahlt übers ganze Gesicht und rennt los mit ihrem Rollkoffer im Schlepp. Schließlich lässt sie den Koffer los und fällt ihm um den Hals.
Lange verharren sie in der Umarmung. Dann stößt sie ihn weg, grinst, tritt einen Schritt zurück, stemmt die Hände in die Hüften und betrachtet ihn von Kopf bis Fuß.
«Wie lange haben wir uns nicht gesehen, kleiner Bruder?»
«Acht Monate.»
«Bist du noch gewachsen in der Zwischenzeit?»
«Das kommt dir nur so vor, weil du seither vermutlich schon geschrumpft bist. In deinem Alter fängt das nämlich an.»
Sie boxt ihm in die Rippen.
«Charmant wie eh und je. Bist du immer noch Single?»
Sie streiten sich ein bisschen darüber, wer den Koffer nimmt, schließlich gibt Felipa klein bei, überlässt Alejandro den Koffer und hakt sich bei ihm unter, während sie zum Parkplatz schlendern.
Sie verlassen den Aeropuerto de Málaga über die MA-20. Bevor sie in die A-7 mündet, macht die vierspurige Umgehungsstraße einen verschämt großen Bogen um die tristen Betonburgen von La Palma. Alejandro durchzuckt die Erinnerung an

Marias Familie, an die Begegnung in der viel zu kleinen Wohnung im elften Stock, an die Schreie und das Wehklagen der Mutter im Schlafzimmer, an den verstörten kleinen Jungen in der Ecke, an seinen Vater Paco, der die ganze Zeit die Tischplatte und seine Hände anstarrte, bis der Kleine auf seinen Schoß wollte, an Pacos älteren Bruder Diego, den glühenden Verfechter des Anarchismus, und an die junge Frau, die keinen anderen Weg mehr sah, als sich ...

«Ich bin hier die Journalistin, aber du kriegst mal eben so raus, dass wir einen Bruder hatten. Respekt.»

Maria. Du fehlst mir. Du fehlst mir so sehr!

«Na ja, wie soll man auch in Barcelona darauf kommen.»

«Zeigst du mir das Grab?»

«Ja. Morgen fahren wir hin. Du hast abgenommen.»

«Ist mir nicht aufgefallen. Sieht man das?»

«Ich sehe das. Was ist los?»

«Zu viel Stress.»

«Beruflich oder privat?»

«Dummerweise beides. Der Journalismus verändert sich durchs Internet. Leider auf eine Weise, die mir nicht behagt.»

«Und privat?»

«Jetzt nicht, bitte. Vielleicht später.»

«Was ist denn?»

«Ich sagte doch: Jetzt nicht.»

«Okay, okay.»

«Alejandro, wir hatten einen Bruder. Ich weiß immer noch nicht, was ich dazu sagen soll.»

«Ich auch nicht, Felipa. Ich bin sehr verwirrt.»

Also sagen sie die nächste halbe Stunde lang nichts, spüren still die Nähe und die alte Vertrautheit.

Erst als sie in Höhe der Abfahrt Nerja auf die MA-5105 nach Frigiliana abbiegen, bricht Filipa das Schweigen:

«Ich habe ein bisschen was herausgefunden über diese Bruderschaft. Erzähl ich dir später, die Notizen liegen nämlich in meinem Koffer. Wo hast du mir ein Zimmer gebucht?»

«Nirgendwo.»

«Alejandro, ich kann nicht rund um die Uhr mit ihr unter einem Dach sein. Das halte ich nicht aus. Mir ist wirklich ein Rätsel, wie du das hinkriegst. Aber ich brauche zwischendurch räumlichen Abstand zu ihr, sonst drehe ich durch ...»

«Keine Sorge. Du wohnst bei Lis.»

«Lis? Wer ist Lis?»

«Eine gute Freundin von mir. Sie freut sich auf dich.»

Ana Romero Perez steht vor der Tür ihres Hauses. Mit einem Briefumschlag schirmt sie ihre Augen vor der grellen Sonne ab. Wer weiß, wie lange sie schon draußen vor der Tür steht und nach ihnen Ausschau hält. Als sie Alejandros Auto erspäht, winkt sie ganz aufgeregt mit dem Briefumschlag.

Alejandro stellt den Motor ab und zieht die Handbremse an. Dann atmet er tief durch, greift nach der Hand seiner Schwester und drückt aufmunternd zu.

«Sie ist, wie sie ist, Felipa. Und wir beide werden sie nicht mehr ändern. Niemand wird sie ändern.»

Felipa schluckt, nickt und öffnet die Beifahrertür.

«Felipa! Wo ist mein Enkelkind? Warum hast du mein Enkelkind nicht mitgebracht?»

Ana Romero Perez wartet die Antwort ihrer Tochter nicht ab, sondern wendet sich ihrem Sohn zu: «Die Guardia Civil war hier. Vor einer Stunde. Seither stehe ich hier und warte auf euch.»

«Was wollten die denn?»

«Mit dir reden. Hier!»

Sie streckt ihm den Briefumschlag entgegen.

33

Im Innenhof parken sorgsam aufgereiht, als wären die Abstände mit dem Zollstock vermessen worden, vier Nissan Pathfinder, robust und geländegängig, Blaulicht auf dem Dach. Und das *Fascis*-Wappen auf den jagdgrün lackierten Türen.

«Guten Tag. Mein Name ist Alejandro Vidal Romero. Ich bin mit Capitán Santiago Robles Alvarez verabredet.»

Statt den Gruß zu erwidern, starrt der breitschultrige Gardist hinter dem Tresen angestrengt auf den Monitor seines Computers. «Vidal Romero. Sie sind nicht verabredet, Sie sind vorgeladen. Setzen Sie sich dort auf die Bank und warten Sie, bis Sie aufgerufen werden.»

Alejandro setzt sich auf die Holzbank und wartet.

Fünf Minuten.

Irgendwo bellt jemand Befehle.

Zehn Minuten.

Stiefelabsätze knallen über Fußböden und hallen durch das Treppenhaus.

15 Minuten.

Alejandro schaut ein weiteres Mal auf die Uhr, dann steht er auf und geht hinüber zum Tresen.

«Entschuldigung, aber ich muss bald zur Arbeit ...»

Der Gardist blickt ihn verständnislos an.

«Ich warte jetzt schon 20 Minuten. In einer halben Stunde beginnt meine Schicht ...»

«Der Capitán ist sehr beschäftigt. Aber es wird sicher nicht mehr lange dauern. Nehmen Sie wieder Platz.»

25 Minuten.

30 Minuten.

Nach 32 Minuten baut sich ein anderer, sehr junger Gardist, jedenfalls deutlich jünger als Alejandro, vor ihm auf und bellt: «Folgen Sie mir!»

Es sind nur ein paar Schritte von der Bank bis zur Bürotür des Capitán. Alejandro hätte also unweigerlich mitbekommen, wenn während der vergangenen 32 Minuten jemand dieses Büro betreten oder verlassen hätte. Der Gardist klopft, reißt die Tür auf, bedeutet ihm mit einer vagen Geste einzutreten und schließt die Tür hinter Alejandro.

Hinter dem Schreibtisch sitzt der Mann, der Capitán Santiago Robles Alvarez sein muss, und studiert mit gerunzelter Stirn eine Akte. Ohne den Blick zu heben, bedeutet er Alejandro mit einer Handbewegung, auf einem der beiden Besucherstühle vor dem Schreibtisch Platz zu nehmen.

Alejandro setzt sich und sieht sich um.

Auf dem Aktenschrank hinter dem Schreibtisch thront der *tricornio* des Capitán. Wegen der unverwechselbaren Silhouette des Dreispitzes heißt die Guardia bei Künstlern, Intellektuellen und Linken *la mala sombra*. Der böse Schatten.

Über dem Aktenschrank und dem Dreispitz ist ein blasses Rechteck zu erkennen, das sich deutlich von der nikotingelben Wand abhebt. Dort hing offenbar mal ein gerahmtes Bild. Alejandro fällt auf, dass die drei anderen Wände des Büros wie frisch gestrichen aussehen. Nur diese Wand nicht. Man hat sie ausgespart.

Der Mann hinter dem Schreibtisch ist schätzungsweise Ende fünfzig und trägt trotz der Hitze seinen bis obenhin zugeknöpften Uniformrock. Orden über der linken Brusttasche. Militärischer Kurzhaarschnitt. Die Krawatte sitzt perfekt. Der Mann sieht aus wie frisch aus dem Ei gepellt. Er scheint sogar frisch rasiert zu sein. Um diese Tageszeit. Am späten Nachmittag.

Jetzt schraubt er seinen altmodischen Füllfederhalter auf und macht sich Notizen. Alejandro sieht nach oben, um festzustellen, woher das schwache, gleichmäßige Brummen stammt.

Ein Deckenventilator.

Als Alejandro seinen Blick nach einer Weile wieder in die Waagerechte wandern lässt, schaut er geradewegs in die Augen des Mannes hinter dem Schreibtisch.

«Stört Sie das Geräusch?»

«Nein, keineswegs. Ich wollte nur ...»

«Der ist ganz neu. Er wurde erst vor zwei Tagen montiert. Vorher hatte ich so ein uraltes Modell, den hätten Sie mal hören sollen. Kein Vergleich. Das ist jetzt wirklich mal ein Fortschritt. Angenehm, diese leichte Brise, finden Sie nicht?»

«Ja, sehr angenehm.»

«Tut mir leid, dass Sie warten mussten.»

«Es ist nur ... meine Schicht beginnt um ...»

«Machen Sie sich keine Sorgen. Wir haben Ihren Arbeitgeber bereits telefonisch informiert.»

«Aha. Was für ein Service. Und darf ich fragen, aus welchem Grund ich zum Verhör geladen ...»

«Das ist kein Verhör. Das ist nur ein Gespräch. Ich möchte nur ein wenig mit Ihnen plaudern. Zigarette?»

Der Capitán schiebt ein Päckchen Lucky Strike, ein Benzinfeuerzeug und einen Aschenbecher über den Tisch. Alejandro schüttelt den Kopf und blickt sehnsüchtig auf die volle Karaffe mit Wasser. Obenauf schwimmen Eiswürfel. Neben der Karaffe stehen zwei frische, leere Gläser.

«Wie geht es Ihrer Schwester?»

«Meiner Schwester?»

«Ja. Sie haben Ihre Schwester doch heute in Málaga vom Flughafen abgeholt, nicht wahr?»

«Woher wissen ...?»

«Ihre Mutter hat es uns erzählt. Ihre Schwester lebt in Barcelona, nicht wahr? Mit ihrem Mann und ihrem Kind. Sie ist Journalistin, wenn ich mich recht erinnere.»

«Ja. Bei *El País*.»

«Aber die haben ihren Sitz doch in Madrid, oder?»

«Sie ist Katalonien-Korrespondentin der Zeitung.»

«Oje, da hat sie ja eine Menge zu schreiben in diesen Zeiten. Jetzt fällt mir auch ihr Name wieder ein, Felipa, nicht wahr? Natürlich: Felipa Vidal Romero. Manchmal tritt sie als Gast in Fernsehtalkshows auf. Aber wem erzähle ich das.»

«Genau. Wem erzählen Sie das.»

«Sie sind sicher stolz auf Ihre Schwester. Verständlich. Ich finde nur, Ihre Schwester urteilt nicht immer objektiv über die Geschehnisse im Norden. Ich finde, sie schlägt sich allzu häufig auf die Seite der Katalanen.»

«Sie urteilt nicht, sie schlägt sich auf keine Seite, sondern sie schreibt einfach auf, was sie beobachtet. Das nennt man Journalismus. Ansonsten sollten Sie wohl besser mit meiner Schwester statt mit mir über das Thema plaudern. Ich habe mir bis heute noch keine abschließende Meinung zum Ansinnen der Katalanen bilden können.»

«Ich schon. Nur ein geeintes Spanien kann ein großes Spanien sein. Als Nächstes kriechen womöglich die Basken wieder aus ihren Löchern. Wir sind die fünftgrößte Wirtschaftsmacht in der EU. Wenn die Briten raus sind, sogar die viertgrößte. Darauf können und müssen wir stolz sein.»

«Wir haben auch eine der höchsten Raten an Jugendarbeitslosigkeit in der EU. Darauf sollten wir nicht stolz sein. Und daran sind nicht die Katalanen schuld. Haben Sie mich tatsächlich vorgeladen, um mit mir über Politik zu plaudern?»

«Über Politik, über Gott und die Welt. Und natürlich über Frigiliana. Pater Daniel ist Baske, nicht wahr?»

«Ja. Er ist aus ...»

«Die baskischen Priester haben sich damals mehrheitlich gegen Franco gestellt. Haben Sie das gewusst?»

«Ja.»

«*Perdón*. Ich vergaß. Sie sind ja Historiker, nicht wahr? Haben Sie gewusst, dass er homosexuell ist?»

«Wer?»

«Pater Daniel.»

«Nein. Es interessiert mich aber auch nicht.»

«Solange er zölibatär lebt, spielt es ja auch keine Rolle. Ja, die Zeiten haben sich geändert. Sie haben außerdem Germanistik studiert. Dann beherrschen Sie also die deutsche Sprache?»

«Ja.»

«Das Volk der Dichter und Denker. Franco hat sich trotz Hitlers massivem Drängen aus dem Zweiten Weltkrieg rausgehalten. Hitler hat getobt. Aber Franco blieb eisern. Im Nachhinein betrachtet war das eine äußerst kluge und weitsichtige Entscheidung. Hitlers Tausendjähriges Reich war schon nach zwölf Jahren Geschichte. Um Hitler ein wenig zu besänftigen, sicher auch aus aufrichtiger Dankbarkeit für die Unterstützung während des Bürgerkriegs, hat Franco der deutschen Wehrmacht eine Einheit aus spanischen Freiwilligen zur Verfügung gestellt. Die ...»

«División Azul.»

«Sehr gut. Die Blaue Division. Insgesamt waren 47 000 begeisterte junge Falangisten im Kampf gegen den Bolschewismus im Einsatz. Sie trugen die Uniform der Wehrmacht und später der Waffen-SS, aber darunter ihr blaues Hemd der Falange. Es ist so bedauerlich, dass die jungen Leute heute nicht mehr die geringste Ahnung von Geschichte haben. Hat Ihr Vater gedient?»

«Keine Ahnung. Ich habe meinen Vater nie kennengelernt.»

«Das ist hart. Wie kam das?»

«Er hat sich nach Venezuela davongemacht, noch bevor ich geboren wurde. Aber spielt das eine Rolle?»

«Das weiß man immer erst im Nachhinein. Meine Methode ist es, Informationen zu sammeln und später zu beurteilen, ob sie von Wert sind. Sie waren also heute in Málaga. Um Ihre Schwester vom Flughafen abzuholen. Sind Sie häufiger in Málaga?»

«Nein.»

«Nein?»

«Nein.»

«Aber Sie haben doch erst kürzlich die Familie Ihrer verstorbenen Kollegin in Málaga besucht.»

«Ja.»

«Das war sehr anständig von Ihnen, sicher kein leichter Gang. Wie hieß sie noch gleich?»

«Meine Kollegin?»

«Ja.»

«Maria ...»

«Korrekt. Maria Ruiz Delgado. Selbstmord. Eine Todsünde. Was für ein schwerer Schicksalsschlag für die Familie.»

«Und woher wissen Sie das?»

«Was?»

«Dass ich ihre Familie besucht habe. Meine Mutter kann Ihnen das jedenfalls nicht erzählt haben!»

«Sie sollten mehr mit Ihrer Mutter sprechen und auf ihre Ratschläge hören. Sie ist eine kluge und lebenserfahrene Frau, wie ich bei meinem kurzen Besuch in Frigiliana feststellen konnte. Eine bemerkenswerte Frau mit festen Wertvorstellungen. Aber ich schweife ab. Sie waren nur Tage später, nach Ihrem Kondolenzbesuch, auch noch bei der Beerdigung Ihrer Kollegin zugegen. Da waren Sie also schon wieder in Málaga.»

«Woher ...?»

«Bitte langweilen sie mich nicht mit diesen ständigen Gegenfragen. Das ist wirklich albern.»

«Aber ...»

Der Capitán stößt einen tiefen Seufzer aus.

«Die beeindruckende Erfolgsgeschichte der Guardia Civil seit ihrer Gründung im Jahre 1844 beruht auf zwei Säulen. Erstens: Augen und Ohren offen halten und alles in Erfahrung bringen, was um uns herum geschieht. Um frühzeitig intervenieren zu können. Um Probleme schon im Keim ersticken zu können. Zweitens: Die Soldaten der Guardia niemals heimatnah einsetzen und möglichst oft und regelmäßig versetzen, um eine Fraternisierung zu verhindern. Beide Säulen bedingen einander, verstehen Sie?»

«Fraternisierung?» Alejandro lacht auf. «Den Begriff kannte ich bislang nur für Besatzungssoldaten, die sich nicht mit der Bevölkerung des besiegten Feindeslandes anfreunden sollen. Befinden wir uns im Krieg? Ist die Guardia Civil eine Besatzungsmacht? Ist das spanische Volk in Ihren Augen eine feindliche Bevölkerung?»

Capitán Santiago Robles Alvarez lächelt gütig. Als säße ihm ein fünfjähriges Kind gegenüber. Oder ein Vollidiot. Er stützt die Ellbogen auf die Tischplatte und bettet sein frisch rasiertes Kinn auf seine wie zum Gebet gefalteten Hände. Er lächelt und studiert schweigend Alejandro. Wie ein Naturforscher, der ein seltenes exotisches Insekt studiert. Der Mann in der Uniform schwitzt nicht, stellt Alejandro fest. Kein einziges Schweißtröpfchen, nicht auf der Stirn, nicht an den Schläfen. Er blinzelt auch nicht, während er Alejandro betrachtet. Kein einziges Mal. Alejandros T-Shirt ist längst am Bauch und entlang der Wirbelsäule völlig durchnässt. Er schwitzt und friert zugleich. Alejandro hält dem Blick nicht mehr stand. Seine Augen wandern zu der Karaffe. Die Eiswürfel glitzern im Schein der Schreibtischlampe wie kostbare Edelsteine.

«Könnte ich vielleicht …?»

«Selbstverständlich. Gleich. Wir sind nämlich fast fertig. Die Familie Ruiz Delgado. Wissen Sie eigentlich, aus was für einer Familie Ihre verstorbene Kollegin stammt?»

«Hafenarbeiter, soviel ich weiß.»

«Ja. Hafenarbeiter. Das ist richtig. Die Vorfahren der Familie stammen allerdings aus Asturien. Bergarbeiter. Und Anarchisten. So wie übrigens die meisten asturischen Bergarbeiter. Spezialisten im Umgang mit Sprengstoff. Damit haben sie früher Brücken in die Luft gejagt. Einfach so. Haben Sie das gewusst?»

Alejandro schweigt und wendet alle Kraft auf, um dem forschenden, bohrenden Blick standzuhalten.

Der Capitán öffnet die oberste Schublade seines Schreibtisches. Alejandro rechnet schon damit, dass er jetzt das gerahmte Foto des Caudillo hervorholt und wieder zurück an seinen Platz an der Wand über dem Aktenschrank hängt. Stattdessen zieht der Capitán ein ungerahmtes Foto aus der Schublade. Der Computerausdruck eines Digitalfotos. Der Capitán betrachtet das Blatt Papier eine Weile versonnen. Dann schiebt er es Alejandro entgegen.

Marias Beerdigung. Das Foto wurde offenbar aus großer Entfernung gemacht, mit Hilfe eines starken Teleobjektivs. Es zeigt Alejandro, wie er die rechte Faust an die Schläfe presst. So wie es ihm Diego und Paco und die anderen Trauergäste vorgemacht haben. Der Gruß der Widerstandskämpfer während des Krieges gegen Francos Putschisten. Allerdings sind die anderen Trauergäste auf dem Foto nur schemenhaft zu erkennen. Man sieht nur Alejandro scharf. In Großaufnahme.

Capitán Santiago Robles Alvarez macht ein besorgtes Gesicht. Und er spricht nun wieder in einem Tonfall zu Alejandro, wie in Alejandros Fantasie ein besorgter Vater, den er nie hatte, mit seinem Sohn sprechen würde. Doch der Inhalt seiner Sätze klingt weniger väterlich: «Zu den zwei zentralen Aufgaben der

Guardia Civil im Interesse der nationalen Sicherheit gehören die Terrorismusbekämpfung und die Bekämpfung der wachsenden Clankriminalität. Die Familie Ruiz steht deshalb schon seit geraumer Zeit unter Beobachtung. Ich fürchte, wenn solch ein Foto wie dieses hier zufällig im Internet auftaucht und kursiert, dann sind Sie Ihren schönen Job auf der Stelle los. Und so schnell kriegen Sie dann auch keinen neuen Job mehr. Jedenfalls keinen, für den eine akademische Vorbildung nötig ist. Vielleicht als Poolboy in einem der Touristenhotels. Wie würde Ihre arme Mutter das verkraften? Das Internet vergisst nichts, habe ich mir sagen lassen. Weshalb waren Sie mit Pater Daniel und dieser Deutschen in der Sierra?»

«Wie bitte?»

«In der ehemaligen Besserungsanstalt. Da waren Sie doch zusammen mit Pater Daniel und dieser Deutschen, oder?»

«Wir haben das Grab meines Bruders gesucht.»

«Und? Haben Sie es gefunden?»

«Ja.»

«Das ist gut. So konnten Sie Abschied nehmen. Man soll die Toten ruhen lassen. Und man soll die Vergangenheit ruhen lassen. Sie können jetzt gehen.»

Alejandro starrt ihn ungläubig an.

«Haben Sie mich nicht verstanden? Sie können gehen.»

34

Gabriel leert das Glas mit dem Protein-Shake in einem Zug und starrt wieder auf den Bildschirm seines Laptops. Er kann es immer noch nicht fassen: *El Cid* hat ihm geschrieben!

El Cid persönlich!

El Cid ist natürlich nicht sein richtiger Name. Sondern sein Kampfname. Den hat ihm General Cristóbal Rivera Espinosa verliehen, der Gründer der Bewegung. In Anerkennung seiner treuen Dienste. El Cid war als junger Soldat Mitglied einer Spezialeinheit der legendären Legión Española, der früheren spanischen Fremdenlegion. So wie auch der General. Dann wurde der General pensioniert, die Fremdenlegion in ihrer alten Form aufgelöst, keine Ausländer mehr, und El Cid wurde nach Ablauf seines Zeitvertrags entlassen.

Was für eine Schmach.

Aber Cristóbal Rivera Espinosa hat ihm eine neue, eine ehrenvolle Aufgabe in der Bewegung anvertraut. Weil er im Gegensatz zur Regierung dessen besondere Qualitäten sehr wohl zu schätzen weiß. Gabriel hat gehört, dass El Cid vom General beauftragt wurde, den geheimen paramilitärischen Arm der Bewegung aufzubauen.

Lieber Gabriel,
ich will dir meinen ausdrücklichen Dank aussprechen. Die Bewegung braucht entschlossene und zuverlässige Männer

wie dich. Du hast alle Tests mit Bravour bestanden. Meinen herzlichen Glückwunsch. Jetzt ist es an der Zeit für deine erste Aufgabe im Dienste der Bewegung. Unseren guten Worten müssen endlich Taten folgen, sonst ist Spanien verloren. Bist du bereit für deine erste Aufgabe?

Natürlich ist Gabriel bereit.

35

Pater Daniel hat ihnen seinen Toyota Landcruiser geliehen. Sie starten um sechs Uhr morgens, um wenigstens während der Hinfahrt der sengenden Hitze zu entgehen und rechtzeitig vor Alejandros Schichtbeginn zurück zu sein. Er will auf keinen Fall ein zweites Mal in Folge zu spät zur Arbeit erscheinen und sich den bohrenden Fragen des Personalchefs ausgesetzt sehen.

Alejandro fährt, Felipa sitzt neben ihm.

Sie hängen ihren Gedanken nach.

Gedanken so schwer wie Blei.

Cómpeta, Canillas de Albaida, Árchez.

«Deine Freundin ...»

«Welche Freundin?»

«Lis ... bei der du mich untergebracht hast ...»

«Was ist mit ihr?»

«Sie ist sehr nett. Und eine kluge Frau.»

«Ja. Lis ist ein Engel.»

«Sie sieht gar nicht aus wie eine Deutsche.»

«Wie hat denn eine Deutsche deiner Meinung nach auszusehen?»

«*Perdón.* War eine ziemlich blöde Bemerkung. Sie wirkt so ... wie alt ist sie eigentlich?»

«So alt wie Mama.»

«Was? So sieht sie wirklich nicht aus.»

«Nein.»

«Sie ist eine bemerkenswert attraktive Frau.»
«Ja.»
«Habt ihr was miteinander?»
«Nein!»
«Hätte doch sein können. Die Auswahl in Frigiliana ist bestimmt nicht gerade berauschend.»
«Was soll Lis denn ausgerechnet mit mir anfangen?»
«Aha, da kommen wir der Sache schon näher. Sie meint übrigens, du hättest so viele verschiedene Talente, dass du was anderes machen könntest als hier in dieser ...»
«Können wir das Thema wechseln?»
«Warum?»
«Felipa, du willst partout nicht über dein Privatleben reden und ich nicht über meins.»
«Okay. Was wollte die Guardia Civil von dir?»
«Wenn ich das mal wüsste. Angst machen, vermute ich.»
«Im Angstmachen sind die ja Experten. Sowohl die Guardia als auch die katholische Kirche. Mir kommt es so vor, als hätte ich die Reise von Barcelona in die Heimat nicht in einem Flugzeug, sondern in einer Zeitmaschine unternommen.»
«Er hat gesagt, Pater Daniel sei schwul.»
«Wer hat das gesagt?»
«Der Capitán, der mich vernommen hat.»
«Dafür könnte Pater Daniel diesen Faschisten anzeigen!»
«Ich werd's ihm aber nicht erzählen. Was soll ich ihn unnötig aufregen? Der Capitán hat mir außerdem einen kleinen Vortrag über die politische Weitsicht und die enorme Entschlusskraft des Caudillo gehalten.»
«Na super. Hast du ja noch was lernen können.»
«Kann sein, dass sie uns beobachten.»
«Na und? Meinst du vielleicht, das wäre meine erste Auseinandersetzung mit der Guardia?»
Alejandro berichtet seiner Schwester von dem Verhör, dass

Capitán Santiago Robles Alvarez ein Gespräch, eine Plauderei über Gott und die Welt nannte. Felipa stellt hin und wieder eine Zwischenfrage, danach wird sie ganz still. Alejandro kennt das: Immer wenn sie intensiv nachdenkt, wird sie so still.

Salares, Canillas de Aceituno. Keine Steinböcke, keine Ziegen, auch keine Streife der Guardia Civil. Was aber nicht heißt, dass sie nicht allesamt da sind, irgendwo, ganz in der Nähe, die Steinböcke, die Ziegen und die Guardia.

In der Nähe des Stausees von Viñuela legen sie wie schon bei der ersten Fahrt mit Lis und Pater Daniel eine kurze Rast ein. Der Barbesitzer ist diesmal deutlich besser gelaunt. Kommt dauernd raus und fragt, ob sie noch einen Wunsch hätten. Macht billige Witze, über die nur er selbst lachen kann. Vermutlich liegt das an Felipa, denkt Alejandro. Er hatte schon vergessen, welche magnetische Anziehungskraft auf Männer seine Schwester seit jeher völlig unbeabsichtigt ausübt.

«Der Typ geht mir allmählich schwer auf die Nerven. Lass uns bitte weiterfahren, Alejandro.»

Sie durchqueren Ventas de Zaffaraya. Das Dorf, in dem der alte Hausmeister lebt. Den wollen sie auf der Rückfahrt besuchen. Am Horizont leuchten die schneebedeckten Gipfel der Dreitausender der Sierra Nevada in der Sonne.

«Felipa?»

«Ja?»

«Was ist los mit dir?»

«Was soll denn mit mir los sein?»

«Felipa! Ich hab das sofort gemerkt, als ich dich vom Flughafen abgeholt habe. Also?»

«Nichts!»

«Komm schon! Was ist los mit dir?»

«Wir haben uns getrennt. Er ist schon ausgezogen. Er hat eine andere. Und jetzt lass uns nicht mehr darüber sprechen. Ich habe nämlich selbst noch keinen blassen Schimmer, wie das jetzt alles weitergehen soll. Schließlich haben wir ein gemeinsames Kind. Und außerdem noch all das banale Zeug, das wir jetzt regeln müssen. Vernünftig natürlich. Wie zwei erwachsene Menschen. Dabei steht mir der Sinn überhaupt nicht nach Vernunft. Die Reise hierher war auch eine Flucht aus Barcelona. Um für einen Moment auf andere Gedanken zu kommen.»

«Das tut mir leid.»

«Mir auch.»

Sie biegen von der Hauptstraße nach rechts auf die Schotterpiste ab und passieren bald darauf Valdeiglesias, das Geisterdorf, dessen einstige Bewohner so vorzüglich von der Besserungsanstalt der Bruderschaft gelebt haben.

Die Schotterpiste schraubt sich durch den dichten Wald die Nordausläufer der Sierra de Tejeda hinauf. Bis der Waldweg in den gepflasterten Exerzierplatz mündet.

Sie lassen das Auto mitten auf dem verwaisten Platz stehen.

Alejandro führt Felipa zum Grab.

Juan Carlos Vidal Romero
∗ 18. November 1979
† 21. Dezember 1995

Sie halten sich an den Händen. Stumm.

36

Capitán Santiago Robles Alvarez studiert die Akte mit den ersten Ermittlungsergebnissen zu der Einbruchserie im englischen Residentenghetto oberhalb der Playa Burriana. Der Chef der Guardia Civil liebt das sorgfältige Aktenstudium. Weil er es liebt, seine Soldaten anschließend auf Denkfehler und Ermittlungslücken hinweisen zu können. Weil er es liebt, ihnen hin und wieder seine geistige Überlegenheit zu demonstrieren. Damit seine Männer demütig ihren zugewiesenen Platz in der Hierarchie akzeptieren. Und voller Respekt den Platz ihres Capitán.

Ihres Führers.

Die Ausführung der Brüche im englischen Ghetto wirkt nicht gerade so, als seien da Profis am Werk gewesen. Hohes Entdeckungsrisiko während der Tat. In zwei Fällen schliefen die Bewohner im ersten Stock, vermutlich schliefen sie ihren Vollrausch nach durchzechter Nacht aus, während die Täter das Erdgeschoss verwüsteten. Die mit brachialer Gewalt geöffneten Wohnungen wurden auch nicht systematisch in Augenschein genommen, sondern es wurde nur mitgenommen, was zufällig und gut sichtbar herumlag, was sich schnell abgreifen und leicht verstauen ließ, Bargeld, Schmuck, Armbanduhren, Handys. In drei Fällen sogar der komplette Kühlschrankinhalt.

An jeder zweiten Wohnungs- beziehungsweise Terrassentür sind die Täter kläglich gescheitert, sagt die Spurensicherung.

Was für Stümper. Was für Idioten. Die von den Kriminaltechnikern gesicherten Spuren deuten auf mindestens zwei Täter hin. Höchstwahrscheinlich zugedröhnte Junkies, wie in den meisten Fällen. Klassische Beschaffungskriminalität.
Jemand klopft kurz und energisch an der Tür.
«Treten Sie ein, Sargento.»
Sargento David Moreno Flores grüßt militärisch korrekt, dann schließt er die Tür, tritt diensteifrig näher und legt einen Schnellhefter auf dem Schreibtisch seines Vorgesetzten ab. Der Mann wirkt merkwürdig gehetzt.
«Der Bericht der Rechtsmedizin, Capitán.»
«Das ging ja erstaunlich schnell.»
«Ja, Capitán.»
«Und? Steht da was drin, was möglicherweise unserer Suizidvermutung widerspricht?»
«Nichts. Im Gegenteil. Keine Hinweise oder Spuren, die auf ein Fremdverschulden hindeuten.»
«Wunderbar.»
«Da wäre nur ...»
«Ja? Was noch, Sargento?»
«Die Tote. Maria Ruiz Delgado ...»
«Ja?»
«Die Rechtsmedizin sagt, Beginn des dritten Monats.»
«Sargento, würden Sie sich freundlicherweise etwas verständlicher ausdrücken? Was heißt das?»
«Sie war schwanger!»

37

«Ist schon ein merkwürdiges Gefühl. Vor ein paar Tagen rufst du mich an und erzählst mir, dass wir einen Bruder haben, von dem wir nichts wussten, und jetzt stehen wir an seinem Grab.»
Alejandro sagt nichts.
Was soll man auch dazu sagen?
Er spürt nur einen tiefen Schmerz.
Felipa lässt seine Hand los, zieht ein Taschenmesser und ein durchsichtiges Plastiktütchen aus der Hosentasche und kniet hinter dem Kreuz nieder. Sie klappt das Taschenmesser auf, hält das weit geöffnete Tütchen ganz dicht an das Kreuz.
«Felipa? Was machst du da?»
Sie kratzt und schabt eine Handbreit oberhalb des Tütchens mit dem Taschenmesser Lack und Holz ab.
«Felipa?»
«Gestern Abend hat mir Lis die Fotos gezeigt, die sie hier gemacht hat. Ihr ist das sofort aufgefallen. Aber sie hat sich nicht getraut, dir von ihrem Verdacht zu erzählen. Um dich nicht zu verwirren oder zu verletzen. Ich schien ihr wohl weniger empfindsam.»
«Was denn?»
Felipa erhebt sich aus der Hocke, klappt das Taschenmesser zu und verschließt das Tütchen sorgfältig.
«Schau dir mal die anderen Holzkreuze an. Nicht die ganz alten. Die neueren. Hier: Das ist aus dem Jahr 2004. Oder das

hier: 2000. Die Schrift ist kaum noch lesbar. Nur mit Mühe zu entziffern. Völlig verwittert. Billiges Holz, billiger Lack.»

«Ja und?»

«Aber das Kreuz von Juan Carlos ist bestens in Schuss. Die Inschrift ist klar und deutlich zu lesen. Obwohl es angeblich schon seit 1995 hier steht. Seit fast 24 Jahren. Als hätte es die letzten zwei Jahrzehnte hier oben in der Sierra keinen Frost, keinen Schnee, keinen Regen, keine sengende Sonne gegeben.»

«Du meinst ...»

«Ich meine noch gar nichts. Außer dass Lis vermutlich recht hat. Das Kreuz wurde nicht 1995 aufgestellt.»

«Vielleicht war das ursprüngliche Kreuz völlig verwittert. Und deshalb wurde es ausgetauscht.»

«Klar, nur dieses eine. Und wer könnte das bewerkstelligt haben? Na? Hast du eine Idee?»

«Nein. Was hast du mit dem Tütchen vor?»

«Das gebe ich heute Abend Lis. Und die schickt es morgen mit der Post ihrem Bruder nach Deutschland.»

«Diesem Computerexperten?»

«Ja. Der arbeitet doch bei einer Spezialbehörde der deutschen Polizei. Vielleicht können seine Forensik-Kollegen feststellen, wie alt das Kreuz tatsächlich ist. Oder willst du lieber die Guardia damit beauftragen?»

«Ich weiß überhaupt nicht, was ich will. Ich bin völlig durcheinander. Was ist hier los?»

«Komm, lass uns verschwinden. Lass uns zurückfahren und unterwegs darüber reden. Dieser Ort macht mich depressiv.»

«Willst du nicht das Gebäude von innen sehen?»

«Hast du denn einen Schlüssel?»

«Nein. Aber ein Brecheisen im Auto. Es gibt eine Hintertür an der Rückseite, die wirkt nicht besonders stabil.»

«Das wäre eine Straftat, Alejandro. Einbruch, Hausfriedensbruch, was weiß ich. Wenn du unter Beobachtung der Guardia stehst ... Vielleicht warten die nur darauf, dass du so etwas tust. Außerdem hat Lis mir ja ihre Fotos gezeigt, auch vom Keller. Das reicht mir völlig. Ich hab genug gesehen. Ich will nur noch weg hier! Komm, lass uns zu dem Hausmeister fahren.»

38

Als hätte er nicht schon genug Ärger am Hals. Erst der Selbstmord dieser kleinen, blöden Kuh, dann dieser Sargento von der Guardia Civil und sein Kollege mit all den lästigen Fragen, dann der Besuch des undurchsichtigen blonden Hünen, den die Zentrale geschickt hat. Kalt wie Eis. Die Augen. Die Stimme. Die bloße Erinnerung lässt Javier García Ferrer immer noch frösteln.

Und jetzt steht dieser arrogante junge Schnösel von nebenan in der Tür und grinst frech. Schon das äußere Erscheinungsbild macht Don Javier jedes Mal aggressiv: die giftgrün gefärbten Haare, die in sämtliche Himmelsrichtungen von seinem Kopf abstehen, die tuntigen Klamotten ...

«Stör ich?»

«Du doch nie, Angel. Komm rein. Was gibt's?»

Angel Cruz Vargas stolziert ins Büro wie ein Pfau, schließt die Tür und setzt sich unaufgefordert.

«Es gibt ein Problem.»

Javier García Ferrer bemüht sich, gelassen zu wirken. «So? Was für ein Problem gibt es denn diesmal?»

«Wir wurden gehackt.»

«Gehackt? Was ist passiert?»

«Zum Glück nicht allzu viel.»

«Und weshalb haben wir dann ein Problem?»

Angel setzt schon wieder dieses dämliche Grinsen auf. Und

lässt seinen Chef zappeln. Das bereitet ihm offenbar großen Spaß. Wenn es nach Don Javier ginge, hätte er das unverschämte Bürschlein schon längst gefeuert. Aber über das Personal der IT entscheidet allein die Zentrale.

Dieser Schnösel ist mal gerade 28 Jahre alt und schon Chef der sechsköpfigen IT-Truppe. Und er kennt seine Macht ganz genau.

«Der Typ war echt gut. Respekt. Der hat echt was drauf. Kam aber zum Glück nicht weit. Unsere Sicherheitssysteme sind vielleicht die besten der Welt. Nein, ich lege mich hiermit fest: Unsere Systeme sind die besten der Welt.»

«Schön. Und weiter?»

«Wir haben ein bisschen Katz und Maus gespielt. Er verwischt seine Spuren gut, wollte mich glauben machen, er säße in Sankt Petersburg, wo ein Großteil der russischen Cyber-Mafia sitzt, sehr clever, aber ich bin ja nicht blöd.»

«Aha. Und weiter?»

«Der sitzt woanders. Nicht in Spanien, da bin ich mir ganz sicher. Aber auch nicht in Sankt Petersburg. Weiter bin ich nicht gekommen. Cleverer Hund. Den könnten wir gut gebrauchen bei uns.»

«Und wo liegt jetzt unser Problem?»

«Wie gesagt: Unser Kerngeschäft ist perfekt geschützt. Aber unser Intranet hatte ein paar Schwachpunkte, wie sich durch den Angriff herausstellte. Also unser internes Kommunikationsnetz hier oben im ersten Stock. Die Lücken schließe ich gerade, dann kann da in Zukunft nichts mehr passieren.»

«Prima.» Javier García Ferrer merkt, wie er unter dem Sakko zu schwitzen beginnt. Trotz der Klimaanlage in seinem Büro. Er spürt deutlich, dass da noch was kommt. Dass da was nicht koscher ist. Ganz und gar nicht koscher.

«Nicht ganz. Die Lücken in unserem internen Kommunikationsnetz konnte nur ein absoluter Profi entdecken. Und ich befürchte, dem Hacker ist es vorher noch gelungen, das ein oder andere von unserem internen Mailverkehr hier oben in der ersten Etage abzufischen. Ich habe deshalb mal den fraglichen Zeitraum gecheckt. Ist zum Glück recht übersichtlich. Die Sklavenherde im Erdgeschoss hat ja keinen Zugang zum Intranet, und hier oben sitzen nur ein paar Dutzend Personen mit Zugangsberechtigung.»

«Und? Ergebnis?»

Angel denkt gar nicht daran, auf dem kürzesten Weg zum Punkt zu kommen. «Natürlich habe ich auch die gelöschten Mails gecheckt. Die kleinen Flirts, die heimlichen Verabredungen für die Stunden nach Feierabend, ist ganz witzig, wer hier mit wem ...»

«Das interne Kommunikationssystem ist ausschließlich dienstlichen Zwecken vorbehalten. Das ist doch allseits bekannt. Das ist ein ernsthafter Verstoß gegen die Vorschriften. Das kann ich nicht durchgehen lassen. Ich will, dass du mir unverzüglich eine Liste all jener Mitarbeiter erstellst, die ...»

«Jetzt halt mal den Ball flach, Javi. Ganz flach.»

Wie er es hasst, wenn dieser Schnösel, dessen Vater er sein könnte, ihn Javi nennt. Als hätten sie zusammen die Schulbank gedrückt. Don Javier schweigt, springt stattdessen auf, zieht sein Sakko aus und hängt es über die Rückenlehne. Angel wartet geduldig, bis Don Javier wieder Platz genommen hat.

«Du solltest froh und dankbar sein, dass in diesem Zeitraum keine großartigen dienstlichen Geheimnisse über das interne System transportiert wurden. Aber ... und deshalb sitze ich hier ... es gab zwischendurch ein bisschen Bürotratsch.»

Pause. Angel genießt es, Don Javier zappeln zu sehen. Javi.

«Bürotratsch?»

«Ja. Und der betrifft leider dich. Also ... wie bringe ich es dir möglichst schonend bei ... Diese eine CA aus dem Erdgeschoss, du weißt schon, die kleine Pummelige aus dem Sklavenheer, die sich vom Aquädukt gestürzt hat ...»

Don Javier Don schweigt.

«Nun sag schon, Javi, wie hieß sie noch gleich?»

«Maria Ruiz Del...»

«Genau! Maria!»

«Was ist mit ihr?»

«Sie ist tot.»

«Ich weiß, dass sie tot ist. Könntest du endlich ...?»

«Okay. Als die Nachricht von ihrem Selbstmord auf dieser Etage blitzartig die Runde machte und dann auch noch die Guardia bei dir auftauchte, da erinnerte sich so mancher daran.»

«Woran?»

«Dass du sie gelegentlich in dein Büro bestellt hast. Und sie erst mal nach allen Regeln deiner Kunst zusammengefaltet hast. Das war ja unüberhörbar. So wie du gebrüllt hast. Du glaubst ja gar nicht, wie dünn die Zwischenwände hier sind.»

«Na und? Angel, das hört sich angesichts der Umstände vielleicht pietätlos an. Aber sie gehörte laut Statistik eindeutig zu den Minderleistern. Die hatte eine regelrechte Löschmanie. Du meine Güte.» Don Javier setzt ein verschwörerisches Lächeln auf. «Sie war wohl doch ein bisschen zu katholisch ...»

«*Claro*. Aber dann hätte man erwartet, dass sie unverzüglich nach Beendigung deines Donnerwetters gesenkten Hauptes und mit verheulten Augen aus deinem Büro gestolpert wäre. So lief es aber nicht. Sondern: Irgendwann kehrte Stille in deinem Büro ein, absolute Stille, so etwa eine Viertelstunde lang, und dann marschierte sie stets erhobenen Hauptes aus deinem Büro und zurück zur Arbeit.»

«Ach ... das meinst du. Also dafür gibt es eine simple Erklärung. Wir haben uns immer am Schluss noch ein bisschen unterhalten. Belangloses Zeug. Das war mir wichtig. Ich habe mich zum Beispiel bei ihr erkundigt, wie es ihrer Familie geht und so. Sie war ja ganz alleine in Nerja. Hatte niemanden. Ich wollte sie wieder seelisch aufbauen. Ich bin ja kein Unmensch.»

«Und deshalb hast du dieser Minderleisterin auch jedes Mal wieder einen neuen Vertrag gegeben.»

«Ja. Ich wollte ihr einfach eine zweite Chance geben.»

«Eine zweite, eine dritte ... sehr nett von dir. Bist ja ein ganz Softer. Manche Kollegen sagen, ihre Frisur sei mitunter etwas derangiert gewesen, wenn sie dein Büro verließ. Und ihr Lippenstift ... nach diesen ... Plaudereien.»

«Ich weiß nicht, was du meinst ...»

«*Claro*. Wo lebt denn ihre Familie?»

«Wie meinst du das?»

«So wie ich es sage. Woher stammt sie?»

Don Javier denkt fieberhaft nach.

«Javi, wenn du dich so fürsorglich und regelmäßig nach ihrer Familie erkundigt hast, dann wirst du doch wohl wissen, wo sie herstammt, wo die Familie wohnt, oder?»

Don Javier hat keinen blassen Schimmer. Er müsste in Marias Personalakte nachschauen. Aber bevor ihm eine plausible Erklärung für sein Unwissen einfällt, legt Angel nach:

«Einer meiner Leute, ich nenne mal nicht den Namen, der hat einen Cousin bei der Guardia. Und der Cousin erzählte ihm, sie sei schwanger gewesen, als sie sich umbrachte. Anfang dritter Monat. Da kommt man natürlich ins Grübeln, wie weit deine Herzensgüte wohl ging bei der kleinen, heimatlosen Maria.»

«Angel, wir kennen uns schon eine ganze Weile. Traust du mir das zu? Ich bin verheiratet.»

«Ja dann. Ich hätte mich auch arg gewundert. Denn du selbst predigst ja immer, dass private Kontakte zwischen den Mitarbeitern höchst unerwünscht seien.»

Wieder setzt er dieses dämliche Grinsen auf.

«Allerdings kennt der Hacker da draußen den Bürotratsch jetzt wahrscheinlich auch. Aber vielleicht interessiert den das ja gar nicht, vielleicht sitzt der tatsächlich in Sankt Petersburg und kann sich gar keinen Reim auf all diese kryptischen Halbsätze aus der Gerüchteküche machen, weil er den Kontext nicht kennt.»

«Das ist doch naheliegend, oder?»

«Hier im Haus hat die Nachricht von der Schwangerschaft bislang nur in deinem Nachbarbüro die Runde gemacht. Aber noch nicht im Sekretariat, auch noch nicht im Quality Management und natürlich nicht unter den Lemmingen im Erdgeschoss. Das Problem ist nur ...»

«Angel, du weißt doch, was ich immer predige, oder?»

«Klar weiß ich das: Probleme sind nichts weiter als kleine, lästige Hindernisse auf dem Weg zu einem Ziel. So was in der Art sagst du doch immer, oder?»

«Genau. Hindernisse kann man wegräumen oder elegant umkurven, und Probleme kann man lösen!»

«Ich bin froh, dass du das so siehst, Javi.» Angel erhebt sich träge vom Stuhl. Das Dauergrinsen verschwindet schlagartig aus seinem Gesicht und macht gespielter Besorgnis Platz.

«Ich muss den abgewehrten Hackerangriff natürlich unverzüglich an die Zentrale melden, könnte aber ...»

Angel lässt den Satz eine Weile durch den Raum schweben, bevor er ihn vollendet: «... vielleicht ein paar unappetitliche Details weglassen.»

«Das wäre sehr anständig von dir, Angel.»

«Anständig, ja. Mein Vorschlag: Ich beschränke mich in meinem Bericht auf das Wesentliche, und anschließend lobst du mich inbrünstig für meinen heldenhaften Einsatz zur Verteidigung der Firma und schlägst eine satte Gehaltserhöhung für den IT-Chef der Niederlassung Nerja vor.»

«Das ist nicht so einfach, wie du denkst.»

«Nicht so einfach. Tja. Dann musst du dir halt ein bisschen Mühe geben, Javi. Die Benennung der Summe überlasse ich natürlich ganz deiner Fantasie. Aber ich rate dir: Beleidige nicht meine Intelligenz. Und erst recht nicht meine zarte Seele.»

«Und deine Leute?»

Angel hat die Tür schon geöffnet. Deshalb dämpft er seine Stimme: «Keine Sorge, Javi. Die hab ich im Griff.»

39

Man könnte meinen, durchs Dorf zöge eine Prozession. Ohne Weihrauch, ohne Gebete, ohne Messdiener. Aber mit einem Priester. In Wahrheit ist es keine Prozession im streng katholischen Sinne, eher eine Zeitreise in die Kindheit. In die achtziger Jahre des vergangenen Jahrhunderts. Vier Reisende nehmen daran teil: Alejandro, Felipa, Federico und Pater Daniel.

Federico ist dabei, weil er fast jeden in Frigiliana kennt. Und so ziemlich jeder ihn. Federico hat nach der Schule eine Lehre beim Dorftischler absolviert und wenig später die Bar seines überraschend verstorbenen Vaters übernommen. Er hat also Frigiliana nie verlassen.

Im Gegensatz zu Felipa, die das Dorf unmittelbar nach ihrem 18. Geburtstag verließ. Vor 18 Jahren.

Alejandro, Felipas Bruder und Federicos bester Freund seit Kindheitstagen, ist zwar für vier Jahre zum Studium nach Madrid gegangen und hat anschließend noch ein paar Jahre in Sevilla gelebt, sich dort mit allerlei schlecht bezahlten Gelegenheitsjobs über Wasser gehalten, in dieser Zeit ohne Ende Bewerbungen geschrieben und verschickt und seine Zeit damit vergeudet, weil niemand einen Germanisten und Kunsthistoriker brauchte. Aber als er auf Drängen seiner Mutter, aus einem vagen Pflichtgefühl ihr gegenüber und nicht etwa, um die teure Miete in Sevilla zu sparen, wie seine Mutter überall im Dorf erzählte, nach Frigiliana zurückkehrte, war es so, als wäre er nie fort gewesen.

Pater Daniel, der vierte Teilnehmer der Zeitreise, hat seine Kindheit nicht in Andalusien, sondern in einem Dorf im Baskenland verbracht. Während der Hochzeit des ETA-Terrors. Seither ist er immun gegen sämtliche weltlichen Heilsversprechen. Er ist heute dabei, weil fast jeder Bewohner des Dorfes ihn kennt und mit Wertschätzung begegnet. Er trägt wieder seine schwarze Soutane. Seine Uniform für besondere Einsätze.

Federico hingegen trägt einen Korb, in den er eine Flasche Cardenal Mendoza Gran Reserva und jede Menge kleine Schnapsgläser gepackt hat. Auch das kann mitunter Wunder bewirken, weiß er aus langjähriger Erfahrung.

Sie sind auf der Suche nach Erinnerungen. Auf der Suche nach der Kindheit eines achtjährigen Jungen, der eines Tages während der Siesta von der Guardia Civil und zwei Mönchen abgeholt wurde und nie wieder nach Frigiliana zurückgekehrt ist.

Sie fangen mit den etwa Gleichaltrigen an. Pater Daniel hat mit Hilfe der Taufscheine im Archiv der Pfarrei alle zwischen 1976 und 1982 Geborenen herausgesucht und eine Namensliste erstellt. Und Federico hat anhand der Liste überprüft, wer von ihnen immer noch in Frigiliana wohnt. Das sind nicht allzu viele. Denn das schönste Dorf Spaniens hat nur wenigen seiner Söhne und Töchter eine berufliche Zukunft zu bieten.

Das Ergebnis der Befragungen ist enttäuschend.

Alejandro zeigt jedem, den sie in den nächsten Stunden aufsuchen, zu Hause oder am Arbeitsplatz, das Foto aus der Besserungsanstalt. Die fünf kleinen Jungen unter dem Gemälde. Der zweite von rechts. Der mit dem ernsten, traurigen Blick. Der einzige auf dem Foto, der nicht verlegen in die Kamera grinst. Das einzige Foto in der Hutschachtel, das Juan Carlos zeigt.

Manche erinnern sich tatsächlich an einen Mitschüler, der so aussah. Und immer sehr wütend war.

Böse.

Ja, nicht wenige benutzen dieses Wort.

Er sei so richtig böse gewesen. Sie können sich nicht mehr an seinen Namen erinnern. Aber daran, dass er auf dem Pausenhof scheinbar grundlos auf andere Jungs losging, auf gleichaltrige, auf jüngere, auf schwächere, aber auch auf ältere, größere, stärkere, und gleich zuschlug, ungeachtet der Konsequenzen. Ein Junge, der Mädchen grundlos an den Haaren zog, richtig heftig, so heftig, dass sie schrien vor Schmerz. Die Lehrerin habe ihn gefragt, warum er das mache, und er habe geantwortet: *Ich hasse alle Weiber. Dich auch.*

Erinnerungsfetzen.

Alle hielten sie Distanz zu dem bösen Jungen, alle waren sie vor ihm auf der Hut. Die Eltern hatten ihnen aufgetragen, sich von ihm fernzuhalten. Der Apfel falle nicht weit vom Stamm. Ja, der Satz sei oft gefallen: *Der Apfel fällt nicht weit vom Stamm.*

Alejandro ist hin und wieder versucht, ihnen zu widersprechen; einen Vater zu verteidigen, den er nicht kennenlernen konnte; einen Bruder zu verteidigen, den er nicht kennenlernen durfte. Aber dann tauscht er einen Blick mit Felipa, und Felipas Blick sagt: *Lass es!* Felipa ist der Profi, was Recherche betrifft. Felipa hat deshalb das Sagen bei diesen Befragungen.

Niemanden hat interessiert, wohin er gegangen war. Was aus ihm geworden ist. Niemand hat ihm eine Träne nachgeweint. Die Mitschüler haben aufgeatmet und ihn aus ihrem Gedächtnis gelöscht.

Nur eine einzige ehemalige Mitschülerin sagt, der Junge mit den traurigen Augen habe ihr irgendwie leidgetan. Alejandro hätte sie dafür am liebsten umarmt.

Unterwegs, während ihrer Prozession von Adresse zu Adresse, zeigen sie das Foto auch den *abuelos* und *abuelas*, die draußen vor ihren Häusern auf den Bänken zusammensitzen, nach Geschlechtern getrennt, und das restliche Leben vorbeigleiten lassen. Viele der alten Frauen bekreuzigen sich, sobald sie die heilige Agatha auf dem Gemälde entdecken. Nein, es geht nicht um die Heilige auf dem Gemälde, es geht um diesen kleinen Jungen da unten, der zweite von rechts. Der mit dem ernsten Blick.

Manche der Alten erinnern sich vage. «Das ist doch der Enkel vom alten Romero.» Sie schauen sich das Foto noch mal an, dann werfen sie einen prüfenden Blick auf Alejandro. «Du bist doch auch ein Enkel vom alten Romero, oder nicht?» Felipa erkennen sie nicht mehr. Zu lange her. «Gott hab ihn selig, der alte Romero ist vor Gram gestorben, als die Zuckerfabrik zumachte. Zum Glück hat er das nicht mehr erleben müssen.» *Was denn? Was hat er nicht mehr erleben müssen?* «Das mit der Ana. Seiner jüngsten Tochter.» Sie sagen nicht: *seiner Lieblingstochter.* So wie Ana es immer sagt.

«Was war denn mit Ana?»

Verschämt wandert der Blick zu der Soutane, aber sie trauen sich nicht, bis ganz nach oben zu blicken, in Pater Daniels Gesicht. Der Pater ermuntert sie, weiterzusprechen, doch bitte zu erzählen, an was sie sich erinnern können, jedes noch so nebensächlich erscheinende Detail könne von Bedeutung sein, aber stattdessen bekreuzigen sich die Frauen stumm, und einer der alten Männer sieht schließlich Alejandro scharf an und sagt: «Warum fragst du uns? Warum fragst du nicht deine Mutter?»

Sie machen eine Pause. Die vier Teilnehmer der Prozession sitzen vor Federicos Bar und trinken Kaffee. Sie reden nicht viel. Jeder hängt seinen Gedanken nach. Selbst Federico ist ungewöhnlich schweigsam.

Nach einer halben Stunde machen sie weiter. Federico lotst

sie durch die engen, steilen Gassen des Barrio Morisco immer weiter bergauf.

In der Calle Alta bleibt er vor dem Haus Nummer 16 und einer himmelblau gestrichenen Tür stehen.

«Wer wohnt denn hier?»

Felipa wartet die Antwort auf ihre Frage nicht ab, sondern tritt näher, ganz nahe an die geschlossene Tür, die ihre Neugierde weckt. «Was ist das?»

«Steht doch drauf», sagt Federico.

Auf die Tür ist ein emailliertes Blechschild montiert. Darauf steht: *El milagro de la vida – Erleben Sie das Wunder des Lebens. Werfen Sie eine Münze ein, und schon geht's los! Kinder: 20 Cent. Erwachsene: 50 Cent. Millionäre: 2 Euro.* Ein Pfeil aus in die Tür gehämmerten Nägeln deutet nach unten, zu einem Guckloch, einer von Messing umrahmten, in die Tür eingelassenen Linse. Als hätte jemand ein antikes Fernrohr, wie es früher die Seefahrer benutzten, in die himmelblaue Tür gerammt.

Felipa, dankbar für die kleine Ablenkung, kramt in ihren Hosentaschen, stößt einen kleinen, hellen Schrei des Entzückens aus, weil sie tatsächlich eine 50-Cent-Münze findet, sie steckt die Münze in den Schlitz, bückt sich rasch noch tiefer, lehnt ihre Stirn an die Tür und schaut neugierig durch die Linse.

Augenblicklich ertönt aus einem krächzenden Lautsprecher, der sich hinter einem handtellergroßen messingfarbenen Gitter in der Tür verbirgt, Ennio Morricones Filmmusik aus *Spiel mir das Lied vom Tod*, dem Western, der Ende der sechziger Jahre gar nicht weit von hier, in der Nähe von Almería, gedreht wurde. Das berühmte Mundharmonikathema. Felipa sieht eine auf Pappe gemalte karge Wüstenlandschaft, die unbarmherzige Sonne steigt ruckelnd am Himmel empor, ein Pappkojote läuft durchs Bild. Das Ganze erinnert Felipa an chinesisches Schattentheater. Nur dass da keine Menschen im Hintergrund die Strippen ziehen, sondern ein elektromechanisch betriebenes

Räderwerk. Die einzelnen Bildelemente scheinen auf eine sich unablässig drehende Walze montiert zu sein.

Mit einem Mal schieben sich dunkle Pappwolken vor die Sonne, lautstark bricht ein Gewitter los, Blitze zucken vom Himmel, aus dem Lautsprecher trommelt Regen, dann hört sie Gene Kellys berühmtes «I'm singing in the rain». Üppige grüne Pflanzen aus Pappe schießen aus dem Wüstenboden. Aha, das Wunder des Lebens. Und Felipa erlebt ihr blaues Wunder, denn auf einen Schlag ist sie patschnass. Mit einem zirkusreifen Satz springt sie rückwärts von der Tür weg.

«Verflucht, was war das denn?»

Sie sieht nach oben. Über der Tür ist eine aus Blech geformte, weiß lackierte Wolke angebracht, und dahinter verbirgt sich das Ende eines Gartenschlauchs. Federico bricht in schallendes Gelächter aus, Alejandro und Pater Daniel grinsen breit.

«Ihr fiesen Kerle. Ihr habt gewusst, was passiert.»

«Klar haben wir das gewusst.»

«Und ihr habt mich nicht gewarnt.»

«Wer von uns dreien wäre denn in der Lage, deine journalistische Neugier zu bremsen?»

«Niemand! Keiner von euch Nieten!»

«Na also!»

«Und wer wohnt hier?»

Federico hat sich inzwischen halbwegs von seinem Lachanfall erholt. «Mercedes. Sie hat hier ihre Werkstatt. Eigentlich ist sie Goldschmiedin. Aber Mercedes hat viele Talente. Sie ist die Schöpferin dieses kleinen mechanischen Wunderwerks, das du soeben kennenlernen durftest. An der Längswand des Hauses gibt's noch mehr davon. Kannst du ja später noch in aller Ruhe der Reihe nach ausprobieren, Felipa. Wenn du noch Münzen brauchst: Wir helfen dir gerne aus.»

«Danke. Mein Bedarf an Überraschungen ist gedeckt.»

«Okay. Du kannst es dir ja noch in Ruhe überlegen. Die Wunder laufen nicht weg. Herrschaften, dann folgt mir mal. Wir nehmen den Hintereingang. Ich möchte euch mit Mercedes bekanntmachen. Und mit ihrer Mutter.»

Federico lotst die Prozession ums Haus herum.

40

Monsignore Josemaría Salgado de Álvarez y Albás, Doktor der Jurisprudenz und Doktor der Heiligen Theologie, Professor für Römisches Recht und Ehrendekan der Universität von Granada, Ehrenmitglied der Päpstlichen Akademie, Konsultor der Studienkongregation, Mitglied des Colegio de Aragón, Doktor honoris causa der Universität von Navarra, Träger des Großkreuzes Isabel La Católica de Castilla y León, Ehrenbürger der altkastilischen Stadt Ávila und Generalpräsident der Frommen Bruderschaft der Heiligen Agatha, ist alles andere als erfreut über das, was ihm sein Sekretär zu berichten hat.

«Wie heißt die Dame?»

«Felipa Vidal Romero. Sie ist Redakteurin bei *El País*.»

«Aber das Heim ist doch seit etlichen Jahren geschlossen!»

«Eigentlich ist sie ja auch für ganz andere Dinge zuständig. Ich habe mich erkundigt. Als Katalonien-Korrespondentin hat sie ihren Schreibtisch im Barcelona-Büro der Zeitung. Von dort kam übrigens auch die Terminanfrage per Mail. Vom Sekretariat des Barcelona-Büros.»

«Ausgerechnet dieses ... Blatt.»

Er hätte auch sagen können: Ausgerechnet dieses linksliberale Blatt, das sich seit jeher selbstherrlich als Sturmspitze der Demokratie begreift und die Vergangenheit nicht ruhen lässt. Denn sonst hätte man jetzt mal eben den Chefredakteur anrufen und die Sache bereinigen können. Ausgerechnet dieses rebellische Blatt, das am Abend des 23. Februar 1981 einen Sonderdruck unters Volk brachte und darin deutlich Stellung gegen den Putsch der Guardia und der Falange bezog. Stattdessen sagt er: «Haben Sie eine Idee, warum sich eine Katalonien-Korrespondentin ausgerechnet für das Heim in der Sierra de Tejeda interessiert?»

«Sie stammt von hier. Also nicht aus Granada oder aus der Sierra de Tejeda, sondern aus einem Dorf namens Frigiliana oberhalb von Nerja, am Fuße der ...»

«Ich weiß, wo das liegt. Felipa Vidal Romero, sagten Sie?»

«Ja.»

«Irgendwas sagt mir dieser Name.»

«Sie ist gelegentlich in diesen politischen Talkshows im Fernsehen zu sehen. Außerdem ...»

«Das meine ich nicht. Forschen Sie bitte mal in unseren Archiven nach dem Familiennamen.»

«Sehr gerne. Und was soll ich ihr antworten?»

«Gar nichts. Wir lassen sie erst mal zappeln.»

41

Mercedes ist einige Jahre älter als Felipa. Ihr Alter lässt sich nur schwer schätzen. Eine schöne Frau. Das denkt Felipa ohne Neid, weil ihr Neid grundsätzlich fremd ist. Und sie versteht gut, dass der deutlich jüngere Federico ihr den Hof macht. Das ist unübersehbar. Felipa hatte nicht die geringste Ahnung, dass Federico so charmant sein kann. Aber sie kennt ihn ja auch nur aus einer anderen Zeit, aus einer fernen Zeit, als ihr Federico und Alejandro als unzertrennliche halbwüchsige Rotzlöffel im Doppelpack gehörig auf die Nerven gingen.

Mercedes lebt davon, ihren selbstgefertigten Schmuck an Touristen zu verkaufen. Auf den Wochenmärkten entlang der Küste. Manchmal auch an jene, die am späten Vormittag aus Nerja, aus Torrox-Costa, aus Torre del Mar oder aus Almuñécar mit klimatisierten Reisebussen nach Frigiliana gekarrt werden. Beziehungsweise an jene wenigen Kulturbeflissenen unter ihnen, die sich tatsächlich bis in diesen hintersten Winkel des Barrio Morisco verirren und dankbar sind, in der schattigen, angenehm kühlen Werkstatt der Goldschmiedin eine kleine Pause einlegen zu dürfen und, sofern sie für nett befunden werden, einen Kaffee, ein Glas kühles Wasser und obendrein eine Wegbeschreibung zurück zum Bus zu erhalten.

Auch ihre Mutter ist eine beeindruckende Frau. Felipa muss sich gar nicht erst die Mühe machen, Martas Alter zu schätzen. «Ich bin 62», sagt sie zu Felipa und lächelt.

«Woher weißt du ...?»

«Was du gerade gedacht hast? Das ist einfach: Deine Frage war in deinem Gesicht zu lesen.»

Marta zieht alle in ihren Bann. Ihrer Aura kann sich niemand entziehen. Sie liest in Gesichtern wie in einem Buch. Marta ist eine Gitana aus Vejer de la Frontera an der Atlantikküste, die ihre Großfamilie verließ, als sie mit 18 schwanger wurde und nicht bereit war, dem Clan zu verraten, wer der Vater ist. Kein Gitano jedenfalls. Das war das Problem.

Um der von der Familie geplanten Zwangsverheiratung mit einem Gitano zu entgehen, einem 48-jährigen Witwer, zog Marta eines Morgens los, ohne sich zu verabschieden. Sie zog nach Osten, in Richtung Mittelmeer, immer an der Küste entlang, auf der Suche nach einem neuen Leben. Ihre Tochter kam schließlich zufällig in Frigiliana zur Welt, auf der Durchreise, Marta war auf dem Weg nach Alicante. Aber Marta glaubt nicht an Zufälle. Sie verstand es als Zeichen einer höheren Macht. Mercedes sollte an ihrem Geburtsort aufwachsen.

Wie konnte eine Alleinerziehende ohne Schulbildung und Beruf in jener Zeit existieren, ohne sich der Kirche an den Hals zu werfen? Die Leute im Dorf kommen mit ihren Problemen zu Marta. Sie kann Warzen wegsprechen, sie kann aus der Hand lesen, sie kann mit dem Sud, den sie aus den Kräutern braut, die in ihrem Garten und in der angrenzenden Sierra gedeihen, Gicht oder Rheuma lindern und chronische Entzündungen heilen. In all den Jahren hat es ihr nie an Kundschaft gemangelt. Kranke, die sich keinen Arzt leisten konnten.

Der Anfang war nicht leicht. Weil Pfarrer Miguel Fuentes Ortega, der später den achtjährigen Juan Carlos in die Besserungsanstalt der Bruderschaft abtransportieren ließ, Mitte der siebziger Jahre von der Kanzel predigte, jeder anständige Katholik solle diese schamlose Zigeunerin, die in aller Öffentlichkeit ihre Brust entblößte, um ihre kleine Tochter zu stillen, diese liederliche Hexe, die offensichtlich mit dem Teufel im Bunde stehe und es vermutlich nur darauf anlege, sämtliche Männer des Dorfes in Versuchung zu führen, unter allen Umständen meiden.

So kam es, dass die gepeinigten Armen und Kranken in ihrer Not zwar dennoch weiterhin heimlich das Haus Nummer 16 in der Calle Alta aufsuchten, aber Marta nach erfolgreicher Behandlung und Heilung nicht einmal mehr grüßten, wenn sie ihr zufällig im Dorf auf der Straße begegneten.

Eine andere Zeit. Weit weg. Und doch so nah.

Es gibt Kaffee und Kuchen. Sie lachen viel. Das tut gut, nach diesem Tag. Federico bringt sie alle zum Lachen, mit den wilden Geschichten aus seiner Jugend, die auch Alejandros Jugend war. Felipa kommt aus dem Staunen nicht mehr heraus.

Mercedes hat keinerlei Erinnerung an einen sechs Jahre jüngeren Jungen namens Juan Carlos. Kein Wunder. Mädchen interessieren sich nicht für jüngere Jungs. Plötzlich sagt Marta, ohne dass Alejandro oder Felipa danach gefragt hätten:

«Eure Mutter kam damals zu mir.»

Alle sehen Marta an.

«Eine junge, hübsche Frau. Sie war völlig verzweifelt. Sie wollte von mir wissen, woran sie erkennen könne, ob sie schwanger war. Sie hatte offenbar niemanden, mit dem sie darüber reden konnte. Ihre Mutter war schon lange tot, ihr Vater war erst kürzlich gestorben, ihre älteren Schwestern wohnten weit weg.»

«Und? War sie ...?»

«Ich musste sie nur kurz ansehen, als sie zur Tür hereinkam, um auf der Stelle zu wissen, dass sie schwanger war. Irgendwann im Frühjahr oder Frühsommer 1979 muss das gewesen sein. Sie hat bitterlich geweint. Fast die ganze Zeit geweint. Ich habe ihr einen Tee zur Beruhigung gemacht. Ich hab sie gefragt, wie es denn um den Vater des Kindes bestellt sei. Ob sie wisse, wer der Vater ist. Und ob sie sich vorstellen kann, mit dem Vater des Kindes zu leben und eine Familie zu gründen.»

Marta versinkt in ihren Erinnerungen. Sie ist weit weg, als Felipa sie zurückholt, voller Ungeduld.

«Was hat sie geantwortet?»

«Sie sagte: *Das geht auf gar keinen Fall.* Ja, so sagte sie das: *Auf gar keinen Fall.* Dann stand sie auf und verließ wortlos mein Haus. Und kam nie wieder. Und bald darauf sah ich zufällig die Hochzeitsgesellschaft aus der Kirche kommen. Es wurde ein Erinnerungsfoto mit dem Brautpaar gemacht. Sie sah gar nicht glücklich aus. Sehr ernst, sehr bedrückt. Der Bräutigam war ein sehr gut aussehender Mann.»

«Ja. Unser Vater.»

Marta sieht Felipa und Alejandro abwechselnd in die Augen, lässt ihren Blick zwischen den Geschwistern hin und her wandern. Dann sagt sie: «Ja, euer Vater. Aber ich bin mir nicht sicher, ob er auch der Vater eures Bruders war. Mir kam es so vor, als ob man eurer Mutter den Mann aus Motril nur zugeführt hätte, um im Dorf die Wahrheit über die Vaterschaft zu verbergen. Und natürlich auch, um das Kind in ihrem Bauch noch rechtzeitig zu legalisieren. Vielleicht hat der Ehemann ja später herausgefunden, dass er nicht der Vater ist.»

«Das ist dennoch kein Grund, seine beiden leiblichen Kinder im Stich zu lassen, einfach abzuhauen und auf Nimmerwiedersehen über den Atlantik zu verschwinden», entgegnet Felipa, im Ton barscher als beabsichtigt. Ihre Stimme zittert. Marta sieht sie lange an, studiert ihre Augen, greift schließlich beiläufig nach ihrer Hand, dreht sie sachte um und betrachtet scheinbar flüchtig die Innenseite. Die Linien. «Nein, natürlich nicht. Ich suchte nach einer Erklärung, nicht nach einer Rechtfertigung.»

Dann lässt sie Felipas Hand wieder los, beugt sich zu ihr vor, lächelt und sagt fast flüsternd, sodass nur Felipa es hören kann: «Sorge dich nicht. Alles wird wieder gut.»

42

Gabriel weiß, warum er sich mitten in der Nacht in dieser Einöde die Beine in den Bauch steht.
Weil Krieg ist.
Und weil er, Gabriel, dringend gebraucht wird, damit die Bewegung in diesem Krieg am Ende den Sieg davonträgt.
Der Erzengel Gabriel.
So hat ihn seine Großmutter immer genannt.
Der Überbringer der Heiligen Botschaft.
Ja, Gabriel hat heute Nacht eine Botschaft zu überbringen. Die Botschaft einer höheren Macht.
Seit zwei Stunden steht er hier und wartet auf den Einsatzbefehl. Er lehnt sich mit dem Rücken gegen den Container, den jemand auf dem Parkplatz der um diese Zeit längst geschlossenen Tankstelle abgestellt hat. Er lehnt sich gegen die angenehm kühle Stahlwand, um seine Beinmuskeln ein wenig zu entlasten und so zu entspannen. Er schließt die Augen und meditiert, so wie er es in dem YouTube-Video gelernt hat.
Um die aufkeimende Nervosität im Keim zu ersticken.
Er ist nicht allein. Um ihn herum stehen fünfzehn Männer. Sie tragen wie Gabriel ihre Kampfkleidung: schwarze Jeans, schwarze langärmelige Sweatshirts, schwarze Lederhandschuhe, schwarze Arbeitsstiefel mit Stahlkappen und schwarze Sturmhauben, die ihre Gesichter verdecken und nur die Augen freilassen. Sie werden keine Fingerabdrücke hinterlassen und

mit an Sicherheit grenzender Wahrscheinlichkeit auch keine verwertbaren DNA-Spuren. Jeder der Männer hat von Gabriel eine starke Taschenlampe sowie einen Schlagstock erhalten.

Gabriel kennt keinen von ihnen. Sie wurden von überallher zu diesem Einsatz beordert. Niemand kennt den anderen. Und dank der Sturmhauben werden sie sich auch später nicht wiedererkennen, sollte es zu einer zufälligen Begegnung kommen. Und niemand wird die anderen verraten können, sollte es zu einer Festnahme kommen. Sie sind Kameraden auf Zeit. Von El Cid persönlich ausgewählt. Auch die Schlagstöcke, die Sturmhauben und die Taschenlampen hat El Cid besorgt. Und Gabriel das Kommando übertragen.

Natürlich spielte für die Entscheidung auch eine Rolle, dass Gabriel ganz in der Nähe wohnt, nur 26 Kilometer entfernt, und somit problemlos in der Lage war, die Siedlung vorab bei Tageslicht, natürlich aus sicherer Distanz, gründlich in Augenschein zu nehmen, ferner die nähere Umgebung der Siedlung zu sondieren und den Sammelpunkt auszuwählen. Vor allem aber, daran hegt Gabriel keinen Zweifel, wurde er als Führer der Operation ausgewählt, weil er in den Tests beeindruckend unter Beweis gestellt hat, dass er sich mit militärischen Operationen auskennt.

Nicht in der Praxis. Aber in der Theorie.

Wer das Kommando hat, muss natürliche Autorität besitzen. Und Entschlossenheit ausstrahlen. Das ist keine Frage der Körpergröße. Sondern eine Frage des Charismas.

Eigentlich müsste Gabriel jetzt bei CleanContent vor dem Computer sitzen und das Netz säubern. Nachtschicht. Er hat am Nachmittag angerufen und sich krankgemeldet.

Gabriel sieht auf die Uhr. Zeit für die Kontrolle. Er nimmt das Nachtglas und huscht in geduckter Haltung bis zum Kopfende des Containers, wo er freie Sicht auf den Hügel jenseits der N-340 hat. Und auf die Siedlung.

Na also, drüben brennt kein einziges Licht mehr.
Er tippt die Nachricht in sein Handy.
Sekunden später kommt die Antwort:
Warten Sie noch eine weitere Viertelstunde. Bleibt die Situation bis dahin unverändert, geben Sie den Befehl zum Einsatz.
Gabriel sieht auf die Uhr. Er schließt die Augen und kontrolliert seine Atmung. Geht die vorbereitete Ansprache an die Männer noch einmal gedanklich durch. Die Ansprache, die er unzählige Male zu Hause vor dem Spiegel geübt hat. Wozu dieser Einsatz dient. Nämlich dem Kampf gegen die Umvolkung. Es ist an der Zeit. Erst die Gitanos und die marokkanischen Kameltreiber und jetzt auch noch diese verlausten Halbaffen aus Afrika. Sie werden immer mehr. Sie vermehren sich wie die Karnickel. Sie nehmen uns die Arbeitsplätze weg. Sie belagern die Strände. Sie belästigen unsere Frauen. Wir müssen ein Exempel statuieren. Heute!
«Ihr wisst: Keine Messer. Keine Schusswaffen. Wer so etwas mit sich führt, legt es jetzt hier hinter dem Container ab.»
Niemand. Gut.
«Zum Einsatz kommen lediglich die Schlagstöcke, die ich euch ausgehändigt habe. Wir gehen in acht Zweierteams vor. Rückzug in exakt 20 Minuten. Schaut jetzt alle auf die Uhr und merkt euch die Uhrzeit. 20 Minuten ab jetzt. Sofortiger, vorzeitiger Abbruch, sollte eine Polizeisirene ertönen. Verstanden? Also los!»
Gabriel hat nicht ein einziges Mal gestottert.
Sie rennen in geduckter Haltung über die Landstraße, hechten über die Leitplanke, stürmen den Hang hinauf.
Dann schwärmen sie aus.

43

Hans Gollmann besitzt zwei Arbeitsplätze. Einen mitten unter seinen Leuten im Großraumbüro der Abteilung Cybercrime des LKA in Düsseldorf. Wenn es komplexe Aufgaben zu lösen gibt, braucht Gollmann die Nähe zu seinen Leuten, das laute Denken, das die Fantasie beflügelt.

Darüber hinaus hat er aber auch noch ein Einzelbüro. Ebenfalls mit kompletter IT-Ausstattung, aber abgekoppelt vom Netzwerk des LKA.

Gollmann arbeitet in einer staatlichen Behörde, und wie sich das für eine ordentliche staatliche Behörde gehört, ist es ein steter Kampf, Sonderwünsche außerhalb der Norm durchzudrücken.

Lieber Herr Gollmann, Sie wissen, wie sehr wir Ihre Arbeit schätzen. Und Sie können sich in Ihrer Position natürlich frei entscheiden, ob Sie als Leiter der Abteilung lieber mit im Großraumbüro sitzen wollen, auch wenn das eher ungewöhnlich wäre, oder aber ein Einzelbüro bevorzugen. Aber beides, das geht natürlich nicht. Und schon gar nicht in dieser extravaganten Ausstattungsvariante, die Sie sich da ...

Es ging dann aber doch.

Weil er kein Polizeibeamter ist, sondern ein gewöhnlicher Angestellter im öffentlichen Dienst, der jederzeit kündigen und sich woanders einen Job suchen kann.

Er brauchte nur einmal kurz durchblicken lassen, dass man

beim BSI, dem Bundesamt für Sicherheit in der Informationstechnik in Bonn, mehrmals und deutlich Interesse an ihm signalisiert habe, und schon bekam er, was er wollte. Alles. Sogar die sündhaft teure Espressomaschine, um die ihn das gesamte LKA beneidet. Aber Hans Gollmann hatte noch nie ein ernsthaftes Problem damit, Neid zu ertragen. Im Gegenteil.

Jetzt sitzt er in seinem schalldichten Einzelbüro und wählt eine Nummer in Spanien. Während er darauf wartet, dass am anderen Ende endlich abgehoben wird, schaut er aus dem Fenster und liest, was jenseits der Völklinger Straße auf der grässlichen neonfarbenen Reklametafel steht: *Mr. Wash. Nur 6 Euro. Gratis saugen! Tägl. bis 20 Uhr.* Jetzt tutet es schon zum sechsten Mal. Hans Gollmann ist schnell gelangweilt und schon kurz davor aufzulegen, als er eine Stimme hört:

«*¡Digame!*»

«Elisabeth? Hier ist dein Bruder.»

«Nenn mich noch einmal Elisabeth, und ich lege auf!»

«Sorry. Was hast du nur gegen deinen schönen Taufnamen?»

«Das weißt du ganz genau. Respektier es doch einfach.»

«Es gibt Neuigkeiten.»

«Dann mal los.»

Dann mal los. Kein Wort des Dankes, kein Ausdruck der Freude. Aber was erwartet er? Die kühle Reserviertheit hat er sich wohl selbst zuzuschreiben.

«Ich möchte dich vorab in aller Form um Verzeihung bitten. Für mein Verhalten damals, als du mich in Düsseldorf besuchen wolltest. Das war wohl nicht gerade freundlich von mir.»

«Nein, war es nicht. Ist angekommen. Ich akzeptiere deine Entschuldigung. Danke.»

«Also ... womit wollte ich eigentlich anfangen ...?»

«Und ich danke dir für die Arbeit, die du dir gerade machst. Die du dir meinetwegen machst.»

Gut, dass sie ihn jetzt nicht sehen kann. Er ist verlegen. Er hasst es, verlegen zu sein.

«Erst die schlechte Nachricht. Dein Juan Carlos existiert nicht in Spanien. Jedenfalls keiner mit dem Familiennamen Vidal und dem Geburtsdatum 18. November 1979. In keinem mir zugänglichen aktuellen amtlichen Verzeichnis.»

«Kein Wunder, wenn er tot ist.»

«Ja, in diesem Fall wäre es kein Wunder. Damit kommen wir auch schon zum nächsten Punkt. Das Holzkreuz auf dem Friedhof ...»

«Ja?»

«Das ist maximal zwei Jahre alt, sagt unser Labor. Genauer lässt sich das nicht bestimmen. Aber die haben sowohl das Holz als auch den Lack untersucht. Der verwendete Klarlack kam in dieser Zusammensetzung erst vor zwei Jahren auf den Markt. Und das Holz zeigt nur minimale Verwitterungserscheinungen.»

«Also steht das Kreuz auf keinen Fall seit 1995 dort.»

«Korrekt. Aber hüte dich vor schnellen Schlussfolgerungen. Es gibt grundsätzlich zwei Hypothesen. Und keine der beiden Hypothesen ist wahrscheinlicher oder unwahrscheinlicher als die andere, nur weil es keine Belege oder nachvollziehbaren Erklärungen für die eine oder die andere gibt.»

«Ich verstehe.»

«Verstehen ist die eine Sache. Beherzigen die andere. Also: Entweder wurde das neue Kreuz in den vergangenen zwei Jahren gegen das alte Kreuz aus dem Jahr 1995 ausgetauscht. Weil das alte schon zu verwittert oder unansehnlich war. Da stellt sich natürlich automatisch die Frage ...»

«... wer das getan haben soll. Niemand aus der Familie, so viel ist schon mal sicher!»

«Vielleicht jemand, der dem Jungen nahestand, ohne dass wir oder die Familie von seiner Existenz wissen. Er hat immerhin genauso viel Zeit in dem Heim zugebracht wie zuvor in seinem Heimatdorf. Jeweils acht Jahre. Die Familie weiß doch gar nichts über sein Leben im Heim, wenn ich deine Mail richtig in Erinnerung habe. Es besteht also durchaus die Möglichkeit, dass der Junge dort jemandem besonders nahestand.»

«Wem denn?»

«Jemandem, der seinen Tod bis heute betrauert. Ein jugendlicher Mitinsasse zum Beispiel. Oder aber einer der Mönche. Oder vielleicht jemand vom zivilen Personal.»

«Du weißt, was die Mönche ...?»

«Ja und? Die Wege des Herrn sind unergründlich, heißt es doch bei den Katholiken. Ich kenne mich da nicht so aus, aber ich habe unseren forensischen Psychiater dazu befragt. Der hält es nicht für ausgeschlossen, dass einen der Mönche bis heute das schlechte Gewissen umtreibt. Außerdem wissen wir nicht, ob die sich allesamt an den Kindern vergriffen haben. Es könnte also auch jemand sein, der sich zwar nicht daran beteiligt hat, aber auch nichts dagegen unternommen und die Klappe gehalten hat.»

«Und die andere Möglichkeit?»

«Juan Carlos ist gar nicht tot.»

«Was? Wie meinst du das?»

«Ganz einfach: Er ist quicklebendig, hat aber ein Interesse daran, für tot gehalten zu werden. Warum auch immer.»

«Und stellt im Lauf der vergangenen zwei Jahre ein neues Kreuz auf, weil das alte nicht mehr so schön aussieht?»

«Oder lässt es aufstellen. Weil die Inschrift nicht mehr lesbar war und das alte Kreuz somit nicht mehr seinen Zweck erfüllte, die Welt glauben zu machen, dass man längst tot sei. Oder aber es gab gar kein altes Kreuz an dieser Stelle, und das jetzige ist das erste, und da liegt gar niemand unter der Erde. Oder aber es wurde das alte Kreuz eines anderen Jungen entfernt, der vielleicht 1958 oder 1966 oder 1972 gestorben ist, und durch das neue Kreuz mit dem neuen Namen ersetzt. Weil erst kürzlich die Notwendigkeit entstanden ist, den eigenen Tod vor 24 Jahren vorzutäuschen. Es gibt tausend Möglichkeiten.»

«Aber warum ...?»

«... jemand für tot gehalten werden will? Keine Ahnung. Dafür gibt es rein theoretisch ebenso viele Möglichkeiten. Das Problem bei unserer Betrachtung ist: Wenn jemand als Kind acht Jahre in dieser Hölle verbracht hat, denkt und handelt er anschließend womöglich ganz anders als wir. Deshalb fällt es uns auch so schwer, sein Denken und Handeln nachzuvollziehen.»

«Okay. Ist alles ein bisschen viel auf einmal.»

«Aber noch nicht alles. Der Vater.»

«Was ist mit dem?»

«Dass er die Familie 1985 verlassen und in Málaga auf einem Frachter nach Venezuela angeheuert hat, war keine gute Idee. Jedenfalls nicht für ihn. Knapp zwei Monate nach seiner Ankunft in Venezuela hat er sich in einer Kneipe im Hafen von La Guaira gründlich verzockt. Beim Pokern. Die anderen fühlten sich von dem Fremden über den Tisch gezogen, es kam zum Streit, der eskalierte, jemand zückte ein Messer. Vidal wurde erstochen. Es wurde nie jemand dafür zur Rechenschaft gezogen. Der Täter konnte nicht ermittelt werden, heißt es in der Akte der venezolanischen Polizei. Wahrscheinlich hat es auch niemanden so richtig interessiert. Vidal wurde in irgendeinem Armengrab für mittellose Ausländer verscharrt. Wo genau sich das Grab befindet, ist nicht verzeichnet.»

«Puh. Ganz schön heftig, was du da ...»

«Na ja, was man nicht alles für seine Schwester tut. Es geht weiter: Ich habe zwischenzeitlich auch mal versucht, mir Zugang zu dieser Firma in Nerja zu verschaffen. CleanContent. Mich hat interessiert, wie da die Arbeitsabläufe sind ... warum zum Beispiel ausgerechnet dieses Foto mit dem perversen Gemälde von dieser Märtyrerin auf Alejandros Schirm auftaucht und woher es stammt. Aber die sind besser abgeschottet als die NSA. Und plötzlich war ich nicht mehr der Jäger, sondern der Gejagte. Ich hoffe, ich konnte sie auf die falsche Fährte locken, ich sei ein russischer Hacker aus Sankt Petersburg auf der willkürlichen Suche nach neuen Einnahmequellen. Anschließend habe ich mich schleunigst aus dem Staub gemacht. Aber vorher konnte ich noch ein bisschen vom internen Mailverkehr aus deren Kommunikationsnetz abfischen. Leider nur Fragmente. Das meiste unbrauchbar. Aber eine Sache ist vielleicht doch interessant für dich. Die junge Frau, die sich das Leben genommen hat ...»

«Maria Ruiz Delgado.»

«Ja. Sie war im dritten Monat schwanger.»

«Was?»

«Die Information, die aber nur im elitären IT-Zirkel der Firma lebhaft diskutiert wurde, stammt offenbar von der örtlichen Polizei. Und die Polizei hat es von der Rechtsmedizin. Wurde bei der Obduktion festgestellt. Anfang dritter Monat. Aber es geht noch weiter. Sie war wohl dem Geschäftsführer und Personalchef der Firma hin und wieder zu Diensten, heißt es.»

«Ich komme nicht ganz mit.»

«Muss ich noch deutlicher werden? Auf diesem Wege bekam sie wohl ihren Vertrag immer wieder verlängert, obwohl sie angeblich nicht eben zu den Leistungsträgern zählte. Diese Information stammt allerdings nicht von der Polizei, sondern machte nur als Gerücht unter den Mitarbeitern der IT-Abteilung die Runde ...»

Lis reagiert nicht.

«Hallo? Bist du noch dran?»

«Ja. Ich schreibe mit. Sonst kann ich mir das alles gar nicht merken. Wenn es nur ein Gerücht ist, muss es also nicht unbedingt stimmen.»

«Das kann ich natürlich nicht beurteilen.»

«Und es stellt sich mir sofort die Frage, ob sie das freiwillig tat oder von ihrem Chef dazu genötigt wurde.»

«Auch das vermag ich nicht zu beurteilen.»

«Wem gehört diese Firma?»

«Das stand nicht auf deinem Aufgabenzettel.»

«Kannst du es rauskriegen?»

«Dürfte kein Problem sein. Lis, ich muss jetzt mal Schluss machen. Ich melde mich wieder, sobald ich Neues weiß.»

«Hans?»

«Ja?»

«Pass bitte auf dich auf.»

Sie hat aufgelegt. *Pass bitte auf dich auf.* Er kann sich nicht erinnern, wann ihm das zum letzten Mal jemand gesagt hat. Er schätzt aber, das hat noch nie jemand zu ihm gesagt.

44

Ignorieren.
Ignorieren.
Löschen.
Video. Jagdhütte. Geweihe. Kaminfeuer ...
Schnelldurchlauf, ignorieren, Meinungsfreiheit.
Ignorieren.
Ignorieren.
Löschen.
Video. Nacht. Unscharf. Das Bild zittert. Handykamera. Menschen auf einem großen Platz. Viele Menschen. Sehr viele Menschen. Stimmen. Lachen. Laut. Kehlig. Aggressiv. Der Kölner Dom. Das ist der Kölner Dom im Hintergrund. Feuerwerk. Kein richtiges Feuerwerk. Raketen sirren waagerecht über den Platz, Raketen explodieren in der Menge. Panik. Das ist ... die Kölner Silvesternacht. Immer wieder bauen sich junge Männer vor der Handykamera auf, nah, ganz nah, das Weitwinkelobjektiv verzerrt ihre Gesichter, sie johlen, feixen. Bedrohlich. Wenn man weiß, was passiert ist in Köln in dieser Nacht.
Lösch... Ignorieren.
Weil: Journalismus.
Ignorieren.
Ignorieren.
Journalismus?
Ignorieren.
Ignorieren.

Wer definiert Journalismus?

Ignorieren.

Lösch... Ignorieren!

Ignorieren.

Video. Tag. Eine Menschenmenge. Männer. Junge Männer. Sie toben. Sie schreien. Hasserfüllte Gesichter. Sie verbrennen die Flagge der USA. Sie trampeln auf den verkohlten Resten ...

Journalismus?

Die Vorschrift lautet: Das Zeigen des Missbrauchs nationaler Hoheitszeichen und religiöser Symbole ist verboten.

Löschen!

Kein Journalismus?

Ignorieren.

Ignorieren.

Ignori... Löschen!

Ignorieren.

Ignorieren.

Montage. Meme. Angela Merkel in SS-Uniform ...

Löschen!

Ignorieren.

Ignorieren.

Foto. Zimmer. An der Wand im Hintergrund hängt das Gemälde mit der Jungfrau Agatha und ihren Folterern. Davor stehen die fünf kleinen Jungen. Kurze, dunkelblaue Hosen ...

Löschen!

Ignorieren.

Ignorieren.

Foto. Zimmer. An der Wand im Hintergrund hängt das Gemälde mit der Jungfrau Agatha ...

Löschen!

Ignorieren.

Ignorieren.

Foto. Der Speisesaal der Besserungsanstalt. Alejandro erkennt den

Saal sofort wieder. Aber das Foto kennt er noch nicht. An den beiden langen Tischen sitzen Jungen. Viele Jungen. Aber sie essen nicht, es stehen auch keine Teller oder Schüsseln auf den Tischen. Alle schauen gebannt zur Bühne. Auf dem Podium steht ein Mann in Mönchskutte am Rednerpult. Er liest aus einem Buch vor. Neben ihm steht ein Junge. Vielleicht zehn, vielleicht zwölf Jahre alt. Juan Carlos. Spindeldürr. Er blickt zu Boden. Er ist an Händen und Füßen gefesselt. Er ist nackt.

Löschen!
Löschen!
Löschen!

Alejandro reißt sich die Kopfhörer von den Ohren, springt auf, stößt den Stuhl weg, stürmt aus der Kabine, sprintet die Treppe hinauf in den ersten Stock, reißt die Tür zum Büro des Personalchefs auf.

Javier García Ferrer schnippt gerade eine Fluse vom Revers seines Jacketts. Er hat schon seinen Aktenkoffer auf dem Schreibtisch platziert. Er hat Feierabend.

«Alejandro! Anklopfen wäre schön. Ich wollte gerade gehen. Was ist los? Deine Schicht hat doch schon angefangen.»

Alejandro ist mit drei Schritten bei ihm. Er packt ihn, reißt ihn von seinem Sessel und stößt ihn gegen die Wand.

«Alejandro! Bist du jetzt völlig übergeschnappt?»

«Was wollt ihr von mir? Was habt ihr vor? Wollt ihr mich in den Wahnsinn treiben? So wie Maria?»

«Lass mich gefälligst los! Wovon redest du?»

«Diese ... Bilder!»

«Was für Bilder?»

«Die Fotos aus der ... Besserungsanstalt.»

«Besserungsanstalt? Keine Ahnung, wovon du sprichst.»

«Die Fotos ...»

«Glaubst du etwa im Ernst, ich wüsste, was für Fotos oder Videos auf deinem Bildschirm erscheinen? Meinst du, ich würde die auswählen? Das entscheiden ganz allein die Computer im Rechenzentrum der Zentrale. Die Algorithmen.»

Don Javier macht ein Gesicht, als hätte er tatsächlich keine Ahnung. Aber panische Angst.

Vor ihm? Vor CA Alejandro Vidal Romero aus dem Heer der Lemminge im Erdgeschoss?

«Was habt ihr Schweine mit Maria gemacht?»

«Gar nichts haben wir mit ihr gemacht. Sie war krank. Hast du das nicht gewusst? Wenn du mich endlich loslässt, zeige ich dir etwas, das alles erklärt. Einen Brief ihres Arztes.»

Alejandro lässt ihn los. Atmet schwer. Hält sich einen Moment an dem Garderobenständer fest, weil ihm schwindlig ist. Lässt sich schwer auf den nächstbesten Besucherstuhl fallen. Als hätte ihn mit einem Mal alle Kraft verlassen.

Don Javier bückt sich, öffnet die unterste Schublade seines Schreibtischs, nimmt den Umschlag heraus und zieht ein Blatt Papier aus dem Umschlag.

«Lies das.»

Alejandro liest den Brief des Psychiaters aus Granada.

Liest ihn ein zweites Mal.

Dann faltet er den Brief, einmal, zweimal, steht auf und schiebt das Papier in die Gesäßtasche seiner Jeans.

«Hey! Du kannst den Brief nicht einfach behalten!»

«Warum nicht? Ist doch sicher nur eine Kopie. Ich will ihn Marias Familie zeigen. Der Mutter. Den Brüdern und der Schwägerin.»

Alejandro verlässt das Büro ohne ein weiteres Wort.

Don Javier ist einen Moment lang versucht, den Alarmknopf unter seinem Schreibtisch zu drücken.

Aber er lässt es.

45

CleanContent
Von: Human Resources Management, Nerja/España
An: Human Resources Management, Dubai/VAE
Beurteilungsobjekt: CA Alejandro Vidal Romero
CA-Status: 2. Halbjahr, Anforderungslevel A2
Empfehlung: Sofortige Entlassung

Begründung: CA Alejandro Vidal Romero ist seit einem halben Jahr in der Niederlassung Nerja beschäftigt. Trotz seines vergleichsweise hohen Alters, seiner mangelnden Schnelligkeit und seiner privaten Social-Media-Abstinenz, die eine Überprüfung seines Privatlebens nahezu unmöglich macht und somit ein erhebliches Sicherheitsrisiko darstellt, erhielt CA Vidal Romero einen neuen Vertrag über sechs Monate und die Anhebung auf das Anforderungslevel A2. Seit dem Freitod der CA Maria Ruiz Delgado haben sich seine Effizienz und sein Verhalten am Arbeitsplatz deutlich zum Negativen verändert. Es liegt zudem der dringende Verdacht nahe, dass CA Vidal Romero mit CA Ruiz Delgado eine intime Beziehung unterhielt, was auch die Schwangerschaft der CA Ruiz Delgado erklären würde, von der die Guardia Civil inzwischen Kenntnis erhielt. Allein diese Verbindung ist schon ein schwerer Verstoß gegen den Arbeitsvertrag, der private Kontakte zwischen den Mitarbeitern ausdrücklich untersagt. Ferner verhält sich CA

Vidal Romero zunehmend aufsässig gegenüber der Betriebsleitung. Ich empfehle daher die sofortige Entlassung und eine Neueinstellung aus dem umfangreichen Pool qualifizierter Bewerber.

46

Diesmal erscheint er pünktlich.

Sogar vier Minuten vor der Zeit. Auf keinen Fall will er ein weiteres Mal diesen missbilligenden Blick ernten, mit dem sie ihn vor der Beichte in der Kirche abgestraft hat.

Es gibt Kaffee und Mandelkuchen. Sie trägt nicht Witwenschwarz wie üblich, sondern ein geblümtes Kleid.

Zur Feier des Tages.

Pater Daniel trägt seine Soutane.

Zur Feier des Tages.

«Köstlich. Einfach köstlich.»

«Den habe ich selbst gebacken!»

«Extra für mich? Ich fühle mich geschmeichelt.»

«Und ich fühle mich geschmeichelt, dass Sie mich in meinem bescheidenen Heim besuchen, Hochwürden.»

Sie lächelt. Ein seltsames Kleinmädchenlächeln.

«Das hatte ich Ihnen ja versprochen, Señora. Und versprochen ist versprochen. Ich muss Sie außerdem um Verzeihung bitten, dass ich mich zur Beichtstunde verspätet hatte und Sie auf mich warten mussten. Aber ...»

«Zu gütig, Hochwürden. Natürlich verzeihe ich Ihnen.»

Dieser Augenaufschlag. Flirtet sie mit ihm?

«Ich bin ja froh, wenn überhaupt jemand erscheint. Es scheint aus der Mode zu kommen, für seine Verfehlungen einzustehen.»

«Ja, wir leben in gottlosen Zeiten, Hochwürden. Haben Sie im Radio gehört, was in Torre del Mar passiert ist?»

Pater Daniel nickt. Aber er sagt nichts dazu. Er hat keine Lust, mit Ana Romero Perez über das zu reden, was in Torre del Mar passiert ist. Weil er glaubt, ihre Meinung schon zu kennen. Und weil er aus einem anderen Grund gekommen ist.

«Pater, wir können ganz ungestört reden. Alejandro und Felipa sind nämlich nicht da. Sie sind heute Mittag nach Granada gefahren. Weiß der Himmel, warum sie ihre arme, alte, einsame Mutter immer alleine lassen. Wissen Sie, Herr Pfarrer, meine Kinder ...»

«Stimmt. Sie haben mir erzählt, dass sie nach Granada wollen.»

«Und was machen sie da, Herr Pfarrer?»

«Was Wichtiges erledigen, hat Alejandro gesagt. Ich habe natürlich nicht weiter gefragt. Denn wenn Alejandro und Felipa sagen, dass sie was Wichtiges zu erledigen haben, wird das ja wohl stimmen.»

Sie weiß nicht, was sie darauf antworten soll. Also nutzt Pater Daniel die Gelegenheit und wechselt rasch das Thema:

«Eine schöne Terrasse haben Sie. Und der Garten! Bestellen Sie den Garten noch ganz alleine?»

«Oh ja! Der Garten ist mein Ein und Alles. Das einzige Glück, das mir geblieben ist. Der Herrgott ...»

«Und diese herrliche Aussicht. Sie sind zu beneiden. Sogar das Meer kann man sehen. Diesen wunderbaren Blick genießen Sie sicher jeden Tag, nicht wahr?»

«Ach wissen Sie, Hochwürden, wenn man so viel alleine ist wie ich, dann macht das alles keine rechte Freude mehr.»

«Aber Alejandro wohnt doch hier bei Ihnen ...»

«Er arbeitet immer lange. Fast jeden Abend bis Mitternacht. Ich bin ja so froh, dass er endlich wieder Arbeit hat. Aber anschließend treibt er sich noch die halbe Nacht herum. Weiß der

Himmel, wo. Fährt in der Gegend rum, sagt er. Geht schwimmen, sagt er. Nachts! Im Dunkeln! Ich kann das nicht gutheißen. Und wahrscheinlich sitzt er dann noch in Federicos Bar. Wer weiß, in welcher Gesellschaft! Diese jungen Frauen heutzutage, die sind doch allesamt ...»

«Ich kann sehr gut verstehen, dass man nach Feierabend nicht gleich abschalten und sich zum Schlafen niederlegen kann. Das könnte ich nämlich auch nicht. Alejandro hat eben das Pech, erst um Mitternacht Feierabend zu haben. Da sind die Möglichkeiten des anschließenden Abschaltens natürlich sehr begrenzt.»

«Er könnte genauso gut nach Hause kommen und ...»

«Nun sind wir beide aber doch froh, dass Ihre Kinder nicht da sind. Damit wir uns ganz ungestört unterhalten können.»

«Da haben Sie natürlich völlig recht.»

Wieder dieser Augenaufschlag.

«Ist dies hier Ihr Elternhaus?»

«Ja. Hier wurde ich geboren. Meine Mutter ist früh verstorben, ich habe sie bis zu ihrem Tod gepflegt. Ich war die Lieblingstochter meines Vaters, sein verwöhntes Nesthäkchen, meine beiden Schwestern waren ja viel älter, sie haben auch früh geheiratet und sind dann weggezogen, zu ihren Ehemännern sind sie gezogen, die eine nach Jerez, die andere noch weiter weg, nach Toledo, aber sie sind beide schon tot. Als mein Vater gestorben ist, er hatte die Schließung der Zuckerfabrik nie verwunden, da war ich mit einem Mal ganz alleine hier in diesem Haus. Und noch nicht verheiratet. Viele junge Männer haben mir damals den Hof gemacht, das können Sie mir glauben, Pater.»

«Das glaube ich Ihnen aufs Wort.»

«Ich war nämlich sehr hübsch als junge Frau und außerdem natürlich eine gute Partie, wegen des Hauses, aber ich habe sie immer alle in Gedanken mit meinem verstorbenen Vater verglichen, das war ein Mann, wie man ihn sich nur wünschen kann als Frau, anständig und fleißig, da konnten die jungen Kerle doch allesamt nicht mithalten, sage ich Ihnen. Die Kirche hat mir übrigens viel Halt gegeben in jener Zeit ...»

«Ja, der Glaube hat Ihnen geholfen.»

«Ja. Der Glaube und Pfarrer Miguel Fuentes Ortega. Er hat mich oft besucht in dieser schweren Zeit.»

«Hier? In Ihrem Haus?»

«Oh ja!»

«Wollen Sie mir das Haus zeigen?»

«Das Haus? Jetzt?»

«Warum nicht?»

Sie zeigt ihm die Küche.

Sie zeigt ihm das Wohnzimmer. Und den neuen Fernseher, den Alejandro ihr gekauft hat. Von seinem ersten Geld, das er in der Zuckerfabrik verdient hat. Ratenzahlung. Guter Junge.

Sie zeigt ihm das winzige Gästezimmer, das einst ihr Zimmer war, als ihre Schwestern noch im Haus wohnten.

Sie will ihm Alejandros Zimmer zeigen, das einst das Zimmer ihrer beiden Schwestern war. Doch Pater Daniel wehrt ab.

«Nein, das käme mir wie ein Einbruch in seine Privatsphäre vor.»

«Aber er merkt es doch gar nicht.»

«Trotzdem, Señora. Ich möchte das nicht.»

Sie zeigt ihm das Badezimmer.

«Alejandro hat es neu gefliest. Guter Junge.»

Am Ende des langen, schmalen Flurs öffnet sie die letzte Tür. Ihr Schlafzimmer. Das ehemalige Schlafzimmer ihres Vaters.

«Dieses Zimmer ...»

«Ja?»

Sie atmet schwer.

«Dieses Zimmer ...»

«Ja? Was ist damit?»

«... hat seit 34 Jahren kein Mann mehr betreten.»

Pater Daniel zögert nur einen kurzen Moment. Nur den Bruchteil einer Sekunde. Dann betritt er das Zimmer, das seit 34 Jahren kein Mann mehr betreten hat.

Sie folgt ihm.

Sie schließt die Tür.

Es ist kühl in dem Schlafzimmer, weil es dunkel ist, es ist dunkel, weil nur durch die Ritzen der geschlossenen Fensterläden etwas Licht eindringt und schmale weiße Streifen auf den Fußboden malt. Pater Daniels Augen müssen sich erst an die Dunkelheit gewöhnen. Das Erste, was seine Augen erkennen, ist die brennende Kerze in der Ecke. Sie nimmt seine Hand und führt ihn.

«Hier. Noch ein Schritt nach vorne, Pater. Jetzt ein Schritt nach links. Jetzt setzen Sie sich. Ich möchte, dass Sie mit mir beten.»

Er sinkt ein, sitzt ganz weich. Es riecht nach frisch gestärkter Wäsche. Pater Daniel sitzt auf ihrem Bett. Offenbar ist das Bett frisch bezogen. Die Kerze gehört zu einem Hausaltar. Über der brennenden Kerze sieht er den Gekreuzigten, das Licht der Flamme zuckt über das schmerzverzerrte Gesicht.

Sie setzt sich neben ihn. Ganz dicht neben ihn. Durch den Stoff der Soutane spürt er ihren Oberschenkel. Er riecht ihr Parfum. Sie hat reichlich davon aufgelegt. Sie hält immer noch seine Hand. Sie umklammert seine Hand mit ihren beiden Händen und drückt sie schließlich in ihren warmen Schoß.

«Beten Sie mit mir, Pater!»

«Sehr gerne. Ich ...»

«Gegrüßet seist du Maria voll der Gnade der Herr ist mit dir du bist gebenedeit unter den Frauen und gebenedeit ist die Frucht deines Leibes heilige Maria Mutter Gottes bitte für uns Sünder jetzt und in der Stunde unseres ...»

«Die Frucht deines Leibes. Juan Carlos. Ein schöner Name. Ein sehr schöner Name. Ana, wer war sein Vater?»

Er spürt ganz genau, was ihr schon auf der Zunge liegt: Vidal, dieser arbeitsscheue Hallodri, dieser Schürzenjäger aus Motril, der sie während der *semana santa* verführt hat. Vidal, der Mann, der von ihr nie beim Vornamen genannt wird, der Mann, der sie verließ, als sie mit Alejandro schwanger war, der sie mit den kleinen Kindern im Stich ließ und in Málaga auf einem Frachtschiff nach Venezuela anheuerte und auf Nimmerwiedersehen verschwand.

Aber sie schweigt und starrt den Gekreuzigten an.

«Ana? Der Vater von Felipa und Alejandro ist schon sehr lange tot. Schon 34 Jahre. Er starb nur zwei Monate nach seiner Ankunft in Venezuela. Er wurde erstochen und anschließend in einem Armengrab verscharrt.»

Ein tiefer, dunkler Schmerzenslaut löst sich aus ihrer Brust.

«Ana? Wer ist der Vater deines Erstgeborenen?»

Sie lässt seine Hand los. Und schweigt.

«Seit vierzig Jahren schon schleppst du dieses Geheimnis mit dir herum, Ana. Du hast es so lange Zeit tief in deinem Herzen vergraben, lässt es dort Unheil anrichten, deine Seele auffressen, dabei trägst du doch gar keine Schuld. Ana, jetzt ist die Zeit gekommen, um im Angesicht des Herrn ...»

«Er saß hier neben mir, so wie Sie jetzt hier sitzen. Auf dem Ehebett meiner verstorbenen Eltern. Ganz dicht neben mir hat er gesessen. Er hat mit mir gebetet. So wie Sie jetzt. Er hatte eine so schöne Stimme. Eine Stimme, die ...»

Sie stockt.

«Ana, hab keine Angst. Du kannst es mir ...»

«Pfarrer Miguel Fuentes Ortega.»

47

El Cid ist stinksauer auf Gabriel.

Aus zwei Gründen.

Der erste Grund: Einer aus Gabriels Truppe hat beim Rückzug seinen Schlagstock verloren, gleich neben der Landstraße, als er über die Leitplanke hechtete. Der Soldat hat noch kurz nach dem verlorenen Schlagstock gesucht, ihn aber nicht gefunden in dem Gestrüpp, in der stockdunklen Nacht. Höchste Zeit zu verschwinden, aus der Ferne war schon die erste Polizeisirene zu hören, offenbar war es einem der Illegalen gelungen, einen Notruf abzusetzen.

Dummerweise hat ein Reporter der Lokalzeitung *Diario Sur* den Schlagstock am nächsten Morgen gefunden, bei Tageslicht, im Straßengraben neben der Leitplanke. Er hat den Schlagstock, an dem noch getrocknetes Blut klebte, in die Redaktion mitgenommen. Und dort hat irgendein Schlaumeier dann herausgefunden, dass er aus den Beständen der ehemaligen Fremdenlegion stammen musste. Die Schlagstöcke der spanischen Fremdenlegion sind unverwechselbar. Vom Aussehen und von ihrer Wirkung.

Robust und effizient.

Außerdem wurde bei dem Einsatz eine Frau in ihrer Wellblechhütte vergewaltigt. Auch das war befehlswidrig. Dummerweise hatte Gabriel schlicht vergessen, El Cids Anordnung bei seiner kurzen Ansprache auf dem Parkplatz vor dem Einsatz noch einmal ausdrücklich zu erwähnen. Gabriel hatte an die verbotenen Messer und Schusswaffen gedacht, aber nicht mehr an das Vergewaltigungsverbot. Und wie soll man als Kommandoführer im stockfinsteren, unwegsamen Gelände acht ausschwärmende Zweierteams im Auge behalten?

Unmöglich.

Aber wieso ist das jetzt so ein Drama?

Eine Frau! Eine Schwarze! Na und?

Außerdem hatte Gabriel in den 20 Minuten weiß Gott genug mit sich selbst zu tun.

Sein erstes Angriffsziel war ein flaches, winziges, provisorisches Zelt aus Plastikplanen. Gabriel nahm Anlauf und sprang einfach auf das Zelt drauf. Ein markerschütternder Schrei. Gabriel drosch unermüdlich auf das unsichtbare Ziel unter der Plane ein, wieder und immer wieder, drosch dem Mann die Schreie aus dem Leib, und mit jedem Schlag fühlte er sich besser, fühlte er sich stärker, die anfängliche Angst wich einem betörenden Gefühl der Unbesiegbarkeit. Er ließ erst ab, als die Schreie unter der Plane verstummten. Gabriel trat noch einmal mit aller Kraft zu und konzentrierte sich auf sein nächstes Ziel. Diesmal nahm er sich vor, seinem Opfer unbedingt ins Gesicht zu sehen, während er zuschlug. Er wollte die Angst in den Augen sehen. Gabriel wandte sich also dem nächstbesten Bretterverschlag zu und trat die provisorische Tür in Fetzen.

Die 20 Minuten vergingen wie im Fluge.

El Cid schickt Gabriel die offizielle Pressemitteilung der Guardia Civil ins elektronische Postfach des Mitgliederbereichs. Bei einem Bandenkrieg unter rivalisierenden schwarzafrikanischen Drogenhändlern seien in einer illegal errichteten Siedlung südlich von Torre del Mar 26 Menschen schwer verletzt worden. Die Vergewaltigung wird ebenfalls erwähnt.

Aber kein Wort über den von dem Reporter gefundenen Schlagstock im offiziellen Bericht der Guardia.

Na also. Dann ist doch alles in bester Ordnung.
Was macht El Cid so einen Aufstand?
Wegen einer Frau. Einer Schwarzen. Einer Illegalen.
Kollateralschäden sind im Krieg unvermeidlich. Außerdem sind Vergewaltigungen ein durchaus probates Mittel im Krieg, hat er irgendwo gelesen. Eine effiziente Demonstration der Macht. Ferner stärken Vergewaltigungen die Moral der Truppe und fördern die Kameradschaft. Wie soll man einen Krieg gewinnen, wenn man nicht alle Mittel ausschöpft?

El Cid bedankt sich zwar bei Gabriel für den Einsatz, doch der Dank klingt kühl, distanziert, förmlich. Und dann kommt's: Es sei allerdings ein Fehler gewesen, ihm schon so früh ein Kommando anzuvertrauen. Gabriel müsse sich nun erst in weiteren Einsätzen als einfacher Soldat beweisen, bevor er seine Führungsqualitäten erneut unter Beweis stellen dürfe.

Darüber ist Gabriel so empört, dass er seinen halbvollen Kaffeebecher gegen die Wand des Apartments schleudert.

48

CleanContent
Von: Human Resources Management, Dubai/VAE
An: Human Resources Management, Nerja/España
Beurteilungsobjekt: CA Alejandro Vidal Romero
CA-Status: 2. Halbjahr, Anforderungslevel A2
Abschließende Prüfung Ihrer Empfehlung

Ihre Empfehlung ist im Interesse des Unternehmens nicht zielführend und wird deshalb verworfen.
Begründung: CA Alejandro Vidal Romero ist aktuell Proband der Forschungsabteilung unserer Muttergesellschaft ThinkContent und deshalb im Interesse der aktuellen Forschungsarbeit von nicht unerheblichem Wert. Sie werden den Mitarbeiter also weiterbeschäftigen. Sanktionieren Sie etwaige mangelnde Effizienz mit einer Kürzung seiner monatlichen Bezüge. Lassen Sie seine Arbeitsleistung von Ihrem Quality Management engmaschiger beobachten und vor allem umfassend dokumentieren.

49

Pater Daniel hat an ihrem Bett gewacht und ihre Hand gehalten, bis ihr Atem gleichmäßig und ruhig ging. Erst als sie eingeschlafen war, hat er sich aus ihrem Haus geschlichen wie ein Dieb.

Ja, wie ein Dieb.

Ein Dieb, der ein Geheimnis gestohlen hat.

Im Pfarrhaus hat er sich auf der Stelle die Soutane vom Leib gerissen und sie in die Ecke geschleudert. Er hat Jeans und ein frisches T-Shirt angezogen und dann den Brandy und ein Glas aus der Küche geholt.

Bevor sie eingeschlafen war, hatte er ihr die Erlaubnis abgerungen, mit Alejandro und Felipa darüber sprechen zu dürfen.

Aus den Boxen dringt «Valse Triste». Sir Colin Davis und das Boston Symphony Orchestra.

Miguel Fuentes Ortega. Sein Vorvorgänger. Schon während der Diktatur und auch während der *transición* und der Demokratie bis 1989 die höchste moralische Instanz in Frigiliana.

Unfehlbar.

Unangreifbar.

Unbeirrbar.

Der Scharfrichter Gottes, der von der Kanzel der Pfarrkirche San Antonio predigte, was Recht und was Unrecht, was gut und was böse ist. Der Brandstifter Gottes, der die Menschen des Dorfes öffentlich als Sünder abstempelte und an den Pranger stellte und ihnen die ewige Verdammnis in der Hölle prophezeite. Der Mann, der die alleinerziehende Marta als *schamlose Zigeunerin* diffamierte und als Hexe, nur weil sie mit ihren Kräutern und ihren heilenden Händen den Kranken half, die zu arm waren, um sich einen Arzt leisten zu können. Der Mann, der dieser Frau unterstellte, sämtliche Männer des Dorfes in Versuchung zu führen, nur weil er ihre Schönheit nicht ertrug und noch weniger ihre geistige Unabhängigkeit. Eine Frau wie Marta, die seine Autorität in Zweifel zog, musste natürlich mit dem Teufel im Bunde stehen.

Miguel Fuentes Ortega. Der Stellvertreter Gottes im Dorf, der einen Achtjährigen aus der Dorfgemeinschaft entfernen ließ, damit der Junge möglichst bald in Vergessenheit geraten sollte.

Sein eigener Sohn.

Pfarrer Miguel Fuentes Ortega muss zweifellos ein begnadeter Manipulator gewesen sein.

Vermutlich war es aber auch nicht besonders schwierig gewesen, Anas Frömmigkeit, die damit verbundene zwanghafte Verdrängung sexueller Bedürfnisse, ihre jugendliche Naivität, ihre emotionale Bedürftigkeit und ihre seit Kindesbeinen existierende Sehnsucht nach Anerkennung durch ältere, mächtige Männer für seine Zwecke zu instrumentalisieren.

Die Schwangerschaft stand natürlich nicht auf seinem Plan.

Aber auf Gottes Plan.

Also besorgte er ihr einen Ehemann. Natürlich einen von außerhalb des Dorfes. Und weil das alles ganz fix gehen musste, konnte er bei der Suche nicht wählerisch sein. Der Mann aus Motril war hoch verschuldet. Das half vermutlich.

Dass der kleine Juan Carlos durchdrehte, als sich sein geliebter Vater, der gar nicht sein Vater war, aus dem Staub machte, dass der Junge seine Mutter für den Verlust des Vaters verantwortlich machte, dass die zum dritten Mal schwangere Ana Romero Perez kurz davor stand, vollends die Nerven zu verlieren, und dass alles aufzufliegen drohte, stand ebenfalls nicht auf dem Plan.

Also musste Pfarrer Miguel Fuentes Ortega handeln.

Mit dem Segen der Kirche.

Mit dem Segen des Erzbistums Granada.

Der Pater lässt den Brief, den er im Pfarrarchiv gefunden hat, als er mit Alejandro nach dem Taufschein suchte, auf die Knie sinken.

> An seinem heutigen achten Geburtstag wurde der Knabe Juan Carlos Vidal Romero, erstgeborener und in Sünde gezeugter Sohn der zwar gottesfürchtigen, aber äußerst willensschwachen und der Fleischeslust zugeneigten Señora Ana Romero Perez, auf ausdrückliche Weisung Seiner Exzellenz, des Erzbischofs von Granada, in die Obhut der Besserungsanstalt für Knaben der Frommen Bruderschaft der Heiligen Agatha übergeben ...

Pater Daniel sieht auf die Uhr.

Kurz vor Mitternacht.

Er greift zum Telefon.

50

Am frühen Abend verlassen Felipa und Alejandro das Hotel an der Calle Marqués de Gerona. Sie spazieren in Richtung Osten, umrunden die Kathedrale, überqueren die ewig verstopfte, lärmende Gran Vía de Colón – und betreten jenseits der Hauptverkehrsachse Granadas eine andere Welt. Ein Labyrinth aus steil ansteigenden, schmalen Gassen und Treppen, überspannt von Wäscheleinen und Sonnensegeln, gesäumt von Cafés, Teehäusern, Läden, Werkstätten. Licht und Schatten, fremde Gerüche, fliegende Händler, spielende Kinder, streunende Hunde, dösende Katzen, Tischler, Goldschmiede, Silberschmiede, Kupferschmiede, Schneider, Schuster, Würfelspieler, ein schwer beladener Esel, der sich unter Protest den Berg hinaufquält.

«Alejandro, wo sind wir hier? Was ist das? Sieht irgendwie aus wie eine arabische Medina.»

«Das sieht nicht nur so aus. Das ist der Albaicín. Das maurische Viertel. Der älteste Teil der Stadt. Adieu, Europa. Willkommen im Orient. Willkommen in al-Andalus.»

«Und du kennst dich hier aus? Du findest hier wieder raus und bringst uns sicher zurück ins Hotel?»

Sie hat das nur aus Spaß gesagt, aber er entgegnet ernst:

«Keine Sorge. Ich bin oft hier. Wenigstens so alle paar Wochen, für eine Nacht oder ein Wochenende.»

«Warum?»

«Das ist die Stadt unserer Ahnen. Hier sind unsere Wurzeln.

Hier ist unser Großvater aufgewachsen. Bevor er als junger Mann an die Küste ging, weil es Arbeit in der Zuckerfabrik gab.»

«Welcher Großvater?»

«Na, der Vater unserer Mutter. Den wir nicht mehr kennenlernen konnten, weil er schon gestorben war, bevor ...»

«Alejandro, das war eine rhetorische Frage. Wir hatten noch einen zweiten Großvater, den wir nie kennengelernt haben. Nie kennenlernen durften. Und zwei Großmütter. Mir fällt gerade auf, dass wir rein gar nichts über die Familie unseres Vaters wissen.»

«Ja, ist so. Nicht zu ändern. Hast du Hunger?»

Sie essen Tagine in einem marokkanischen Restaurant, Alejandro mit Lammfleisch, Felipa vegetarisch. Sie reden über alles Mögliche. Nur nicht über den nächsten Morgen. Nicht über den Grund, warum sie nach Granada gefahren sind.

«Alejandro, manchmal habe ich den Eindruck, du lebst völlig in der Vergangenheit. Du solltest vielleicht zwischendurch auch mal an deine Gegenwart und an deine Zukunft denken.»

«Interessant. Das sagt Lis auch immer. Aber die Vergangenheit erdet mich. Vermutlich hab ich deshalb Geschichte studiert.»

«Hast du was mit ihr?»

«Mit wem?»

«Na, mit Lis.»

«Felipa! Das hast du mich schon mal gefragt. Nein! Sie ist so alt wie unsere Mutter!»

«Ja und? Außerdem wird sie niemals so alt wie unsere Mutter sein. Sie war auch noch nie so alt wie unsere Mutter. Ich kenne in Barcelona einige ältere Frauen, die sich Affären mit jüngeren Liebhabern leisten. Das ist heutzutage ...»

«Auch das unterscheidet Barcelona von Frigiliana.» Alejandro sieht auf die Uhr. «So, wir müssen dieses hochinteressante Thema jetzt leider aufgeben. Wir müssen nämlich weiter.»

Sie verlassen das Restaurant und steigen durch die Gassen weiter bergauf, nehmen zwischendurch noch einen *cortado* und einen eisgekühlten *fino* an der Theke einer Bar.

Schließlich erreichen sie den Zenit. Ein Kirchplatz. Links die Pfarrkirche San Nicolás. Rechts eine kniehohe Mauer, die Unvorsichtige und vom Ausblick Überwältigte vor dem Sturz in die Tiefe bewahren soll. In eine von Zypressen gesäumte Schlucht. Jenseits der Schlucht, auf dem nächsten Berg, hell erleuchtet, von Ockerfarben bis Rostrot changierend in der blaudunklen, sternenklaren Nacht, gewaltig und unvorstellbar schön, steht sie, unverrückbar, für die Ewigkeit gebaut: die Alhambra.

Felipa kann sich nicht sattsehen.

Sie greift nach Alejandros Hand.

«Also ... ich hab ja in meinem Leben schon eine Menge Fotos von dem Ding gesehen, aber ...»

«Wie aus einer anderen Welt, nicht wahr? Sie stammt ja auch aus einer anderen Welt. Kein Fotograf dieser Welt wäre in der Lage, diesen Moment einzufangen. Diese monumentale Stille.»

Nach einer Weile schaut Alejandro auf die Uhr und mahnt zum Aufbruch. Sie laufen an der Kirche vorbei und tauchen wieder in die Gassen ein. Es geht eine Weile bergab, dann wieder bergauf. Felipa hat längst die Orientierung verloren.

Nach etwa 20 Minuten stehen sie am Ende einer Sackgasse vor einer Felswand. Eine Tür. Dahinter eine schwindelerregend steile Treppe, die nach unten führt. Ein in den Felsen getriebener Gang. Der Gang weitet sich zu einem unterirdischen Kuppelsaal. Tische und Bänke, am Ende eine Bühne. Stimmengewirr. Männer und Frauen von 18 bis 80. Alle reden wild durcheinander, lachen, diskutieren, die Stimmen hallen von der Kuppeldecke wider.

Sie setzen sich an einen der Tische.

Jemand stellt ungefragt einen Krug Wein, zwei Gläser und eine Schale mit Oliven vor sie hin.
«Was ist das hier?»
«La Platería. Die beste *peña flamenca* Granadas.»
«Also so eine Art Club für Flamenco-Musik.»
Alejandro schüttelt den Kopf.
«Mehr als ein Club. La Platería ist eine Weltanschauung.»
«Aha. Und was erwartet uns heute Abend hier?»
«Wir lassen uns überraschen. Zwei junge Gitarristen aus Deutschland. Die nennen sich Café del Mundo.»
«Café del Mundo? Klingt so, als wäre das was für Touristen.»
«Felipa, hierhin verirren sich keine Touristen. Der Sacromonte ist der heilige Berg der Gitanos. Die Kinder der Familien, die in den Höhlenwohnungen am Sacromonte leben, die lernen das Sprechen oder das Laufen etwa zur selben Zeit wie das Singen, das Tanzen oder das Gitarrespielen. Keine Sorge, hier sitzt nur Fachpublikum. Hier sind nur Leute, die eine *guitarra negra* von einer *guitarra blanca* zu unterscheiden wissen. Die Leute hier messen alles, was sie hören, automatisch an Paco de Lucía, Tomatito oder Vicente Amigo. Die sind hier nämlich alle schon aufgetreten, bevor sie die großen Konzerthallen füllten. Entweder werden die beiden Deutschen heute Abend untergehen und anschließend nie wieder nach Andalusien reisen ...»
«Oder?»
«Oder sie empfangen ihren Ritterschlag.»
«Soso.»
«Und wir sind dabei, Felipa!»
Felipa weiß nicht allzu viel über den Flamenco. Er gehört zu den verdrängten Begleiterscheinungen ihrer Kindheit wie der sonntägliche Kirchgang oder die freitägliche Beichte. Sie hat auch keine Ahnung, was eine *guitarra negra* von einer *guitarra blanca* unterscheidet. Sie fragt jetzt auch nicht, aus Sorge, Alejandro könnte ihr als Antwort einen halbstündigen Vortrag

halten. Als sie Andalusien gleich nach der Schule fluchtartig verließ, bewegte sich ihr musikalischer Horizont zwischen Offspring und Limp Bizkit. Hauptsache, ihre Mutter verstand die englischsprachigen Texte nicht. Hauptsache, es war ordentlich laut.

«Flamenco, da denke ich automatisch an die Dorffeste in Frigiliana. Wenn wir Mädchen damals auf der Bühne ...»

«Die *sevillanas* tanzten? Das ist was anderes. Das hat mit Flamenco nichts zu tun. Aber du sahst immer sehr schön aus in deinem Kleid. Du warst immer die Schönste von allen.»

Felipa drückt ihrem Bruder einen dicken Kuss auf die Wange. Belustigt nimmt sie die kindliche Vorfreude in Alejandros Augen zur Kenntnis. Und die kindliche Vorfreude in den Augen aller anderen im Saal.

Aber auch sie erliegt alsbald dem Charme der beiden schüchternen, nervös wirkenden jungen Männer, die auf der kleinen Bühne Platz nehmen, mit nichts als zwei akustischen Gitarren und zwei Mikrofonen zwischen sich und dem Publikum, und sich in einem erstaunlich wortreichen, wenn auch etwas antiquiert klingenden Spanisch als Alexander Kilian und Jan Pascal vorstellen. Aus Franken. Aus dem Odenwald. Kein Mensch hier weiß, wo der Odenwald liegt. Fast tun sie Felipa schon leid.

Die ersten beiden Stücke quittiert das Publikum mit höflichem Applaus. Immerhin. Zwei Stücke von Manuel de Falla. Damit kann man hier nicht viel falsch machen. Jan Pascal bedankt sich artig und erzählt, wie lange es gedauert hat, bis sie es gewagt haben, zu dieser kleinen Konzertreise durch das Mutterland des Flamenco aufzubrechen. Aus Respekt vor den großen spanischen Meistern dieser Kunst. Das gefällt dem heimischen Publikum. Stolz und Demut sind die beiden wichtigsten, nur für Außenstehende widersprüchlichen Charaktereigenschaften, wenn man hier aufwächst.

«Wir kamen nach Andalusien, um die Andalusier zu berühren. Aber in Wahrheit berühren uns die Andalusier.» Wenn man dieses Kompliment in Granada ans Publikum reicht, beinhaltet es ein feines Wortspiel, das alles über den Flamenco erzählt, denn *tocar* bedeutet sowohl «berühren» als auch «Gitarre spielen». Das gefällt dem Publikum natürlich noch besser. Erste anerkennende *Olé*-Rufe. Alejandro beugt sich zu Felipa und flüstert ihr ins Ohr: «Der Flamenco berührt die Seele. Wenn er groß ist. Ist er es nicht, berührt er gar nichts.»

Dann legen sie mit «Entre Dos Aguas» von Paco de Lucía los, aber in einer ganz eigenwilligen, nie gehörten Interpretation, ohne Pause gefolgt von einer traditionellen Bulería, die schließlich ansatzlos in Al Di Meolas «Mediterranean Sundance» mündet. Sie spielen es in atemberaubender Geschwindigkeit, zugleich technisch unfassbar präzise, vor allem aber mit Leidenschaft und Respekt. Unisono, dann trennen sich ihre Wege, um bald wieder mit Leichtigkeit zusammenzufinden.

Erst staunt das Publikum nur, starrt mit offenem Mund zur Bühne, dann springen die Menschen mitten im Stück auf, rasten schier aus, feuern die beiden Deutschen mit anzüglichen Zwischenrufen an. Die Dämonen sind los. *Duende*, der Moment höchster Ergriffenheit, flutet den Keller.

Erst nach zweieinhalb Stunden lässt das Publikum die beiden Gitarristen aus dem Odenwald von der Bühne. Man bringt ihnen zu essen und zu trinken. Alle strahlen vor Glück und Erschöpfung. Eine kleine, spindeldürre alte Frau mit armreifgroßen Creolen an den ausgeleierten Ohrläppchen drängt sich durch die Menge, bis zu dem von einer Menschentraube belagerten Tisch, an den man die Deutschen platziert hat. Man macht ihr ehrfürchtig Platz, sie greift nach Alexanders Händen und studiert sie sorgfältig. Als sie genug gesehen hat, lässt sie seine Hände wieder los und lächelt wissend.

Felipa stupst ihren Bruder an.

«Sei mir nicht böse, aber ich bin sehr müde. Und morgen ist ein wichtiger Tag.»

«Klar, lass uns gehen. Hat's dir denn gefallen?»

«Es war ein wunderschöner Abend. Vielen Dank.»

Als sie den Felsenkeller verlassen haben und in die Stille der Gasse treten, meldet sich Alejandros Handy mit einem Piepton. Verpasster Anruf. Alejandro wirft einen Blick auf das Display, dann auf seine Armbanduhr. Halb zwei.

«Was ist?»

«Pater Daniel. Kurz vor Mitternacht hat er versucht anzurufen. Da unten im Keller hatte ich keinen Empfang.»

«Was machen wir jetzt?»

«Ist jetzt zu spät. Keine Lust, ihn aus dem Bett zu klingeln. Ich rufe ihn morgen früh zurück.»

51

Nadja ist 13, als sie den 22-jährigen Akif in einem Club in Berlin-Friedrichshain kennenlernt und sich Hals über Kopf in ihn verliebt. Nadja sieht nicht aus wie 13; eher wie 16 oder 17. Ihre Schulnoten ließen schon arg zu wünschen übrig, bevor sie Akif kennenlernte. Weil sie nämlich so viel Wichtigeres zu tun hat. Zum Beispiel, nicht wie 13, sondern wie 16 oder 17 auszusehen und mit Hilfe ihrer Lieblings-Influencerinnen bei YouTube und Instagram stets auf dem Laufenden zu sein, wie man sich zu kleiden und zu schminken und zu verhalten hat, um möglichst erwachsen auszusehen und ältere Jungs zu beeindrucken. Sehr zum Leidwesen ihrer Eltern und Großeltern, strebsamen Spätaussiedlern aus der Sowjetunion, deren Vorfahren vor zweieinhalb Jahrhunderten wie so viele deutsche Wirtschaftsflüchtlinge nach Russland gingen, weil ihnen Zarin Katharina die Große eine großzügige finanzielle Starthilfe sowie 30 Hektar Land pro Familie versprochen hatte.

Doch dann kamen die Russische Revolution und der Zweite Weltkrieg und Stalin und die Zwangsumsiedlung von der Wolga und der Krim nach Sibirien oder nach Kasachstan. Umzug in die Hölle. Alles verloren.

Nadjas Eltern und Großeltern waren Bundeskanzler Helmut Kohl sehr dankbar, dass er ihnen 1990 die Umsiedlung nach Deutschland, die deutsche Staatsbürgerschaft und allerlei finanzielle Starthilfen ermöglichte. Und deshalb wählten Nadjas

Eltern und Großeltern in Deutschland lange Zeit Kohls Partei, die CDU. Aus Dankbarkeit. Und weil sie fromme Christen sind.

Inzwischen aber wählen Nadjas Eltern die AfD. Weil Kohls Nachfolgerin Angela Merkel all die Moslems ins Land geholt hat.

Nadja wählt natürlich nicht AfD, sie wählt gar nichts, weil sie mit 13 noch nicht wahlberechtigt ist und sich außerdem überhaupt nicht für Politik interessiert. Weil sie nämlich so viel Wichtigeres zu tun hat. Zum Beispiel, Akif zu beeindrucken.

Akif sieht gut aus. Er ist so wie Nadja in Deutschland geboren und damit deutscher Staatsbürger. Seine Eltern und Großeltern stammen aus Bosnien, sie haben während des Kriegs Schlimmes erlebt, aber sie sprechen nie darüber. Akif ist so wie seine Eltern und Großeltern Moslem. Aber er interessiert sich nicht sonderlich für Religion, so wie Nadja sich nicht für Politik interessiert.

Nadjas Eltern sind strenggläubige Methodisten. Nadja geht die Frömmigkeit und Spießigkeit ihrer Eltern schon lange auf die Nerven, und nach einem Streit packt sie eines Nachts ihre Sachen und haut ab, ohne eine Nachricht zu hinterlassen.

Sie zieht zu Akif, der hat eine eigene Wohnung, geil, der hat außerdem ein Auto und einen Job, also Geld. Sie hat Sex mit ihm, weil sie Sex mit ihm haben will und weil sie wissen wollte, wie das ist, wovon alle reden, und weil sie glaubt, das gehöre nun mal dazu, wenn man sich liebt und zusammenlebt.

Akif müsste eigentlich wissen, dass dies eine Straftat ist, weil Nadja erst 13 ist und er mit 22 schon erwachsen. Ein Jahr später wird Akif dafür vom Amtsgericht Tiergarten zur Rechenschaft gezogen. Weil das Opfer minderjährig ist, wird die Öffentlichkeit vom Verfahren ausgeschlossen. Das ist in Deutschland so üblich, um Minderjährige zu schützen. Auch die Gerichtsreporter der Berliner Zeitungen erhalten daher keinen Zugang zum Gerichtssaal und können nicht aus eigener Anschauung berichten, sondern müssen sich mit dem begnügen, was ihnen der Pressesprecher des Gerichts über den Prozessverlauf und das Urteil mitteilt.

Wegen sexuellen Missbrauchs einer Minderjährigen wird Akif zu einem Jahr und neun Monaten Freiheitsentzug verurteilt, die vorherige sechsmonatige U-Haft wird angerechnet, die restliche Haftzeit wird zur Bewährung ausgesetzt.

Strafmildernd wirkt sich bei der Strafbemessung aus, dass Akif bislang noch nie polizeilich in Erscheinung getreten ist und der Geschlechtsverkehr laut Aussage des Opfers stets einvernehmlich stattgefunden hat. Die psychologische Gutachterin kann nicht ausschließen, dass es erst auf Initiative des Opfers zu den sexuellen Handlungen gekommen ist.

Strafverschärfend wirkt sich hingegen aus, dass der junge Mann die sexuellen Handlungen gelegentlich mit seinem Handy gefilmt hat. Zu welchem Zweck er dies tat, konnte zwar nicht eindeutig geklärt werden, aber es wurde vom Gericht folgerichtig als «Herstellung von Kinderpornografie» gewertet, auch wenn Akif die Handyvideos offenbar nicht übers Internet verbreitet hat.

Akif kommt zwar am Tag der Urteilsverkündung auf freien Fuß, verliert aber seinen Job. Sein Arbeitgeber will mit Kinderschändern nichts zu tun haben. Nadja kommt in ein Heim, weit genug weg von Berlin, weit genug weg von Akif, aber auch weit genug weg von ihren Eltern, weil das Jugendamt schon während des Prozesses zu dem Schluss gelangte, dass Nadja anderswo besser aufgehoben wäre. Die Eltern erklärten sich mit dieser Maßnahme einverstanden.

So viel zur objektiv feststellbaren Wahrheit.
Im Netz wird eine alternative Wahrheit transportiert.

Nadjas strenggläubige Eltern verschwiegen ihrem sozialen Umfeld, das im Wesentlichen aus Mitgliedern der Methodistengemeinde besteht, dass es zu einem heftigen Streit gekommen war und Nadja schon vor ihrem Verschwinden mehrfach damit gedroht hatte, zu ihrem neuen Freund zu ziehen. Sie verschwiegen die Vorgeschichte aus Scham, weil ihnen der in ihren Augen gottlose Lebenswandel ihrer Tochter äußerst peinlich ist. Nadjas Tante, die jüngere Schwester von Nadjas Mutter, erzählte daraufhin in der Methodistengemeinde herum, die 13-Jährige sei von einem Moslem entführt worden.

Wenig später sendet das russische Staatsfernsehen einen Bericht, dass «mitten in der deutschen Hauptstadt Berlin» ein 13-jähriges russisches Mädchen auf offener Straße von «mehreren arabischen Flüchtlingen» in ein Auto gezerrt und gekidnappt worden sei. «Irgendwo in dieser Stadt ist meine kleine Nichte eingesperrt, und die Polizei tut nichts», beklagt Nadjas Tante vor laufender Kamera. «Wir dachten immer, Deutschland ist ein sicheres Land. Aber das ist endgültig vorbei, seit Frau Merkel die arabischen Flüchtlinge ins Land geholt hat.»

Die Tante hat dem russischen Fernsehteam ein Foto von Nadja zur Verfügung gestellt. Auf dem Foto ist sie acht Jahre alt und sieht tatsächlich noch aus wie ein unschuldiges Kind.

Während sich Nadjas Tante über die Bundeskanzlerin beklagt, zeigen eingeblendete Archivbilder gelangweilte Polizeibeamte vor dem Eingang einer Unterkunft für Geflüchtete. Im Hintergrund sieht man verdrießlich schauende junge Männer mit schwarzen Haaren. Die Polizeibeamten vor dem Tor tragen zwar keine deutschen, sondern schwedische Uniformen. Aber wen interessieren schon solche nebensächlichen Details, wenn die erzählte Geschichte so wunderbar ins eigene Weltbild passt?

Der Bericht des russischen Staatsfernsehens wird in einer gekürzten Fassung mit deutschen Untertiteln ins Netz gestellt und dort mit einer frei erfundenen Schlagzeile garniert: «Berlin: Russisches Mädchen entführt und von Arabern vergewaltigt». Die Kurzfassung wird zeitgleich von mehreren prorussischen, aber auch einigen deutschnationalen und neonazistischen Facebook-Gruppen verbreitet und mit demselben Teaser beworben: «Wer wissen will, welche grausamen Verbrechen der von Angela Merkel angeschleppte muslimische Migrantenmob in Deutschland verübt und welche Auswirkungen die Umvolkung hat, kann dies aus dem gebührenfreien russischen Fernsehen erfahren. Die deutschen Systemmedien berichten natürlich nichts darüber.»

Das Video wird 1,7 Millionen Mal aufgerufen und allein in den ersten vier Tagen 33 000-mal geteilt und 16 000-mal gelikt.

Empörte Facebook-Posts fordern nun die Russlanddeutschen im Land auf, diesem Skandal nicht länger tatenlos zuzuschauen, sondern endlich auf die Straße zu gehen und gegen diese Zustände in der Bundesrepublik zu demonstrieren. Wer nicht mitmache, wer sich nicht engagiere, der mache sich der Schändung Nadjas und weiterer russischer Kinder mitschuldig.

Bundesweit folgen an einem kalten, regnerischen Montagmorgen mehr als 10 000 Menschen dem Aufruf zur Demonstration. Einzelne Redner auf der improvisierten Bühne fordern die Demonstranten mehr oder weniger unverblümt zur Selbstjustiz auf. Der Berliner Ableger der Pegida-Bewegung schließt sich dem Aufruf an und demonstriert vor dem Bundeskanzleramt gegen den «Sexterror» männlicher arabischer Flüchtlinge. Die «Lügenpresse» schweige wieder mal die Wahrheit tot. Die russische Botschaft twittert daraufhin: «Die deutsche Regierung hat den moslemischen Migranten das Land wie einen Teppich unter den Füßen ausgebreitet. Jetzt versucht sie, deren Verbrechen unter ebendiesen zu kehren.» Auch der russische Außenminister sieht sich schließlich zu einer öffentlichen Stellungnahme veranlasst und wirft der Bundesregierung «Vertuschung» vor: «Die politische Korrektheit in Deutschland übermalt die Realität.»

Zwischenzeitlich findet eine SoKo der Berliner Polizei nach intensiver Suche die quietschfidele 13-jährige Nadja in der Wohnung ihres 22-jährigen Freundes – was nicht ganz einfach war, weil die Eltern nicht einmal Akifs Namen kannten. Nur dass er Moslem ist, wussten sie, weil Nadja es ihnen erzählt hatte, um sie zu provozieren. Nadja hat von dem ganzen Rummel um ihre Person gar nichts mitbekommen, sie war mit Wichtigerem beschäftigt. Die Polizei gibt eine Pressemitteilung heraus und stellt darin klar, es habe sich weder um eine Entführung noch um eine Vergewaltigung gehandelt. Aber die öffentlich zugängliche Mitteilung der Polizei findet so gut wie keine Beachtung im Netz. Weil sie das bereits betonierte Weltbild nur unnötig stören würde.

Einen dreistelligen Millionenbetrag lässt es sich die Putin-Regierung in Moskau pro Jahr kosten, über soziale Netzwerke massiv Einfluss auf das Weltbild der Russlanddeutschen zu nehmen. Es geht nicht um Faktenvermittlung zur Meinungsbildung. Es geht vielmehr um Erzählungen, die geeignet erscheinen, Zweifel an der demokratischen Gesellschaft und ihren Spielregeln zu säen, Misstrauen gegenüber dem deutschen Staat und seinen Institutionen zu schüren, die Glaubwürdigkeit der traditionellen Medien in Deutschland zu untergraben. Es geht dabei um nichts weniger als um die Deutungshoheit der gesellschaftlichen und politischen Gegenwart in Deutschland. Die Erzählungen sollen einen neuen Kontext schaffen, Verunsicherung, Angst, Empörung und schließlich Hass erzeugen.

Die eigens für die Russlanddeutschen erstellten Beiträge werden immer wieder dankbar von der AfD aufgegriffen und fleißig im Netz verbreitet. Denn die AfD hat die 1,96 Millionen wahlberechtigten russischen Spätaussiedler längst als attraktive Zielgruppe für sich entdeckt.

Um emotionsgeladene Erzählungen und alternative Fakten effizient im Netz zu verbreiten und deren Wirkung gezielt zu steuern, greifen weltweit immer mehr Auftraggeber auf die Dienstleistung eines darauf spezialisierten Unternehmens zurück:

ThinkContent.

Das Unternehmen gewährte dem Kunden im Fall Nadja bei Rechnungsstellung einen großzügig bemessenen Rabatt. Die im Vertrag zugesicherten zwei Millionen Zugriffe im Netz wurden zwar nur knapp unterschritten, aber die vertraglich zugesicherte Mobilisierung von 50 000 Demonstrationsteilnehmern wurde bei weitem nicht erreicht.

ThinkContent lernt daraus.

ThinkContent lernt permanent dazu.

52

Monsignore Josemaría Salgado de Álvarez y Albás, Doktor der Jurisprudenz und Doktor der Heiligen Theologie, Professor für Römisches Recht und Ehrendekan der Universität von Granada, Ehrenmitglied der Päpstlichen Akademie, Konsultor der Studienkongregation, Mitglied des Colegio de Aragón, Doktor honoris causa der Universität von Navarra, Träger des Großkreuzes Isabel La Católica de Castilla y León, Ehrenbürger der altkastilischen Stadt Ávila und Generalpräsident der Frommen Bruderschaft der Heiligen Agatha, ist alles andere als erfreut über das, was ihm sein Sekretär soeben mitteilt.

«Doch wohl nicht wieder diese ...»

«Doch, Monsignore. Die Katalonien-Korrespondentin von *El País*, die kürzlich per Mail um einen Termin ersucht hat.»

«Und die sitzt jetzt unten im Foyer? Was bildet die sich ein? Lassen Sie die Dame augenblicklich hinauswerfen!»

«Sie sagt, sie möchte Ihnen die einmalige Gelegenheit einräumen, mit ihr zu sprechen.»

«Was für eine Unverfrorenheit. Sie sollten ihr doch keinen Termin geben.»

«Sie hat ja auch keinen Termin.»

«Und ist trotzdem ... einfach so? Was für eine unverschämte Person. Was für eine ...»

«Sie sagt, es sei nur ein Angebot.»

«Ein Angebot?»

«Sie sagt, sie habe nun auch ohne unsere Unterstützung alle Informationen beisammen, die sie brauche. Ihr Bericht erscheine in Kürze, eine ganze Seite in der auflagenstarken Samstagsausgabe, die Redaktion von *El País* halte dies angesichts der Brisanz des Themas für angemessen. Aber sie betrachte es als ein Gebot journalistischer Fairness, Ihnen, Monsignore, vor Veröffentlichung die Gelegenheit zur Stellungnahme ...»

«Einen Teufel werde ich tun!»

«Ferner sagt sie, dem Gebot journalistischer Fairness sei bereits Genüge getan, sobald sie Ihnen dieses Angebot unterbreitet hat. Unabhängig davon, ob Sie es annehmen oder nicht. Dann werde sie eben wahrheitsgemäß schreiben, dass Sie, Monsignore, zu einer Stellungnahme nicht bereit waren.»

«Was für eine Frechheit. Das ist Erpressung!»

«Das ist übliche journalistische Gepflogenheit.»

«Was raten Sie mir?»

«Ich denke, Sie sollten mit ihr sprechen. Vielleicht bietet sich Ihnen ja so die Gelegenheit, eine differenziertere Darstellung der Umstände zu erzielen.»

«Können wir die Dame noch ein paar Tage vertrösten? Sagen Sie ihr, sie soll ihre Fragen gefälligst vorab schriftlich einreichen.»

«Ich fürchte, darauf wird sie sich nicht einlassen.»

«Wieso das?»

«Weil sie mir genau das prophezeit hat. Sie sagt, sie sei nur an einem persönlichen Gespräch interessiert. Sie sei derzeit noch auf Familienbesuch hier in Andalusien, müsse aber bald wieder zurück nach Barcelona. Um die Veröffentlichung vorzubereiten.»

Salgado denkt nach. Kalkuliert wie ein Schachspieler die Möglichkeiten. Salgado ist ein schneller Denker. Ein erstklassiger Analytiker.

«Gut. Bringen Sie diese Person her.»

Zehn Minuten später erscheint der Sekretär mit einer Frau im anthrazitfarbenen Hosenanzug.

Salgado erhebt sich hinter seinem Schreibtisch und geht ihr entgegen. «Guten Morgen, Señora. Ich bin untröstlich, dass Sie so lange warten mussten. Aber ich bin im Augenblick sehr beschäftigt. Ich hoffe, unsere spontane Unterredung wird nicht allzu viel Zeit in Anspruch nehmen.» Er deutet auf den Konferenztisch mitten im Raum. «Bitte nehmen Sie Platz. Kann ich Ihnen etwas anbieten? Einen Kaffee vielleicht?»

«Ein Wasser. Das wäre nett.»

Der Sekretär verschwindet.

Das gibt Salgado Zeit, seinen Gast zu studieren.

Sie ist hübsch.

Nein, sie ist eine Schönheit.

Salgado weiß, dass Männer gewöhnlich dazu neigen, schöne Frauen zu unterschätzen. Vor allem mächtige Männer neigen dazu. Nicht weil schöne Frauen weniger intelligent wären als durchschnittlich aussehende Frauen. Sondern weil schöne Frauen in der Regel das Kämpfen nicht gelernt und nicht trainiert haben. Weil sie aufgrund ihrer Schönheit in der Regel selten um etwas kämpfen mussten in ihrem Leben.

Jede Regel kennt ihre Ausnahmen.

Salgado spürt instinktiv, dass Felipa Vidal Romero zu den Ausnahmen zählt.

Der Sekretär kehrt mit einer Karaffe und zwei Gläsern auf einem Silbertablett zurück. Felipa Vidal Romero schenkt ihm ein dankbares Lächeln und schaltet es augenblicklich wieder ab, als sie sich Salgado zuwendet:

«Monsignore, Sie sind neben Ihren zahlreichen weiteren kirchlichen und akademischen Ämtern der Generalpräsident der Frommen Bruderschaft der Heiligen Agatha ...»

«Seit sieben Monaten, um korrekt zu sein. Wenn die göttliche Fügung es verlangt, kann man sich nicht ...»

«In der ersten Dekade des neuen Jahrhunderts entzog der frisch gewählte sozialistische Ministerpräsident José Luis Rodríguez Zapatero in aller Stille, unter dem Radar der Öffentlichkeit, also ganz im Geiste der *transición*, der Frommen Bruderschaft der Heiligen Agatha die Lizenz zur Inobhutnahme Minderjähriger. Die Bruderschaft musste ihre Waisenhäuser, ihre Besserungsanstalten für Knaben und ihre Eliteinternate schließen oder an andere, vom Staat lizenzierte Träger übergeben.»

«Eine alte Geschichte.»

«Wie man's nimmt. Das war gerade mal vor 15 Jahren.»

«Die Sozialisten hatten die fixe Idee ...»

«... Staat und Kirche stärker zu trennen. Sozusagen eines der letzten gesellschaftspolitischen Vermächtnisse des franquistischen Regimes endgültig abzuschaffen.»

«Dabei war das harmonische und kooperative Verhältnis von Kirche und Staat über viele Jahrzehnte ein Segen für Spanien.»

«Manche sehen das so, andere sehen das anders.»

«Señora, ich fürchte, Sie sind zu jung, um das beurteilen zu können. Sie scheinen über unseren Orden recht wenig zu wissen.»

«Was kein Wunder ist. Ihre Bruderschaft agierte bislang mindestens ebenso sektiererisch wie das Opus Dei. Bitte korrigieren Sie mich, wenn ich etwas Falsches sage: Die Bruderschaft hatte es sich so wie der ewige Konkurrent Opus Dei zum Ziel gesetzt, den Nachwuchs für die Schlüsselpositionen der spanischen Gesellschaft heranzuziehen und nach eigenen Vorstellungen zu formen. Um auf diese Weise die spanische Gesellschaft zu formen.»

«In der Tat haben wir lange Zeit sehr viel Geld und Energie in die Bildung und Ausbildung junger Menschen investiert. Was sollte dagegen einzuwenden sein?»

«Neben Zapateros Ziel, Kirche und Staat stärker zu trennen, gab es aber damals einen weiteren Grund, Ihnen die Bildungseinrichtungen wegzunehmen, nicht wahr?»

Salgado schweigt.

Er ahnt, was kommt.

«Monsignore, Sie wissen das sicher besser als ich. Es stand der Vorwurf im Raum, in den Besserungsanstalten der Frommen Bruderschaft seien jahrzehntelang minderjährige Schutzbefohlene körperlich und seelisch misshandelt sowie sexuell missbraucht worden.»

«Ein Vorwurf, der nie bewiesen wurde.»

«Klar. Wie auch? Es kam ja nie zu offiziellen Ermittlungen, geschweige denn zu einem ordentlichen Gerichtsverfahren. Weil sich die Bruderschaft in aller Eile und in aller Stille mit dem Staat einigte und sämtliche Einrichtungen aufgab.»

«Es gab von unserer Seite nie ein Schuldeingeständnis!»

«War ja auch nicht nötig. Weil man Ihnen freundlicherweise die Möglichkeit eröffnete, alles unter den Teppich zu kehren. Aber jetzt wäre ein Schuldeingeständnis durchaus angebracht. Deshalb bin ich hier, Monsignore. Um Ihnen die Chance einzuräumen, sich im Namen der Bruderschaft zu dem geschehenen Unrecht zu bekennen und die Opfer öffentlich um Verzeihung zu bitten. Der sexuelle Missbrauch minderjähriger Schutzbefohlener durch Vertreter der katholischen Kirche ist derzeit weltweit ein großes Thema. *El País* wird aufzeigen, dass es auch in Spanien in bisher ungeahntem Ausmaß massenhaft zu diesem Unrecht, zu diesem Verbrechen gekommen ist, ohne dass die Öffentlichkeit bislang davon in ausreichendem Maße erfahren durfte. Und dass Ihre Bruderschaft dabei eine Schlüsselrolle spielte.»

«Haben Sie dafür Beweise?»

«Natürlich. Sonst stünden wir ja nicht unmittelbar vor der Veröffentlichung. Dokumente. Fotos. Zeugenaussagen.»

«Würden Sie mir diese Beweise freundlicherweise vorlegen?»

«Wozu? Sie wissen doch, was geschehen ist.»

«Wie ich bereits eingangs erwähnte, bin ich erst seit gerade mal sieben Monaten in diesem Amt.»

«Sie waren zuvor fünf Jahre lang stellvertretender Generalpräsident, davon die letzten beiden Jahre kommissarischer Generalpräsident der Bruderschaft, weil Ihr inzwischen verstorbener Vorgänger schon unter fortschreitender Demenz litt. Sie waren einige Jahre Direktor eines Eliteinternats der Bruderschaft in Burgos und von 2002 bis 2009 Kämmerer der Bruderschaft ...»

«Soweit ich mich erinnere, wurden unserem Haus in Burgos nie solche Vorwürfe gemacht.»

«Das wundert mich nicht. Sollte es mich wundern? Die pädagogischen Einrichtungen der Bruderschaft spiegelten die spanische Zweiklassengesellschaft wider. Auf der einen Seite gab es die Eliteinternate für die männlichen Sprösslinge der Oberschicht. Die Kaderschmiede für die künftigen Eliten. Das üppige Schulgeld konnten sich nur wohlhabende Eltern leisten. Wenn wir mal die Stipendien außer Acht lassen, die Sie gelegentlich an Hochbegabte aus unteren Einkommensschichten vergaben.»

Nichts lässt sich in ihrem schönen Gesicht lesen. Freundlichkeit verfängt offenbar nicht bei ihr. Und mit Schmeicheleien, Komplimenten und jovialem Schulterklopfen, nach wie vor die billigsten Werkzeuge der Bestechung, hat er es gar nicht erst versucht, weil er spürt, dass sie dafür nicht empfänglich ist. Also schlägt er zur Abwechslung einen schärferen Ton an:

«Klingt da etwa eine Spur Sozialneid durch? Was haben Sie denn dagegen einzuwenden?»

«Gar nichts. Um ehrlich zu sein: Es interessiert mich nicht. Im Augenblick jedenfalls nicht. Mich interessiert die andere

Seite. Die Waisenhäuser und die Besserungsanstalten. Die Kosten für deren Bewirtschaftung ließ sich die Bruderschaft vom Staat erstatten.»

«Wir haben daran so gut wie nichts verdient. Die Zuwendungen haben gerade so unsere Kosten gedeckt.»

«Auch das interessiert mich nicht. Mich interessiert vielmehr die spezielle Klientel: Kinder aus dem Subproletariat, Kinder von Alkoholkranken und Drogensüchtigen. Außerdem Kinder von politisch Missliebigen, die während der Diktatur im Gefängnis saßen oder als Zwangsarbeiter in den Fabriken oder im Straßenbau schufteten. Und Kinder, die man ihren ledigen, früh verwitweten oder minderjährigen Müttern weggenommen hatte. Allesamt Kinder mit hoher Vulnerabilität und geringer Resilienz. Die perfekten Opfer. All diese Kinder hatten keine Lobby. Niemand hätte ihnen zugehört. Außerdem lagen diese speziellen Einrichtungen der Bruderschaft weit entfernt von jeglicher Zivilisation und damit außerhalb der öffentlichen Wahrnehmung. So wie zum Beispiel die Besserungsanstalt für Knaben in der Sierra de Tejeda.»

Salgado schweigt. Die Journalistin hat aber offenbar auch keinen Kommentar an dieser Stelle erwartet.

«Monsignore, waren Sie mal dort?»

«In der Sierra de Tejeda?»

«In der Anstalt.»

«Nein. Wozu? Sie ist ja seit geraumer Zeit geschlossen.»

«Seit 2006, um genau zu sein. Sie wurde geschlossen, als Sie Kämmerer der Bruderschaft waren. Die Verschiebung des Personals, die Abwicklung des Inventars und die Kosten des Umzugs sind damals doch wohl sicher durch Ihre Bücher gelaufen. Alles von Wert wurde abtransportiert. Das Interieur der Kapelle, die wertvollen Möbel aus dem Direktorenzimmer. Die Bibliothek. Natürlich auch sämtliche Akten. Aber im Keller des Hauptgebäudes kann man noch die winzigen Arrestzellen besichtigen. Massive Türen, massive Schlösser, wie man das aus Justizvollzugsanstalten kennt. Aus den Haftanstalten für Schwerverbrecher.»

Die Journalistin greift in ihre Tasche und zieht ein Laptop hervor. Sie klappt es auf. Sie muss nicht lange suchen.

«Außerdem gab es im Keller einen Raum, dessen Funktion sich nur mit etwas Fantasie erschließt.»

Sie dreht das Laptop um 180 Grad. Salgado spürt, wie der Blick der Frau über den Bildschirm hinweg auf seinem Gesicht ruht, während er das bildschirmfüllende Foto betrachtet. Er gibt sich Mühe, nicht die geringste emotionale Reaktion zu zeigen.

«Nennt man das nicht Hausfriedensbruch?»

«Der Hausfriede. Ein interessantes Wort in diesem Zusammenhang. Gegenfrage: Nennt man das, was jahrzehntelang im Keller dieses Hauses geschah, nicht Freiheitsberaubung, schwere Körperverletzung, Nötigung, Vergewaltigung? Sollte Ihnen das Anwesen immer noch gehören, steht es Ihnen ja frei, uns nach Veröffentlichung der Fotos zu verklagen.»

«Señora, warum können Sie die Vergangenheit nicht einfach ruhen lassen? Das interessiert doch niemanden mehr!»

«Verzeihung, Monsignore, aber die Entscheidung über die öffentliche Relevanz liegt in der alleinigen Verantwortung der Redaktion. Am Ende werden unsere Leser zu entscheiden haben, ob sie den Bericht über das Geschehene für relevant erachten oder nicht. Und da bin ich recht zuversichtlich.»

«Sie sind noch jung. Sie haben möglicherweise noch eine beeindruckende Karriere vor sich. Warum wollen sie die unnötig gefährden? Sie ahnen vermutlich nicht, was Sie da lostreten würden. Und welche Konsequenzen das auch für Sie persönlich haben könnte. Deshalb rate ich Ihnen: Lassen Sie die Finger davon. Denn juristisch ist das alles längst verjährt.»

«Na, dann müssen Sie sich ja keinerlei Sorgen über die Veröffentlichung machen. Schließlich sind Sie Jurist und können das zweifellos besser beurteilen als ich. Obwohl ... ich bin mir als juristischer Laie nicht ganz so sicher wie Sie. Meines Wissens wurden die entsprechenden Gesetze vor ein paar Jahren modifiziert. Seither beginnt die Verjährungsfrist bei sexuellem Missbrauch erst mit der bewussten Erinnerung der Opfer. Erst wenn die während der Kindheit abgespaltenen und ins Unterbewusste verdrängten traumatischen Erlebnisse an die Oberfläche dringen. Vielleicht hilft die Veröffentlichung in unserer Zeitung manchen Opfern, sich zu erinnern.»

«Die Einrichtung hat meines Wissens seit den vierziger Jahren des vergangenen Jahrhunderts existiert. Viele der damaligen ... Erzieher sind doch längst nicht mehr unter den Lebenden. Sie haben sich längst vor Gott verantworten müssen.»

«Und schmoren hoffentlich in der Hölle. Andere hingegen erfreuen sich noch bester Gesundheit. Die Anstalt wurde ja erst vor 15 Jahren geschlossen. Vielleicht interessiert sich nicht nur das Jüngste Gericht, sondern nach der Veröffentlichung in *El País* auch ein irdisches Gericht für die noch lebenden Täter.»

«Was wollen Sie?»

«Den Opfern, denen großes Unrecht widerfahren ist, öffentliche Genugtuung verschaffen. Und jenen, die das möchten, anschließend in einer weiteren Veröffentlichung eine Bühne geben. Und mit Hilfe der Opfer die Täter identifizieren. Und Ihnen, Monsignore, will ich die Chance einräumen, sich zu den Vorfällen zu äußern. Damit Sie im besten Falle die Opfer im Namen der Bruderschaft öffentlich um Verzeihung bitten und ihnen eine angemessene finanzielle Entschädigung anbieten ...»

«Glauben Sie etwa allen Ernstes, Unrecht lasse sich mit Geld ...»

«Damit sich die Opfer zum Beispiel eine Therapie leisten können. Oder bei dauerhafter Arbeitsunfähigkeit durch die erlittenen seelischen Verletzungen ihr restliches Leben halbwegs in Würde bestreiten können.»

«Haben Sie eine Ahnung, was das kosten würde?»
«Viel Geld, nehme ich an. Kommt natürlich auf die Zahl der Opfer an. Aber das wissen Sie vermutlich besser als ich. Finden Sie das etwa nicht gerechtfertigt?»
«Ich bin nicht willens, das Thema hier und heute mit Ihnen zu erörtern.»
«Müssen Sie ja auch nicht. Ich räume Ihnen eine Woche Bedenkzeit ein. Sie können mir Ihre Stellungnahme gern auch per Mail zukommen lassen.»
Sie schiebt ihm ihre Visitenkarte über den Tisch entgegen. Er fasst sie nicht an, sieht nicht einmal hin.
«War's das, Señora?»
«Nein. Noch nicht ganz. Es gibt einen weiteren Grund, weshalb ich heute hier bin. Ich würde gern mit Ihnen über etwas sprechen, was sich in der Sierra de Tejeda zugetragen hat.»
Die Journalistin zieht das Laptop wieder zu sich heran. Sekunden später dreht sie es wieder herum, damit Salgado auf den Bildschirm blicken kann.
Ein Foto. Ein Friedhof. Ein schlichtes Holzkreuz.

   Juan Carlos Vidal Romero
   * 18. November 1979
   † 21. Dezember 1995

«Mein Bruder. Er wurde an seinem achten Geburtstag aus unserem Heimatdorf abtransportiert. In die Besserungsanstalt für Knaben in der Sierra de Tejeda. Beantragt hatte das Miguel Fuentes Ortega, damals der Pfarrer in Frigiliana und außerdem Mitglied der Frommen Bruderschaft der Heiligen Agatha, wie ich inzwischen herausfinden konnte. Auf Anordnung des Erzbistums Granada holten zwei Mitglieder der Bruderschaft in Begleitung von zwei Soldaten der Guardia Civil meinen Bruder ab. Seither gab es kein Lebenszeichen mehr von ihm.»

Salgado weiß es besser. Aber er sagt nichts. Der vorgefertigte Standardbrief in kindlicher Schönschrift, der damals routinemäßig an die Angehörigen ging. Nicht an die Politischen in den Gefängnissen. Aber an alle anderen.

Es geht mir gut. Aber ich brauche nun Zeit, um meine Seele zu läutern. Ich bin dankbar, dass man mir diese Zeit schenkt.

Heute würde man das sicher anders formulieren. Zu dem Brief gehörte das obligatorische Foto mit den bereits eingekleideten Neuankömmlingen unter dem Bild der Märtyrerin.

«Es waren andere Zeiten, Señora.»

«Das kann man wohl sagen, Monsignore. Es war die Zeit, als der Dorfpfarrer, die höchste moralische Instanz in Frigiliana, meine ledige Mutter verführte und schwängerte, ohne Gefahr zu laufen, sich jemals zu dieser Vaterschaft bekennen zu müssen. Man besorgte meiner Mutter noch während der Schwangerschaft flugs einen Ehemann, schob ihm das Kind unter oder aber bezahlte ihn für sein Schweigen. Und als der Mann sich dummerweise aus dem Staub machte, schaffte der Pfarrer meinen Bruder in die Besserungsanstalt. Aus den Augen, aus dem Sinn.»

«Was wollen Sie? Geld?»

«Behalten Sie Ihr Geld. Sie werden es brauchen, um all die Opfer zu entschädigen. Jene, die überlebt haben. Wissen Sie, wie viele Kinder auf diesem Friedhof begraben wurden? Wie viele Kinder diese Anstalt nicht überlebt haben? Gestorben an Mangelernährung. An Lungenentzündung. An nicht behandelten Erkrankungen. An den Folgen körperlicher Gewalt.»

Salgado schweigt. Sein Sekretär rutscht nervös auf seinem Stuhl herum. Was hat er nur? Auf alle Fälle keine Nerven für so etwas. Muss noch viel lernen, der junge Mann.

«Ich will kein Geld, Monsignore. Ich will Informationen!»

«Informationen? Welche Informationen?»

«Über meinen Bruder.»

«Ihren Halbbruder, wenn ich Sie richtig ...»

«Über meinen Bruder! Woran ist er gestorben? Ich will eine Kopie des Totenscheins, seine Krankenakte, seine Schulzeugnisse ...»

«Ich weiß nicht, ob wir ...»

«Außerdem will ich wissen, ob er tatsächlich tot ist.»

«Wie meinen Sie das, Señora?»

«Sie haben doch auf dem Foto die Inschrift mit dem Todesjahr gesehen. Demnach müsste das Holzkreuz seit mehr als zwanzig Jahren auf dem Friedhof stehen. Aber es steht zweifelsfrei erst seit maximal zwei Jahren dort.»

«Wie kommen Sie darauf, dass ...»

«Es wurde von einem Forensiker untersucht.»

Der Sekretär macht sich fleißig Notizen. Salgado nimmt sich vor, ihn deshalb später zurechtzuweisen.

«Und wenn ich Ihnen diese Informationen beschaffe ...»

Salgado legt eine Kunstpause ein. Er hofft, dass die Journalistin seinen Halbsatz vervollständigt.

Macht sie nicht. Sie runzelt die Stirn und schweigt.

«... nehme ich an, Señora, dass Sie im Gegenzug auf die Veröffentlichung Ihres Berichts verzichten?»

«Monsignore, das hier ist kein Kuhhandel. Ich bin nicht bestechlich. Der Bericht über das Schicksal der Kinder in den Häusern der Bruderschaft wird auf alle Fälle erscheinen. Ob mit oder ohne Ihre Stellungnahme. Aber wenn Sie mir die Informationen über meinen Bruder in dem Umfang und in der Vollständigkeit liefern, die ich Ihnen eben skizziert habe, verzichte ich im Gegenzug darauf, in meiner Reportage die Geschichte meines Bruders zu thematisieren. Samt der für die Kirche nicht eben schmeichelhaften Geschichte seiner Zeugung.»

Salgado ist ein schneller Denker.

«Ich kann mir beim besten Willen nicht vorstellen, dass Sie

das Ansehen Ihrer Mutter öffentlich in den Dreck ziehen würden.»

Ein erstklassiger Analytiker.

«Das Ansehen meiner Mutter hat die Kirche bereits vor 38 Jahren in den Dreck gezogen.»

Salgado studiert sie aufmerksam. Durchbohrt sie mit seinem Blick. Sie hält dem eine Weile stand.

Erstaunlich lange sogar.

Aber nicht lange genug.

Sie ist ziemlich gut.

Aber nicht gut genug.

Nicht gut genug, um Josemaría Salgado de Álvarez y Albás zu übertöpeln. Er hat genug gesehen.

Kein Zweifel: Sie blufft nur.

Niemals würde sie die Geschichte ihrer Mutter, die Geschichte ihrer eigenen Familie veröffentlichen. Es würde ihrem journalistischen Ethos widersprechen. Und dem ihrer Zeitung.

Schöne Frauen. Er hat sie nicht unterschätzt.

Aber wohl doch ein wenig überschätzt.

Salgado sieht auf die Uhr und erhebt sich von seinem Stuhl.

«Señora, ich denke, es ist alles gesagt. Bedauerlicherweise wartet schon der nächste Termin auf mich. Mein Sekretär wird Sie hinausbegleiten.»

53

Ich habe es vergeigt.

Ich habe es gründlich vergeigt, denkt Felipa, als sie neben dem Sekretär die marmornen Stufen hinuntergeht.

Solche Treppen sind für Leute gebaut worden, die nicht wie ich einfach hinuntergehen, sondern die hinabschreiten, denkt sie, um sich abzulenken. Hinabschweben. Der ganze Bau strahlt vor allem eines aus: Macht und Kälte. Damit sich die Besucher, diese armseligen Bittsteller, ganz klein und unbedeutend vorkommen.

Aber die Ablenkung funktioniert nicht, der Gedanke holt sie augenblicklich wieder ein: Ich habe es vergeigt.

Als sie das Foyer im Erdgeschoss durchqueren, legt der Sekretär mit einem Mal einen Schritt zu, um noch vor ihr die mächtige Eichentür zu erreichen, sie aufzustoßen und ihr aufzuhalten.

Sieh an: ein Kavalier.

Oder ihn plagt das schlechte Gewissen.

Okay. Eine vage Möglichkeit. Ein letzter Versuch.

Vergeig es nicht noch mal, Felipa.

«Auf Wiedersehen, Señora.»

Er reicht ihr die Hand.

Sie ergreift sie und lässt sie nicht mehr los. Seine Hand fühlt sich angenehm an. Trocken, fest, warm.

«Auf Wiedersehen? Sehen wir uns denn wieder?»

Felipa sieht ihm tief in die Augen.

Er setzt zu einer Antwort an, einer Antwort, die ihr nicht passen wird, das spürt sie, irgendeine höfliche, vielleicht auch charmante, aber unverbindliche Floskel. Deshalb kommt sie ihm zuvor:

«Wie heißen Sie eigentlich?»

«Rafael. Ich bin ...»

Nicht zu Wort kommen lassen. Noch nicht.

«Rafael. Ein schöner Name. Er passt zu Ihnen!»

Sie hält immer noch seine Hand. Ganz beiläufig, als hätte sie lediglich vergessen, sie wieder freizugeben. Ein attraktiver Mann. Selbst in der Soutane. Hatte es so auch damals mit ihrer Mutter und diesem Dorfpfaffen angefangen? Du spinnst, Felipa. Konzentrier dich!

«Wie alt sind Sie, Rafael?»

«Genauso alt wie Sie, Señora.»

«Oh. Ich verstehe. Sie haben Erkundigungen über mich eingezogen. Natürlich. Das ist ja Ihr Job. Was außer meinem Alter wissen Sie denn noch über mich?»

«Meine Aufgabe ist es ...»

«Rafael: Wann machen Sie Mittagspause? Oder hat man die Siesta in Granada inzwischen abgeschafft?»

«Nein, das nicht. Aber heute ist es ...»

Er weicht ihrem Blick aus. Sieht sich verstohlen um. Vermutlich um zu überprüfen, ob schon ein Trupp Geheimagenten der heiligen Inquisition hinter den Säulen lauert. Felipa sorgt dafür, dass er sie wieder ansieht. Ist nicht so schwierig.

«Rafael, sehen Sie das Café dort drüben? Auf der anderen Seite der Plaza Nueva? Dort finden Sie mich. Ich warte auf Sie. Den ganzen Tag. Bis heute Abend, wenn es sein muss.»

54

Alejandro ist schon auf dem Weg zurück ins Zentrum, als ihn die SMS seiner Schwester erreicht:
Bitte kreuz jetzt auf keinen Fall am Treffpunkt auf. Bin nicht alleine. Melde mich wieder. F.
Also klappert Alejandro die Antiquariate in den Gassen rund um die Kathedrale ab und kauft schließlich ein Buch über die Geschichte des Alcázar von Sevilla. Als er Madrid nach vier Jahren Studium und dem Examen in der Tasche verließ und nach Sevilla zog, waren ihm die ersten Monate vorgekommen wie der Einzug ins Paradies. Madrid hatte er als laut, hektisch und abweisend erlebt. Sevilla hingegen empfing ihn mit offenen Armen. *Maravillosa Sevilla.* Bis er feststellte, dass das Leben auch in Sevilla keineswegs einer ganzjährigen *fiesta* ähnelt, obschon die Bewohner der Stadt genau davon felsenfest überzeugt sind. Er fand keinen festen Job dort, jedenfalls keinen, für den er einen Universitätsabschluss benötigt hätte. Dann stellte er fest, dass Einsamkeit besonders schwer zu ertragen ist, wenn man ständig von feiernden Menschen umgeben ist, die sich alle Mühe geben, glücklich zu wirken.

Granada ist anders: nicht so arrogant wie Madrid, nicht so oberflächlich wie Sevilla. Alejandro setzt sich ins verwaiste Hauptschiff der angenehm kühlen Kathedrale und blättert geistesabwesend in seiner Neuerwerbung.

Was ist passiert?

Mit wem sitzt Felipa jetzt im Café?

Auf der Empore spielt jemand Orgel. Bach. Erst fühlt sich das gut an. Alejandro liebt Bach, und der Organist macht seine Sache gut. Aber nach einer Weile fühlt er sich von der addierten Monstrosität der Architektur und der Musik schier erdrückt. Also flüchtet er in eine winzige Bar am alten Seidenmarkt.

Die Wände sind mit Reproduktionen historischer Stierkampfplakate tapeziert. Aus dem Radio plärrt billiger Wegwerf-Pop. Aber die junge Frau hinter der Theke ist nett. Sie trägt ein halbes Dutzend Piercings im Gesicht. Sie flirtet ganz ungeniert mit ihm. Bis sie von ihrem griesgrämigen Vater abgelöst und in die Küche verbannt wird.

Alejandro isst ein Stück Tortilla und trinkt ein Glas Weißwein, während er sich wieder in seine Lektüre vertieft.

Bis Felipa sich meldet:

Bin wieder allein. Bis gleich. F.

Also zahlt er seine Rechnung und macht sich auf den Weg zum Café an der Plaza Nueva.

Sie sitzt am letzten Tisch des langen, schmalen Raumes.

Sie wirkt zerstreut. Irritiert. Verstört.

«Du hattest also Gesellschaft? Ich bin gespannt.»

«Bitte fang du an, Alejandro.»

«Das ist ziemlich schnell erzählt. Ein schäbiges Bürogebäude. Ein Aufzug, der aussah, als stammte er aus der Pionierzeit der Industrialisierung. Also hab ich lieber die Treppe in den vierten Stock genommen. An der Tür klebte ein schon arg vergilbtes Schild aus Pappe, die Schrift verblasst und kaum noch zu entziffern: *Termine nur nach Vereinbarung.* Die Tür war verschlossen. Auch auf mehrmaliges lautes Klopfen reagierte niemand. Also bin ich ins Nachbarbüro spaziert. Die Kanzlei eines Notars. Seine Sekretärin freute sich offenbar über etwas Abwechslung. Jedenfalls war sie ganz redselig. Sie sagte, in dem gesamten Bürogebäude residierten ausnahmslos Ärzte, Architekten, Rechtsanwälte und Notare, die das 70. Lebensjahr sowie den Zenit ihrer Schaffenskraft weit überschritten hätten und jeden Tag verzweifelt auf Kundschaft warteten, um ihre Altersbezüge aufzubessern. Aber den Psychiater von nebenan, den habe sie schon seit Monaten nicht mehr gesehen. Und Patienten habe der auch keine mehr. Das wisse sie mit Bestimmtheit zu sagen. Das bekomme sie nämlich zwangsläufig mit, bei den dünnen Zwischenwänden. Früher, da habe sie schon mal gehört, wie Patienten nebenan Weinkrämpfe bekamen. Oder Wutanfälle. Aber seit mindestens zwei Jahren sei nebenan Totenstille.»

«Nie und nimmer war deine Maria dort Patientin.»

«Sie war nicht meine Maria. Sie war eine Kollegin.»

«Mach mir und dir doch nichts vor, Alejandro. Leider hast du erst durch ihren Tod begriffen, was sie dir bedeutet hat.»

Er spürt die latente Verstimmtheit seiner Schwester. Die unterschwellige Aggressivität. Für die er vermutlich nicht die Ursache ist, sondern nur das Ventil. Die eigenen Kinder und Geschwister eignen sich besonders gut als Ventil. Weil sie nicht weglaufen können. Im Gegensatz zu Ehepartnern.

«Soll mein vermeintliches Liebesleben jetzt von deinem eigenen verkorksten Liebesleben ablenken, oder was?»

Es ist ihm so rausgerutscht. Er kann es nicht mehr ungeschehen machen. Sie schweigen sich eine Weile an. Felipa, die Starke. Sie wirkt mit einem Mal so verletzlich.

Alejandro greift nach ihrer Hand.

«Tut mir leid.»

«Nein, ist schon gut. Du hast ja recht.»

«Was hast du rausgefunden?»

«Alejandro, ich habe mich überschätzt. Mich, meine Berufserfahrung, meine Menschenkenntnis, meinen Mut, meine Kraft und meine Intelligenz. Jedenfalls bin ich einem Typen wie Monsignore Salgado nicht gewachsen.»

«Das glaub ich nicht.»

«Ist aber so. Salgado wird nichts über Juan Carlos rausrücken. Außerdem wird er sich auf keinen Fall in *El País* zu den Verbrechen in der Besserungsanstalt äußern. Der Monsignore wird die Veröffentlichung von seinen teuren Anwälten sorgfältig sezieren lassen und ansonsten, wenn juristisch nichts zu bemängeln sein sollte, die Sache einfach aussitzen. Es wird vielleicht ein bisschen Aufregung geben, ein paar Tage lang im besten Falle, die Opposition wird den Sozialisten vorwerfen, dass sie damals alles um des lieben Friedens willen unter den Teppich gekehrt haben, die PSOE wird damit kontern, dass die Konservativen das Thema zuvor, während ihrer Regierungszeit, erst gar nicht angepackt und damit das Leid unzähliger Kinder mit verschuldet haben, dann wird das Thema wieder in der Versenkung verschwinden. Salgado weiß ganz genau, wie wenig eine einzelne Tageszeitung in dieser schnelllebigen, hysterischen Zeit noch ausrichten kann. Wir setzen keine politische Agenda mehr.»

«Felipa, jetzt sieh doch mal nicht so schwarz!»

«Ich sehe nicht schwarz, ich bin nur realistisch. Unsere Auflage schrumpft, unsere Reichweite schrumpft. Weil sich immer mehr Menschen mit kostenlosen Fastfood-Informationen aus fragwürdigen Quellen im Netz begnügen.»

«Aber wie ich dich kenne, ist das noch nicht die große Neuigkeit des Tages, die du zu bieten hast.»

«Ich berichte vom Todesstoß für den Qualitätsjournalismus, vom Exitus meines Berufsstandes, und du fragst nach Ergebnissen! So kenne ich dich gar nicht. Normalerweise bist du doch derjenige, der zu weitschweifigen Erklärungen neigt.»

«Felipa, ich bin sicher, du wirst eine erstklassige Story schreiben. Die an die Nieren geht. Die zu Herzen geht. Du hast in kürzester Zeit drei Überlebende ausfindig gemacht, die bereit sind, dir ihre Erlebnisse in der Besserungsanstalt zu offenbaren, du hast den alten Hausmeister dazu gekriegt, dir sein Vertrauen zu schenken und mit vollem Namen seine Beobachtungen in der Zeitung zu schildern, außerdem erscheint dein Text zusammen mit den beeindruckenden Fotos von Lis in der besten Zeitung Spaniens ...»

«Ja und? Die mächtige Bruderschaft wird auch das überleben.»

«Mit wem hast du dich eben getroffen?»

«Egal.»

«Felipa!»

«Mit Rafael. Monsignore Salgados Sekretär.»

«Nachdem du mit Salgado ...»

«Ja. Salgados Büro hättest du mal sehen müssen. So groß wie ein Tanzsaal. Die Möbel. Die Deckenmalerei. Der Schreibtisch. Die Bücher. An der Wand hängt ein echter Goya. Das war schon eine beeindruckende Demonstration der alten Macht.»

«Wie hast du denn seinen Sekretär zum Nachsitzen im Café überredet? Hast du ihm mit dem ewigen Fegefeuer gedroht?»

«Spielt das eine Rolle?»

«Keine Ahnung. Hätte mich nur interessiert.»

«Nein, es spielt keine Rolle. Und mir ist gerade nicht nach Scherzen zumute. Rafael ist mit den Nerven am Ende. Es zerreißt ihn. Er denkt darüber nach, den Orden zu verlassen. Seine spirituelle Heimat. Das ist nicht so einfach wie der Austritt aus einem Sportverein. Jedenfalls hatte Salgado ihn nach meiner ersten Terminanfrage beauftragt, ein Dossier zu erstellen, in den Archiven zu forschen, über die Anstalt und über unseren Bruder. Was er dabei zutage gefördert hat, lässt ihn seither nicht mehr ruhig schlafen.»

«Was denn zum Beispiel?»

«Es gab natürlich noch weitere Einrichtungen der Bruderschaft in Spanien, in denen es zu seelischen und körperlichen Misshandlungen der Kinder und auch zu sexuellem Missbrauch gekommen ist. Selbst in den Eliteinternaten der Bruderschaft kam es zu sexuellen Übergriffen. Aber in den Besserungsanstalten wie der in der Sierra de Tejeda gehörte das sozusagen zum pädagogischen Konzept.»

«Was willst du damit sagen?»

«Seit den vierziger Jahren wurden katholische Geistliche, die wegen ihrer sadistischen oder pädophilen Neigungen aufgefallen waren, sodass Unruhe in den Gemeinden drohte, in die Besserungsanstalten versetzt. Das Auffangbecken für sexuell Gestörte. Die Bruderschaft hat sich damit bei der Amtskirche unentbehrlich gemacht. Denn so waren unliebsame Priester erst mal vom Radar verschwunden. Wenn es zum Beispiel Ärger in einer Dorfgemeinde in Navarra gab, schickte man den Mann für ein paar Jahre als Pädagogen in eine der Besserungsanstalten, bis Gras über die Sache gewachsen war, und setzte ihn anschließend in Galicien wieder als Dorfpfarrer oder Religionslehrer ein. Außerdem gab's da noch das System der Hospitanzen: Pädophile Geistliche, die sich schriftlich verpflichteten, in ihren Gemeinden enthaltsam zu leben, und sich brav an die Abmachung hielten, durften zur Belohnung hin und wieder ihren Urlaub in einer der Besserungsanstalten verbringen. Du verstehst?»

«Aber du sprachst eben von einem pädagogischen Konzept der Bruderschaft ...»

«Dazu komme ich jetzt. Ziemlich bald nach dem Ende des Bürgerkriegs stellten sich Kirche und Staat zwei Fragen: Was machen wir mit dem Nachwuchs der getöteten oder inhaftierten Franco-Gegner? Und wie formen wir den neuen Menschen, der idealerweise zum Menschenbild der neuen franquistisch-klerikalen Gesellschaft passt? Die Bruderschaft erkannte und nutzte ihre Chance. Ihre nagelneue Besserungsanstalt in der Sierra de Tejeda wurde mit dem Segen der Kirche und des Staates zum Pilotprojekt erklärt. Wie verwandelt man fröhliche

Kinder und rebellische Halbwüchsige in folgsame Lemminge, in bedürfnislose, willenlose Roboter, die sich später brav dem System unterordnen? Indem man sie fortwährend erniedrigt. Indem man ihnen täglich vor Augen führt, wie klein und unbedeutend und ohnmächtig sie sind. Indem man ihren Willen bricht. Das war die Idee der Bruderschaft, ihr Konzept in der Sierra de Tejeda. Ein groß angelegter Menschenversuch. Alles säuberlich dokumentiert im Zentralarchiv der Frommen Bruderschaft der Heiligen Agatha in Granada.»

«Und das hat dir dieser Rafael alles erzählt?»

«Sagen wir mal so: Er hat mir die fehlenden Puzzleteile geliefert, die nun ergänzen und komplettieren, was mir die drei ehemaligen Zöglinge in den Interviews über ihre Erlebnisse erzählt haben.»

«Verstehe.»

«Hast du mal eine Zigarette für mich?»

Sie gehen vor die Tür, stellen sich in den Schatten unter der Markise. Alejandro gibt Felipa Feuer. Sie nickt ihm dankbar zu, inhaliert tief und versinkt in ihren Gedanken.

Alejandro beobachtet das Treiben auf der Plaza Nueva. Die Menschen. Wie verschieden die Menschen sind. Männer und Frauen in mausgrauen Businessuniformen hasten im Eiltempo vorbei, hochkonzentriert, zielorientiert, keine Zeit für einen zweckfreien, überflüssigen Blick nach links oder rechts. Zwei japanische Touristinnen fotografieren oder filmen mit ihren Smartphones begeistert einen jungen marokkanischen Jongleur in schimmernden Pluderhosen und bestickter Weste über dem nackten, muskulösen Oberkörper. Den scheint das regelrecht anzuspornen, vielleicht denkt er, die Aufnahmen machen ihn nun in Japan berühmt. Ein alter Schuhputzer mit verwegener, tiefschwarz gefärbter schulterlanger Mähne, Cowboystiefeln und martialischem Schnauzbart hält nach Kundschaft in den Straßencafés Ausschau. Junge Leute starren auf ihre Handys, während sie über den Platz schlendern. Was lesen sie da? Was ist in diesem Moment so viel aufregender als die analoge Welt? Obwohl sie unentwegt auf ihre Displays starren, weichen sie mit traumwandlerischer Sicherheit jedem Hindernis aus, zum Beispiel dem lockigen Rotschopf mit den unzähligen Sommersprossen im blassen Gesicht, der im Schneidersitz auf dem Pflaster hockt, Gitarre spielt und dazu singt. Es klingt nach irischer Volksmusik. Vielleicht wird auch er bald von den Japanerinnen entdeckt und ebenfalls dank der Smartphones in Japan berühmt. Vor dem Brunnen, der sein in der Sonne glitzerndes Wasser in steinerne Muscheln ergießt, steht ein Liebespaar und küsst sich leidenschaftlich, als gäbe es kein Morgen. Ihre Körper sind miteinander verschmolzen, den Rest der Welt haben sie ausgeblendet. Drei weibliche Punks strecken zeitgleich ihre Mittelfinger aus, während sie den Platz überqueren; Alejandro vermag nicht zu erkennen, wem die Geste gilt. Vielleicht prophylaktisch allen anderen auf der Plaza Nueva. Sie haben die Schläfen kahl rasiert, tragen zerrissene Netzstrumpfhosen und geschnürte Springerstiefel. Eine Stadtführerin mit Seidenhalstuch (bei der Hitze) und strengem Lehrerinnenblick reckt ihren Schirm in die Höhe und fuchtelt damit herum, damit ihr die Traube bizarr gekleideter Westeuropäer fortgeschrittenen Alters folgt.

Sie alle teilen sich für einen Moment den Platz, ohne das Geringste voneinander zu wissen. Wenn sie mehr voneinander wüssten: Was wäre dann? Würden sie sich hassen? Würden sie sich lieben? Oder würde sich gar nichts ändern? Das 21. Jahrhundert erscheint Alejandro in diesem Moment so unwirklich, so fremd. Wenn Juan Carlos nicht vor mehr als 20 Jahren in der Sierra gestorben wäre: Würde Alejandro ihn erkennen, wenn er jetzt über die Plaza Nueva schlenderte? Würde Juan Carlos seinen kleinen Bruder erkennen? Vermutlich nicht. Wie denn auch? Sie sind sich doch nie begegnet. Sie ähnelten sich als kleine Jungs, weil die dominante Ana Romero Perez offenbar über dominante Gene verfügt.

Felipa reißt Alejandro aus seinen Gedanken:

«Gehen wir wieder rein?»

Alejandro nickt.

Sie nehmen ihre Plätze an dem Tisch im hintersten Winkel des Cafés ein. Felipa wartet, bis der Kellner sich zu ihnen bequemt und mit stoischer Miene die nächste Bestellung entgegennimmt. Dann beugt sie sich vor, fast flüstert sie:

«Juan Carlos ist nicht tot.»

Alejandro sieht Felipa mit großen Augen an.

«Jedenfalls ist er nicht am 21. Dezember 1995 in der Anstalt gestorben, wie uns das Holzkreuz auf dem Friedhof weismachen will. Aber der 21. Dezember 1995 war tatsächlich sein letzter Tag in der Besserungsanstalt. Und zugleich sein erster Tag in einem der Eliteinternate der Bruderschaft. In Ávila. Das Internat war erst zwei Monate zuvor eröffnet worden. Übrigens auf Initiative Salgados. Dem Monsignore gefielen traditionsreiche altkastilische Städte als Standorte für die Kaderschmieden der Bruderschaft. Er hat selbst mal eines der Internate der Bruderschaft in Burgos geleitet.»

«Felipa, können wir wieder zum Thema ...»

«Das alles gehört zum Thema. Ein Chauffeur brachte ihn nach Ávila, abends traf der neue Schüler Juan Carlos Vidal Romero dort ein. Als Stipendiat. Nach erfolgreichem Abschluss in Ávila hat ihm die Bruderschaft ein Studium in den USA ermöglicht und finanziert. Psychologie und Informatik. Interessante Fächerkombination. In Stanford. Aber dann verliert sich seine Spur. Juan Carlos ist mit einem Mal wie vom Erdboden verschluckt.»

«Wie geht das denn heutzutage?»

«Für viele geht das heute gar nicht mehr, vielleicht aber für manche einfacher denn je. Zum Beispiel für IT-Spezialisten.

Aber er hat einen Fehler gemacht. Er hat nicht damit gerechnet, dass jemand heutzutage noch auf die Idee kommt, eine Mail auszudrucken, um sie in einem Aktenordner abzuheften. Das letzte Dokument, das Rafael in den Akten gefunden hat, ist zwei Jahre alt. Eine ausgedruckte und ordentlich abgeheftete Mail. Darin fordert ein gewisser John Carlsberg mit Adresse am Wilshire Boulevard in Los Angeles den Generalpräsidenten der Frommen Bruderschaft der Heiligen Agatha kurz und knapp auf, ein Grab auf dem Friedhof der verlassenen Besserungsanstalt für Knaben in der Sierra de Tejeda anzulegen und ein Holzkreuz aufzustellen. Auch der Text für das Kreuz war der Mail beigefügt: Juan Carlos Vidal Romero, geboren am 18. November 1979, gestorben am 21. Dezember 1995.»

«John Carlsberg ... Juan Carlos.»

«Ja. Könnte sein. Dann hätte er also den Familiennamen seiner Mutter sowie den seines vermeintlichen Vaters, den er als kleiner Junge so abgöttisch geliebt hat, aus seinem neuen Namen gelöscht. Und den neuen Namen aus seinen beiden Vornamen gebildet. Jetzt ist er niemandes Sohn mehr.»

«Er hat sich also neu erschaffen.»

Alejandro erschrickt vor dem Satz, der einfach so aus seinem Mund gekrochen ist.

«Interessanter Gedanke. Das Holzkreuz auf dem Friedhof beendet symbolisch sein altes Leben als Juan Carlos Vidal Romero. Die Mail war jedenfalls in einem ziemlich barschen Ton verfasst, sagt Rafael. Sie klang eher nach einem Befehl als nach einer Bitte. Rafael schließt daraus, dass er die Bruderschaft in der Hand hat. Wie und womit auch immer.»

«Ein 16-Jähriger erpresst diesen mächtigen Orden, damit man ihn auf ein Eliteinternat und anschließend zum Studium in die USA schickt? Das glaub ich nicht.»

«So war es auch sicher nicht. Zumindest damals nicht. Rafael sagt, dass die Verlegung in das Eliteinternat noch ganz im Sinne der Bruderschaft war. Der Orden hatte nämlich das perverse faschistische System der Selektion für sich entdeckt. Die Spreu vom Weizen trennen. So nannten die das tatsächlich. Wer die Besserungsanstalt nicht überlebte, wer unterging und auf dem Friedhof landete, hatte es eben nicht anders verdient. Gottes Vorhersehung. Wer aber brav mitspielte, sich in jeder Hinsicht willfährig zeigte, der durfte hoffen, doch noch ein geläutertes, vollwertiges Mitglied der spanischen Gesellschaft zu werden. Einer Gesellschaft ganz nach den Vorstellungen der Bruderschaft, deren Hauptziel es nach wie vor ist, Schlüsselpositionen im Land mit ihren Leuten zu besetzen. Mit treuen, gehorsamen, bedingungslos ergebenen Mitgliedern auf Lebenszeit.»

«Du meinst also, dass Juan Carlos mit der Erpressung erst begonnen hat, als er erwachsen war, erfolgreich, außerhalb Spaniens lebte ...»

«Zumindest ist Rafael davon überzeugt.»

«Was fangen wir jetzt damit an?»

«Weiß noch nicht. Morgen geht mein Flug nach Barcelona.»

«Morgen schon?»

«Ich muss mich dringend um mein verkorkstes Privatleben kümmern. Außerdem muss ich mit der Redaktion reden. Erst mit meinem Bürochef in Barcelona, dann mit der Chefredaktion in Madrid. Und dann muss ich möglichst schnell mit der Rohfassung des Textes anfangen. Solange die Eindrücke noch frisch sind.»

Kopfschmerzen.

Alejandro reibt sich die Stirn.

Wieder diese Kopfschmerzen.

Er fürchtet sich vor den Tagen ohne Felipa.

55

Gabriel schiebt die Karte in den Schlitz. Der Mann im Glaskasten beugt sich zum Mikrofon vor.

«Du hast in zwei Minuten einen Termin bei Don Javier.»

«Ich weiß. Was meinst du wohl, warum ich jetzt hier bin? Mitten am Tag. In meiner Freizeit. Aus Langeweile?»

Idiot.

Gabriel nimmt statt des Fahrstuhls die Treppe. Im Laufschritt, immer zwei Stufen auf einmal. Um seinen Körper zu stählen.

«Nehmen Sie Platz.»

Gabriel nimmt Platz.

«Sie waren krank?»

«Ja. Aber nur die eine Nanana...»

«... Nachtschicht. Dass ich Sie einbestellt habe, hat nichts mit Ihrem Krankheitstag zu tun. Solange das nicht zur Gewohnheit wird. Wir haben vielmehr ein grundsätzliches Problem mit Ihnen.»

Don Javier greift nach dem Ausdruck auf seinem Schreibtisch.

«Das Quality Management hatte Sie eine Weile unter Beobachtung. Reine Routine. Machen wir bei allen Neuen. Als Grundlage des Feedbackgesprächs, das Ihnen helfen soll, sich weiterzuentwickeln. Laut Ihrer Statistik der vergangenen Wochen löschen Sie zu wenig. Sie lassen viel zu viel durchgehen.»

«Das ist sicher Geschmackssache.»

«Großer Irrtum, junger Mann. Die Verbreitung eines IS-Videos von einer Hinrichtung ist keine Geschmackssache. Und diese hetzerische Nazischeiße, die Sie Nacht für Nacht geflissentlich ignorieren, ebenfalls nicht. Es geht hier nicht um Ihren persönlichen Geschmack, sondern um die strikte Einhaltung der CleanContent-Richtlinien im Sinne unserer Kunden.»

«Aber das ist Unterdrückung von wichtigen Informationen. Die Welt mumumuss doch erfahren, wie diese Mullahs drauf sind. Damit nicht noch mehr von denen nach Europa kommen. Außerdem muss die Welt erfahren, wer etwas dagegen tut.»

«Junger Mann, wir machen hier keine Politik, wir erbringen eine Dienstleistung. Das ist unser Job. Ist doch nicht so schwer zu kapieren, oder? Wenn wir unseren Job nicht zuverlässig erledigen, sind wir ruckzuck weg vom Fenster. Dann suchen sich die Kunden einen anderen Dienstleister. Und wir können einpacken. Aber so weit wird es nicht kommen. Entweder ändern Sie Ihre Arbeitseinstellung im Sinne der Ihnen bekannten Regeln, oder Sie sind Ihren Job schneller los, als Sie das Wort Nachtschicht stottern können. Haben wir uns verstanden?»

«Das ist ...»

«Das war's schon.»

«Aber ...»

«Schönen Tag noch.»

Gabriel verlässt das Büro. Er schäumt vor Wut. Noch nie hat er sich so gedemütigt gefühlt. Am liebsten hätte er diesem Menschen hinter dem Schreibtisch, der schon wieder auf seinen Bildschirm gestarrt hat, bevor sich Gabriel vom Stuhl erheben konnte, die Faust mitten ins Gesicht gerammt.

Wieder und immer wieder.

Ihm die widerliche Fresse zu Brei geschlagen.

Auf halber Treppe blickt er nach unten. Die Arbeitskabinen sehen von hier oben aus wie die Waben eines Bienenstocks.

Fleißige Bienchen.
Brave Bienchen.
Dumme Bienchen.
Macht nur weiter so:
Löschen. Ignorieren. Löschen. Ignorieren.

Ihr fleißigen, dummen Bienchen ackert Tag für Tag wie die Blöden für die paar Euro, damit sich das internationale jüdische Finanzkapital die Taschen vollstopfen kann. Wird höchste Zeit, dass ihr endlich begreift, was los ist in unserem Land.

Mit Ignorieren ist jetzt Schluss.
Löschen! Löschen! Auslöschen!

56

Alejandro hasst Abschiedsszenen. Felipa macht es ihm leicht. Sie scherzt ein bisschen rum, bringt ihn zum Lachen, und schon ist sie durch die Sicherheitsschleuse verschwunden.

Er verlässt den Aeropuerto Picasso über die MA-20. Bevor die vierspurige Schnellstraße in die A-7 mündet, macht sie einen verschämt großen Bogen um die schäbigen Betonburgen von La Palma. Während die rechte Hand das Lenkrad hält, greift die linke Hand in die Jackentasche und tastet nach dem Umschlag.

Er ist es der Familie Ruiz schuldig.

Bei der nächsten Abfahrt fährt Alejandro von der Autobahn ab. Eine halbe Stunde später steht er vor der Wohnungstür im elften Stock. Die Klingel ist kaputt. Also klopft er.

Diego öffnet.

«Ich bin zufällig gerade in Málaga, also nicht ganz zufällig, ich hab meine Schwester zum Flughafen gebracht, und da dachte ich, ich komme kurz vorbei.»

Diego nickt nur und geht voran.

Im Wohnzimmer sitzt Paco. Müde hebt er den Kopf und nickt Alejandro zu. Dann starrt er wieder seine auf der Tischplatte abgelegten Hände an.

«Paco und ich sind gerade erst aus dem Krankenhaus zurückgekommen. Pilar hatte einen Schlaganfall. Jetzt ist Carmen bei ihr. Sieht nicht gut aus.»

Alejandro weiß nicht, was er sagen soll. Was sagt man Menschen zum Trost, denen man bislang erst zweimal begegnet ist? Also sagt er einfach, was ihm in diesem Moment durch den Kopf geht:

«Und wo ist Marco?»

«Bei Carmens Cousine. Sie wohnt hier im Haus, zwei Stockwerke tiefer. Willst du was trinken?»

Alejandro schüttelt den Kopf und setzt sich zu Paco an den Tisch. Diego bleibt stehen. Breitbeinig, die Arme vor der Brust verschränkt. «Hast du Neuigkeiten mitgebracht?»

«Ja.»

«Also raus damit.»

«Es fällt mir nicht leicht ...»

«Pass mal auf, mein Junge. Diese Scheißfirma hat unsere kleine Maria auf dem Gewissen. So viel steht schon mal fest. Jetzt wird diese verfluchte Firma womöglich auch noch unsere Mutter auf dem Gewissen haben. Also was soll uns jetzt noch schockieren?»

«Sie war schwanger.»

Diego starrt Alejandro mit großen Augen an. Paco stöhnt auf und lässt seinen Kopf auf die Tischplatte sinken.

Alejandro hält die Stille nicht aus. Also sagt er: «Ganz am Anfang des dritten Monats. Das haben die in der Rechtsmedizin festgestellt. Vielleicht hat sie es selber noch gar nicht gewusst, als sie ...»

Diego holt die Brandyflasche aus dem Schrank. Und drei Wassergläser aus der Küche.

«Von wem?»

«Von wem sie schwanger ...?»

«Ja, verdammt.»

«Ist nur eine Vermutung. Don Javier. Der Geschäftsführer und Personalchef der Firma. Javier García Ferrer.»

«Wie alt?»

«Don Javier? Keine Ahnung. Ende vierzig vielleicht.»

«Verheiratet?»

«Ja. Drei Kinder.»

«Hat Maria ihn geliebt?»

«Diesen widerlichen Typen? Das kann ich mir nicht vorstellen. Sie wollte einfach nur ihren Job behalten.»

«Hat sie sich deshalb umgebracht?»

«Nein.»

«Was macht dich da so sicher?»

«Ihr wisst, was sie in ihrem Abschiedsbrief geschrieben hat. Ihr wisst ganz genau, weshalb sie sich umgebracht hat.»

Diego füllt die drei Gläser, obwohl Alejandro protestiert.

«Was weißt du noch?»

«Es wurde ein falsches ärztliches Attest ausgestellt. Von einem Psychiater in Granada. Sie habe schon länger unter Depressionen gelitten, sie habe ihre Medikamente einfach abgesetzt und sei auch nicht mehr zur Therapie erschienen. Aber dort war sie gar nicht in Behandlung. Sie ist nie bei diesem Arzt gewesen.»

Alejandro greift in die Jackentasche, zieht die Kopie des Briefs aus dem Umschlag und legt sie auf den Tisch.

Diego liest.

Dann kippt er den Inhalt seines Glases in sich hinein, in einem Zug. Sein Gesicht ist wie versteinert.

«Ist dieser Chef schuld, dass ihr dieser verfluchte Film dauernd gezeigt wurde? Der Film, der sie in den Tod getrieben hat? Hat dieser Javier das veranlasst?»

«Nein. Der hat überhaupt keine Ahnung, was uns gezeigt wird. Das kommt alles von einem Computer irgendwo. Der steht gar nicht in Nerja, aber der entscheidet das alles.»

«Ein Computer irgendwo entscheidet das?»

«Ja.»

Alejandro sieht Diegos Augen an, dass der ihm nicht glaubt. Das übersteigt seine Vorstellungskraft: Ein *Computer irgendwo* hat mehr Wissen über jeden einzelnen Arbeiter in der Fabrik als der Vorarbeiter?

«Kriegst du denn genau wie Maria von diesem allwissenden Computer dauernd solche Filme gezeigt, die hässliche, intime Dinge über deine Familie preisgeben?»

«Keine Filme. Aber Fotos.»

«Warum machen die das?»

«Ich weiß es nicht.»

«Aber ich weiß es! Um die Arbeiter zu schikanieren!»

«Glaub ich nicht. Da muss mehr dahinterstecken.»

«Wie heißt die Firma noch mal?»

«CleanContent.»

«Hört sich an wie eine Reinigungsfirma.»

«Ist es ja auch in gewisser Weise.»

«Warum nennst du ihn Don?»

«Don Javier? Weiß nicht. Alle nennen ihn Don. Glaube ich jedenfalls. Er hat das gerne.»

«Du nennst ihn so, weil er das gerne hat?» Verachtung in der Stimme. «Du biederst dich diesem Kapitalistenschwein an, schmeichelst ihm und nennst ihn Don, nur um ihm zu gefallen? Früher, auf den Zuckerrohrplantagen an der Küste, da wurden die Menschenschinder so genannt. Die Sklaventreiber.»

«Es gefällt ihm, und ich hab dann meine Ruhe.»

«Deine Ruhe?»

Diego springt auf, packt Alejandro, reißt ihn vom Stuhl, zerrt ihn aus dem Zimmer in den Flur, schiebt ihn vor den Spiegel, dreht ihn um, sodass er sich aus nächster Nähe selbst in die Augen sieht. Alejandro hatte keine Ahnung, über welche Kraft dieser Mann verfügt. Paco, ja, seinen Pranken sieht man ihre Kraft an. Aber Diego? Alejandro fühlt sich wie in einen Schraubstock gepresst. Diego steht ganz dicht hinter ihm, seine Lippen sind nah an Alejandros Ohr. Er kann Diegos Alkoholfahne riechen. Der billige Brandy.

«Sieh dich an! Kannst du dir noch in die Augen sehen? Dafür haben meine Vorfahren gekämpft? Haben gestreikt, demonstriert, wurden ins Gefängnis gesperrt, wurden hingerichtet, wurden auf den Schlachtfeldern des Bürgerkriegs abgeschlachtet, damit du dieses Kapitalistenschwein, das unsere kleine Maria geschwängert hat und in den Tod getrieben hat, Don Javier nennst? Und glaubst, deine Ruhe zu haben? Du irrst dich gewaltig. Sie werden uns Arbeiter niemals in Ruhe lassen. Sie werden uns immer weiter ausbeuten, knechten, auspressen. Und dann wegwerfen.»

«Diego! Lass ihn!» Pacos Stimme aus dem Wohnzimmer.

Diego lässt Alejandro los. Er atmet schwer. Er lässt die Schultern hängen. Als hätte ihm jemand den Stecker gezogen. Dicke Tränen rollen ihm übers Gesicht.

57

Der Jagdhund zu seinen Füßen fehlt. Und im Kamin prasselt diesmal kein Feuer. Der freundlich dreinschauende, gutaussehende Pensionär mit der samtenen Baritonstimme, dem Alejandro jederzeit einen Gebrauchtwagen abkaufen würde, trägt diesmal nicht den gewohnten Dreiteiler, sondern seine alte Uniform. Die mit Orden und Ehrenzeichen gespickte Uniform eines Generals der Legión Española.

«Verehrte Landsleute: Mein Name ist Cristóbal Rivera Espinosa. Getrieben von großer Sorge um mein Vaterland, wende ich mich heute mit einer Botschaft an Sie. Ich sage es ganz deutlich: Es steht nicht weniger auf dem Spiel als das Überleben unserer Nation. Unserer christlich-abendländischen Kultur. Wieder ist Spanien einer gewaltigen Flüchtlingsflut ausgesetzt. Motril, Algeciras, Tarifa, Cádiz: Die Flüchtlingszahl hat sich allein schon im ersten Halbjahr des Jahres verdreifacht. Und ich prophezeie Ihnen: Es werden noch mehr. Deshalb nenne ich sie auch nicht Flüchtlinge, nein, ich nenne sie: Invasoren in einem Krieg. Ich habe meine Gründe dafür. Aber sehen Sie bitte selbst.»

Ein aus einem Fernsehbeitrag kopierter Filmausschnitt wird eingespielt. Er zeigt einen Mitarbeiter des Spanischen Roten Kreuzes im Hafen von Motril. «Der Seenotrettungskreuzer Rio Aragón wird jeden Moment eintreffen. Die haben wieder rund hundert Flüchtlinge an Bord, das haben sie uns eben über Funk mitgeteilt. So geht das jetzt fast jeden Tag. Allein hier in Motril. Ganz zu schweigen von den anderen Häfen. Wir wissen schon jetzt nicht mehr, wohin mit den

Leuten. Jetzt, wo das Meer ruhig ist, werden besonders viele Flüchtlinge an der nordafrikanischen Küste in die Nussschalen gesetzt. So viel ist klar: Das wird für uns noch ein ganz heißer Sommer.»

Der Hafen von Motril und der Rotkreuzmann verschwinden, nun ist wieder der pensionierte General in seiner Jagdhütte zu sehen und zu hören:

«Wir werden doch schon längst nicht mehr von Madrid, sondern von Brüssel regiert. Aber das ist ja auch kein Wunder. Madrid kriegt ja noch nicht einmal Katalonien in den Griff. Brüssel legt uns die finanziellen Daumenschrauben an, Brüssel überschüttet uns ständig mit neuen Vorschriften, Brüssel schreibt uns vor, was wir Spanier zu tun und zu lassen haben. Aber sobald es um die Flüchtlinge geht, ist es mit der Solidarität in der sogenannten Europäischen Union schlagartig vorbei. Verehrte Landsleute, ich frage Sie: Ist dies das vereinigte Europa, das wir uns vorgestellt haben, als wir der EU beigetreten sind?»

Schnitt.

Rasche Bildfolgen, jeweils nur wenige Sekunden lang, mitunter nur Bruchteile von Sekunden. So kurz, dass sie kaum das Bewusstsein, aber das Unterbewusstsein erreichen.

Junge Schwarzafrikaner, die wutentbrannt mit Eisenstangen auf ein vollbesetztes Auto einschlagen.

Schnitt.

Junge schwarze Frauen, die sich am Straßenrand prostituieren.

Schnitt.

Sequenzen aus Handyaufnahmen von islamistischen Attentaten. Madrid, London, Nizza, Paris, Berlin.

Darüber schwebt der samtene Bariton des Generals:

«Ich habe meinem Vaterland als Soldat in Tarfaya im Süden Marokkos gedient, in unseren Territorien Ceuta und Melilla im Norden Marokkos, als Blauhelmoffizier in Ruanda. Der Genozid dort hat mir hautnah vor Augen geführt, wie wenig unter diesen Schwarzafrikanern ein Menschenleben zählt. Ich war auf Fuerteventura stationiert und habe dort die Flüchtlingsflut zu einem Zeitpunkt aus nächster Nähe erlebt, als in Brüssel das Thema noch totgeschwiegen wurde. Ich weiß also, wovon ich rede. Was wir derzeit an Spaniens Küsten beobachten können, sofern wir nicht die Augen davor verschließen, ist eine Invasion. Und wir ergeben uns diesen Invasoren widerstandslos?»

Schnitt.

Der General in seiner Jagdhütte.

«Liebe Landsleute, machen wir uns nichts vor: Moslemische Nordafrikaner sind potenzielle Terroristen, und die meisten Schwarzafrikaner werden lieber kriminell, als hart zu arbeiten. Das ist nun mal ihre Natur. Sie faulenzen lieber. Und pflanzen sich fort. Ich nenne sie Parasiten. Deshalb ist es um den afrikanischen Kontinent ja auch so schlecht bestellt. Und jene, die dennoch arbeiten, nehmen unseren jungen Leuten die Arbeitsplätze weg. Ist denn die Jugendarbeitslosigkeit in Spanien noch nicht dramatisch genug? Wann ist endlich Schluss mit dem selbstmörderischen Kurs dieser Regierung in Madrid?»

Der Hund trottet ins Bild und legt sich zu seinen Füßen nieder. Cristóbal Rivera Espinosa beugt sich vor und krault ihn liebevoll hinter den Ohren. Dann richtet er sich wieder auf und blickt entschlossen in die Kamera.

«Sie haben sicher von dem Geschehen in Torre del Mar gehört. Der Bandenkrieg zwischen schwarzafrikanischen Drogenhändlern, die unsere Kinder mit ihrem Teufelszeug in die Abhängigkeit treiben und vergiften. Dutzende Schwerverletzte, vergewaltigte Frauen ... Wie gesagt, ein Menschenleben zählt nicht viel unter diesen Barbaren. Diese Kriminellen leben illegal hier und treiben ungestraft ihr Unwesen. Warum werden sie nicht von der Regierung unverzüglich des Landes verwiesen? Wie lange wollen wir uns das noch bieten lassen?»

Der Jagdhund legt seine linke Vorderpfote auf die blankpolierten Schuhe des Generals.

«All jene unter Ihnen, die meine Sorge teilen, lade ich herzlich ein, sich unserer Bewegung anzuschließen. Reconquista 2.0! Engagieren

Sie sich! Teilen Sie dieses Video, meine politische Botschaft, verbreiten Sie es weiter. Werden Sie Teil unserer Bewegung! Ich danke Ihnen für Ihre Aufmerksamkeit.»
 Ende.
 Ignorieren.
 Meinungsfreiheit.
 Ignorieren.
 Kein Journalismus.
 Ignorieren.
 Aber Meinungsfreiheit.
 Ignorieren.
 Die Filmschnipsel mit den jungen schwarzen Männern, die das Auto zertrümmern. Die jungen schwarzen Frauen, die sich am Straßenrand prostituieren.
 Ignorieren.
 Wurden die Szenen wirklich in Spanien gedreht?
 Ignorieren.
 Oder in Nigeria oder anderswo auf diesem Planeten?
 Ignorieren.
 Das zertrümmerte Auto trug jedenfalls kein spanisches Kennzeichen. Auch kein EU-Kennzeichen.
 Ignorieren.
 Die Lampe über dem Bildschirm blinkt auf. Der Bildschirm wird schwarz. Alejandro blickt erstaunt auf die Uhr. Seine Schicht hat erst vor einer halben Stunde begonnen. Dann dringt die Stimme aus der Pförtnerloge durch den Kopfhörer an sein Ohr:
 «Alejandro, du sollst zu Don Javier kommen!»
 «Was? Jetzt?»
 «Ja. Jetzt.»
 Alejandro setzt den Kopfhörer ab, verlässt seine Kabine und eilt die Treppe hinauf.
 «Setzen Sie sich, Alejandro.»

«Was gibt's?»

Javier García Ferrer wirkt nervös.

«Ihre Arbeitsleistung ...»

«Was ist mit meiner Arbeitsleistung?»

«Ihre Effizienz! Sie lässt in jüngster Zeit deutlich zu wünschen übrig. Das ist nicht akzeptabel.»

«Und nun? Was machen wir jetzt? Soll ich dir vielleicht einen blasen, damit du mich weiterbeschäftigst?»

Jetzt ist sie raus: die von der Trauer um Maria entfachte Wut, die bislang kein Ventil gefunden hat.

Don Javier läuft puterrot an. Es dauert eine Weile, bis er sich wieder gefangen hat. Seine Stimme zittert:

«In Absprache mit der Zentrale wird deshalb Ihr Gehalt für diesen Monat einmalig um 30 Prozent gekürzt.»

«Was?»

«Schauen Sie in Ihren Arbeitsvertrag. Dritte Seite. Der Passus mit der leistungsorientierten Honorierung.»

Alejandro springt auf. Don Javier zuckt zusammen. Aber Alejandro hat sich im Griff. Außerdem hasst er körperliche Gewalt. Er knallt die Tür so fest hinter sich zu, wie er nur kann. Zu einer anderen, zu einer angemessenen verbalen Reaktion ist er nicht mehr fähig.

58

Alejandro ist an diesem Abend der erste Gast in der Bar. Federico ist dankbar für seine Gesellschaft. Nachdem sie das letzte Spiel von Unicaja Málaga und die spanische Profi-Basketball-Liga ABC abgehandelt haben, fragt Alejandro: «Sag mal, Federico, als dein Vater noch die Bar betrieb, kannte der doch mindestens so viele Leute wie du. Nur eben aus einer anderen Generation.»

«Klar. Der kannte sogar noch viel mehr Leute als ich. Weil früher viel mehr Leute regelmäßig in die Bar gingen. Manche jeden Abend. Natürlich vorwiegend Männer. Das war hier für sie das zweite Wohnzimmer. Nur ohne nörgelnde Ehefrau. Die Männer kamen zum Kartenspielen oder zum Fußballgucken, weil wir als Erste im Dorf einen Fernseher hatten. Manche kamen auch morgens vor der Arbeit schnell auf einen Kaffee vorbei. Und manche kamen jeden Sonntag. Während die Frauen in der Kirche waren oder das Mittagessen zubereiteten. Aber die goldenen Zeiten der Bars sind längst vorbei, mein Freund.»

«Hat dein Vater dir jemals erzählt, dass es hier auch Anarchisten gab? Zum Beispiel von der ... wie hieß die noch ...?»

«Du meinst die Confederación Nacional del Trabajo. Die CNT. Die anarchosyndikalistische Gewerkschaft. Klar gab es die hier. Ist aber ewig her. Vor Franco hatten die mal zwei Millionen Mitglieder in Spanien. Vor allem in Katalonien, in den

Fabriken und in den großen Häfen, auch in Asturien, in den Bergwerken, und in Andalusien, als es hier noch richtige Fabriken gab. Zum Beispiel auch in deiner Zuckerfabrik.»

Dann erzählt Federico von der Zuckerfabrik. Von den Arbeitsbedingungen. Von den Streiks. Von den kleinen und großen Tragödien im Dorf während des Bürgerkriegs. Alejandro macht große Augen. Er kennt Federico nun schon so lange. Aber er hätte noch vor einer Stunde Stein und Bein geschworen, dass zur Schnittmenge ihrer gemeinsamen Interessen auf keinen Fall Politik und Geschichte gehören. Dass Alejandro so andächtig zuhört, ermuntert Federico weiterzureden:

«Die Diktatur haben nicht viele Anarchosyndikalisten überlebt. Erst nach Francos Tod hat die bis dahin verbotene CNT versucht, sich neu zu organisieren. Na ja. Heute haben sie in ganz Spanien so ungefähr 8000 Mitglieder, hab ich mal gelesen. Das ist natürlich gar nichts im Vergleich zu früher. Sie sind bedeutungslos. Aber unter Mitgliederschwund leiden auch die anderen Gewerkschaften. Oder wie sieht es damit in deiner Computerfirma aus?»

«Sag mal, woher weißt du das alles?»

Federico grinst. Dann dreht er sich um, greift in die Vitrine hinter der Theke und zieht eine alte Zigarrenkiste hervor.

«Mein Urgroßvater war Mitglied der CNT.»

Er bläst den Staub von dem Kistchen, öffnet es, greift hinein und legt den rot-schwarzen emaillierten Stern aus billigem Eisenblech auf die Theke. Nicht größer als eine Zweieuromünze.

«Der hat meinem Urgroßvater gehört. Er trug ihn immer vorne an seine Mütze geheftet, damit ihn jeder sehen konnte. Nachdem er gestorben war, hat mein Großvater den Stern gehütet wie eine kostbare Reliquie. Danach mein Vater. Und jetzt ich.»

Alejandro berührt den Stern mit den Fingerspitzen.

«Federico, wir haben noch nie über Politik geredet.»
«Ich weiß. Ich hab ja auch nicht studiert. Also redest du mit mir über Unicaja Málaga. Aber seit wann interessierst du dich für die Anarchisten?»

59

Zwei- oder dreimal im Jahr leistet sich Angel eine Clubnacht in Puerto Banús, dem Yachthafen von Marbella. Dann macht er sich besonders hübsch. Damit jeder glaubt, er gehöre dazu, er sei in der Welt der Superreichen und Superschönen zu Hause.

Öfter kann er sich die Ausflüge nicht leisten. Dafür reicht sein Gehalt als IT-Chef bei CleanContent nicht. Die Clubs in Marbella und Puerto Banús sind zwar mega, das Ambiente stimmt, die DJs, die Gäste. Aber sie sind sündhaft teuer: der Eintritt, die Cocktails, das Koks. Außerdem dauert es anderthalb Stunden von Nerja bis Marbella, und das mit seiner alten Karre, die bald für immer ihren Geist aufgeben wird.

Für einen gewöhnlichen Samstagabend ist auch Almuñécar okay, immerhin ist dort mehr los als in Nerja, die Touristen sind jünger und hübscher, die Touristinnen auch. Am liebsten geht er in den Big Bang Ocean Club. Die DJs sind zwar nicht so berühmt und gehen nicht so ab wie die in Puerto Banús und nerven Angel manchmal mit ihrem Faible für Ibiza House. Was soll's. Sobald sie wieder auf Techno umschalten, dann tun sie das mit satten 140 bpm, 140 *beats per minute*, doppelt so schnell wie dein Herzschlag, Alter, das knallt nicht anders als in Puerto Banús. Die Basslinie wummert ungebremst durch die Haut bis zum tiefsten Punkt deiner Seele, all die schönen, jungen, schweißgebadeten Körper, dann brauchst du auch kein Koks mehr, höchstens ein bisschen Speed oder Ecstasy.

An der Theke sitzt ein Typ, der ihn unentwegt anstarrt. Soll er ruhig. Angel hat nichts dagegen. Im Gegenteil, er genießt es, beim Tanzen begafft zu werden. Das passiert ihm nicht gerade selten. Angel badet jedes Mal darin. Er weiß aus Erfahrung, dass sein androgynes Äußeres auf nicht wenige Frauen und nicht wenige Männer in diesem Laden wie ein Magnet wirkt. Letzte Woche haben ihn zwei Mädels, naturblond und mit lustigen Sommersprossen auf der Nase, erst eine Weile von der Theke aus ungeniert angeglotzt und dann auf der Tanzfläche in die Zange genommen, was für eine Show war das, später sind sie dann mit ihm raus, zum Strand, die wussten ganz genau, was sie von ihm wollten, die waren nach Andalusien gekommen, um Spaß zu haben, mit sich selbst und mit ihm, aber so richtig, die Männer in Skandinavien müssen unglaubliche Penner sein.

Der Typ ist Angel schon deshalb sofort ins Auge gesprungen, weil er einen teuren Anzug trägt.

Als käme er geradewegs vom Business-Lunch mit seinen reichen Geschäftsfreunden an der Gran Vía in Madrid.

Oder von einem fremden Planeten.

Er trägt Krawatte. Vermutlich weil inzwischen so gut wie niemand mehr Krawatte trägt.

Jetzt löst der Typ sich von der Theke und steuert geradewegs auf ihn zu. Er bewegt sich elegant, lässt ihn auf seinem Weg durch die Menge keine Sekunde aus den Augen.

Angel steht auf Anzugträger.

Sofern sie so aussehen wie der hier: groß, mindestens 1,90. Schlank. Athletisch. Strohblonde Haare. Der Typ trägt einen eng geschnittenen Anzug, wie sie nur Männern mit erstklassiger Figur stehen. Teure Uhr. Teure Schuhe. Angel checkt solche Details. Angel hat einen untrüglichen Blick für Luxus.

Eine kurze Kopfbewegung, ein Nicken, Angel lässt ihm eine knappe Minute Vorsprung, dann folgt er ihm nach draußen.

Der Typ lehnt an der verlassenen Bretterbude des Roten Kreuzes, schaut aufs Meer und raucht.

Die Nacht ist sternenklar.

Angel tritt hinter ihn, ganz dicht, und legt seine beiden Hände auf den muskulösen, makellosen Hintern, der sich unter dem teuren Stoff abzeichnet. Fühlt sich gut an.

«Hab dich noch nie hier gesehen.»

Was man so redet, wenn's gar nicht ums Reden gehen soll.

Der Typ dreht sich um und fragt:

«Wie gefällt dir dein Job?»

Das bringt Angel ziemlich aus dem Konzept.

«Mein Job? Wollen wir echt über meinen Job reden?»

Der Mann schlägt Angel mit der flachen Hand ins Gesicht. Angels Kopf schleudert zur Seite, er gerät aus dem Gleichgewicht, stolpert im Sand rückwärts. Der Mann folgt ihm.

«Hey! Was soll das?»

Der Mann schlägt Angel ein weiteres Mal ins Gesicht, wieder mit der flachen Hand. Die Wange brennt wie Feuer. Die Tränen werden das Augen-Make-up ruinieren, denkt Angel. Außerdem denkt er: Der Mann erwartet eine Antwort. Jetzt. Angel ist kein Held. Noch nie einer gewesen.

«Gefällt mir gut, mein Job. Alles bestens.»

«Nein. Ist nicht alles bestens.»

Besser keine Widerrede. Besser keine Nachfrage. Besser Klappe halten und abwarten, was kommt.

«Der Hackerangriff neulich. Du hast ihn erfolgreich abgewehrt. Respekt. Unser Kompliment.»

«Danke. Bist du ...»

«Trotzdem hast du die Gehaltserhöhung, die Javier für dich beantragt hat, nicht verdient.»

«Und warum nicht?»

«Weil du den Angriff entgegen der Vorschrift nicht vollständig dokumentiert und kommuniziert hast.»

«Ich? Wieso?»
Die nächste schallende Ohrfeige.
«Ach das meinst du! Ich dachte ...»
«Warum sind wir so erfolgreich? Na? Weil wir alles wissen. Und warum wissen wir alles? Weil wir alles kontrollieren. Die perfekte Kontrolle ist der Schlüssel zum Erfolg. Du hast unsere kostbare Zeit verschwendet. Zeit, die das Unternehmen sinnvoller hätte investieren können. Damit hast du das Unternehmen geschädigt. Und deshalb hast du die von Javier beantragte Gehaltserhöhung nicht verdient. Im Gegenteil, eine fristlose Kündigung wäre angemessen. Aber du hängst ja sicher an deinem Job, oder?»
Angel nickt.
«Morgen früh wirst du eine Nachricht in deinem Rechner vorfinden. An die dort genannte Adresse berichtest du künftig alles, was du beobachtest und was dir interessant oder ungewöhnlich vorkommt. Vor allem alles über Javier. Alles, was wir nicht schon aus der Ferne aus seinem Rechner erfahren können. Zum Beispiel, wie er sich außerhalb seines Büros verhält. Was er so redet mit seinen Leuten. Wer ihn in seinem Büro besucht. Alles. Verstanden?»
Angel nickt erneut.
«Mir ist wichtig, dass du dich noch eine Weile an meine Worte erinnerst. Später wirst du dir sagen: Der fremde Mann hat es zum Glück bei einer freundlichen Verwarnung belassen. Der fremde Mann hat es an jenem Abend gut mit mir gemeint.»
Angel nickt vorsichtshalber.
«*Vale.* Dann gib mir jetzt deine Hand.»
Angel überdenkt in Windeseile die möglichen Alternativen. Er findet keine einzige.
Deshalb streckt er seinen Arm dem Mann entgegen. Der packt Angels Finger. Der Mann nimmt einen letzten, tiefen Zug und drückt die Zigarette auf Angels Handrücken aus.

60

Alles kommt so, wie Felipa es prophezeit hat. Alles kommt aber auch noch ganz anders, als Felipa es prophezeit hat.

Es gibt tatsächlich ein bisschen Aufregung, ein paar Tage lang. Die Konservativen werfen den Sozialisten vor, dass sie damals alles um des lieben Friedens willen unter den Teppich gekehrt haben. Die PSOE kontert damit, dass die PP das Thema in den Jahren zuvor, als sie die Regierung stellte, erst gar nicht angepackt und damit das Leid unzähliger Kinder mit verschuldet habe. Die politische Pattsituation der Argumente führt dazu, dass die beiden größten politischen Parteien Spaniens das für sie so peinliche Thema möglichst rasch wieder fallenlassen.

Der kommunistische Flügel der Izquierda Unida, der Vereinigten Linken, sieht seine Stunde gekommen und fordert ein sofortiges Verbot der Frommen Bruderschaft der Heiligen Agatha, ferner deren Klassifizierung als religiös-terroristische Vereinigung sowie die Konfiszierung des gesamten Vermögens der Bruderschaft, um damit einen Entschädigungsfonds für die Opfer zu finanzieren. Gar nicht mal so übel, die dritte Idee.

Wäre sie nicht von den Kommunisten gekommen. Weil sie von den Kommunisten kommt, ist sie ziemlich schnell vom Tisch.

So weit zu Felipas Prophezeiung.

Nur wenig später kippt die Stimmungslage völlig.

In eine Richtung und mit einer Wucht, wie Felipa sie bei allem Pessimismus nicht hat vorhersehen können.

Das hat entgegen ihrer Prophezeiungen nichts mit Monsignore Salgados teuren Anwälten zu tun. Felipa hat zwar täglich mit einer einstweiligen Verfügung oder einer Klage auf Unterlassung gerechnet. Aber Salgados Anwälte rühren sich nicht. Die Justiziarin von *El País* hat bei der Prüfung der Texte, der Schlagzeilen, der Bildzeilen und des Recherchematerials einen ausgezeichneten Job gemacht. Und Felipa hat ebenfalls einen ausgezeichneten Job gemacht, so wie es Alejandro vorhergesagt hat: Ihre Geschichte geht zu Herzen. Was die drei von Felipa befragten Opfer sowie der alte Hausmeister zu erzählen haben, verschlägt den Lesern die Sprache.

Die Leser.

47 Millionen Menschen leben in Spanien. *El País* verkauft täglich knapp 200000 Zeitungen. Vornehmlich an die linksliberale intellektuelle Elite des Landes. Die Arbeiterschaft fehlt inzwischen fast völlig. Und die jungen Leute fehlen. Vor 20 Jahren verkaufte *El País* noch eine halbe Million Exemplare pro Tag.

In Felipas Text steht der Satz: *Monsignore Josemaría Salgado de Álvarez y Albás, Generalpräsident der Frommen Bruderschaft der Heiligen Agatha, war trotz mehrfacher Anfrage der Redaktion zu einer Stellungnahme nicht bereit.*

Woanders ist Monsignore durchaus zu einer Stellungnahme bereit. Zum Beispiel auf YouTube. Am Kaminfeuer in Cristóbal Rivera Espinosas Jagdhütte.

Der Hund fehlt. Dafür sind diesmal zwei Sessel links und rechts des prasselnden Kaminfeuers postiert.

Der pensionierte General lässt Monsignore Salgado im denkbar besten Licht erscheinen. Als ein Mann Gottes, der sein Leben in aller Stille der Nächstenliebe, der Barmherzigkeit, der

Ausbildung der Jugend und dem Kampf gegen die Armut verschrieben hat. Der General spart nicht mit Beispielen, die von kurzen Videosequenzen begleitet werden: Salgado, wie er mit einer Kelle die Suppenteller in einer Obdachlosenunterkunft füllt und jedem Bedürftigen einen freundlichen Blick und manchen auch ein nettes Wort schenkt. Salgado, wie er den kleinen Krebspatienten einer Kinderklinik aus einem Buch vorliest und ihre kahlen Köpfchen tätschelt.

Salgado winkt jedes Mal bescheiden ab, als sei es ihm unangenehm, so in den Mittelpunkt gerückt zu werden. «Ich tue doch nur meine Pflicht als Christenmensch.»

Anschließend demontiert der hochdekorierte General genüsslich Felipas Glaubwürdigkeit: «Wir haben eines der im Text der Reporterin zitierten angeblichen Missbrauchsopfer aufspüren können. Wen haben wir vorgefunden? Einen Alkoholiker, der schon seit mehr als 20 Jahren keiner geregelten Arbeit mehr nachgeht und seither dem Staat auf der Tasche liegt. Der Mann hat zweimal im Gefängnis gesessen, er ist also ein notorischer Krimineller. Aber sehen Sie selbst.»

Ein Handyvideo zeigt einen unrasierten, verwahrlosten Mann mit wirrem Haar, der sich sturzbetrunken mitten auf die Straße stellt und seine Hose aufknöpft, um zu urinieren. Während im Hintergrund spielende Kinder die Szenerie beobachten.

«Wir hätten gern mit ihm über seine Kindheit im Heim gesprochen. Aber wie Sie feststellen konnten, war der Mann dazu nicht in der Lage.»

Der Mann heißt Jesus mit Vornamen, weiß Alejandro von Felipa. Er ist 56 Jahre alt und sieht aus wie 76. Man möchte ihn nicht unbedingt zum Nachbarn haben. Jesus stammt aus Badajoz in der Extremadura. Seinen Vater hat er nie kennengelernt. Er war sechs Jahre alt, als man ihn seiner minderjährigen Mutter wegnahm und in die Besserungsanstalt der Bruderschaft in der Sierra de Tejeda brachte. Ein zartes, scheues Kerlchen. Er wurde gleich in der Nacht nach seiner Ankunft zum ersten Mal vergewaltigt.

Die beiden anderen Opfer, mit denen Felipa sprach und die sie in *El País* zitierte, bleiben in dem Video des Generals unerwähnt – sowohl ihre traumatischen Erlebnisse im Heim als auch ihre weitere Lebensgeschichte als Erwachsene. Vicente zum Beispiel hat weder dem Staat noch sonst jemandem auf der Tasche gelegen, sondern wurde Lehrer. Er ist seit vielen Jahren verheiratet und hat drei reizende Kinder. Er ist ein guter Vater. Noch immer plagen ihn nachts furchtbare Albträume. Er leidet unter depressiven Schüben. Und Luis. Der wurde ein sehr erfolgreicher Bauingenieur und baut Brücken in aller Welt. Geschieden, keine Kinder. Er bezeichnet sich selbst als beziehungsunfähig.

«Monsignore, von einigen Mitgliedern unserer Bewegung wurde mir inzwischen zugetragen, dass der ehemalige Hausmeister des Heims, den diese Reporterin in ihrem Pamphlet zitiert, sich schon seit geraumer Zeit in ärztlicher Behandlung befindet ... Dem Vernehmen nach, weil er an Demenz erkrankt ist ...»

«Ich weiß nur, dass seine Frau verstorben ist. Sie war bei uns als Köchin beschäftigt. Der Tod der resoluten Ehefrau hat den armen Mann völlig aus der Bahn geworfen. Aber bitte haben Sie dafür Verständnis, dass ich all diese Dinge nicht im Detail kommentieren kann.» Salgado lächelt selbstmitleidig. «Man würde mir Parteilichkeit vorwerfen. Man sucht ja nur nach Anlässen, um uns etwas vorzuwerfen. Aber eines will ich dennoch ergänzen, General: Oft stammten diese Heimkinder aus sehr schwierigen sozialen Verhältnissen, um es vorsichtig zu formulieren. Und bedauerlicherweise blieben aus diesem Grund in vielen Fällen alle erzieherischen Bemühungen erfolglos. Weil die vererbten Gene einfach stärker sind als alle aufopferungsvollen erzieherischen Bemühungen. Das war auch für unsere Pädagogen eine bittere Erkenntnis.»

Der General legt seine Stirn in tiefe Sorgenfalten.

«Monsignore, nach dem, was wir nun über die sogenannten Zeugen wissen: Haben Sie eine Erklärung dafür, warum diese junge Reporterin, warum El País ...?»

«Es ist mir ein Rätsel. Ich kann da nur spekulieren. *El País* hegt schon immer eine tiefe Abneigung gegen die spanische Kirche. Die Zeitung kämpft gegen einen massiven Bedeutungsverlust. Vielleicht stand diese junge Reporterin, die, wie man hört, auch noch kürzlich von ihrem Mann verlassen wurde und sich nun mit ihrer kleinen Tochter alleine durchs Leben schlagen muss, vielleicht stand diese arme Frau unter einem enormen Erfolgsdruck. Die Story ihres Lebens. Und die Story, die *El País* zu neuem Glanz verhelfen sollte ...»

Das Video mit dem Kaminfeuergespräch des Generals mit dem Monsignore geht im Internet durch die Decke. Es wird allein in der vollständigen Originalfassung mehr als sechs Millionen Mal aufgerufen. Es wird auf Facebook geteilt und gelikt, es wird auf Twitter kommentiert, und wenn man das Wort «Bruderschaft» googelt, taucht das Video im Ranking weit vor Felipas Text auf. Es wird im Netz in seine Bestandteile filetiert und in Ausschnitten versendet; die Videosequenz mit dem urinierenden Betrunkenen etwa macht in atemberaubender Geschwindigkeit als Meme Karriere. Auf *El País* geht ein Shitstorm nieder. Aus sorgfältig gesätem Misstrauen wächst Empörung, die alsbald in blanken Hass umschlägt.

El Mundo, die rechtskonservative Tageszeitung, ewige Zweite hinter *El País*, zitiert ein ums andere Mal lustvoll, was im Netz kommentiert wird. Kleinere Regionalzeitungen wie *Diario Sur* in Málaga gehen derweil ebenso wie die spanischen Fernsehsender lieber auf Tauchstation.

Der Schneeballeffekt der sozialen Medien. ThinkContent

hat viel Zeit und Energie in die Kampagne investiert. Think-Content hat eine Menge Bots und Trolle und *fake people* aktiviert, um dieses fantastische Ergebnis zu erzielen.

ThinkContent hat viel dazugelernt.

61

Alles, was er für seine Mission braucht, ist problemlos übers Internet zu beschaffen. Inklusive der Bauanleitung. Ist nicht so schwierig, wenn man sechs Semester Elektrotechnik und Maschinenbau studiert hat.

Ich, Gabriel Calvo Montero, geboren am 13. Mai 1995 in Madrid, als einziges Kind einer Pornodarstellerin, die sich großspurig Schauspielerin nannte und auch außerhalb des Studios für jeden die Beine breit machte, der bereit war, dafür zu zahlen. Aufgewachsen bei den Großeltern in einem elenden Dorf in Neukastilien, zwei selbstgefälligen Frömmlern, die ihr Erziehungskonzept einem pädagogischen Lehrbuch namens Altes Testament entnommen haben. Liebe Mutter, liebe Großmutter, lieber Großvater: Möget ihr alle in der Hölle schmoren.

Gabriel, der Erzengel. Gabriel, der kleine, schmächtige Stotterer. Nicht gut genug fürs Hochschulexamen, nicht gut genug für die königlichen Streitkräfte, nicht gut genug für die Bewegung, nicht gut genug für El Cid, nicht einmal gut genug für diese elende Firma, die sich bereitwillig in den Dienst des internationalen jüdischen Finanzkapitals stellt. Denn nichts anderes sind diese Global Player in ihrem verdammten Silicon Valley. Handlanger der jüdischen Weltverschwörung.

El Cid.
Don Javier.
Ihr werdet staunen!

62

Ignorieren.
Löschen.
Löschen.
Löschen.
Ignorieren.
Löschen.
Ignori... Löschen!
Alejandro, du löschst mehr als früher.
Ignorieren.
Löschen.
Löschen.
Deutlich mehr als früher.
Löschen.
Ignorieren.
Löschen.
Liegt das etwa an mir? Oder an all dem Dreck im Netz?
Löschen.
Löschen.
Löschen.
Meme. Der sturzbetrunkene Jesus aus Badajoz, der mitten auf der Straße seine Hose öffnet und uriniert, während ihm die auf dem Bürgersteig spielenden Kinder zuschauen. Ein Gif, ein vier Sekunden langer Minifilm als Endlosschleife. Darunter der Text:
Auf solche sprudelnden Quellen verlässt sich El País!

Löschen!
Felipa tut ihm so leid.
Löschen!
Er hat gestern mit ihr telefoniert.
Löschen!
Sie ist mit den Nerven am Ende.
Löschen!
Irgendwelche Widerlinge im Netz machen es sich zur Lebensaufgabe, sämtliche ihrer alten Artikel auf Fehler zu durchforsten.
Löschen!
Ihr wunderbares Buch über Katalonien, das vor zwei Monaten veröffentlicht wurde, erhält bei Amazon plötzlich nur noch negative Leserbewertungen der ekelhaftesten Sorte.
Löschen!
Inzwischen wird ihr Privatleben im Netz breitgetreten. Die Trennung von ihrem Mann. Anonym natürlich.
Löschen!
Jemand verbreitet ihre Privatadresse im Internet.
Löschen!
Sie hat Morddrohungen erhalten.
Löschen!
Es zerreißt ihm das Herz.
Löschen!
Unterdessen läuft seine Mutter daheim in Frigiliana Amok.
Löschen!
Natürlich ist Ana Romero Perez nicht im Internet unterwegs. Felipas Mutter würde also normalerweise gar nicht mitbekommen, was dort los ist.
Löschen!
Aber es wird ihr zugetragen.
Löschen!
Von Leuten im Dorf, die dann auch noch so tun, als meinten

sie es gut mit ihr. Die nur mal auf einen Sprung bei ihr vorbeischauen.

Löschen!

Um ihre Neugierde zu befriedigen.

Löschen!

Und um sich anschließend im Dorf das Maul zu zerreißen.

Löschen!

Außerdem lag heute Morgen der erste anonyme Brief vor ihrer Haustür. Voller Hasstiraden auf ihre Tochter.

Löschen!

Ana Romero Perez' Reaktion ist natürlich nicht, ihre Tochter zu verteidigen wie eine Löwin. Nein. Sie sagt stattdessen jedem, der es hören will:

Wie konnte mir Felipa das antun? Wie konnte sie sich nur an der heiligen Kirche versündigen? Wie kann sie so undankbar sein? Wie kann sie ihrer alten Mutter diese Schande bereiten?

Löschen!

Sie verlässt das Haus nicht mehr. Sie geht nicht mal mehr in ihren Garten. Um nicht gesehen zu werden.

Löschen!

Pater Daniel hat sie seither zweimal besucht und sich alle Mühe gegeben, sie von ihren bösen Gedanken gegen ihre Tochter abzubringen. Mit Engelszungen. Keine Chance.

Löschen!

Löschen!

Löschen!

Die Lampe über dem Bildschirm blinkt auf, der Bildschirm wird schwarz. Was soll das? Seine Schicht hat doch erst vor nicht ganz einer Stunde angefangen. Will Don Javier ihn schon wieder sprechen? Alejandro nimmt die Kopfhörer ab. Erst jetzt hört er das Heulen der Sirene. Feueralarm. Schon wieder. Die letzte Übung war erst vor drei Monaten. Mindestens eine halbe Stunde werden sie jetzt da draußen dumm rumstehen. Und diese halbe Stunde zieht ihnen der allwissende Computer gnadenlos vom Gehalt ab.

Alejandro verlässt die Kabine und reiht sich in die Menschenmenge ein, die zum Ausgang drängt. Der Pförtner hat die Schleuse entriegelt und beiseitegeschoben, weil die Schleuse im Ernstfall zur Falle würde. Jetzt steht er da und kratzt sich irritiert am Kopf.

Alejandro spricht ihn im Vorbeigehen an:

«Wieso denn schon wieder?»

«Wenn ich das mal wüsste. Mir hat keiner was gesagt. Die Rauchmelder haben jedenfalls kein Signal gegeben. Aber ich weiß von keinem Probealarm.»

Draußen lehnt sich Alejandro mit dem Rücken gegen die Fassade. Beim letzten Mal stand Maria neben ihm. Ganz dicht neben ihm. Genau hier. Alejandro schließt die Augen.

Er kann sie spüren.

Der Pförtner holt ihn zurück in die Gegenwart. Er boxt ihn gegen die Schulter und brüllt: «Weiter, weiter, weiter. 50 Meter vom Gebäude weg. Vorschrift bei Feueralarm, das müsstet ihr doch wissen!»

Die Sirene im Gebäude verstummt. Dafür sind jetzt aus der Ferne andere Sirenen zu hören. Klingt nach mehreren Feuerwehrwagen, die rasch näher kommen. Feuerwehr? Bei einem Probealarm?

63

Feueralarm? Schon wieder? Javier García Ferrer greift zum Telefon. Die Security an der Schranke meldet sich nicht. Läuft wahrscheinlich schon ganz hektisch auf dem Parkplatz herum und dirigiert die Leute wie ein Hütehund seine Schafherde. Also wählt Don Javier die Handynummer des Pförtners.

«Ja?»

«García Ferrer hier. Was ist da unten los?»

«Keine Ahnung, Don Javier. Plötzlich ging die Sirene los. Aber meine Rauchmelder zeigen nichts an.» Seine Stimme klingt aufgeregt. «Ist auch nirgendwo ein Feuer zu sehen. Hab ich alles schon gecheckt. Also ich wusste nichts von einem Probealarm. Wäre ja auch zu schön, so was mal vorher zu erfahren. Aber vielleicht entscheidet das neuerdings der Computer. So wie alles hier.»

«Lassen Sie die Leute so bald wie möglich wieder zurück an ihre Arbeitsplätze. Dieser Irrsinn kostet uns viel Geld.»

«Aber ich dachte, für die Zwangspause draußen kriegen die Leute kein Geld. Das erzählen die Kollegen jedenfalls hier.»

«Und wir kriegen für die verlorene Zeit kein Geld von unseren Kunden. Also, ich denke, wir haben uns verstanden.»

«Ja, Don Javier. Nur ...»

«Was denn noch?»

«Man kann sie zwar noch nicht sehen, aber schon hören.»

«Wen denn?»

«Die Feuerwehr! Die Feuerwehr rückt an.»

«Was? Beim Probealarm? Das fehlt gerade noch. Rufen Sie sofort bei der Leitstelle an und blasen Sie das ab. Sagen Sie denen einen schönen Gruß von mir: Das sei ein Irrtum, und wir werden was für die Kaffeekasse spenden. Wenn die hier aufkreuzen, stellen die uns die Bude auf den Kopf. Dann stehen unsere Leute garantiert noch in anderthalb Stunden auf dem Parkplatz rum, statt zu arbeiten.»

«Hab ich doch schon.»

«Was?»

«Angerufen.»

«Und?»

«Die sagen, sie hätten einen Notruf erhalten, der glaubwürdig klang. Schwelbrand bei CleanContent. Und wenn die einmal aufgesattelt haben, dann sind die nicht mehr zu bremsen, Don Javier.»

Don Javier legt entnervt auf.

Er denkt kurz darüber nach, ob er seinen Bekannten bei der Guardia Civil anrufen soll, vielleicht kann der ja die Feuerwehr noch stoppen.

Aber er kommt zu keinem abschließenden Ergebnis.

Weil in diesem Moment sein Smartphone klingelt.

Er schaut aufs Display.

Seine Frau.

Auch das noch.

«Liebling! Das nenne ich Gedankenübertragung. Ich wollte dich gerade anrufen. Wir haben hier dummerweise einen Feueralarm, es wird also noch einen Moment ...»

«Hier waren gerade zwei Männer, die wollten dich sprechen.»

«Zwei Männer? Wegen was denn?»

«Sie sagten, sie sind die Brüder einer Frau namens Maria, die für dich gearbeitet hat.»

Don Javier bricht der kalte Schweiß aus.
«Und was hast du ihnen gesagt?»
«Was schon! Dass du nicht zu Hause bist.»
«Sind die etwa noch da?»
«Nein. Die sind gerade durch die Tür raus und mit dem Auto weg. Ich zittere immer noch am ganzen Leib.»
Von seinem Haus in La Herradura bis hierher sind es gerade mal 20 Minuten mit dem Auto. Er sieht aus dem Fenster. Aber da ist nichts zu sehen außer der Menschentraube auf dem vom Flutlicht hell erleuchteten Parkplatz. In diesem Moment fährt der erste Feuerwehrwagen aufs Gelände.
«Hast du etwa gesagt, dass ich noch im Büro bin?»
«Nein. Irgendwas kam mir an denen seltsam vor. Zwei richtige Proleten. Vor allem der eine. Also habe ich vorsichtshalber gesagt, dass du auf Geschäftsreise bist. Ich habe mir ihre Telefonnummer geben lassen, du würdest sie anrufen, sobald du zurück bist, hab ich denen gesagt. Damit sie endlich gehen.»
«Ach, du bist ein Engel.»
«Und du erzählst mir jetzt, wer diese Maria ist.»
«Was soll ich sagen?»
«Am besten die Wahrheit.»
Irgendwas müsste er ihr jetzt sagen.
Aber ihm fällt partout nichts ein.
In diesem Augenblick erübrigt sich Don Javiers verzweifelte Suche nach einer möglichst glaubhaft klingenden Erklärung.
Weil in diesem Augenblick, keine zehn Meter von seinem Büro und seinem Schreibtisch entfernt, in dem Hohlraum für die Elektroanschlüsse unter dem Einbauschrank in der offenen Küche für die Angestellten der ersten Etage die Bombe detoniert.

64

Canal Málaga ist mit einem Kamerateam vor Ort. Außerdem, das macht sich bei Live-Übertragungen immer gut als Kulisse, stehen jede Menge Einsatzfahrzeuge mit blinkendem Blaulicht auf dem Parkplatz herum. Lichtblitze zucken über die verrußte Frontwand des Gebäudes. Die Feuerwehr mit drei Löschfahrzeugen. Die Guardia Civil mit vier Einsatzwagen. Die Spurensicherung. Ein Spezialtrupp für Bombenentschärfungen. Die Rechtsmedizin. Zwei Rettungswagen des Roten Kreuzes. Sanitäter und Notärzte.

Der Reporter wird noch rasch abgepudert, die Stirn, die Nase, die Schläfen, die Maskenbildnerin streicht ihm eine Haarsträhne aus der Stirn, der Reporter ruckelt seine Krawatte zurecht, räuspert sich ein letztes Mal, dann ist er live auf Sendung.

Die Moderatorin im Studio Málaga, die eben noch heiter über das Wetter von morgen plauderte, macht jetzt ein Gesicht, das dem Fernsehpublikum Betroffenheit signalisieren soll.

«Liebe Zuschauer, wir schalten jetzt noch einmal live nach Nerja. Zum Schauplatz der Katastrophe.»

Die Studiokamera wechselt in die Totale, man sieht die Moderatorin nun komplett, vom frisch frisierten Kopf bis zu den Pfennigabsätzen. Das Kleid steht ihr ausgesprochen gut. Mit einem eleganten Hüftschwung dreht sie sich nun von der Kamera weg, nicht zu viel, nicht zu wenig, um exakte, fleißig eingeübte, vorsichtshalber mit Klebestreifen auf dem Fußboden des Studios markierte 60 Grad, bis sie im perfekten Winkel in die wandfüllende Greenbox blickt.

«Guten Abend, Alonso, haben Sie inzwischen neue Erkenntnisse? Was können Sie uns über den aktuellen Stand sagen?»

«Guten Abend, Estefania, die Feuerwehr hat hier großartige Arbeit geleistet. Wie Sie im Hintergrund sehen, schlagen die Flammen inzwischen nicht mehr lichterloh aus den zerborstenen Fenstern, stattdessen steigen nun schwarze Rauchschwaden aus den leeren Fensterhöhlen in den Abendhimmel über der Costa del Sol. Das ist zweifellos ein gutes Zeichen, weil es zeigt, dass man das Flammeninferno jetzt unter Kontrolle hat. Die Feuerwehr hat ...»

«Alonso, wissen Sie schon mehr über die zu Schaden gekommene Firma? Können Sie unseren Zuschauern verraten, um welches Unternehmen es sich da handelt?»

Alonso hasst es wie die Pest, wenn sie ihn mitten im Satz unterbricht. Das macht sie ständig so.

«Ja, Estefania. Die Firma heißt CleanContent und ist nach meinen ersten Erkenntnissen ein weltweit agierendes IT-Unternehmen mit Niederlassungen in aller Welt, auch wenn der Name der breiten Öffentlichkeit nicht bekannt sein dürfte. Allein in der hiesigen Niederlassung in Nerja, deren traurige Ruine man im Hintergrund sieht, arbeiteten insgesamt fast 500 Menschen im Dreischichtbetrieb, also rund um die Uhr. Als das Gebäude evakuiert wurde, waren rund 150 Beschäftigte zugegen. Die Abendschicht hatte gerade erst begonnen, sagte mir ein Mitarbeiter der firmeneigenen Security. Deshalb ...»

«Alonso, weiß man denn inzwischen schon, wie es zu dieser Katastrophe kommen konnte?»

«In der Tat, Estefania, da verdichten sich inzwischen die Hinweise. Mehrere Zeugen schilderten mir unabhängig voneinander, dass eine heftige Detonation zu hören gewesen sei. Ein ohrenbetäubender Knall. Erst danach habe alles im Nu in

Flammen gestanden. Deshalb ist ein Spezialtrupp für Bombenentschärfungen vor Ort. Man geht von einer Bombe als Brandursache aus. Nach weiteren Sprengkörpern, die bislang nicht detoniert sind, wird zurzeit gesucht. Man will kein Risiko eingehen. Zunächst wurde nur von außen gelöscht, aber vor einer halben Stunde sind erste Kräfte mit schwerem Atemschutzgerät ins Innere vorgedrungen und ...»

«Die Feuerwehr war offenbar sehr schnell zur Stelle.»

«Und das hat einen besonderen Grund, Estefania. Es gab schon vor der Detonation einen Anruf bei der Feuerwehr in Nerja. Schätzungsweise eine Viertelstunde bevor die Bombe explodierte. Der Anrufer gab sich als Mitarbeiter der Firma aus und behauptete, alles brenne lichterloh und ...»

«Noch vor der Detonation? Das klingt aber doch reichlich merkwürdig, Alonso, finden Sie nicht?»

«Ja, allerdings, Estefania. Merkwürdig ist außerdem, dass im Gebäude etwa 20 Minuten vor der Detonation der automatische Feueralarm losging, woraufhin das Security-Personal das Gebäude evakuierte. Warum der hausinterne Alarm losging, obwohl es doch noch gar nicht brannte, ist ein weiteres Rätsel, das es noch zu lösen gilt. Viele der Beschäftigten vermuteten zunächst, es handele sich um einen Probealarm.»

«Das klingt ja alles reichlich mysteriös ...»

«Ja, Estefania. Neben mir steht jetzt Capitán Santiago Robles Alvarez, Chef der Guardia Civil in Nerja. Capitán, welches Bild konnten Sie sich bisher von der Lage machen?»

«Wir stehen natürlich erst ganz am Anfang der Ermittlungen. Aber eine Reihe von Indizien deutet schon zu diesem frühen Zeitpunkt auf einen feigen, von einer anarchistischen Zelle verübten linksterroristischen Anschlag hin ... und zudem auf einen feigen Mord.»

«Einen Mord? Das ist ja schrecklich», sagt Estefania im Studio.

«Wie wir erst seit wenigen Minuten wissen, ist in den Flammen ein 48-jähriger Familienvater ums Leben gekommen. Der Geschäftsführer und Personalchef der Firma. Er hinterlässt eine Ehefrau und nach meiner bisherigen Kenntnis drei Kinder.»

Alonso hat keine Lust, sich von Estefania ausbooten zu lassen, das Zepter aus der Hand nehmen zu lassen, die Show stehlen zu lassen, also hakt er schnell selber nach:

«Aber die Mitarbeiter wurden doch schon vor Ausbruch des Feuers aus dem Gebäude evakuiert.»

«Das ist im Grunde richtig. Alle bis auf einen.»

«Capitán, weiß man denn schon, warum sich der Mann noch im Gebäude aufhielt, obwohl ...»

«Wie gesagt stehen wir erst ganz am Anfang unserer Ermittlungen. Mehr kann ich zum jetzigen Zeitpunkt noch nicht sagen. Aber ich verspreche Ihnen: Wir werden die Täter jagen, und wir werden sie hinter Gitter bringen.»

65

Morgens um sieben hämmert jemand wie irre gegen die Tür.
«Ich komme ja schon!»
Ana Romero Perez öffnet.
Draußen stehen zwei Soldaten der Guardia.
«Was macht ihr denn für einen Lärm? Hat man euch keine Manieren beigebracht? Könnt ihr nicht ganz normal anklopfen wie jeder anständige Christenmensch?»
«Wir suchen Alejandro Vidal Romero.»
«Das ist mein Sohn. Er schläft noch. Er hat eine furchtbare Nacht hinter sich. Er arbeitet in der Zuckerfabrik, die gestern abgebrannt ist. Und ich bin heilfroh, dass er noch am Leben ist.»
«Wir haben eine Vorladung für ihn.»
«Dann müsst ihr eben noch mal wiederkommen, wenn er wach ist. Ich werde ihn jedenfalls nicht wecken.»
Der jüngere der beiden Soldaten sieht den älteren fragend an, der nickt. Sie schieben die Hausherrin robust zur Seite, treten in den Flur, reißen links und rechts jede Zimmertür auf, so viele sind es ja nicht, bis sie Alejandros Schlafzimmer gefunden haben. Die Katze ist in Sekundenschnelle unter dem Bett verschwunden, kaum dass die Zimmertür aufgestoßen wurde. Alejandro richtet sich schlaftrunken auf und fährt sich mit der Hand durch das verknautschte Gesicht.
«Alejandro Vidal Romero?»

«Ja?»

«Aufstehen! Anziehen! Mitkommen!»

Keine fünf Minuten später treiben sie Alejandro durch den Flur vor sich her, Richtung Haustür. Weiter kommen sie nicht. Weil sich dort die Hausherrin aufgebaut hat. Die kleine, stämmige Frau hat die Hände in die Hüften gestemmt.

«Wie heißt ihr?»

Die beiden Gardisten schauen sich irritiert an.

«Ihr werdet doch wohl wissen, auf welche Namen eure Mütter euch getauft haben, oder?»

Nur der Ältere nennt seinen Namen:

«Sargento David Moreno Flores. Aber jetzt lassen Sie uns bitte durch, Señora.»

«Jetzt pass mal gut auf, Sargento. Ich kenne dich. Du wohnst mit deiner kleinen Familie hier in Frigiliana. Noch nicht lange, aber ich hab dich schon hier gesehen. Sonntags in der Kirche, stimmt's?»

David Moreno Flores antwortet nicht.

«Du musst gar nichts antworten. Du musst mir nur zuhören. Wenn ihr meinem Sohn nur ein Haar krümmt, dann wirst du deines Lebens nicht mehr froh. Und deine hübsche Frau und deine beiden süßen Kleinen auch nicht. Das verspreche ich dir!»

«Wollen Sie mir etwa drohen?»

«Ganz genau! Ich werde dafür sorgen, dass sich deine Familie hier nicht mehr wohlfühlen wird. Deine Frau nicht, deine Kinder nicht. Merk dir das gut.»

Ana tritt zur Seite und gibt den Weg frei.

So hat Alejandro seine Mutter noch nie erlebt. Er nickt ihr im Vorbeigehen dankbar und aufmunternd zu. Sie berührt ihren Sohn zärtlich am Arm.

Sie verfrachten Alejandro auf den Rücksitz des Geländewagens. Der Sargento setzt sich neben ihn, der jüngere Gardist sitzt vorne und fährt. Den Berg hinab nach Nerja.

«Was wollt ihr von mir?»

«Der Capitán will Sie sprechen.»

Sie schweigen den Rest der Fahrt, bis der Nissan im Hof der Wache an der Calle San Miguel stoppt.

«Aussteigen!»

Sie führen Alejandro in den Flur, zu der Holzbank, die er schon kennt. Von seiner letzten Vorladung.

«Setzen!»

Der Sargento setzt sich links neben ihn auf die Bank.

Der jüngere Gardist geht.

Warten.

Alejandro nimmt sich vor, diesmal nicht dauernd auf die Uhr zu schauen. Am besten gar nicht.

Er schließt die Augen.

Irgendwo bellt jemand Befehle.

Die Bilder der Nacht.

Die Flammen.

Don Javiers Schreie.

Alejandro öffnet die Augen wieder, um die Bilder loszuwerden.

Stiefelabsätze knallen über gewienerte Steinfußböden und hallen durch das Treppenhaus.

Alejandro weiß noch, hinter welcher Tür des Flurs sich das Büro des Capitán befindet.

Niemand betritt oder verlässt das Büro.

Er sieht nicht auf die Uhr. Diesmal nicht.

Alejandro wendet den Kopf nach links. Der Sargento neben ihm bemerkt es, reagiert aber nicht und starrt weiter die Flurwand an. Er ist etwa in Alejandros Alter.

«Sie wohnen also in Frigiliana?»

Jetzt sieht ihn der Sargento doch an. Offenbar überrascht von der Frage. Er zögert. Vielleicht denkt er darüber nach, ob er antworten soll. Ob er antworten darf.

«Ja. Noch nicht lange. Bin vor knapp einem Jahr nach Nerja versetzt worden.»

«Wo kommen Sie denn her?»

Der Sargento zögert wieder einen Moment.

Alejandro lässt ihn nicht aus den Augen.

«Aus Galicien. Aber ich war zuvor im Norden Kataloniens eingesetzt. Bei der Guardia ist das eine Regel, dass man heimatfern eingesetzt wird.»

«Wo waren Sie denn zuletzt?»

«Wie schon gesagt in Katalonien.»

«*Claro*. Aber wo genau?»

Der Sargento zögert wieder. Vielleicht befürchtet er, ein wichtiges Staatsgeheimnis zu verraten.

«In Gerona.»

«Ah, Girona. Eine schöne Stadt, nicht wahr?»

«Ja. Aber wir sagen *Gerona*.»

«Ich weiß. Wir hier sagen *Gerona*. So wie auch die Madrilenen. Oder ihr Galicier, ihr sagt auch *Gerona*. Aber die Katalanen sagen *Girona* zu ihrer Stadt. Und es ist ja nun mal ihre Stadt, oder?»

Der Sargento schweigt.

Falsches Thema.

Also fragt Alejandro:

«Und? Fühlen Sie sich wohl in Frigiliana?»

«Ja. Meiner Frau und meinen Kindern gefällt es hier. Es ist eine gute Umgebung für Kinder.»

«Ja, das ist es. Ich habe meine gesamte Kindheit in Frigiliana verbracht. Ein Paradies für Kinder. Aber kein Paradies für Jugendliche. Es gibt keine Arbeit. Viele gehen weg. Die Alten bleiben.»

Der Sargento starrt wieder die Wand an.

Die Unterhaltung ist beendet.

Alejandro fällt kein neues, politisch unverfängliches Thema ein. Offenbar ist für einen Gardisten so ziemlich jedes Thema politisch verfänglich. Außerdem kämpft Alejandro gegen die bleierne Müdigkeit. Er hat höchstens vier Stunden geschlafen.

Der Sargento wirft einen kurzen Blick auf sein linkes Handgelenk. Seine Armbanduhr. Dann erhebt er sich von der Bank.

«Mitkommen!»

Jetzt sieht Alejandro doch auf die Uhr.

Kurz nach neun.

Vor zwei Stunden haben sie ihn aus dem Bett geholt.

Der Sargento klopft, reißt die Tür auf, bedeutet ihm mit einer vagen Geste einzutreten und schließt die Tür hinter Alejandro.

Hinter dem Schreibtisch sitzt Capitán Santiago Robles Alvarez und studiert eine Akte. Ohne den Blick zu heben, bedeutet er Alejandro mit einer Handbewegung, auf einem der beiden Besucherstühle vor dem Schreibtisch Platz zu nehmen.

Alejandro setzt sich.

Alles wie beim letzten Mal. Auch der Capitán sieht so aus, als hätte die Zeit seit ihrer letzten Zusammenkunft stillgestanden. Der Uniformrock. Die Orden über der linken Brusttasche. Die perfekt sitzende Krawatte. Er scheint frisch rasiert zu sein.

Nur die Augenringe wirken eine Spur dunkler als beim letzten Mal. Alejandro weiß, woher das kommt. Er hat den Capitán beim Brand gesehen. Wie er Befehle erteilte. Wie nicht nur seine eigenen Leute, sondern auch die Feuerwehrleute und alle anderen ganz selbstverständlich seinen Befehlen folgten. Wie er dem Fernsehteam ein Interview gab. Der Mann in der Uniform kann ebenfalls nicht viel Schlaf gefunden haben. Vielleicht hat er diese Nacht auch gar nicht geschlafen.

Jetzt schraubt der Capitán seinen altmodischen Füllfederhalter auf und macht sich Notizen. Alejandro sieht nach oben, zu dem sanft rotierenden Deckenventilator. Nicht etwa um festzustellen, woher das schwache, gleichmäßige Brummen stammt, denn das weiß er ja, das kennt er noch vom letzten Mal. Sondern um festzustellen ...

«Tut mir leid, dass Sie warten mussten.»

Bingo.

Als Alejandro seinen Blick wieder in die Waagerechte wandern lässt, schaut er geradewegs in die Augen des Mannes hinter dem Schreibtisch. Sind die kleinen Psychospielchen des Capitán tatsächlich so leicht zu durchschauen, sobald man sie zum zweiten Mal erlebt? Der Capitán schraubt den Füllfederhalter zu und legt ihn vor sich auf der ledernen Schreibunterlage ab.

«Ich habe Sie gestern Abend gesehen, Señor Vidal Romero. Auf dem Parkplatz der Firma. Sie standen bei Ihren Kollegen von der Spätschicht.»

«Ja. Die Spätschicht ging diesmal ja nur eine Stunde.»

«Sie haben sich ein wenig abseits von den anderen gehalten. Abseits von Ihren Kollegen der Spätschicht. Sie haben sich auch nicht an den Unterhaltungen beteiligt.»

«Ich war in Gedanken. Ich stand unter Schock. Außerdem ...»

«Ja? Außerdem?»

«Außerdem sind private Kontakte unter den Kollegen bei CleanContent nicht gerne gesehen. Ich kenne deshalb so gut wie niemanden von meinen Kollegen. Von den meisten nicht einmal den Namen. Ich weiß noch nicht mal, wie die jeweiligen Kollegen von der Frühschicht und von der Nachtschicht heißen, mit denen ich mir die Kabine teile ...»

Der kleine Stotterer. Jetzt erinnert sich Alejandro. Der kleine, schmächtige Stotterer von der Nachtschicht. Der stand da gestern Abend rum, auf dem Parkplatz, so wie all die anderen Evakuierten, wenn auch abseits von den anderen, dabei hatte doch gerade erst die Spätschicht angefangen ...

«Das hat sich ja nun erledigt.»

«*¿Perdón?* Was bitte hat sich erledigt?»

«Nun ja, alles. Ihre Arbeit sind Sie ja nun los. Sie und natürlich alle anderen 500 Mitarbeiter. Durch die verantwortungslose Tat dieser anarchistischen Terroristen.»

«Sie wissen also schon, wer es war?»

«Mit Ihrer verstorbenen Kollegin ... Wie hieß sie noch ...?»

Er kramt in den Papieren auf seinem Schreibtisch.

«Sie meinen sicher Maria Ruiz Delgado», sagt Alejandro, um das billige Spiel abzukürzen.

«Ja. Genau. Mit Ihrer Kollegin Maria war das anders, oder?»

«Was war mit ihr anders?»

«Mit Maria tauschten Sie auch Privates aus, nicht wahr?»

«Nein.»

«Nein?»

«Nein!»

«Sie standen nach Schichtende immer noch lange beisammen, draußen auf dem Parkplatz. Sie und die Señorita Ruiz Delgado. So wurde mir jedenfalls berichtet.»

«Nicht lange.»

«Nicht lange?»

«Nein. Um genau zu sein: exakt eine Zigarettenlänge.»

Señorita. Das antiquierte spanische Wort für eine unverheiratete Frau hat er schon lange nicht mehr gehört. Wer außer dem Capitán benutzt das noch?

«Da hat man sich doch sicher was zu erzählen. Privates. Wenn man da jeden Abend nach Schichtende ...»

«Nein. Wir haben nie Privates besprochen.»

«Aha. Dann haben Sie also über die Arbeit gesprochen. Aber das war doch bei CleanContent ebenfalls untersagt.»

«Korrekt. Das war ebenfalls verboten. Und deshalb haben wir auch nicht über die Arbeit gesprochen.»

«Über was haben Sie denn gesprochen?»

«Über gar nichts. Ob Sie's glauben oder nicht: Wir haben so gut wie gar nicht miteinander gesprochen.»

Sie sehen sich in die Augen.
Der Capitán hat Zeit.
Die Zeit scheint sein Freund zu sein.
Vielleicht sein einziger Freund.
Ein Schluck Wasser.
Nur ein kleiner Schluck. Auf dem Schreibtisch steht wieder eine gefüllte Karaffe.
Alejandro hat heute, seit sie ihn aus dem Schlaf gerissen und aus dem Bett geholt haben, noch nichts getrunken.
Sie haben ihm nicht mal die Zeit gegeben, sich die Zähne zu putzen, als sie ihn abholten.
Geschweige denn, sich zu waschen oder zu rasieren.
«War's das?»
«Ja, wir sind bald fertig. Das hier ist übrigens reine Routine. Wir werden natürlich mit allen Beschäftigten der Firma sprechen. Und mit allen externen Dienstleistern natürlich. Wir wollen nämlich wissen, wie die Bombe in das Gebäude kam. In die Küche im ersten Stock.»
«Na, da bin ich ja zum Glück fein raus. Die *Content Analysts* aus dem Erdgeschoss durften die Küche nämlich nicht benutzen. Die war den Besserverdienenden im ersten Stock vorbehalten.»
«Vielleicht leisteten die im ersten Stock ja auch mehr.»
«Wenn Sie meinen.»
«Wer weniger leistet, der kriegt eben weniger. Das spornt die Menschen an. Das ist nicht diese Gleichmacherei, wie die Anarchisten sich das erträumen.»
«Ich hab's verstanden.»
«Wann haben Sie Marias Brüder zum letzten Mal gesehen?»
«Vor ein paar Wochen.»
«Wo?»
«In Málaga.»
«Wie kam es dazu?»

«Ich habe meine Schwester zum Flughafen gefahren, und da habe ich auf dem Rückweg Diego und Paco einen kleinen Besuch abgestattet.»

«Diego und Paco ...»

«Ja.»

Ein Glas Wasser. Nur ein Schluck.

Alejandro schaut nicht hin.

Er muss pinkeln. Auch dafür haben sie ihm keine Zeit gelassen, als sie ihn abholten. Er versucht, nicht daran zu denken.

«Sie sind verschwunden.»

«Wer?»

«Diego und Paco Ruiz Delgado. Sie haben vergangene Nacht ihre Sachen gepackt und sind untergetaucht.»

«Wollen Sie damit sagen ...?»

«Ich stelle nur fest. Maria Ruiz Delgado war schwanger, als sie sich das Leben nahm. Haben Sie das gewusst?»

Alejandro schweigt. Der Capitán scheint aber auch nicht mit einer Antwort zu rechnen.

«Und sie war offenbar von schweren Depressionen geplagt. Sie war schon seit längerer Zeit in psychiatrischer Behandlung, bei einem Facharzt in Granada, hat aber die therapeutische Behandlung einfach abgebrochen. Und ihre Medikamente abgesetzt.»

«Haben Sie mal versucht, mit dem behandelnden Psychiater über seine Patientin zu sprechen, Capitán?»

«Als die Bombe hochging, waren die Brüder übrigens ganz in der Nähe. In La Herradura. Im Privathaus Ihres Chefs.»

«Meines Chefs?»

«Señor Javier García Ferrer. Das war doch Ihr Chef, oder? Die Brüder haben Don Javier gesucht.»

«Aber der war doch in der Firma!»

«Das wussten die Brüder offenbar nicht. Solche Leute können sich nämlich nicht vorstellen, dass manche Menschen in unserem Land viel leisten in ihrem Beruf und deshalb auch Tag für Tag länger arbeiten als andere. Menschen, die bei der Arbeit nicht auf die Uhr schauen oder ständig auf ihre Rechte pochen, sondern fleißig und strebsam sind.»

«Ich hab's begriffen, Capitán. Vielen Dank für die umfassende Aufklärung.»

«Die haben der armen Ehefrau Angst eingejagt. Aber sie war tapfer und hat ihnen nicht verraten, wo sich ihr Mann befindet. Die Kinder schliefen zum Glück schon.»

«Aber wenn Diego und Paco doch in La Herradura waren und nicht in Nerja, dann können sie ja nicht ...»

«Von La Herradura nach Nerja sind es nur 20 Minuten mit dem Auto. Abends mit etwas Glück sogar noch schneller. Und jetzt ist Don Javier tot. Er ist elendig verbrannt. Seine Schreie waren aus dem Inneren des Gebäudes zu hören, habe ich mir sagen lassen. Haben Sie Don Javiers Schreie gehört?»

Alejandro sagt nichts.

«Da war nicht nur die Bombe, da waren auch Brandbeschleuniger. Damit das Gebäude im Nu in Flammen steht. Er war erst 48 Jahre. Drei Kinder haben jetzt keinen Vater mehr. Wir wissen, dass die Bombe mit Hilfe eines Fernauslösers zur Detonation gebracht wurde. Das konnten die Brüder auf dem Weg zurück nach Málaga bequem aus ihrem Auto heraus erledigen. Sozusagen im Vorbeifahren. Dafür mussten die nicht mal anhalten.»

«Das ist doch Blödsinn.»

Der Capitán zieht die linke Augenbraue hoch. Er besitzt die Gabe, nur eine Augenbraue hochzuziehen, während die andere an Ort und Stelle verharrt. Sein unmissverständliches Zeichen höchster Missbilligung.

«Blödsinn?»

«Ja. Das ist doch völlig unlogisch. Diego und Paco installieren auf der Hinfahrt eine Bombe in der Firma, lösen dann schon mal prophylaktisch den Alarm aus und rufen außerdem bei der Feuerwehr in Nerja an, obwohl sie da noch glauben, dass Don Javier zu Hause bei seiner Familie in La Herradura sitzt? Für wie bescheuert halten Sie denn die beiden?»

«Es sind schlichte Hafenarbeiter. Sie dürfen nicht zu viel logisches Denkvermögen von solchen Leuten erwarten. Außerdem gibt es unter ihren Anarchistenfreunden sicher genügend Leute, die wissen, wie man eine Bombe bastelt.»

«Sie unterschätzen Diego.»

«So gut kennen Sie ihn?»

«Ich möchte zur Toilette.»

«Wir sind bald fertig.»

«Es ist dringend. Bitte!»

«Tatsache ist, dass die Brüder anschließend zurück nach Málaga gefahren sind, in aller Eile ein paar Sachen gepackt und sich aus dem Staub gemacht haben.»

«Das wundert mich nicht. Sie werden auf der Rückfahrt das Feuer in Nerja gesehen haben und konnten sich schon denken, wem man das nach ihrem Besuch in La Herradura in die Schuhe schieben wird.»

«Bald werden wir mehr wissen. Wir haben Pacos Frau in Beugehaft genommen.»

«Carmen? Aber sie hat doch einen kleinen Jungen! Marco. Er ist erst zwei Jahre alt.»

«Den haben wir in einem Heim untergebracht. Ich bin mir sicher, dass sie bald reden wird.»

«Aber Carmen kümmert sich doch außerdem um Pilar. Ihre Schwiegermutter. Die Mutter von Diego und Paco. Sie hatte einen schweren Schlaganfall und ...»

«Seien Sie unbesorgt. Die Dame ist gestern Morgen verstorben.»

«Aber der Junge ...»

«Sie können jetzt gehen. Die Vernehmung ist beendet.»

Der Capitán beugt sich über seine Akte.

Also erhebt sich Alejandro vom Stuhl. Er hat die Türklinke schon in der Hand, als er die Stimme des Capitán in seinem Rücken hört.

«Ach, fast hätte ich es vergessen ...»

Alejandro bleibt stehen.

«Sie dürfen Spanien nicht verlassen.»

Alejandro dreht sich um.

«Ich hatte zwar nicht die Absicht, Spanien in nächster Zeit zu verlassen, aber darf ich fragen, was genau Sie mir vorwerfen?»

«Im Augenblick nichts. Aber das könnte sich ändern. Wir sind ja noch ganz am Anfang unserer Ermittlungen. Möglicherweise Mitgliedschaft in einer terroristischen Vereinigung.»

66

Lis Neuhäuser blickt zum wiederholten Mal hinauf zur elektronischen Anzeigetafel mit den ankommenden Flügen. Die Maschine aus Düsseldorf hat 20 Minuten Verspätung. Lis kann nicht von sich behaupten, dass sie der Ankunft der Maschine entspannt entgegensieht. Das hat zum einen mit dem Fluggast zu tun, auf den sie wartet. Hans, ihr Bruder. Ihre innere Angespanntheit hat aber vor allem damit zu tun, auf welche Weise Hans sein Kommen angekündigt hat.

Mit einem Brief.

Ausgerechnet Hans.

Ein mit der Post verschickter Brief, mit aufgeklebter Briefmarke auf einem neutralen, fensterlosen Standardumschlag und mit handschriftlicher Adressierung, aber ohne Absender. In dem Umschlag steckte ein neutrales DIN-A4-Blatt, ohne Briefkopf, ohne Anrede, ohne Grußformel. Drei dürre Sätze, hastig mit dem Kugelschreiber gekritzelt:

Was ich dir zu sagen habe, kann ich dir nur persönlich sagen. Ich bitte dich, keinen Kontakt mehr zu mir über Telefon oder Internet aufzunehmen. Kein Anruf, keine Mail, keine SMS, nichts!

Und die Flugdaten.

Das war's.

Lis vertieft sich wieder in die vergilbten Seiten ihres Taschenbuchs. Aldous Huxleys *Schöne neue Welt*. Irgendwie, warum auch immer, war ihr George Orwells *1984* deutlicher in

Erinnerung geblieben. In einem für Lis entscheidenden Punkt unterscheiden sich die beiden Dystopien elementar: In Huxleys Roman merken die Menschen gar nicht, wie unfrei und ferngesteuert sie sind.

So denkt Lis mehr nach, als dass sie intensiv liest. Sie bemerkt gar nicht, wie die Zeit verfliegt, als er plötzlich vor ihr steht.

«Hallo, Lis.»

«Hans!»

Sie springt auf und fällt ihm um den Hals. Das Buch fällt zu Boden. Er erwidert die Umarmung, was bleibt ihm auch anderes übrig; zaghaft, steif, ungelenk. Dann macht er sich los, die körperliche Nähe scheint ihm unangenehm zu sein. Er bückt sich, hebt das Buch auf, schaut kurz auf den Titel und reicht es ihr mit einem Grinsen.

Er ist alt geworden.

Ihre letzte Begegnung ist ja auch ziemlich lange her.

Und merkwürdig blass sieht er aus.

«Wie war der Flug?»

«Ich hasse Fliegen. Und nach diesem Flug hasse ich Fliegen noch mehr. Es wurde ziemlich ungemütlich über den Pyrenäen. Ich hatte eigentlich vor, ein wenig Schlaf nachzuholen. Unmöglich.»

Als sie 50 Minuten später in der Gasse vor ihrem Haus den Motor abschaltet, muss sie ihn wecken.

«Sind wir etwa schon da?»

«Ja. Im Schlaf vergeht die Zeit wie im Flug.»

«Ich habe geschlafen?»

«Die komplette Fahrt über. Kaum dass wir am Flughafen ins Auto gestiegen sind, warst du schon im Land der Träume. Willkommen in Frigiliana.»

Hans steigt aus und dreht sich einmal um die eigene Achse.

«Das ist ja ... ein ... Dorf! Ein richtiges Dorf!»

Blankes Entsetzen im Gesicht.

«Ja, Hans. Ich wundere mich, dass du das nicht längst gegoogelt hast. Ich lebe in einem Dorf. Und ich fühle mich sehr wohl hier. Um dir gleich die Sorge zu nehmen: Im Haus gibt es fließendes Wasser und Strom aus der Steckdose. Und außerdem, du wirst es nicht glauben, ein funktionierendes WLAN.»

«Ich sorge mich nicht um mich. Und ich werde deine Netzverbindung nicht anrühren.»

Was das auch immer zu bedeuten hat. Dieser griesgrämige Blick. Lis wartet, bis er seinen winzigen Trolley aus dem Kofferraum bugsiert hat. Handgepäcktauglich. Offenbar scheint er nicht lange bleiben zu wollen. Das ist doch schon mal ein Lichtblick.

Sie schließt den Wagen ab und geht voran.

67

«Sehr verehrte Landsleute, mein Name ist Cristóbal Rivera Espinosa. Wer mich noch nicht kennen sollte, wer meine Sendung heute vielleicht zum ersten Mal verfolgt: Ich war General der Legión Española. Und ich bin Gründer der nationalen Bewegung Reconquista 2.0, von der Sie sicher schon gehört haben. Eine Bewegung, die wächst und gedeiht. Täglich werden wir mehr. Täglich werden wir stärker. Fleißige Bürger, gute Spanier, Patrioten, die nicht länger tatenlos zusehen werden, wie dieses Land, unser Vaterland, von einer selbstgefälligen linksliberalen Elite in der Politik, an den Universitäten und in den Medien zugrunde gerichtet wird.»

Cristóbal Rivera Espinosa legt eine beredte Pause ein, während die Kamera ein Stück zurückgleitet und den Blick freigibt auf den Mann, der rechts neben ihm sitzt.

«Verehrte Zuschauer, Sie haben sicher von dem mörderischen Anschlag vor wenigen Tagen im Süden unseres Landes gelesen oder gehört. Mein heutiger Gast ist Capitán Santiago Robles Alvarez, Chef der Guardia Civil in Nerja und Leiter der Ermittlungen. Herzlich willkommen, Capitán. Ich freue mich außerordentlich, dass Sie Zeit für dieses Gespräch gefunden haben. Was können Sie unseren Zuschauern berichten, ohne die aktuellen Ermittlungen zu gefährden?»

«General, ich danke Ihnen für die Einladung und für die Möglichkeit, vor einem größeren Publikum zu sprechen. Denn wir sind dankbar für jeden sachdienlichen Hinweis aus der Bevölkerung. Verehrte Landsleute, bitte scheuen Sie sich nicht, uns zu kontaktieren. Wir arbeiten unermüdlich an der Aufklärung dieses abscheulichen Verbrechens. Und wir werden nicht ruhen, bis die Täter gefasst und zur Rechenschaft gezogen wurden. All unsere Ermittlungen deuten auf einen feigen linksterroristischen Anschlag aus dem anarchistischen Milieu hin. Diese Leute scheuen auch vor Mord nicht zurück. Ein 48-jähriger Familienvater ist in den Flammen ums Leben gekommen. Der Geschäftsführer und Personalchef der Firma. Er hinterlässt eine Ehefrau und drei Kinder.»

«Anarchistisches Milieu, sagten Sie. Das erinnert an längst überwunden geglaubte Zeiten. An die chaotischen Zustände und politischen Attentate während ...»

«Der historische Vergleich drängt sich in der Tat unweigerlich auf. Da sind erneut diabolische Kräfte am Werk, die unsere respektable Stellung als fünftgrößte, bald viertgrößte Wirtschaftsmacht in der EU sabotieren wollen. Ein Menschenleben zählt in diesen Kreisen nicht viel. Außer der Bombe waren Brandbeschleuniger im Gebäude versteckt. Das Ziel war also die vollständige Zerstörung.»

«Das ist in der Tat die Handschrift dieser ...»

«Diese Terroristen geben vor, die Interessen der Werktätigen im Lande zu vertreten. Was mögen wohl die 500 Arbeitnehmer davon halten, die durch diesen feigen Anschlag ihre Arbeitsplätze verloren haben? Ein schmerzlicher Verlust für unsere Stadt. Nerja lebt fast ausschließlich vom Tourismus ...»

«... und ist damit völlig abhängig von nur einer einzigen Branche. Oder anders ausgedrückt: von den unkalkulierbaren Launen vorwiegend ausländischer Urlauber, die in einem Jahr zu uns kommen und im nächsten Jahr vielleicht ein Hotel in der Türkei buchen, weil es dort billiger ist ...»

«So ist es, General. Und für den Tourismus in Nerja und der

gesamten Costa del Sol wären die Folgen von anarchistischem Terrorismus natürlich fatal.»

«Verstehe. Das nächste Angriffsziel könnte ein Hotel sein.»

«Ich will den Teufel nicht an die Wand malen.»

«Aber wir müssen doch die Wahrheit aussprechen, Capitán. Den Tatsachen ins Auge sehen. Heute ist es ein Terrorakt gottloser Anarchisten, morgen vielleicht schon wieder ein Anschlag islamistischer Fanatiker, wie wir ihn schon mehrfach in Europa und auch in Spanien erlebt haben.»

«Gewiss, wir leben in einer bedrohlichen Zeit.»

«Meine lieben Landsleute, all diesen Terroristen, gleich ob sie sich anarchistisch oder islamistisch nennen, ist doch eines gemeinsam: Sie hassen unsere christliche Kultur. Sie wollen unsere abendländische Kultur vernichten. Täglich ergießen sich neue Flüchtlingsströme an die Küsten unseres Vaterlandes. Wissen wir, welche Gesinnung diese Leute insgeheim hegen? Was in ihren Köpfen vorgeht? Welche Ziele sie in Wahrheit verfolgen? Von wem sie in unser Land geschickt wurden? Die daraus resultierende, alles entscheidende Frage richte ich an Sie, verehrte Landsleute: Wie lange wollen wir uns das noch bieten lassen?»

68

Hoffentlich geht das heute Abend gut, denkt Lis, während sie Wasser, Wein und Oliven auf den Tisch stellt. Hoffentlich geht er anständig mit den beiden Menschen um, die ihr am Herzen liegen. Hoffentlich hält er seine Arroganz im Zaum und lässt nicht den Oberlehrer raushängen. Und hoffentlich macht er keine blöden Bemerkungen über *das Dorf.*

Und der Abend beginnt gelinde gesagt merkwürdig, als ihre beiden Gäste gegen 23 Uhr im Schutz der Dunkelheit das Haus betreten: Statt ihnen die Hand zu reichen, wie es die Höflichkeit geboten hätte, fordert Hans ohne Umschweife Alejandro, Pater Daniel und auch seine Schwester Lis auf, ihre Handys auszuschalten und ihm auszuhändigen. Dann verschwindet er ohne ein weiteres Wort mit den Handys in der Küche, veranstaltet dort einen ziemlichen Radau und kehrt nach einer gefühlten Ewigkeit mit leeren Händen ins Wohnzimmer zurück.

«Okay, fangen wir an. Die Adresse des ...»

Lis unterbricht ihren Bruder und blickt zu Pater Daniel: «Ist es okay, wenn wir Deutsch miteinander reden?»

Lis hat ihn auf Spanisch angesprochen. Pater Daniel nickt und antwortet auf Deutsch: «Wir hatten im Benediktinerkloster in San Sebastián drei deutsche Padres. Ich verstehe eure Sprache ganz gut, wenn ihr langsam und ... wie sagt man ... deutlich redet. Nur das Sprechen ist schwer für mich. Nein, schwer ist das falsche Wort ... anstrengend. Ja, anstrengend. Wenn ich etwas nicht verstehe oder wenn ich etwas sagen möchte, hebe ich die Hand und Alejandro kann übersetzen.»

«Das ist eine gute Idee. Wenn ...»

«Okay», unterbricht Hans seine Schwester. «Dann können wir ja endlich anfangen.» Hans wirkt merkwürdig ungeduldig, schon den ganzen Tag. Als wollte er das hier möglichst schnell hinter sich bringen und wieder nach Düsseldorf verschwinden.

«Der Brief, den dieser John Carlsberg vor zwei Jahren dem Generalpräsidenten der Frommen Bruderschaft der Heiligen Agatha geschrieben hat, in dem er ihn aufgefordert hat, unverzüglich ein Grab auf diesem Friedhof in der Sierra anzulegen und ein Holzkreuz aufzustellen. Erinnert ihr euch noch an die Adresse des Absenders?»

«USA. Kalifornien. Los Angeles ... Wilshire Boulevard», sagt Alejandro. «Die Hausnummer habe ich vergessen.»

«8383. Sagt euch diese Adresse was?»

Alejandro und Pater Daniel schütteln pflichtschuldig die Köpfe. Und Lis verdreht die Augen, Schlimmes ahnend, was das spezielle Kommunikationsverhalten ihres Bruders betrifft.

«Der Wilshire Boulevard verbindet Santa Monica mit Beverly Hills. Beste Lage. Am Wilshire Boulevard residiert zum Beispiel auch die Academy, die jedes Jahr die Oscars vergibt. Aber uns interessiert ein anderes Gebäude. 8383 Wilshire Boulevard. Ein schmuckloser Büroturm. Darin unterhielten zu dem Zeitpunkt, als der Brief nach Granada abgeschickt wurde, außer John Carlsberg noch andere interessante Figuren und Firmen ihre Büros. Zum Beispiel Breitbart News und Glittering Steel. Und Cambridge Analytica.»

Hans Gollmann schaut triumphierend in die Runde, erntet aber nicht die Reaktion, die er sich erhofft hat. Kein großes Erstaunen. Keine grenzenlose Bewunderung. Stattdessen Stirnrunzeln.

«Das sagt euch nichts?»

Alejandro und Pater Daniel schütteln erneut die Köpfe.
Hans stößt einen tiefen Seufzer aus.

«Okay. Dann fangen wir wohl besser bei null an. Breitbart News ist ein Internetnachrichtenportal. Glittering Steel ist eine Filmproduktion, die Videos fürs Netz herstellt. Vor allem für Breitbart News. Und Cambridge Analytica ...»

«War da nicht mal was mit Brexit und Trump?»

«Exakt. Cambridge Analytica war ein im Jahr 2014 gegründetes Tochterunternehmen einer britisch-amerikanischen Holding namens SCL. Die Abkürzung steht für *Strategic Communications Laboratories*. Der Name spricht ja schon Bände. So, jetzt reisen wir auf dem Zeitstrahl noch weiter zurück. Zur kalifornischen Eliteuniversität Stanford. Die Uni unterhält enge personelle Verbindungen zum nahegelegenen Silicon Valley. Dort hat unser John Carlsberg bekanntlich Psychologie und Informatik studiert. Dort lehrt und forscht ein gewisser Michal Kosinski. Die beiden sind fast gleichaltrig, Kosinski ist nur ein paar Monate jünger als unser John Carlsberg, sofern der tatsächlich existiert und identisch mit Juan Carlos Vidal Romero ist. Michal Kosinski wurde 1982 in Warschau geboren, studierte und promovierte im britischen Cambridge, bevor er einem Ruf nach Stanford folgte. Vielleicht hat aber auch das Silicon Valley laut genug nach ihm gerufen. Jedenfalls ist Kosinski dort Professor für Psychometrie.»

«Was ist das?»

«Psychometrie? Die beschäftigen sich mit Theorie und Methodik des psychologischen Messens. Kosinski stellte eines Tages eine kluge Hypothese auf ... die es zu beweisen galt. Um sie zu beweisen, sammelte er fleißig digitale Fußabdrücke im Netz und kombinierte sie anschließend mit fünf zuvor definierten Persönlichkeitsmerkmalen. Die sogenannten Big Five. Wir Menschen halten unsere Seele ja für unglaublich vielschichtig und einzigartig. Alles Blödsinn. Die Psychometrie kommt mit nur fünf psychologischen Persönlichkeitsmerkmalen klar, um uns zu klassifizieren und zu identifizieren.»

«Wie sammelt man denn digitale Fußabdrücke?»

«Indem man Big Data anzapft und Datenpakete stiehlt... oder indem man sie für viel Geld kauft, so wie Cambridge Analytica das getan hat, um den Kunden Donald Trump auf den Thron zu hieven. Oder, dritte Möglichkeit, zwar kostengünstig, aber deutlich weniger effizient, so wie Kosinski seinerzeit. Aber für die empirische Untermauerung seiner Hypothese reichte es.»

«Was war das denn für eine Hypothese?»

«Eins nach dem anderen. Kosinski sammelte die Daten, die er für sein Forschungsprojekt benötigte, mit Hilfe von speziell für diesen Zweck entwickelten und ins Netz gestellten Persönlichkeitstests. Unfassbar, was die Leute freiwillig an intimsten Dingen preisgeben, nur um zu erfahren, wie schlau sie sind oder wie attraktiv sie auf potenzielle Sexualpartner wirken.»

Hans blickt in die drei Gesichter am Tisch.

Dreimal Stirnrunzeln.

«Langweile ich euch?»

«Überhaupt nicht», antwortet Alejandro. «Vor allem das mit den Sexpartnern klingt spannend. Aber wir müssen uns alle ziemlich konzentrieren, um dir in diesem Tempo gedanklich folgen zu können.»

«Okay. Es geht leider nicht einfacher. Sonst begreift ihr nicht, dass ihr an einem Pulverfass zündelt.»

«Was für ein Pulverfass?»

«Eins nach dem anderen. Bleiben wir noch einen Moment bei Kosinski. Auf der Basis seiner empirisch erhobenen Daten hat der Wissenschaftler am Ende einen ziemlich genialen Algorithmus entwickelt. Ihr wisst, was ein Algorithmus ist?»

Alle nicken pflichtbewusst.

«Ehrlich gesagt seht ihr nicht gerade überzeugt aus. Ein Algorithmus ist eine Maschine, eine von Menschen programmierte digitale Maschine in einem Computer, die unglaublich schnell rechnen kann und von Menschen auf das Lösen einer bestimmten, exakt umrissenen Aufgabe programmiert ist. So weit klar?»

Alle nicken erneut.

«Okay. Kosinskis Maschine misst nicht die Zeit, Kosinskis Maschine treibt auch keine Autoräder an. Kosinskis Maschine analysiert digitale Fußabdrücke von Menschen im Netz und schreibt diesen Menschen dann Charakterzüge und Verhaltensmuster zu. Mit einer unglaublichen Treffsicherheit. Wenn Kosinskis Algorithmus nur zehn Likes eines Facebook-Nutzers kennt, dann kennt er diesen Menschen schon besser als die meisten Arbeitskollegen. Bei 100 Likes kennt der Computer den Nutzer besser als die meisten der Familienangehörigen. Ab etwa 230 bekannten und analysierten Likes kennt Kosinskis Algorithmus den Nutzer besser als der Lebenspartner des Nutzers.»

Hans genießt das Schweigen.

Sein eigenes und das seiner Zuhörer.

Lis fasst sich am schnellsten: «Aber warum konstruiert denn jemand eine solche Teufelsmaschine?»

«Die Antwort ist einfach: weil er es kann. Die Idee von der wertfreien und zweckfreien wissenschaftlichen Forschung ist eine der großen Lügen der jüngeren Menschheitsgeschichte. Vielleicht hat Michal Kosinski an die Entdeckung der Kernspaltung gedacht, als er später über seine eigene Erfindung sagte: ‹Ich habe die Bombe nicht gebaut. Ich habe lediglich gezeigt, dass es sie gibt.›»

«Hat Kosinski denn für Cambridge Analytica gearbeitet?»

«Nein. Aber mit den verblüffenden Ergebnissen seiner wissenschaftlichen Forschungsarbeit hat Kosinski die Büchse der Pandora geöffnet. Warum? Es ist wie mit dem Heroin, das in den Laboren des deutschen Aspirin-Erfinders Bayer aus Rohopium entwickelt wurde. Das Produkt und auch der Name. Als Arznei. Als harmloses Hustenmittel. Als die Bayer-Forscher die teuflische Wirkung des Hustenmittels namens Heroin erkannten, ließen sie ihre Erfindung wieder in ihrem Giftschrank verschwinden. Aber die Droge war in der Welt. Heute betreibt die Mafia eigene Großlabore zur Heroinherstellung. Weil es ein Milliardengeschäft ist. Ihr begreift, was ich euch damit sagen will?»

Wieder nicken alle.

«Es scheint ein Naturgesetz zu sein: Ist eine materiell oder ideell gewinnträchtige Erfindung erst einmal gemacht, lässt sie sich nicht mehr wegschließen. Nicht dass ihr jetzt denkt, den Stanford-Professor Michal Kosinski hätte das moralisch aus der Bahn geworfen. Keine Spur. Bei einem Vortrag in Zürich im Sommer 2018 sagte er sinngemäß, das Ende der Privatsphäre sei eine gesellschaftlich notwendige Realität, und den Lauf der Zeit könne man ohnehin nicht aufhalten. Das Ende der Privatsphäre sei nun mal alternativlos. *Get over it.*»

Pater Daniel schüttelt heftig den Kopf. Als er sich mit Hans in eine Debatte über Wissenschaftsethik verstrickt, ohne jegliche Übersetzungshilfe zu benötigen, nutzen Alejandro und Lis die Gelegenheit zu einer Zigarettenpause auf der Terrasse.

Er gibt ihr Feuer. Sie formt mit ihren Händen einen Windschutz um die Flamme. Ihre Hände berühren sich. Länger als nötig. Als sich Papier und Tabak entzünden, gibt es keinen triftigen Grund mehr für den Windschutz, also zieht sie ihre Hände zurück, die Flamme erlischt, die Dunkelheit umschließt sie, da ist nichts als die dünne Mondsichel und der klare Sternenhimmel über ihnen und der seltsam hektische Tanz der beiden künstlichen Glühwürmchen auf der Terrasse. Und seine Nähe, seine Wärme, die sie durch die Dunkelheit spürt.

«Kluger Mann, dein Bruder.»

«Ja. Leider weiß er das auch. Das macht es so anstrengend.

Ich hoffe, er nervt euch nicht zu sehr mit seiner besserwisserischen Art.»

«Kein Problem. Aber ihr habt so gar nichts gemeinsam.»

«Vielleicht ist da ja tief verborgen doch irgendetwas Verbindendes. Nur habe ich es bedauerlicherweise noch nicht entdeckt.»

«Ich drücke dir die Daumen.»

«Wozu?»

«Dass du noch entdeckst, was euch verbindet.»

Irgendwo, weit weg, spielt jemand Gitarre. Eine Bulería.

«Alejandro, vielleicht hört sich das für dich merkwürdig an, aber ich bin heilfroh, dass du diesen furchtbaren Job endlich los bist. Der war Gift für deine Seele.»

«Ich weiß noch nicht, wie ich es finden soll. Ich war froh, endlich wieder Arbeit zu haben. Eigenes Geld zu verdienen.»

«Du hast so viele Talente ...»

«Das sagst du immer. Jetzt muss ich nur noch einen Arbeitgeber finden, der das genauso sieht.»

«Geh nach Deutschland. Geh nach Düsseldorf. Ich habe Kontakte in der Kunstszene dort ...»

«Dann würden wir uns nicht mehr sehen.»

Lis hat mit allen möglichen Argumenten gerechnet. Mit diesem nicht.

«Das würdest du vermissen?»

«Ja. Sehr.»

Sie lacht kurz.

Dann schweigt sie.

«Lis, ich muss erst die Sache mit meinem Bruder zu Ende bringen, bevor ich neue Pläne für mein Leben schmiede.»

«Manchmal denke ich ...»

«Nein. Sag's nicht. Ich habe es angefangen, also bringe ich es auch zu Ende. Ich muss wissen, was mit meinem Bruder ist. Ob er tot ist. Ob er noch lebt. Was für ein Mensch er ist.»

«Alejandro, wenn du Geld brauchst ...»
«Das ist sehr nett von dir. Aber ich habe etwas gespart, ich brauche nicht viel, ich habe auch noch einen Restaurierungsauftrag, für den ich bislang nie Zeit hatte, drüben in Torrox, außerdem kann ich nebenbei in Federicos Bar jobben. Federico hat es mir gestern angeboten, er kommt nämlich nicht mehr alleine klar mit den vielen jungen Touristinnen.»
Ein schmerzhafter Stich.
«Na dann. Viel Spaß dabei. Wir sollten wieder reingehen.»
«Ja. Das sollten wir wohl.»
Die beiden Glühwürmchen verlöschen.
Beim Versuch, in der Finsternis gleichzeitig die Tür zu erreichen, stoßen sie gegeneinander, versehentlich.
Sie kichern albern. Sie berühren sich erneut, ertasten sich, diesmal nicht versehentlich, sie umarmen sich, sie küssen sich, lange. Tut gut. Tut so gut. Schluss damit! Spinnst du, Lis, du alte Kuh? Sie löst sich aus seiner Umarmung.
«Wenn das die jungen Touristinnen wüssten ...»
«Willst du die Wahrheit wissen? Die sind mir völlig egal.»
«Ich bin 27 Jahre älter als du.»
«Auch das ist mir egal!»
«Bitte küss mich noch einmal.»
Als sie wieder das Wohnzimmer betreten, fragt Hans leicht beleidigt: «Wo seid ihr gewesen?»
«Draußen», entgegnet Lis knapp und setzt sich.
«Dann können wir ja endlich weitermachen.»
«Klar, Hans. Können wir.»
«Okay. Reisen wir noch mal zum Wilshire Boulevard in Los Angeles. Oder besser zu dem Herrn, der dort eines Tages auf Einkaufstour ging. Nicht in den Edelboutiquen im Erdgeschoss, sondern in den höheren Etagen in dem Büroturm mit der Hausnummer 8383. Robert Mercer heißt er. Ehemaliger IT-Entwickler bei IBM. Heute ist er weit jenseits der 70 und vielfacher Mil-

liardär. Sein gigantisches Vermögen machte er allerdings nicht als Programmierer bei IBM, sondern später mit Hedgefonds. Aber sein Verständnis für die schier unbegrenzten Möglichkeiten der elektronischen Datenverarbeitung zum Erreichen politischer Ziele stammt aus dieser Frühzeit. Er sagt von sich selbst, dass ihm die Gesellschaft von Katzen lieber ist als jene von Menschen. Er besitzt auf seinem Anwesen auf Long Island eine der größten Schusswaffensammlungen der USA. Die Kombination aus hoher Intelligenz und sparsamer Emotionalität macht ihn zum perfekten Pokerspieler, aber nicht unbedingt zu einem liebenswürdigen, sozialkompatiblen Zeitgenossen. Auf Letzteres scheint er allerdings auch keinen gesteigerten Wert zu legen.»

«Komm mal zum Punkt, Hans.»

«Nur Geduld, Lis. 2011 kaufte Mercer für zehn Millionen US-Dollar das Nachrichtenportal Breitbart News und installierte Steve Bannon an der Spitze. Der machte aus dem Laden ganz im Sinne Mercers eine mediale Kampfmaschine zur Verbreitung reaktionärer Ideen im Netz.»

«Steve Bannon?»

«Ja. Schon mal gehört?»

«War der nicht Trumps Wahlkampfberater?»

«Exakt. Und jetzt kommt Cambridge Analytica ins Spiel. Bei denen saß Mr. Mercer im Aufsichtsrat. Die waren die Ersten, die Kosinskis Erkenntnisse konsequent nutzten und kopierten und Mathematik und Psychologie miteinander verknüpften. Sie nannten es *Mikrotargeting*. Was bestimmt menschliches Verhalten? Und vor allem: Wie lässt sich menschliches Verhalten über das Netz steuern? Eine von vielen Methoden: Es werden künstlich neue Probleme erfunden, die nur der neue Heilsbringer lösen kann. Diese Idee nutzte zum Beispiel die AfD in Deutschland sehr clever: Sie redete den Menschen so lange ein, besorgte Bürger zu sein, bis diese Menschen die Partei wählten, die vorgibt, sich um besorgte Bürger zu kümmern. Die AfD verunglimpfte den Staat und seine Institutionen so lange, bis die Bürger die einzige Partei wählten, die versprach, das sogenannte Establishment zu entmachten und hinwegzufegen. Die passende Botschaft zum passenden Zeitpunkt für den passenden Personenkreis. Ähnlich, nur viel raffinierter funktionierte es auch in Großbritannien. Mit dem überraschenden Ergebnis des Brexit-Referendums hatte sich Cambridge Analytica jedenfalls ein erstklassiges Zeugnis ausgestellt. Jenseits des Atlantiks war der Kandidat Donald Trump schwer beeindruckt. Also erhielt Cambridge Analytica für spezielle digitale Dienstleistungen im amerikanischen Präsidentschaftswahlkampf 2016 schätzungsweise 15 Millionen US-Dollar.»

«Willst du damit sagen ...?»

«Ich will damit sagen, dass Cambridge Analytica Donald Trump ins Weiße Haus gehievt hat.»

«Und wie funktionierte das?»

«Mit Hilfe von Kosinskis Erkenntnissen. Und mit Hilfe von Facebook. Cambridge Analytica besorgte sich 87 Millionen US-amerikanische Nutzerprofile samt persönlicher Daten ... Im Schnitt waren das 5000 Einzelinformationen pro Nutzer. Aufgrund des amerikanischen Wahlsystems genügte es, sich voll und ganz auf wenige zehntausend schwankende Wähler in den drei unsicheren Bundesstaaten Wisconsin, Michigan und Pennsylvania zu konzentrieren. Wer diese drei Bundesstaaten von sich überzeugen konnte, der würde die Wahl gewinnen. Im zweiten Schritt speiste man die 87 Millionen Facebook-Profile in die eigenen Rechner ein und entwickelte 32 Persönlichkeitsprofile der noch Unentschlossenen. Ihr erinnert euch: Michal Kosinski kam bei seiner wissenschaftlichen Grundlagenforschung mit nur fünf Persönlichkeitsprofilen klar. Cambridge Analytica hat Kosinskis Arbeit gründlich studiert und das System perfektioniert. Im dritten Schritt wurden an die noch unentschlossenen Wähler in diesen drei Bundesstaaten persönlich gehaltene, inhaltlich individuell zugeschnittene Nachrichten via Facebook verschickt, und zwar zur individuellen Hauptbesuchszeit der jeweiligen Facebook-Nutzer, auch die kannte man ja aus dem umfangreichen Datensatz.»

«Was für Nachrichten denn?»

«Ganz unterschiedlich. Leidenschaftliche Waffenbesitzer unter den noch unentschlossenen Wechselwählern erhielten zum Beispiel die Nachricht: ‹Weißt du eigentlich, dass Hillary Clinton dir deine Waffe wegnehmen will?› Oder ein Meme mit entsprechender Botschaft, das ist noch effektiver, weil es sich gleich ins Unterbewusstsein einnistet. Die Nachrichten löschten sich übrigens nach wenigen Stunden wieder von selbst, sie verschwanden spurlos aus dem Account des Facebook-Nutzers. Damit die Manipulation später nicht nachweisbar war. Der Kandidat Trump steckte während des Wahlkampfs 75 Prozent seines gesamten Marketing-Etats ins Digitale. Es hat sich für ihn rentiert: Hillary Clinton hatte zwar am Ende landesweit drei Millionen Stimmen mehr als Donald Trump, aber Trump gewann mit nur 77 000 Stimmen Vorsprung die drei Schlüsselstaaten Wisconsin, Michigan und Pennsylvania.»

«Aber das war doch Betrug!»

«Wieso? Von wem? An wem? Andere verbreiten ihre politischen Botschaften für viel Geld über Wahlplakate oder Fernsehspots. Natürlich mit extrem hohen Streuverlusten. Trump richtete sich gezielt via Facebook wiederholt an die wenigen Wähler, die er für seinen Sieg brauchte. Und sein Dienstleister Cambridge Analytica konnte ihm auch immer exakt sagen, wo sich auf der Schlussgeraden noch ein öffentlicher Live-Auftritt rentierte.»

«Aber von Facebook war das doch nicht in Ordnung, einfach ihre Kundendaten weiterzugeben!»

«Noch so ein Irrtum. Das waren ja streng genommen gar keine Kundendaten. Keine Daten von zahlenden Kunden. Denn die Kunden, die Facebook und Co. so reich machen, sind ja nicht die gewöhnlichen Nutzer, sondern die zahlenden Werbekunden. Dort schätzt man das Angebot, unauffällig Werbung bei den geeigneten Zielgruppen unterzubringen.»

«Wie geht das denn?»

«Zum Beispiel so: Wer in den digitalen Communities mit seinen sportlichen Erfolgen prahlt, kriegt garantiert und blitzschnell kommerzielle Werbung für die neuesten Produkte der Sportartikelhersteller präsentiert. Möglichst so, dass der Idiot nicht mal merkt, dass es sich um kommerzielle Werbung handelt.»

«Aber moralisch und politisch ...»

«Ach, Lis, du weißt doch besser als ich, wie das läuft. Es gab ein bisschen Aufregung in den traditionellen Medien, und das war's. Ein Whistleblower, ein 28-jähriger IT-Mitarbeiter von Cambridge Analytica, steckte es dem *Observer* und dem *Guardian*. Die enthüllten daraufhin noch weitere Desinformationskampagnen der Firma in mehreren afrikanischen Ländern. Mark Zuckerberg geriet eine Weile unter Druck und erklärte deshalb öffentlich, er bedaure sehr, was da geschehen sei, und es werde nicht wieder vorkommen. Im Mai 2018 meldete Cambridge Analytica Insolvenz an, ebenso die Muttergesellschaft SCL.»

«Versteh ich nicht. Wenn das doch so lukrativ war, warum wurde dann Insolvenz angemeldet?»

«Um möglichst unauffällig von der Bildfläche zu verschwinden. Unternehmen, die nicht mehr existieren, kann man auch nicht mehr öffentlich angreifen. Ich wette, da wurde von mächtigen Leuten Druck ausgeübt. Von Leuten, die sich lieber unterhalb des Radars der öffentlichen Wahrnehmung bewegen.»

Lis greift nach den zwei leeren Weinflaschen auf dem Tisch und geht, um Nachschub aus der Küche zu holen. Verwaschene

Jeans, ein schlichtes weißes T-Shirt, Flip-Flops. Sie sieht hinreißend aus, findet Alejandro. Er spielt eine Sekunde mit dem Gedanken, ihr zu folgen, sie zu fragen, ob er ihr helfen kann, wobei auch immer, die Flasche entkorken vielleicht, aber er lässt es, weil er sich beobachtet fühlt. Dann stellt er fest, dass Pater Daniel ihn beobachtet. Als Alejandro den Blick erwidert, lächelt Pater Daniel.

Hans Gollmann hingegen wirkt mit einem Mal erschöpft. Als hätte ihm jemand den Stöpsel gezogen, als sei sämtliche Energie aus seinem Körper entwichen. Er hat das alles, was er bislang vorgetragen hat, aus dem Kopf referiert, er hat keine Notizzettel, er hat nichts Schriftliches dabei.

Lis kehrt mit zwei Flaschen zurück, eine Flasche Weißwein und eine Flasche Rotwein, beide sind bereits entkorkt. Sie stellt die Flaschen auf den Tisch und setzt sich wieder.

«Bedient euch bitte selbst», sagt sie.

«John Carlsberg», sagt ihr Bruder merkwürdig tonlos. Alle sehen ihn an. Aber Hans erwidert die Blicke nicht. Er fixiert einen Punkt am Ende des Zimmers, weit weg.

«Er ist inzwischen der neue *hidden champion* dieser Branche. Aber auf einem weit höheren Level als Cambridge Analytica. Er muss über gigantische Rechnerkapazitäten verfügen. John Carlsberg ist heute mit seiner weltweit operierenden Firma namens ThinkContent der Weltmarktführer in Sachen Desinformation und Manipulation. In der Öffentlichkeit sind sowohl er als auch seine Firma völlig unbekannt. ThinkContent ist eine Hassfabrik. Das einzige Produkt, das dort hergestellt wird, ist Hass. Nein, nicht ganz. Carlsberg bietet über seine Tochterfirma CleanContent auch diverse digitale Dienstleistungen für die internationalen IT-Riesen im Social-Media-Sektor an. Der Kreis der Kunden ist ja mittlerweile übersichtlich: Amazon-Gründer Jeff Bezos besitzt beträchtliche Anteile an Twitter, Google hat für 1,3 Milliarden Euro YouTube gekauft, Facebook-

Gründer Mark Zuckerberg hat mehrere Milliarden US-Dollar für WhatsApp und Instagram hingeblättert. Die Kaufsummen machen deutlich, wie viel Geld sich mit digitalen Netzwerken verdienen lässt. Für diese Handvoll Global Player bietet Carlsbergs Tochterfirma Dienstleistungen an. Alejandro, auch der Laden, in dem du gearbeitet hast, gehört John Carlsberg. Wenn der Mann identisch ist mit Juan Carlos Vidal Romero, dann hast du die ganze Zeit für deinen Bruder gearbeitet, ohne es zu wissen. Hat er dich wenigstens anständig bezahlt?»

Alejandro sagt nichts. In seinem Kopf kreisen Gedanken, die er nicht zu fassen kriegt.

«Carlsbergs Tochterfirma CleanContent unterhält weltweit rund ein Dutzend Niederlassungen. Auf den Philippinen gleich mehrere. In Manila sitzen Heerscharen von jungen Filipinos Tag für Tag in riesigen Bürohallen vor Computerbildschirmen und löschen all den widerlichen Dreck, den digitalen Giftmüll aus dem Netz. Die Arbeit geht den Cleaners nicht aus, nicht wahr, Alejandro? In jeder einzelnen Minute werden weltweit 500 Videostunden auf YouTube hochgeladen, 450 000 Tweets bei Twitter, 2,5 Millionen Posts auf Facebook. Manila ist nach wie vor weltweit der größte Standort, aber mittlerweile hat CleanContent auch diverse Filialen in Europa. In Polen, in Irland. Und bis vor drei Tagen auch hier in Andalusien, in Nerja. In seinen weltweiten Filialen lässt John Carlsberg im Auftrag von Facebook und Co. das Internet auch von jenem digitalen Müll säubern, den er zuvor in seinen Laboratorien selbst produziert hat.»

Alejandro schaltet sich ein: «Uns wurde immer gepredigt: So viel löschen wie nötig, aber so wenig löschen wie möglich. Wer zu viel löschte, kriegte richtig Ärger.»

«Klar. Facebook und Co. sind natürlich scharf auf möglichst viel *traffic* und *engagement*. Weil nur dann die satten Rechnungen an die Werbekunden ausgestellt werden können. Carlsbergs Auftraggeber im kalifornischen Silicon Valley machen ihren milliardenschweren Profit ja nicht mit der Reduzierung von Inhalt, sondern im Gegenteil mit dessen stetiger Vermehrung. Mit möglichst viel Content lassen sich möglichst hohe Werbeeinnahmen generieren. Es ist perfide. John Carlsberg lässt sich von Facebook und Co. dafür bezahlen, mit Hilfe der bei CleanContent eingesammelten und analysierten Daten überprüfen zu können, wie effizient die eigenen Laboratorien der Mutterfirma ThinkContent arbeiten. Effizienz bedeutet in diesem Fall die Erzeugung von maximaler negativer Emotion bei minimaler juristischer Angreifbarkeit. Alles unter dem Deckmantel der Meinungsfreiheit. Demokratische Errungenschaften werden gnadenlos missbraucht, um gegen die demokratische Gesellschaft zu hetzen. Was an politischen Botschaften bei CleanContent durchflutscht, hat den konzerneigenen Lackmustest bestanden. Angeblich soll es dort sogar Menschenversuche geben.»

«Wo? Bei CleanContent?»

«Exakt.»

«Was denn für Menschenversuche?»

«Angeblich werden die sogenannten *Content Analysts* als unfreiwillige menschliche Versuchskaninchen missbraucht. Um zu testen, ob sich nicht nur diffuse Massen, sondern auch einzelne User fernsteuern lassen. Welcher individuell eingespeiste Input im Netz ist hilfreich, um das Verhalten einzelner Menschen massiv zu beeinflussen und zu steuern? Bisher richteten sich die Aktionen immer an große Zielgruppen. Eine Individualisierung wäre natürlich eine technologische Revolution. Lässt sich zum Beispiel ein einzelner unliebsamer Politiker oder Journalist via Facebook oder Twitter in den Wahnsinn treiben? Hast du davon etwas mitgekriegt, Alejandro?»

Alejandro antwortet nicht.

«Das Herzstück des Konzerns sind die Forschungslaboratorien von ThinkContent. Die Hassfabriken. Dort werden die Strategien für die anderen Kunden, nämlich für die politisch interessierten Auftraggeber, entwickelt. Damit verdient Carlsberg das ganz große Geld. Dagegen sind die Einnahmen seiner CleanContent-Filialen nur Peanuts.»

«Was bedeutet denn: die anderen Kunden?»

«Ist das noch nicht deutlich geworden? Die Tochterfirma CleanContent mit ihren Dutzenden Filialen hilft den Auftraggebern im Silicon Valley, den nationalen Regierungen und der Weltöffentlichkeit mitzuteilen und vorzugaukeln: Seht her, wir nehmen eure Sorgen ernst, wir kümmern uns darum, dass unsere Portale von schmutzigem Content gereinigt werden. Sie sagen natürlich nicht, dass sie das gar nicht selber erledigen oder von ihren doch angeblich so superschlauen Hightechmaschinen im Valley erledigen lassen, sondern Heere von Billiglohnabeitern diesen Job in Handarbeit erledigen. Junge Menschen, die schwere seelische Schäden erleiden, ähnliche Traumatisierungen wie Soldaten im Kriegseinsatz erfahren, weil sie sich tagtäglich diesen digitalen Giftmüll reinziehen müssen.»

Pater Daniel schaltet sich ein: «Das ist nichts anderes als moderner Kolonialismus im Zeitalter der Globalisierung!»

«Sie sagen es, Pater. Aber die moralische Bewertung interessiert mich jetzt nicht. Habt ihr das so weit verstanden?»

Alle nicken.

«Okay. So weit, so schlecht. Weiter geht's zum zweiten Geschäftszweig. Die Hassfabriken. Die Auftraggeber der Forschungslaboratorien der Muttergesellschaft ThinkContent sitzen natürlich nicht im Silicon Valley.»

«Sondern?»

«Sondern vermutlich überall auf dieser Erde. Einflussreiche politische Zirkel, mächtige und größenwahnsinnige Menschen, die darauf erpicht sind, ganze Volksgruppen oder Völker fernzusteuern. Abgrundtiefes Misstrauen zu säen, gegenüber Andersdenkenden und Anderslebenden, gegenüber demokratischen Spielregeln, gegenüber allem Fremden. Mächtige Leute, deren politisches Ziel es ist, Menschen mit Verachtung und Hass vollzupumpen. Der Auftraggeber definiert sein politisches Ziel, ThinkContent entwirft eine passende Strategie und nennt den Preis, den Rest erledigt dann eine bizarre Menagerie von Zombies: Algorithmen, Bots, Trolle, aber auch gekaufte *fake people* aus Fleisch und Blut. Auch dafür gibt's Subunternehmer, die massenhaft Netzkommentare verfassen und streuen. Das ist natürlich alles nicht neu, auch wenn die Öffentlichkeit davon bislang kaum Notiz nimmt. Aber die technische Perfektion des Wahnsinns hat mit ThinkContent ein neues, unvorstellbares Level erreicht.»

«Aber wenn die Konzerne im Silicon Valley dahinterkommen, dass ihr Dienstleister ein doppeltes Spiel ...»

«Ich bitte euch, wie naiv seid ihr nur? Natürlich wissen die das längst. Aber die alten Global Player halten still, weil sie fürchten, dass sich der entfesselte Mob von ihnen ab- und sich neuen Internetplattformen zuwendet. Dass die populistischen Strippenzieher nur zu pfeifen brauchen und sich Millionen Lemminge in neuen Foren um sie scharen. Das passiert ja auch schon. Reddit. Telegram. Parler. Die Namen sagen euch nichts? Ist nur noch eine Frage der Zeit. Robert Mercers Tochter investiert schon mächtig in neue Plattformen. Die Büchse der Pandora ist längst geöffnet. Die schließt niemand mehr. Keine nationale Regierung, auch nicht die EU oder die Vereinten Nationen.»

«Und wie war das mit dem Pulverfass?»

«Seid ihr echt so naiv?»

«Sag uns doch einfach, was du zu sagen hast, Hans.»

«Es geht um viel Geld. Um unvorstellbar viel Geld. Und immer wenn sehr viel Geld auf dem Spiel steht, verlieren Menschen sämtliche Skrupel. Das erste Opfer der Gier ist die Moral. Macht euch nichts vor: Das ist ein Naturgesetz.»

«Geht's ein bisschen konkreter?»

Hans Gollmann stößt einen tiefen Seufzer aus.

«Okay. Wer sich zum Beispiel mit der internationalen Drogenmafia anlegt, der setzt sein Leben aufs Spiel. Da habt ihr doch sicher schon mal von gehört oder gelesen, oder?»

Alle nicken stumm.

«Und wer sich mit ThinkContent anlegt, muss ebenfalls wissen, was er tut. Aber ihr seid ja zum Glück alle schon erwachsen. Ich für meinen Teil fliege morgen früh zurück nach Düsseldorf und werde Juan Carlos Vidal Romero alias John Carlsberg vergessen haben, noch bevor ich in Málaga in die Maschine steige. Ich hab nämlich noch ein bisschen was vor mit meinem Leben.»

69

Endlich!

Endlich erkennt die Bewegung, was sie an ihm hat.

Gabriel liest El Cids Nachricht, die er gestern erhielt, nun noch einmal Wort für Wort. Um nur ja sicherzugehen, dass er diesmal nichts übersehen hat. Diesmal darf er keinen Fehler machen.

El Cids Worte sind Balsam für Gabriels Seele:

Lieber Gabriel,
im Namen der Bewegung und unseres Führers, General Cristóbal Rivera Espinosa, danke ich dir für deine mutige Aktion ...

Den Moment, als er auf dem Parkplatz mitten unter den ahnungslosen Evakuierten der Spätschicht den Knopf der Fernbedienung in seiner Hosentasche drückte und damit die Sprengung auslöste, wird er sein Lebtag nicht vergessen. Ein berauschendes Gefühl unbegrenzter Macht. Herr über Leben und Tod. Dabei hatte er doch gar nicht vor zu töten. Er hatte dafür gesorgt, dass der Feueralarm rechtzeitig losging, damit das Gebäude evakuiert werden konnte. Er hatte sogar vorsorglich die Feuerwehr angerufen. Natürlich anonym, mit unterdrückter Rufnummer. Nein, all diese erbärmlichen Sklaven des Systems sollten überleben. Die fleißigen Bienchen. Er, Gabriel, Herr über Leben und Tod, hat ihnen das Leben geschenkt.

Dass sich ausgerechnet Don Javier nicht an die Vorschriften hielt und einfach in seinem Büro hocken blieb, war ein nicht planbarer, nicht kalkulierbarer, also unvermeidlicher Kollateralschaden. So ist das nun mal im Krieg.

> Mach dir keine Gedanken wegen des Toten. Von Thomas Jefferson stammt die kluge Bemerkung: «Der Baum der Freiheit muss von Zeit zu Zeit mit dem Blut der Patrioten und der Tyrannen begossen werden. Dies ist der Freiheit natürlicher Dünger.» Unser Führer lässt dir ausrichten ...

Gabriel hat noch nie was von einem Typen namens Thomas Jefferson gehört. Muss er nachher mal googeln, wer das ist. Und Don Javiers Tod geht ihm am Arsch vorbei. Was ihn aber richtig geärgert hat, als er in seiner Wohnung mit zittrigen Fingern den Fernseher einschaltete, war das dumme Gelaber von diesem aufgeblasenen Capitán der Guardia:

> Eine Reihe von Indizien deutet schon zu diesem frühen Zeitpunkt auf einen feigen, von einer anarchistischen Zelle verübten linksterroristischen Anschlag hin ...

Gabriel war so wütend gewesen, dass er auf der Stelle bei Canal Málaga anrief, um die Sache richtigzustellen. Anonym natürlich. Aber die Frau am Telefon interessierte sich überhaupt nicht für ihn. Ganz offensichtlich glaubte sie ihm nicht. Ihr herablassender Tonfall brachte ihn augenblicklich zum Stottern. Als die Frau ihn nach seinem Namen fragte, legte er auf.

Der Fernsehsender hat natürlich keine Korrektur gebracht. Kein einziges Wort über den Anruf des geheimnisvollen Unbekannten und die übermittelte wertvolle Information. Typisch für diese Systemmedien.

> Der General hat beschlossen, dir ein neues Kommando anzuvertrauen. Ein anspruchsvoller Einsatz, der dein ganzes Können erfordern wird. Ein Einsatz, mit dem du in die Geschichtsbücher eingehen wirst. Deshalb müssen wir uns dringend treffen, um alles persönlich zu besprechen. Deshalb ab sofort keine elektronische Kommunikation mehr. Morgen Abend, pünktlich um Mitternacht ...

Gabriel sieht auf die Uhr. Höchste Zeit. Auf keinen Fall will er zu spät kommen. 26 Kilometer sind es von Nerja bis zu dem Parkplatz der um diese Zeit geschlossenen Tankstelle am westlichen Stadtrand von Torre del Mar. Der Container, der schon beim letzten Einsatz Sammelpunkt war.

> Keine Kampfmontur! Unauffällige Zivilkleidung. So, als würdest du zur Arbeit gehen ...

Zur Arbeit gehen. Gabriel hat keine Arbeit mehr. Er hat seinen Arbeitsplatz in die Luft gesprengt. Vielleicht kann ihm ja die Bewegung finanziell unter die Arme greifen, jetzt, wo man wieder zufrieden mit ihm ist, vielleicht kann ihm die Bewegung einen Job besorgen ...

«Guten Abend, Gabriel.»

Aus dem Schatten des Containers löst sich eine Gestalt.

El Cid.

Endlich darf er der legendären rechten Hand des Generals aus der Zeit bei der Fremdenlegion persönlich in die Augen schauen und die Hand reichen. Was für eine Erscheinung. Groß, blond, athletisch. Er trägt einen smarten Anzug.

«Stütz dich mit den Händen gegen die Containerwand und spreiz die Beine. Ich muss sichergehen, dass du nicht verkabelt bist. Ist kein Misstrauen, reine Routine.»

«Klar.»

El Cid tastet ihn sorgfältig ab, beginnt bei den Knöcheln und arbeitet sich langsam nach oben.

El Cid zieht das Springmesser aus Gabriels Hosentasche. Sekunden später landet es mit einem dumpfen Scheppern auf dem Stahldach des Containers. Gabriel hat sich nichts dabei gedacht. Er wusste nicht mal, dass es in seiner Tasche steckte, so sehr hat er sich im Lauf der Zeit daran gewöhnt.

El Cid tastet sich die mageren Rippenbogen empor, greift unter Gabriels Achseln.

In diesem Augenblick erinnert sich Gabriel, dass er den Mann mit den strohblonden Haaren schon mal gesehen hat.

Nur flüchtig. Ein paar Sekunden.

In der Firma. Erst vor ein paar Wochen. Gabriel hatte die Frühschicht in der Kabine eines erkrankten Cleaners übernommen. Und als Gabriel bei Schichtende die Kabine verließ, trabte El Cid die Treppe hoch, hinauf zu Don Javiers Büro.

Groß, blond, athletisch.

Piekfeiner Anzug.

Kein Zweifel.

Was hat El Cid mit CleanContent zu tun?

«Okay. Schon erledigt.»

El Cid stößt einen scharfen Pfiff aus.

Als Gabriel sich umdreht, stehen drei Afrikaner vor ihm.

Groß. Schwarz. Athletisch.

Der schwarze Riese in der Mitte schaut ihn böse an. Er hält einen Baseballschläger in seinen Fäusten. Gabriel versucht es mit einem Lächeln. Zwecklos.

El Cid ist zwei Schritte zur Seite getreten. Er spricht mit den Männern in einer Sprache, die Gabriel nicht versteht. El Cid war mit der spanischen Fremdenlegion lange in Afrika, vielleicht spricht er deshalb ihre Sprache. Die Männer hören ihm aufmerksam und konzentriert zu, lassen dabei aber Gabriel keine Sekunde aus den Augen.

El Cid wechselt wieder ins Spanische: «Gabriel, das ist Kovu. Er hat zwei Freunde mitgebracht. Kovu ist der Bruder der Frau, die bei dem Einsatz unter deinem Kommando vergewaltigt wurde. Kovu und seine beiden Freunde waren in jener Nacht nicht in ihrer Hütte, sondern übernachteten am Strand von Almuñécar. Somit war seine Schwester euch schutzlos ausgeliefert.»

«Was soll das?»

«Der Einsatz ist außer Kontrolle geraten. Das war dein erster großer Fehler. Eine Vergewaltigung lässt sich in der Öffentlichkeit nur schwerlich als gesunder Volkszorn gegen die Flüchtlingsflut vermitteln. Also mussten wir improvisieren und den Bandenkrieg unter Drogenhändlern erfinden, damit die Aktion überhaupt noch einen propagandistischen Nutzwert hatte. Dein zweiter großer Fehler war der idiotische Alleingang in Nerja. Damit hast du der Bewegung schweren Schaden zugefügt. Die Bewegung unterhielt enge, fruchtbare Geschäftsbeziehungen zu der Konzernmutter von CleanContent. Diese Zusammenarbeit ist nun ernsthaft in Frage gestellt.»

«Was hat denn die Bewegung mit ...?»

«Du hast gleich zweimal die Grundprinzipien unserer Organisation missachtet: Befehl und Gehorsam.»

«Ich hahhahahab doch nur ...»

«Du bist ein jämmerlicher Versager. Du warst schon dein Leben lang ein jämmerlicher Versager. Aber der Führer in seiner grenzenlosen Güte und Weitsicht will deinem erbärmlichen Leben noch einen späten Sinn verleihen: Du darfst als Märtyrer der Bewegung in die Geschichtsbücher eingehen.»

El Cid dreht sich auf dem Absatz um und verschwindet in der Nacht. Eine Falle. Gabriel bricht der Schweiß in Strömen aus. Sein Herz schlägt ihm bis zum Hals. Er ist in eine Falle getappt. Gabriel ist so benommen von diesem Gedanken, dass er den ersten Schlag nicht kommen sieht.

70

Die Stadt seiner Kindheit ist ihm fremd geworden. So schrill und hip. So glattgebügelt und gesichtslos. Die Passanten auf den Straßen, die Menschen in all den schicken Läden, in den Bars, in den Cafés, Frauen wie Männer, das Personal ebenso wie die Kunden, allesamt sehen sie aus, als kämen sie geradewegs vom Fotoshooting für die neue Ausgabe der *Vogue*.

Rafael sitzt vor einem dieser neuen Cafés unter der Markise auf dem Bürgersteig der Carrer del Consell de Cent nördlich der Plaça de Catalunya und starrt hinüber auf das Gebäude mit der Hausnummer 341. Immer wenn er aus Höflichkeit einen weiteren *café solo* bestellt, das preiswerteste, wenn auch immer noch unverschämt teure Getränk auf der Karte, zahlt er sofort, damit er im Notfall aufspringen und die Straße überqueren kann.

Geboren und aufgewachsen ist er gar nicht weit weg von hier, südlich der Plaça de Catalunya, dort, wo sich die Straßen in Richtung Hafen zu engen Gassen verdichten. Heute sind die Häuser und Wohnungen im gotischen Viertel unbezahlbar. Vor 34 Jahren, als Rafael geboren wurde, wohnten im ältesten Viertel der Stadt und dem angrenzenden Barrio Chino, dem Hafenviertel, noch keine Marketingmanager, Architekten, Filmschauspieler, Webdesigner, Influencer, sondern Seeleute, Schauerleute, Fabrikarbeiter, Krämer, Tischler, Schmuggler, Diebe, Bettler, Prostituierte. Damals sprach man in den Gassen *castellano* und *català*, je nachdem und wild durcheinander.

Heute spricht man grundsätzlich *català* statt *castellano* und straft Hochspanisch sprechende Kastilier oder Schulspanisch sprechende Touristen mit Ignoranz. Die beiden Viertel heißen jetzt *Barri Gòtic* und *Barri Xino*, und wer nach dem Weg zum *Barrio Gótico* oder zum *Barrio Chino* fragt, erntet ein arrogantes Achselzucken. Vielleicht gibt es ja gute Gründe für diesen ständig zur Schau getragenen Nationalismus. Aber Rafael kennt sie nicht. Und er weiß auch nicht, ob er sie kennenlernen will.

Seit Stunden schon sitzt er vor dem Café an einem der Tischchen auf dem Bürgersteig, beobachtet zum Zeitvertreib die Passanten, denkt nach und starrt immer wieder hinüber zu dem Gebäude mit der Hausnummer 341. Im zweiten Stock unterhält *El País* das Redaktionsbüro für die Katalonien-Korrespondenten der Zeitung. Den Mut, dort einfach zu klingeln, bringt er nicht auf. Er hätte auch nicht den Mut aufgebracht, eigens nach Barcelona zu reisen, hätte der Monsignore ihn nicht zum dreitägigen Kongress der Bruderschaft in die katalanische Hauptstadt beordert. Die alljährliche Regionalkonferenz, jedes Jahr an einem anderen Ort des Landes, diesmal zufällig in Barcelona. Aber Rafael glaubt nicht an Zufälle, sondern felsenfest an die göttliche Vorsehung.

Seine Eltern betreiben einen Tabakladen im Südwesten des gotischen Viertels, ganz in der Nähe des Hafens. Von montags bis sonntags, von frühmorgens bis spätabends waren sie mit ihrem Laden beschäftigt, der die vierköpfige Familie kaum ernährte. Rafaels jüngere Schwester starb mit sieben Jahren, als sie von einer Horde betrunkener Matrosen vom Bürgersteig gedrängt und von einem vorbeirasenden Lastwagen erfasst wurde. Da war Rafael zehn.

Die Mutter versank nach dem Tod ihrer kleinen Tochter in tiefe Melancholie, die man heute wohl eine schwere depressive Episode nennen würde, nur dass die Episode, weil sie nie behandelt wurde, bis zu ihrem frühen Tod währte. Da war Rafael 14. Und besuchte schon zwei Jahre ein Internat der Bruderschaft in Navarra. Keines jener elitären Internate der Bruderschaft für die männlichen Sprösslinge der spanischen Oberschicht, sondern eines, das Stipendien an hochbegabte Söhne mittelloser Familien vergab, um den eigenen Priesternachwuchs zu rekrutieren.

Rafael hat gerade seinen vierten *café solo* bezahlt, als die göttliche Vorsehung Felipa Vidal Romero nach einem langen Arbeitstag aus dem Gebäude führt. Sie blickt nach links, sie blickt nach rechts, wieder nach links, als sei sie noch unentschlossen, welches Ziel der Feierabend für sie bereithält. Schließlich lässt die göttliche Vorsehung sie geradeaus schauen.

Die Verwunderung in ihren Augen macht binnen Sekunden freudiger Überraschung Platz. Sie überquert eiligen Schrittes die Straße, während Rafael wie von der Tarantel gestochen von seinem Stuhl aufspringt. Das Herz klopft ihm bis zum Hals.

«Rafael! Was für eine Überraschung! Was machst du hier?»

«Ach, ich hatte dienstlich in Barcelona zu tun.»

«Was für ein Zufall. Ich freue mich. Kennst du das auch? Man erkennt einen Menschen nicht sofort, wenn man ihn überraschend in einer Umgebung trifft, die man nicht automatisch in Zusammenhang mit ihm bringt. Außerdem ... du meine Güte ... Chinos, Sneakers, Polohemd ... Steht dir echt gut.»

Ihr Blick, ihre Stimme, ihr Lächeln. Sie ist so schön. Aber sie sieht nicht sonderlich glücklich aus.

«Wie geht's dir, Felipa?»

«*Mas o menos*. Und wie geht's dir?»

Rafael ignoriert das Ablenkungsmanöver.

«Ich nehme an, du hast einige schmerzhafte Erfahrungen machen müssen ... seit der Veröffentlichung.»

«Zum Glück ist schon wieder Gras über die Sache gewachsen. Interessiert doch längst niemanden mehr.»

Er sieht ihr in die Augen. Als er genug gesehen hat, sagt er:
«Jedes gedruckte Wort entsprach der Wahrheit.»

«Die Wahrheit will doch niemand wissen, Rafael. Übers Internet verbreitet heute jeder seine eigene Wahrheit. Und die scheint ungleich wirkmächtiger zu sein als das gedruckte Wort.»

«Felipa, du bist erst 36. Und eine gute Journalistin. Willst du etwa aufgeben? Dann solltest du wohl besser den Beruf wechseln.»

«Vielen Dank für den Ratschlag. Du bist ebenfalls 36, wenn ich mich recht entsinne, oder? Wenn alles, was ich geschrieben habe, der Wahrheit entsprach, müsstest du wohl ebenfalls schleunigst den Beruf wechseln. Oder willst du etwa weiter bei diesem Verein bleiben?»

Rafael blickt verlegen zu Boden.

«Na? Sag schon!»

«Aus der Bruderschaft kann man nicht einfach aussteigen.»

«So, so. Was passiert denn dann? Landest du auf dem Schafott? Oder in den Folterkellern der Inquisition? Oder droht dir im Jenseits das Fegefeuer?»

«Es ist komplizierter, als du ahnst.»

«Klar. Der schöne Job als Sekretär des Monsignore, das auskömmliche Leben im Windschatten der Macht ...»

«Du klingst so verbittert, Felipa.»

«Ich klinge nicht nur so, ich bin es.»

«Wegen des ...»

«Nicht nur. Mein ehemals wohlgeordnetes Privatleben hat sich kürzlich auf einen Schlag in Luft aufgelöst. Ich bin jetzt alleinerziehende Mutter, die böse, strenge Mutter einer kleinen Tochter, die unter der Abwesenheit ihres geliebten Vaters leidet, der ihr aus schlechtem Gewissen jeden Wunsch erfüllt, es aber ansonsten vorzieht, sich mit einer Frau zu vergnügen, die fast 20 Jahre jünger ist als er und ihn anhimmelt, als sei er Brad

Pitt oder so was. Glaube mir: Er ist nicht Brad Pitt. Sie hat es nur noch nicht bemerkt.»

Er lacht. Frechheit. Lacht er sie aus? Nein. Er lacht über Brad Pitt. Sie muss ebenfalls lachen. Über die Absurdität des Lebens, der nur mit Weinen oder mit Lachen zu begegnen ist.

«Rafael?»

«Ja?»

Sie greift nach seiner Hand. Er lässt es geschehen.

«Weshalb bist du hier?»

Er schweigt einen Moment zu lange.

«Okay. Meine Tochter ist mit meinem Exmann und seiner Neuen verreist. Glückliche Ferientage an der Costa Brava. Meine Wohnung liegt nicht weit von hier. Ich schlage vor, wir machen uns jetzt auf den Weg. Und dann hätte ich nicht die geringsten Skrupel, einen höchst attraktiven katholischen Priester zu verführen. Es würde mir guttun, und vielleicht würde es dir ebenfalls guttun, ich würde mir jedenfalls alle Mühe geben, damit ...»

Rafael macht sich frei und zieht eine altmodische schwarzlederne Aktentasche unter seinem Stuhl hervor.

«Felipa, ich nehme an, du hast einen großen Esstisch in deiner Wohnung. Ich schätze dich jedenfalls so ein, dass du zumindest in deinem früheren, unbeschwerten Leben Freude daran hattest, gute Freunde einzuladen, mit ihnen zu essen und zu trinken und zu reden und zu streiten und zu lachen. Ich werde dich also jetzt nach Hause begleiten und dann den Inhalt dieser Tasche auf deinem Esstisch ausbreiten. Ich war sehr fleißig. Fotokopien von Dokumenten aus dem Archiv der Bruderschaft. Auch einige Originale, weil mir die Zeit oder die Gelegenheit zum Fotokopieren fehlte. Du kannst sie abfotografieren oder einscannen, ich muss sie nämlich wieder mitnehmen und zurück ins Archiv bringen, bevor ihr Fehlen bemerkt wird. Sobald du den Inhalt der Tasche in Augenschein genommen und seine Relevanz erfasst hast, vergeht dir höchstwahrscheinlich die Lust, mich zu verführen, weil dein journalistischer Ehrgeiz geweckt sein wird. Das Risiko gehe ich ein.»

71

Federico stellt den *cortado* auf dem Bistrotisch vor der Bar ab und lässt den Stapel Zeitungen neben die Kaffeetasse fallen.

«Hier. *El País* von heute ist allerdings schon geklaut. Wenn man nur einen Moment nicht aufpasst ...»

Alejandro greift nach dem obersten Exemplar.

«*Le Monde diplomatique*? Was hast du für gebildete Gäste? Ich bin beeindruckt. Ach du meine Güte, die deutschsprachige Ausgabe vom Mai. Ich muss schon sagen: Lassen ihr Altpapier bei dir zurück und nehmen stattdessen deine aktuelle Zeitung mit.»

«Bitte keine unwissenschaftlichen Schlussfolgerungen. Der edle Spender und der miese Dieb können durchaus zwei verschiedene Personen gewesen sein. Außerdem, mein Freund, kann man sich seine Gäste nicht aussuchen.»

«Du warst noch nie wählerisch.»

«Apropos wählerisch: Hast du heute Abend schon was vor?»

«Ich will gleich noch nach Málaga, aber das dauert wahrscheinlich nicht so lange. Was gibt's denn?»

«Jede Menge Arbeit. Geschlossene Gesellschaft. Ich brauche jemanden hinter der Theke, auf den ich mich verlassen kann. Einer der Althippies aus dem englischen Ghetto unten in Capistrano feiert seinen 70. Geburtstag bei mir. Ungefähr 60 Gäste. Wird wahrscheinlich ziemlich wild und wüst.»

«Warum verwüstet er denn nicht Evitas Bar im Ghetto? Die ist doch Kummer gewohnt.»

«Er sagte, er hat so schöne Erinnerungen an Frigiliana. Als er das sagte, hat er ziemlich verklärt geguckt.»

«Hoffentlich hat die Gemeinde Frigiliana nach der Party auch schöne Erinnerungen an das Geburtstagskind. Was zahlst du denn als Schmerzensgeld?»

«Wem? Dem Engländer?»

«Nein, mir!»

«Für ungelernte Kräfte wie dich natürlich nur Mindestlohn. Dazu aber wie immer ein Füllhorn unbezahlbarer Lebenserfahrungen zur Vervollkommnung deines Menschenbildes.»

«Okay. Ich bin dabei. Wann soll ich hier sein?»

Alejandro kann das Geld gut brauchen. Das weiß Federico, und deshalb macht er ihm das Angebot. Er verschwindet durch den Perlenvorhang in seiner dunklen Höhle. Und Alejandro schießt durch den Kopf, dass er auf seine bisherigen Bewerbungsschreiben, zwei Dutzend müssen es inzwischen sein, nichts als Absagen erhalten hat. Oder gar keine Antwort.

Um sich abzulenken, blättert Alejandro in *Le Monde diplomatique* herum. Und bleibt auf Seite vier hängen. Dort ist ein ganzseitiger Essay des 2018 verstorbenen französischen Philosophen und Geschwindigkeitstheoretikers Paul Virilio abgedruckt. Alejandro hat noch nie was von ihm gehört. Und was ein Geschwindigkeitstheoretiker ist, weiß er auch nicht. Aber Virilio braucht nicht viele Zeilen, um Alejandro in seinen Bann zu ziehen. Mit einem Mal begreift Alejandro, warum *Le Monde diplomatique* den Essay aus dem Jahr 1995 jetzt nachgedruckt hat. Weil Paul Virilio schon vor zwei Jahrzehnten kapiert hat, wohin die Reise im folgenden Jahrhundert gehen würde:

> Die Entwicklung der Datenautobahnen konfrontiert uns mit einem neuen Phänomen: dem der Desorientierung ... Das Reale lässt

sich kaum noch vom Virtuellen unterscheiden ... Was sich hier ankündigt, ist eine traumatische Störung unserer Wahrnehmung des Realen ... die nach den Individuen auch die Gesellschaft und damit die Demokratie heimsuchen wird. Die repräsentative Demokratie wird sich der Tyrannei der absoluten Geschwindigkeit erwehren müssen ... Es handelt sich um eine Erstickung des Sinnes, einen Kontrollverlust der Vernunft ... Die neuen Technologien werden nur dann zum Wohle der Demokratie beitragen, wenn wir zunächst jenes Zerrbild von Weltgesellschaft bekämpfen, das den multinationalen Konzernen vorschwebt, die den Bau der Datenautobahnen vorantreiben ...

Hegte Virilio tatsächlich die Hoffnung, Globalisierung und Digitalisierung ließen sich im Interesse des Gemeinwohls statt im Interesse einiger Konzerne steuern und kanalisieren?

Alejandro lässt die Zeitung sinken.

Dieser Franzose hat vor zwei Jahrzehnten vorausgesagt, was Juan Carlos Vidal Romero, der sich als John Carlsberg neu erschaffen hat, im tiefsten Inneren antreibt: die Sehnsucht nach totaler Kontrolle der wahrzunehmenden Realität. Nein, das ist mehr als nur eine Sehnsucht: die krankhafte, die wahnhafte Sucht nach totaler Kontrolle.

Lis hat ihn gestern Abend darauf gebracht, an einem Ort in ihrer Wohnung und in einem berauschenden Moment, in dem es ihm gar nicht passte, dass sein unbekannter Bruder sich zwischen sie auf das durchgeschwitzte Laken drängte:

«Alejandro, niemand verbringt Jahre seiner Kindheit in dieser Hölle, ohne eine Deformation der Seele davonzutragen. Niemand übersteht das, ohne dass die Seele schweren Schaden nimmt.»

Lis hatte mit einer alten Freundin in Deutschland telefoniert, einer Traumatherapeutin, die auf institutionalisierten sexuellen Missbrauch spezialisiert ist.

«Sie hat gesagt, das Erlebte und Verdrängte überschatte so

oder so das gesamte Erwachsenenleben der Opfer. In welcher Form, in welcher Ausprägung und mit welchen Konsequenzen hängt wesentlich von der in den Jahren vor der Einweisung in die Anstalt erlernten frühkindlichen seelischen Grundkonstitution ab, ferner davon, welche Zufälle dem Opfer welche Rolle in der Heimhierarchie zugewiesen haben ... und nicht zuletzt, welche Überlebensstrategie das betroffene Kind in seiner Ohnmacht daraus ableitet.»

«Sagt deine Freundin ...»

«Ja. Und die weiß, wovon sie spricht. Wenn also Juan Carlos möglicherweise um des eigenen Überlebens willen das willfährige Liebchen der Brüder oder noch besser das Liebchen des Direktors wurde, dann wäre es kein Wunder, wenn man ihn später zur Belohnung auf eines der Eliteinternate der Bruderschaft schickte und ihm sogar das Studium in Stanford bezahlte.»

«Aber als Kind in Frigiliana war er rebellisch und aggressiv. Das haben alle im Dorf bestätigt. Er wurde als Achtjähriger weggebracht, weil ...»

«*Claro*. Aber vielleicht war das nur vorgeschoben und gar nicht das Hauptmotiv, weshalb der Pfarrer den Jungen unbedingt entfernen lassen musste. Vielleicht war deine Mutter kurz davor, als Alleinerziehende dreier Kinder durchzudrehen, und die Gefahr wuchs von Tag zu Tag, dass sie sich im Dorf bei jemandem ausheulen und verplappern würde. Und niemand durfte wissen, wer der tatsächliche Vater von Juan Carlos ist.»

«Möglich.»

«Außerdem wissen wir doch inzwischen, was das Prinzip in der Besserungsanstalt war. Wie verwandelt man rebellische Kinder in folgsame Lämmer? Indem man sie fortwährend erniedrigt. Indem man ihnen täglich vor Augen führt, wie klein und unbedeutend und ohnmächtig sie sind. Indem man ihren Willen bricht. Vielleicht war der kleine Juan Carlos intelligent genug, um zu begreifen, dass er besser mitspielt, um nicht auf dem Friedhof der Besserungsanstalt zu landen. Vielleicht sehnte er sich aber auch in der Sierra weiterhin nach einer Vaterfigur, die er nie hatte. Das hätte es Juan Carlos später zeit seines Erwachsenenlebens schwer-, wenn nicht unmöglich gemacht, sich als Opfer zu begreifen.»

«Was bedeutet das?»

«Meine Freundin sagt, dieser Opfertypus neigt später als Erwachsener dazu, die völlige Kontrolle über seine Umgebung auszuüben, nach dem Motto: *Ich will und werde nie wieder Opfer sein. Ich muss alles und jeden kontrollieren, ständig allumfassende Kontrolle über meine Umgebung ausüben, um nie wieder Opfer zu werden ...*»

«Verstehe. Aus Opfern können Täter werden.»

«Ja. Mehr noch: Es ist nicht auszuschließen, dass dein Bruder bis heute eine wie auch immer geartete Beziehung zur Bruderschaft und ihren Akteuren unterhält.»

«Ehemalige Opfer, die später, als Erwachsene, nach völliger Kontrolle streben, um nie mehr Opfer zu sein ...»

«ThinkContent strebt nach völliger Kontrolle der öffentlichen Wahrnehmung, wenn ich alles richtig kapiert habe, was Hans uns erzählt hat.»

Die Nacht verbrachte er mit wirren Albträumen.

Alejandro rutscht mit dem Hocker zurück, lehnt sich mit dem Rücken gegen die weiß getünchte Fassade von Federicos Bar und schließt die Augen. Keine gute Idee. Augenblicklich kehren die Bilder zurück. Die Bilder aus der Sierra. Der Speisesaal. Der Schlafsaal. Die Gemeinschaftsduschen. Der Keller. Der Friedhof. Alejandro öffnet die Augen, um die Bilder zu vertreiben.

Er will *Le Monde diplomatique* zurück auf den zerfledderten Zeitungsstapel legen, als sein Blick auf ein Foto fällt, das fast die halbe Titelseite des *Diario Sur* füllt. Ein Fahndungsfoto. Grobkörnig, unscharf, vermutlich aus dem Videomaterial einer Überwachungskamera destilliert und digital aufgezoomt. Der Mann auf dem Foto blickt in die Kamera. Alejandro erkennt ihn sofort. Das ist Kovu. Der Mann, von dem Alejandro regelmäßig fantastisches, selbst angebautes Gras bezogen hat, bevor das Hüttendorf am Stadtrand von Torre del Mar zerstört wurde. Alejandro reißt die Lokalzeitung vom Stapel und liest den Text neben dem Foto:

Brutaler Mord auf Parkplatz

**Illegale Flüchtlinge prügeln jungen Spanier mit Baseballschlägern zu Tode/Guardia Civil fahndet fieberhaft nach drei Schwarzafrikanern
TORRE DEL MAR.** Die Polizei fahndet nach dem Mann auf dem nebenstehenden Foto, der zusammen mit zwei unbekannten Komplizen in der Nacht zum Dienstag einen jungen spanischen Staatsbürger auf dem Gelände einer Tankstelle am westlichen Stadtrand von Torre del Mar zu Tode geprügelt haben soll.

Wie Capitán Santiago Robles Alvarez, der Leiter der Wache der Guardia Civil in Nerja, gestern in einer Pressekonferenz mitteilte, handelt es sich bei den drei mutmaßlichen Tätern um illegale schwarzafrikanische Flüchtlinge unbekannter Nationalität. Das Opfer, der 24-jährige Gabriel Calvo Montero, stamme aus Madrid, habe in Salamanca Elektrotechnik und Maschinenbau studiert, wohnte aber aktuell in Nerja und arbeitete dort zuletzt in der IT-Firma CleanContent, bis er seine Anstellung verlor, weil die Firma, wie von *Diario Sur* berichtet, bei einem vermutlich von anarchistischen Terroristen verübten Bombenanschlag bis auf die Grundmauern niederbrannte. «Erst haben ihn die anarchistischen Terroristen arbeitslos gemacht, dann haben ihn die afrikanischen Kriminellen ermordet», fasste der Capitán zusammen. «Beide dicht aufeinanderfolgenden Ereignisse in unserer friedliebenden Heimat beschreiben eine höchst besorgniserregende Entwicklung in unserer Gesellschaft.»

Die jetzt landesweit gesuchten mutmaßlichen Mörder des jungen Spaniers stammen vermutlich aus der dem Parkplatz der Tankstelle an der N-340 gegenüberliegenden Flüchtlingssiedlung im Berghang, die erst kürzlich, wie von *Diario Sur* berichtet, Schauplatz einer gewalttätigen Auseinandersetzung zweier verfeindeter afrikanischer Drogenbanden war. Bei diesem Gemetzel wurde eine junge Frau brutal vergewaltigt, weitere Personen wurden schwer verletzt. Die Guardia Civil ließ daraufhin die illegal errichtete Siedlung niederreißen und die oberhalb auf einer freigeschlagenen Lichtung im Berghang mit Hilfe von Spürhunden entdeckte Cannabisplantage niederbrennen.

Das Fahndungsfoto stammt aus der Videoaufzeichnung einer Überwachungskamera der Tankstelle. Durch einen technischen Defekt in der Anlage ist die Aufzeichnung nur in Bruchteilen erhalten. Capitán Santiago Robles Alvarez versicherte aber, dass die eigentliche Tat deutlich zu erkennen sei: Die drei Afrikaner hätten immer wieder mit Baseballschlägern auf den längst am Boden liegenden jungen Mann eingeschlagen. «Das wehrlose Opfer wurde regelrecht zu Tode geprügelt», bilanzierte der Capitán die Videoauswertung. Zwei der drei Täter hätten dabei bedauerlicherweise mit dem Rücken zur Kamera gestanden, sodass ihre Gesichter auf dem Video nicht zu erkennen seien. Auch bei ihnen handele es sich zweifelsfrei um Schwarzafrikaner.

Nach der gewalttätigen Auseinandersetzung der beiden Drogenbanden hatte einer unserer Reporter im Straßengraben einen Schlagstock der spanischen Fremdenlegion gefunden. Auf eine erneute entsprechende Nachfrage unseres Reporters während der Pressekonferenz entgegnete der Capitán, ein Zusammenhang sei nach wie vor nicht erkennbar und daher faktisch auszuschließen: «Der kann dort schon seit Jahren unbemerkt im Straßengraben gelegen haben. Ausrangierte Schlagstöcke der ehemaligen Fremdenlegion können von jedermann im Internet bezogen werden.»

Gabriel Calvo Montero.
Elektrotechnik und Maschinenbau.
Der kleine, schweigsame Stotterer von der Nachtschicht. Der

an jenem Abend, als das Firmengebäude nach der Detonation in Flammen aufging, merkwürdigerweise wie all die anderen Evakuierten vor dem Gebäude stand, wenn auch abseits von den anderen. Dabei hatte doch gerade erst die Spätschicht angefangen. Seine Schicht hätte erst sieben Stunden später begonnen.

72

Carmen öffnet die Tür nach dem ersten Klingeln. Alejandro im Treppenhaus stehen zu sehen, scheint sie nicht sonderlich zu überraschen. Sie wirkt auch nicht enttäuscht, so als hätte sie nicht auf ihren Ehemann Paco und ihren Schwager Diego gehofft. Sie wirkt auch nicht erleichtert, dass nicht die Guardia Civil an der Tür klingelt oder der Hausverwalter mit der Kündigung. In ihrem Gesicht spiegelt sich überhaupt keine Gefühlsregung. Als sei es ihr inzwischen völlig gleichgültig, was das Leben für sie an Wendungen bereithält.

«Sei leise, Marco schläft.»

Alejandro nickt nur stumm.

«Willst du einen Kaffee?»

Sie wartet die Antwort nicht ab, sondern verschwindet in der winzigen Küche. Alejandro durchquert die Diele und nimmt seinen gewohnten Platz am Esstisch im Wohnzimmer ein. Es dauert nicht lange, und Carmen stellt die Tasse vor ihm ab und setzt sich zu ihm. Heute gibt es also zum ersten Mal Kaffee statt billigem Brandy. Sie hat sich selbst keinen Kaffee gemacht, dabei sieht sie so aus, als könnte sie eine Dosis Koffein gebrauchen. Sie wirkt völlig übermüdet. Blass. Und verbittert.

«Nach drei Tagen haben sie mich gehen lassen. Sie haben mir keine Gewalt angetan. Nur ein bisschen damit gedroht. Dann haben sie wohl endlich kapiert, dass ich tatsächlich nicht die geringste Ahnung habe, wo Paco und Diego stecken. Ich habe den Bullen gesagt, dass sie nicht mehr alle Tassen im Schrank haben, wenn sie den beiden Idioten so viel Intelligenz zutrauen, eine Bombe zu basteln. Die kriegen ja noch nicht mal meine alte Vespa repariert. Jedenfalls konnte ich nach drei Tagen gehen und endlich Marco aus dem Kinderheim abholen. Die Nonnen sind zum Glück ganz nett zu ihm gewesen, glaube ich jedenfalls. Zum Abschied haben sie ihm sogar eine Tafel Schokolade geschenkt. Vielleicht würde es dem Jungen ja in dem Heim besser gehen als hier bei mir.»

«Blödsinn. Du bist seine Mutter. Du bist eine gute Mutter.»

«Du kennst mich doch gar nicht. Du hast doch keine Ahnung, wie ich als Mutter bin. Wer ich überhaupt bin.»

«Wie kommst du zurecht?»

«Meine Cousine wohnt hier im Haus, zwei Stockwerke tiefer. Sie passt auf Marco auf, wenn ich auf Arbeit bin. Ich gebe ihr was dafür, sie hat es nämlich auch nicht gerade leicht mit vier Kindern und einem arbeitslosen Mann. Alleine von meinem Lohn im Supermarkt kann ich auf Dauer wohl kaum die Miete für diese Wohnung aufbringen. Außerdem ...»

Sie zögert. Alejandro wartet geduldig.

«Außerdem ... haben wir früher zu sechst hier gewohnt. Kannst du dir das vorstellen? Zu sechst! Pilar, Maria, Diego, Paco, Marco und ich. Und jetzt? Pilar und Maria sind tot, Diego und Paco sind auf und davon. Nur Marco und ich sind noch übrig. Mit all den Erinnerungen. Ich sage dir, auf dieser Wohnung liegt ein Fluch. Auf dieser verdammten Siedlung liegt ein Fluch. Auf dieser Familie liegt ein Fluch. Vielleicht gehe ich mit dem Jungen weg. Vielleicht nach Valencia. Egal wohin. Außerdem lasse ich mich so schnell wie möglich von Paco scheiden. Obwohl das wahrscheinlich gar nicht nötig sein wird, weil er mich vorher zur Witwe macht. Ich hab die Schnauze gestrichen voll von dieser Familie.»

«Du hast also keine Ahnung, wo Diego und Paco ...»

«Doch. Natürlich weiß ich, wo die stecken: im Untergrund. Das haben sie gesagt, als sie hier nachts auftauchten und in aller Eile ihre Sachen packten: *Wir gehen in den Untergrund. So wie unsere Vorväter.* Das haben sie gesagt. Mehr nicht. Wozu auch? Wozu sollte Paco seiner eigenen Ehefrau noch ein weiteres Wort sagen? Sie sind übrigens bewaffnet. Das weiß ich. Pistolen. Hab ich mit eigenen Augen gesehen. Hab ich der Guardia natürlich nichts von gesagt. Aber jeder von ihnen hat eine Pistole dabei. Und eine Schachtel Patronen. Die spielen jetzt Krieg. Fühlen sich ganz großartig. Unbesiegbar. Verstehst du? Als stünde die Revolution unmittelbar bevor, als wartete die spanische Arbeiterschaft sehnsüchtig auf das Signal der beiden Ruiz-Brüder, um sich endlich zu erheben, ihre Ketten zu sprengen und sich von der Sklaverei zu befreien. Wir haben nichts zu verlieren als unsere Ketten, sagte Diego immer, wenn er genug getrunken hatte. Was für eine Arbeiterschaft meint er? Diese Traumtänzer! Diese Fantasten! Lächerlich!»

«Vielleicht ...»

«In diese Familie einzuheiraten war ein großer Fehler. Ich war gut genug, um das Geld nach Hause zu bringen, den Hausverwalter zu beschwichtigen und Pilar und den Jungen zu versorgen. Paco war kein schlechter Ehemann. Er war immer gut zu mir und hat den Kleinen vergöttert. Aber in dieser Familie neigen die Männer zum Größenwahn. Und die Frauen? Die fügten sich brav. So wie Pilar. So wie die süße, kleine, fromme, ach so unschuldige Maria. Glaub mir: Diese Familie zieht das Unglück magisch an.»

Alejandro weiß nicht, was er sagen soll. Wie schon so oft in dieser Wohnung. Also fragt er:

«Kann ich dir irgendwie helfen?»

«Du? Ja, das kannst du. Indem du einfach verschwindest. Fahr nach Hause. Und dann verhältst du dich ganz still, kommst vor allem nie wieder her und wartest, bis du von Pacos und Diegos Tod in der Zeitung liest. Das wird garantiert nicht mehr lange dauern.»

73

David Moreno Flores hat die Kinder zu Bett gebracht, ihnen eine Gutenachtgeschichte erzählt und über sie gewacht, bis sie eingeschlafen sind. Er verlässt auf Zehenspitzen das Zimmer, schleicht die Treppe hinab, Stufe für Stufe, behutsam, weil das alte Holz so furchtbar knarrt, fast ist er schon unten, als jemand an die Haustür klopft. Sanft, mit dem Fingerknöchel, nicht so wie er, wenn er im Dienst mit der Faust gegen fremde Haustüren hämmert. Aus der Küche eilt Montse in die Diele, seine Frau, das Geschirrtuch noch in der Hand. Sie sieht ihn fragend an, sie erwarten keinen Besuch, sie erwarten nie Besuch, sie kennen kaum jemanden im Dorf näher, sie halten Abstand, pflegen keine engeren Kontakte, das erwartet der Dienstherr, das ist nun mal Vorschrift.

«Wer könnte das sein, David?»

«Vielleicht ein Nachbar, dem der Kaffee ausgegangen ist.»

«Niemand käme zu uns, weil der Kaffee ausgegangen ist.»

David Moreno Flores zuckt mit den Schultern, wirft seiner Frau einen Blick zu, der sie beruhigen soll, und öffnet die Tür.

Draußen steht Pater Daniel. Er lächelt verlegen.

«Guten Abend, Pater.»

«Guten Abend, Sargento. Verzeihen Sie den Überfall. Ich hoffe, ich komme nicht ungelegen. Ich hatte zufällig in der Nachbarschaft zu tun, und da dachte ich ...»

«Kommen Sie doch bitte herein, Pater Daniel», hört David seine Frau in seinem Rücken.

«Vielen Dank, Señora.»

«Kann ich Ihnen etwas anbieten?»

«Ein Glas Wasser vielleicht.»

«Möchten Sie nicht lieber ein Glas Wein? Oder ein Bier? David, wir haben doch sicher noch Bier im Kühlschrank, oder?»

«Ein Glas Wasser genügt völlig.»

«Das bringe ich Ihnen sofort. Wir freuen uns über Ihren Besuch, Pater. Mein Mann geleitet Sie ins Wohnzimmer ... nicht wahr, David?»

David versteht, was seine Frau von ihm erwartet. Montse liebt die Rolle der perfekten Gastgeberin. Sie hat so wenig Gelegenheit dazu. Nur bei den seltenen Verwandtschaftsbesuchen. Sobald sich seine Frau in der Nachbarschaft heimisch und akzeptiert fühlt, droht schon die nächste Versetzung.

Womit nur hat er diese wundervolle Frau verdient?

Womit nur hat sie dieses Nomadenleben verdient?

Pater Daniel und David Moreno Flores sitzen sich am Esstisch gegenüber. Sie schweigen sich an und lächeln höflich, bis Montse mit einem Tablett aus der Küche kommt und die Getränke auf den Tisch stellt, das Wasser für den Pater, eine Flasche San Miguel für ihren Mann und ein Glas Weißwein für sie selbst, dazu Schälchen mit Nüssen, Pistazien, Oliven. Sie setzt sich neben ihren Mann und nimmt seine Hand in ihre. Ein schönes Paar. Das sagen die Verwandten immer. Und auch der Capitán, Davids Vorgesetzter, als er den Sargento und seine Frau gleich nach dem Einzug im neuen Heim besuchte, um sich ein Bild zu machen von der Familie und vom Privatleben seines Sargento.

Ein schönes Paar. Das denkt nun auch Pater Daniel. Er sagt es nicht, aber David kann es in seinem Gesicht lesen.

«Gemütlich haben Sie es hier», sagt Pater Daniel stattdessen. «Ein Heim zum Wohlfühlen, das spürt man sofort.»

«Vielen Dank, Pater.»

«Ich hoffe, Sie haben sich gut eingelebt in Frigiliana. Und ich freue mich sehr, Sie beide mit Ihren Kindern so regelmäßig in unserer Pfarrkirche zu sehen.»

David will antworten, aber seine Frau kommt ihm zuvor:

«Wir fühlen uns sehr wohl hier. Die Menschen sind freundlich zu uns. Vielleicht noch etwas reserviert, aber das ist ja nun mal das Los, das der Familie eines Gardisten beschieden ist. Und in Ihre Kirche kommen wir gerne, weil Sie es verstehen, einen Gottesdienst interessant und lebendig zu gestalten. Die Menschen in Frigiliana schätzen Sie sehr, das haben wir schon erfahren.»

«Vielen Dank, Señora.»

«Wir sind gläubige Christen. Der Glaube an das, was Jesus Christus nicht nur mit seinem Tod, sondern auch mit seinem vorbildlichen Leben für uns alle getan hat, gibt uns Kraft.»

«Deshalb bin ich hier.»

«Wegen Jesus Christus?»

«Wegen dem, was Jesus uns vorgelebt hat. Und seinen Jüngern in der Bergpredigt erzählt hat.»

David und Montse schauen verwirrt.

«In der Bergpredigt sagt Jesus, worauf es ankommt im friedlichen Zusammenleben der Menschen. Er ruft die Menschen dazu auf, ihren Mitmenschen mit Liebe und Respekt zu begegnen, und zwar allen Mitmenschen, ohne Ausnahme, ungeachtet ihrer Herkunft, ihrer Hautfarbe und ihrer sozialen Stellung. Jesus wirbt für Toleranz und gibt uns dafür eine ganz simple Richtschnur an die Hand: ‹Alles nun, was ihr wollt, das euch die Leute tun sollen, das tut ihnen auch.› Eine Richtschnur, wie sie zum Beispiel auch der Buddhismus kennt. Das ist interessant, nicht wahr?»

Montse nickt gebannt.

«Jesus mahnt uns außerdem zur Gewaltlosigkeit. Das von Jesus in der Bergpredigt vermittelte Menschenbild inspirierte auch Mahatma Gandhi, obwohl kein Christ, sondern Hindu, bei seinem gewaltlosen Kampf zur Befreiung Indiens von den britischen Kolonialherrschern. Haben Sie das gewusst?»

Montse schüttelt pflichtschuldig den Kopf.

«Die Bergpredigt war auch Martin Luther Kings wichtigster geistiger Wegbegleiter bei seinem Kampf um die Gleichberechtigung der schwarzen Bürger in Amerika.»

Pater Daniel nimmt einen Schluck Wasser. David schweigt und hofft inständig, dass auch seine Frau schweigt. Aber Montse kann nicht anders, sie hält das Schweigen nicht aus:

«Pater, wir mühen uns, nach diesen Regeln zu leben ...»

«Daran habe ich nicht den geringsten Zweifel, Señora. Worauf ich hinaus will: Unsere heutige demokratische Gesellschaft ist die friedfertigste und toleranteste Gesellschaft in der gesamten Geschichte Spaniens. Aber ich beobachte mit zunehmender Sorge, wie sich die Gegner der demokratischen, toleranten Gesellschaft organisieren und formieren. Wie sich ihre Zahl mehrt. Nicht nur in Spanien. Fast überall in Europa, fast überall auf der Welt. Sie säen Zwietracht und schüren Hass. Ihre Botschaften verbreiten sie über das Internet. Sie wollen ein Heer von Wutbürgern schaffen, das sich nach einem Führer sehnt.»

Montses Stimme klingt verzweifelt:

«Aber wer tut denn so etwas Abscheuliches?»

«Menschen, die Macht über andere Menschen gewinnen wollen. Menschen, die dem Bösen verfallen sind.»

«Ich kenne solche Menschen nicht.»

«Das ist kein Wunder, Señora. Diese Leute agieren zurzeit noch weitgehend im Verborgenen. Weil sie wissen, dass die große Mehrheit in unserer Gesellschaft diese Machenschaften nicht tolerieren würde. Noch nicht. Aber heimlich mehren diese Leute im Verborgenen ihre Macht und halten sich bereit für den Tag, an dem sie unsere Gesellschaft aus den Angeln heben wollen. Um eine neue, mächtige Falange Española zu etablieren. Sie warten geduldig auf die passende Gelegenheit. Eine Eskalation mit den Separatisten in Katalonien zum Beispiel. Oder ein Wiederaufflammen des Terrors im Baskenland. Oder ein Hochschnellen der Arbeitslosenzahlen oder der Flüchtlingszahlen. Oder ein Anschlag islamistischer Terroristen. Sie arbeiten emsig daran, dass ein solcher Fall eintritt. Und ihnen die Menschen dann wie die Lemminge in den Abgrund folgen. Oft haben diese Leute, diese Verführer einflussreiche Schlüsselpositionen inne. Zum Beispiel in der spanischen Kirche ...»

«In der Kirche?»

David muss gar nicht hinsehen, er spürt auch so das blanke Entsetzen im Gesicht seiner Frau.

«Oh ja, Señora. Bedauerlicherweise gibt es solche reaktionären Kräfte in der Kirche. Aber es gibt sie leider auch in den Offizierskorps der Streitkräfte und der Guardia Civil.»

David spürt, wie der Blick seiner Frau nun nicht mehr auf dem Geistlichen, sondern auf ihm ruht. Als erwarte sie vehementen Widerspruch. David starrt weiter Pater Daniel an. Weil er ahnt, was kommt.

«Sargento, Sie wissen besser als ich, welchen unseligen Ruf die Guardia zur Zeit der Diktatur genoss. Sie war Francos verlässliche Stütze bei seinen Verbrechen gegen die Menschlichkeit. Sie benahm sich wie eine feindliche Besatzungsmacht und drangsalierte und demütigte das spanische Volk. Doch erfreulicherweise ist die Guardia heute eine wichtige Beschützerin unserer demokratischen Gesellschaft.»

«So ist es, Pater.»

«Aber nicht alle in Ihren Reihen, Sargento, sind der felsenfesten Überzeugung, dass die Guardia den richtigen Weg eingeschlagen hat ... nicht wahr?»

David spürt Montses fragenden Blick auf sich ruhen. Er kann nicht mehr länger schweigen, er ist es Montse schuldig, dem Pater zu antworten.

«Nein. Nicht alle meine Kameraden sind dieser Überzeugung. Und dennoch sind sie meine Kameraden.»

«Das verstehe ich gut, Sargento. Kameradschaft ist wichtig. Fast so wichtig wie Freundschaft. Ich habe hier im Dorf einen guten Freund. Alejandro heißt er. Ein grundanständiger Kerl, der keiner Fliege was zuleide tut. Sie kennen ihn vermutlich. Sie haben ihn nämlich frühmorgens aus seinem Bett geholt wie einen Schwerverbrecher, weil Ihr Vorgesetzter ihn verhören wollte, wegen des Verdachts auf Mitgliedschaft in einer terroristischen Vereinigung. Capitán Santiago Robles Alvarez ist doch Ihr Vorgesetzter, nicht wahr?»

«Ob der Mann schuldig ist oder nicht, das können Sie nicht ...»

«Oh doch, das kann ich, Sargento. Weil ich ihn kenne. Weil ich ihn sehr gut kenne. Sonst wäre er ja nicht mein Freund.»

«Man kann sich täuschen in einem Menschen.»

«Das stimmt. Menschen können sich täuschen. Ich kann mich täuschen, Sie können sich täuschen, Ihr Capitán kann sich täuschen. Alejandro hatte eine Arbeitskollegin. Maria hieß sie, eine gläubige Katholikin. Die arme Frau wurde von ihrem Arbeitgeber, einer IT-Firma, in den Suizid getrieben. Sie war Teil eines perversen Menschenversuchs. Das wurde bedauerlicherweise nie untersucht. Die junge Frau hat einen Abschiedsbrief hinterlassen ...»

«Wir haben keinen Abschiedsbrief gefunden!»

«Sie kennen den Fall? Maria hat meinem Freund Alejandro ihren Abschiedsbrief unter den Scheibenwischer seines Autos geklemmt, bevor sie mit ihrem Wagen zum Aquädukt fuhr und sich in den Tod stürzte. In dem Brief bat sie ihn, ihre Familie in Málaga aufzusuchen. Ihre Mutter, ihre beiden Brüder, ihre Schwägerin und ihren kleinen Neffen. Jetzt werden die beiden Brüder als Terroristen gejagt, weil sie angeblich das Gebäude der IT-Firma, für die Maria arbeitete, in Brand gesetzt und damit den Tod des Personalchefs der Firma verursacht haben. Sargento, hat Ihr Vorgesetzter auch nur einen Moment lang einen anderen möglichen Täter in Erwägung gezogen? Nein, hat er nicht. Vielmehr hat sich der Capitán schon am selben Abend öffentlich und vor laufender Fernsehkamera festgelegt, als im Hintergrund noch die Feuerwehr mit den Löscharbeiten beschäftigt war.»

«Alles deutete auf die Brüder hin.»

«So? Marias Mutter ist inzwischen vor Gram gestorben, die Schwägerin wurde auf Anordnung Ihres Capitán drei Tage und drei Nächte in Beugehaft genommen, der arme kleine Junge wurde derweil in ein Heim gesteckt. Marco heißt er. Er ist erst zwei Jahre alt. Sie haben selbst kleine Kinder, nicht wahr?»

David spürt Montses bohrenden Blick auf seiner Schläfe.

«Capitán Santiago Robles Alvarez, Ihr Vorgesetzter, Ihr Kamerad. Gehört Ihr Kamerad zu jenen im Offizierskorps, die den erfreulichen Weg der Guardia zur loyalen Beschützerin unserer Demokratie unterstützen? Oder gehört Ihr Kamerad zu jenen Offizieren, die davon überzeugt sind, dass dies ein Irrweg war, der unbedingt korrigiert werden muss?»

David hält es nicht mehr länger aus, er dreht den Kopf kurz zu seiner Frau, sieht ihre vor Entsetzen geweiteten Augen, sieht den schmalen Strich, zu dem sich ihr schöner Mund verzogen hat, sieht den Schmerz. Er sieht weg. Er starrt die Tischplatte an.

«Sargento David Moreno Flores, ich appelliere an Ihr Gewissen als Christ. Sorgen Sie dafür, dass die Ermittlungen in diesem Fall neu aufgerollt werden. Sorgen Sie dafür, dass diese unmenschliche Treibjagd beendet wird und ...»

«Pater, verzeihen Sie, dass ich Sie unterbreche. Ihr Appell kommt zu spät. Die Treibjagd wurde heute beendet.»

74

Ignorieren.
Löschen.
Ignorieren.
Lösch... Ignorieren!
Löschen.
Mann trägt Kittel barfuß kniet Hände hinter dem Rücken gefesselt Angst große Angst der Schäferhund ...
Löschen!
Kind. Mädchen. Blass. Mager. Vielleicht acht, vielleicht zehn Jahre alt. Die Augen. Diese Augen. Das kleine, magere Mädchen ...
Löschen!
Wüste. Drei Männer knien im Sand. Kapuzen über den ...
Löschen!
Die deutsche Bundeskanzlerin Angela Merkel in SS-Uniform ...
Löschen!
Der Schatten durchbricht die Wasseroberfläche. Die weit aufgerissenen Augen starren ihn an, Angst, Todesangst, Luftblasen quellen aus den Mundwinkeln, aus der Nase ...
Löschen!
Leider wurden sie noch nicht alle vergast ...
Löschen!
Jagdhütte. Geweihe. Der ausgestopfte Kopf eines Wildschweins. Kaminfeuer. Links ein Sessel, darin ein älterer Herr, schlohweißes, volles Haar, energisches Kinn. Der Hund zu seinen Füßen ...

Löschen!
An der Wand hängt das Gemälde mit der Jungfrau Agatha und ihren Folterern. Die heilige Agatha. Die nackte Agatha. All das Blut. So viel Blut. Davor die fünf kleinen Jungen ...
Löschen!
Felipas Zeuge, der mitten auf der Straße seine Hose öffnet und uriniert, während ihm spielende Kinder zuschauen. Darunter der Text: Auf solche sprudelnden Quellen verlässt sich El País!
Löschen!
Die Coladilla-Schlucht. Er kniet am Fuß der Schlucht. Wie zum Gebet. Er spürt das scharfkantige Geröll. Oben, 40 Meter über ihm, steht Maria auf dem Aquädukt. Sie sieht ihn nicht. Sie hört ihn nicht. Sie kann ihn nicht hören. Er ist stumm. Er ist gelähmt. Er weiß, dass sie springen wird und er sie nicht retten kann. Maria schließt die Augen, sie breitet die Arme aus, sie lässt sich kopfüber fallen ...
Löschen!
Geht nicht!
Ignorieren!
Geht nicht!

Mit einem Schrei schreckt Alejandro aus dem Schlaf. Eine Minute später reißt seine Mutter die Tür auf.

«Alejandro! Was ist los?»

«Nichts. Ich hab geträumt.»

«Hast du Fieber? Bist du krank?»

«Nein. Wieso?»

«Du bist schweißgebadet. Du guckst so komisch.»

«Nein, alles in Ordnung. Ich hab nur schlecht geträumt.»

«Dann schrei nicht so rum!»

Sie schließt die Tür.

Er hört sie in Richtung Küche davonschlurfen.

20 Minuten später streckt er kurz den Kopf in die Küche.

«Ich bin dann mal weg.»

«Wohin gehst du?»

«Ich treffe mich mit Pater Daniel in Federicos Bar.»
«Um diese Uhrzeit?»
«Ja.»
«Warum?»
«Er hat mir gestern Abend eine SMS geschickt, dass er mich sprechen will. Keine Ahnung, worum es geht.»
«Willst du dich nicht mal um eine neue Arbeit kümmern?»
«Mach ich doch.»
«Das sehe ich nicht!»
«Morgen habe ich ein Vorstellungsgespräch.»
«Wo denn?»
«Museo Picasso in Málaga.»
«Aha.»
«Ich wollte mich noch bei dir bedanken.»
Sie schaut irritiert. «Wofür?»
«Dass du dich neulich den Gardisten entgegengestellt hast. Dass du mich beschützen wolltest ...»
«Blödsinn. Die trampeln einfach so in mein Haus ...»
Mehr sagt sie nicht. Sie dreht sich um, füllt den Wasserkessel, stellt ihn auf den Gasherd.
Also geht er.
Um zehn Minuten vor zehn lässt sich Alejandro auf einen der Stühle an dem Tischchen mit dem Schildchen *reservado* fallen. Federico kommt aus der Bar und hat schon den Kaffee und den üblichen Stapel zerfledderter Zeitungen dabei.
«Nanu? Zehn Minuten zu früh?»
«Ja.»
Alejandro steht heute nicht der Sinn nach belanglosem Geplauder.
«*El País* ist dabei. Nichts drin von deiner Schwester.»
Alejandro zündet sich eine Zigarette an, um nichts sagen zu müssen. Federico zieht wieder ab, ein wenig eingeschnappt, dreht sich aber in der Tür noch einmal um.

«Vielleicht schaust du zuerst mal in die Lokalzeitung, die ich obenauf gelegt habe.»

Diario Sur. Die Ausgabe von heute. Diego und Paco sehen Alejandro an. Miserable Vergrößerungen alter Passfotos.

Brandanschlag aufgeklärt

Flüchtige Terroristen bei Feuergefecht erschossen
VÉLEZ MÁLAGA. Der verheerende Brandanschlag auf das Gebäude der IT-Firma CleanContent in Nerja, bei dem der Geschäftsführer, ein 48-jähriger Familienvater, in den Flammen sein Leben verlor, ist aufgeklärt. Wie Capitán Santiago Robles Alvarez, Chef der Wache der Guardia Civil in Nerja, uns gestern Abend kurz vor Redaktionsschluss mitteilte, wurden die beiden flüchtigen Hauptverdächtigen, zwei Brüder aus Málaga, nach intensiver Fahndung gestern Nachmittag in einem schwer zugänglichen Waldstück der westlichen Sierra de Almijara rund 20 Kilometer nördlich von Vélez Málaga von einem Sonderkommando der Guardia Civil gestellt. Die gewaltbereiten und schwerbewaffneten Brüder, die aus dem sozialen Brennpunkt La Palma stammen, hatten sich dort unter einem Felsvorsprung im Verschlag eines Ziegenhirten verschanzt. Beim Näherrücken des Sonderkommandos eröffneten die Brüder sofort das Feuer und wurden bei dem anschließenden Schusswechsel von Scharfschützen des Kommandos beide getroffen. Sie erlagen noch im Rettungshubschrauber ihren Verletzungen. Capitán Santiago Robles Alvarez, der Leiter der Ermittlungen, konnte den Brüdern noch unmittelbar vor ihrem Ableben ein Geständnis entlocken.

Demnach hatten die beiden Hafenarbeiter und Mitglieder der sektiererischen, anarchosyndikalistischen Gewerkschaft CNT den Brandanschlag in Nerja aus politischen Gründen begangen: «Sie wollten ein Zeichen setzen. Das ist ihnen fürwahr gelungen. Die Ehefrau des ermordeten Javier García Ferrer ist nun Witwe, seine drei Kinder haben durch diesen skrupellosen Willkürakt ihren Vater verloren. Und die ehemals 500 Beschäftigten sind nun arbeitslos.»

Dem Vernehmen nach hat sich die Firma CleanContent, ein Tochterunternehmen des internationalen IT-Konzerns ThinkContent, inzwischen entschlossen, die Niederlassung in Nerja nicht wiederaufzubauen, sondern an einem nicht benannten europäischen Standort außerhalb Spaniens neu zu installieren. Somit sind 500 qualifizierte, für junge Leute attraktive Arbeitsplätze unwiederbringlich verloren.

Alejandro wirft die Zeitung zurück auf den Tisch.

Tränen schießen ihm in die Augen. Er kann es nicht verhindern. Er schluchzt hemmungslos. Er beugt sich vor, versteckt sein Gesicht hinter seinen Händen.

Jemand legt ihm die Hand auf die Schulter. Pater Daniel.

75

Vor 16 Jahren, noch während ihres Studiums, absolvierte Felipa ein Praktikum bei einer Lokalzeitung im Süden des Landes. *La Voz de Almería.* «Die Stimme Almerías» erschien in einer überschaubaren Auflage von 10000 Exemplaren und lebte hauptsächlich vom Wohlwollen der örtlichen Geschäftswelt, die regelmäßig Anzeigen im Blatt schaltete, weil der Anzeigenvertreter so ein netter Kerl war.

Felipas Redaktionsleiter in Almería hingegen war alles andere als ein netter Kerl. Ein launischer Tyrann, der vor Selbstbewusstsein strotzte, obwohl seine journalistische Begabung allenfalls mittelmäßig war, was alle wussten außer ihm selbst. Aber er stammte aus einer alteingesessenen Familie und war daher in der Stadt bestens vernetzt.

Felipa hatte alle Hände voll zu tun, sich seiner plumpen Avancen zu erwehren. Der Mann gehörte zweifellos zu jenen Menschen, die sich ohne Verlust aus dem Gedächtnis streichen lassen. Aber eine seiner Belehrungen, die sie regelmäßig über sich ergehen lassen musste, hatte sich ihr eingeprägt. Eine Lektion in Demut, die ihr gesamtes weiteres Berufsleben begleitete:

«Bevor Sie noch übermütig werden, junge Frau, denken Sie immer daran, dass noch am selben oder spätestens am nächsten Tag unzählige Hausfrauen Almerías die Küchenabfälle in die Zeitung mit Ihrem schönen Artikel einwickeln.»

Abgesehen davon, dass er mit seiner Bemerkung beiläufig spiegelte, welche berufliche Rolle er Frauen gemeinhin zubilligte, enthielt die Botschaft einen wahren Kern.

Die Zeitung von heute ist das Altpapier von morgen.

Das Internet hingegen vergisst nie.

Warum sollte diese Bühne allein den größenwahnsinnigen Selbstdarstellern, den paranoiden Verschwörungstheoretikern oder den eiskalt kalkulierenden Demokratiegegnern überlassen sein?

Chefredaktion und Geschäftsführung von *El País* entschieden deshalb, sämtliche Texte der vier Seiten umfassenden Veröffentlichung aus dem Innenteil der gedruckten Zeitung kostenfrei auf ihrer Website zur Verfügung zu stellen. Und das Thema am Vorabend auf Facebook und Twitter zu teasern.

Außerdem sollte am Vorabend der Veröffentlichung der spanischen Nachrichtenagentur EFE eine Zusammenfassung zugespielt werden, versehen mit der Sperrfrist 06.00 Uhr des Folgetages. Die Druckauflage für den geplanten Erscheinungstag wurde verdreifacht, die Zahl der in Mexiko-Stadt und in Buenos Aires gedruckten Exemplare für den lateinamerikanischen Markt verdoppelt. Auch auf das Risiko hin, am Ende auf einer beträchtlichen Zahl gedruckter Exemplare sitzenzubleiben: Nicht nur Spanien sollte an diesem Tag auf *El País* schauen und vernehmen, was die Zeitung zu sagen hat.

In sämtlichen spanischen Großstädten wurden frühzeitig großflächige Plakatwände angemietet. Die Gestaltung der Werbebotschaft übernahm eine der besten Agenturen Madrids, die sich auch um die Radiospots für den frühen Morgen kümmerte.

Das alles kostete eine Unmenge Geld. Allen internen und externen Beteiligten, die sich schriftlich und unter Androhung rechtlicher Konsequenzen zur Geheimhaltung verpflichten mussten, war klar: Für *El País* geht es diesmal ums Ganze. Möglicherweise um die wirtschaftliche Existenz. Denn eine Zeitung lebt nicht allein von ihren exklusiven Nachrichten, sondern vor allem von ihrem Image. Und das Image einer Zeitung wird wesentlich von ihrer Glaubwürdigkeit geprägt. Dass Wahrheit und Glaubwürdigkeit nicht automatisch dasselbe sind, hatte Felipa leidvoll erfahren müssen, als sie sich zum ersten Mal mit der Bruderschaft angelegt hatte.

Die Chefredaktion stellte Felipa für die aufwendigen ergänzenden Recherchen sechs Kollegen zur Seite. Den Osteuropa-Korrespondenten der Zeitung in Warschau, den Vatikan-Korrespondenten in Rom, den Ressortleiter Innenpolitik in der Madrider Zentrale als Bindeglied zur Chefredaktion, die erfahrene Leiterin des Ressorts Investigative Recherche, die Justiziarin des Verlags, die sich jederzeit Unterstützung bei einer externen Fachkanzlei für Medienrecht holen durfte, sowie eine junge Online-Reporterin und zugleich Spezialistin für die sogenannten sozialen Netzwerke. So viel Personal wie nötig, so wenige Mitwisser wie möglich.

Am Nachmittag vor dem Erscheinungstag verlässt Felipa nach einer letzten Videokonferenz mit ihrem Team und der Madrider Chefredaktion das Redaktionsbüro der Barcelona-Korrespondenten in der Carrer del Consell de Cent. Sie schaut auf die Uhr: In zweieinhalb Stunden geht der Schnellzug nach Madrid. Höchste Zeit, sich von dem von der Geschäftsführung der Zeitung eigens für sie abgestellten Fahrer mit Personenschutzausbildung nach Hause bringen zu lassen, so wie jeden Tag seit einigen Wochen.

Ihren Trolley hat sie gestern schon gepackt. Felipa wirft vorsichtshalber einen Blick aus dem Fenster auf die Straße. Der Fahrer sitzt im Wagen und wartet auf sie, um sie zum Bahnhof zu bringen. Gut so. Sie läuft die Treppe hinab, klingelt bei ihrer netten Nachbarin im zweiten Stock, einer Unfallchirurgin aus der Universitätsklinik, von der sie weiß, dass sie diese Woche Frühschicht hat und Felipa nicht mit unnötigen Fragen behel-

ligen wird, borgt sich deren Handy aus und führt im Treppenhaus zwei Telefonate von bemerkenswert kurzer Dauer.
Eines mit Alejandro:
«Morgen ist es so weit.»
«Ich drück dir die Daumen.»
Eines mit Rafael:
«Morgen ist es so weit.»
«Gott segne dich.»

76

Der kleinste Konferenzraum im Palacio de la Moncloa, Amtssitz aller spanischen Ministerpräsidenten seit dem Ende der Diktatur, ist abhörsicher und bietet maximal 20 Teilnehmern Platz. Das reicht, da nur ein kleiner, überschaubarer Kreis zu dieser kurzfristig einberufenen Krisensitzung geladen ist. Zwölf Personen, die das uneingeschränkte Vertrauen des spanischen Regierungschefs und Vorsitzenden der PSOE genießen. Viele sind das nicht:

Die stellvertretende Ministerpräsidentin.
Die Regierungssprecherin.
Die Verteidigungsministerin.
Der Innenminister.
Der Vorsitzende des Koalitionspartners Podemos.
Der Vorsitzende des Koalitionspartners Izquierda Unida (IU).
Der Vorsitzende der katalanischen Schwesterpartei Partit dels Socialistes de Catalunya (PSC).
Der Generalstabschef der Marine, seit Jahren König Felipes Crewmitglied bei der Regatta Copa del Rey.
Ein *Teniente General* der Guardia Civil, der mit dem Ministerpräsidenten zur Schule gegangen ist.
Der Generaldirektor der konkurrierenden zivilen Polizeieinheit Cuerpo Nacional de Policía.
Der Direktor und die Generalsekretärin des spanischen Geheimdienstes Centro Nacional de Inteligencia (CNI).

08.30 Uhr.
Alle sind pünktlich und haben längst Platz genommen.
Alle bis auf den Ministerpräsidenten.
Alle ahnen oder wissen den Grund der Zusammenkunft.
Der Grund liegt mitten auf dem Konferenztisch.
13 Exemplare der heutigen Ausgabe der Tageszeitung *El País*.
Niemand fasst den Stapel an.
Jeder kennt den Inhalt.
Schweigen.
Um 08.37 Uhr betritt der Ministerpräsident den Konferenzraum.
Er wirkt angespannt. Übermüdet. Gehetzt.
«Meine Damen, meine Herren, ich danke Ihnen für Ihr Erscheinen zu dieser denkbar kurzfristig anberaumten Konferenz. Sie ahnen, weshalb ich Sie einbestellt habe. Einige von Ihnen wissen schon Bescheid, weil wir im Lauf der vergangenen Nacht telefoniert haben. Wir werden in der nächsten Stunde Entscheidungen treffen, mit deren Umsetzung wir noch heute beginnen müssen. Wir haben keine Zeit zu verlieren. Wir werden zwangsläufig Fehler machen. Es wird Unschuldige treffen, das wird sich nicht vermeiden lassen. Aber wir müssen jetzt vieles richtig machen.»
Der Ministerpräsident atmet kurz durch.
«Ich komme soeben aus dem Palacio Real. Die Regierung genießt die vollständige Rückendeckung des Königs und seine aktive Unterstützung. Er ist genau wie ich der Meinung, dass dieser geplante Angriff reaktionärer Kräfte auf die spanische Demokratie im Keim erstickt werden muss. Der König bemüht sich gerade um ein Telefongespräch mit Papst Franziskus in Rom. Wir können nur hoffen, dass Seine Heiligkeit die richtigen Lehren aus dem eigenen Erleben der argentinischen Militärdiktatur gezogen hat.»
«Was zu bezweifeln ist», bemerkt der Vorsitzende der IU

und erntet dafür einen wütenden Blick der Regierungssprecherin.

Der Ministerpräsident ignoriert die Bemerkung, wendet seinen Blick den beiden Geheimdienstvertretern zu und deutet auf den Stapel Zeitungen auf dem Tisch:

«Wie beurteilen Sie die Informationen?»

«*El País* hat offenbar ganze Arbeit geleistet, es erscheint uns alles in allem sauber recherchiert und belegt zu sein», sagt die Generalsekretärin. Der Direktor nickt und ergänzt: «Unsere Leute haben die ganze Nacht durchgearbeitet, aber das war natürlich zu wenig Zeit, um sämtliche Dokumente ...»

«Welche Dokumente denn?», fragt die Verteidigungsministerin, eine kluge Frau mit einem feinen Gespür für Zwischentöne. Zu keiner anderen Stunde hätte sich der Ministerpräsident etwas weniger Aufmerksamkeit von ihr erwünscht.

Nur in diesem einen Moment.

«Gestern am späten Abend hat mich die Chefredaktion aufgesucht», sagt der Ministerpräsident. Eigentlich wollte er diesen Punkt elegant umschiffen. Aber weil sich der Geheimdienstchef verplappert hat, ist er nun gezwungen, auch diese Karte offen auf den Tisch zu legen, um jegliches Misstrauen in diesem Kreis zu vermeiden. «Es ist sicher völlig überflüssig, Sie an die Verschwiegenheitserklärung zu erinnern, die Sie bei Betreten dieses Raumes unterschrieben haben. Sie wissen, welche Konsequenzen ein Verstoß dagegen nicht nur für die Nation, sondern auch für Sie persönlich hätte. Sie sitzen hier, weil ich Ihnen vertraue. Doch zurück zu Ihrer Frage nach den Dokumenten. Ich bin der Chefredaktion unendlich dankbar. Denn es entspricht nicht gerade den ethischen Grundsätzen dieser ehrenwerten Zeitung, Regierende vorab über den Inhalt geplanter Veröffentlichungen zu unterrichten. In Begleitung der Chefredaktion war die Reporterin Felipa Vidal Romero. Eine bemerkenswerte Frau, die wir nach ihrer mutigen ersten

Veröffentlichung über die Bruderschaft schändlich im Stich gelassen haben. Dafür schäme ich mich zutiefst, und das habe ich ihr auch gesagt. Señora Vidal Romero hat mir einen USB-Stick überreicht. Mit ihrem kompletten Recherchematerial. Den USB-Stick habe ich noch am Abend dem CNI zukommen lassen. Ich bitte Sie eindringlich, diese Information über den Besuch der Chefredaktion niemals zu kommunizieren. Ich vertraue Ihnen. Und deshalb ...»

«So, so», fährt der Podemos-Vorsitzende dazwischen. «Und wozu finanzieren wir mit abenteuerlichen Summen einen Geheimdienst, wenn wir von solchen Machenschaften erst aus der Presse erfahren? Sie und Ihre Leute haben also die vergangene Nacht durchgearbeitet, Herr Direktor. Bravo! Ich bin beeindruckt. Erlauben Sie die Frage: Was haben Sie und Ihre Leute denn in den vergangenen Monaten getrieben?»

«Harmlose Studenten in Barcelona observiert, die von ihrem Demonstrationsrecht Gebrauch machen», poltert der Vorsitzende der katalanischen PSC los.

Bevor der Direktor darauf antworten kann, schaltet sich die für ihr Verhandlungsgeschick gleichermaßen gerühmte wie gefürchtete stellvertretende Ministerpräsidentin ein:

«Meine Herren, uns fehlt die Zeit für eitle Hahnenkämpfe. Sie alle wissen so gut wie ich, was auf dem Spiel steht. Wir erwarten Ihre konkreten Vorschläge.»

77

Capitán Santiago Robles Alvarez, Chef der Wache der Guardia Civil in Nerja, verzehrt ein mit Thunfisch und Tomaten belegtes *bocadillo* und studiert dabei die aktuelle Ausgabe der von ihm so leidenschaftlich und inbrünstig gehassten Zeitung aus Madrid, als es an seiner Bürotür klopft.

«Treten Sie ein, Sargento.»

Sargento David Moreno Flores tritt ein. Aber er grüßt nicht. Und er ist nicht allein. Dem Sargento folgen ein dem Capitán unbekannter Offizier, dessen Schulterklappen ihn als Comandante der Guardia ausweisen, ferner zwei hünenhafte, schwerbewaffnete Gardisten in Kampfmontur und schließlich der Hausmeister in seinem grauen Kittel und mit einem Farbeimer in der Hand.

«Nehmen Sie gefälligst Haltung an, Capitán», brüllt der ranghöhere Comandante. Robles Alvarez schnellt von seinem Sessel hoch und grüßt militärisch. Er fühlt sich nackt ohne Kopfbedeckung, ohne seinen *tricornio*, der hinter ihm auf dem Aktenschrank thront. Der Comandante klappt eine elegante Aktenmappe auf, zieht ein einzelnes Blatt Papier hervor und legt es auf den Schreibtisch, mitten auf die Zeitung.

«Rühren! Setzen! Lesen Sie sich das hier durch. Ihr Dienstherr macht Ihnen ein großzügiges Angebot. Sie bitten um sofortige Versetzung in den vorzeitigen Ruhestand. Aus gesundheitlichen Gründen. Sie müssen nur noch unterschreiben.»

«Und wenn ich mich weigere?»

«Das ist Ihr gutes Recht. Sollten Sie der Auffassung sein, dass Sie innerhalb der Reconquista 2.0 eine weitaus größere Rolle spielen, als wir fälschlicherweise annehmen, dann unterschreiben Sie eben nicht, und wir nehmen Sie auf der Stelle in U-Haft. Bis zum Prozessbeginn. Wird sicher noch ein halbes Jahr dauern. Auf das Urteil wage ich aber jetzt schon eine Wette abzuschließen: unehrenhafte Entlassung und, falls es gut für Sie läuft, zehn Jahre Freiheitsentzug wegen Hochverrats. Freie Kost und Logis im Gefängnis, das ist hilfreich, weil Sie durch das Urteil Ihre Pensionsansprüche verlieren. Wenn Sie wieder rauskommen, sind Sie ein alter Mann.»

Sie sehen sich in die Augen. Dann senkt der Capitán den Blick, greift nach seinem Füllfederhalter und unterschreibt.

«Sehr schön.» Der Comandante nimmt das Papier wieder an sich und wendet sich David Moreno Flores zu. «Sargento, Sie übernehmen kommissarisch und mit sofortiger Wirkung die Leitung dieser Wache. Die Guardia dankt Ihnen für Ihre Loyalität. Die sofortige Beförderung zum Sargento Primero in Anerkennung Ihrer Verdienste geht Ihnen noch schriftlich zu. Und Sie, Capitán, händigen mir jetzt Ihre Dienstwaffe aus. Ihren *tricornio* dürfen Sie behalten. Als Erinnerung.»

«Und weiter?»

«Ach ja. Meine beiden Begleiter werden Ihnen behilflich sein, Ihren Schreibtisch zu räumen. Sie sind sehr routiniert darin. Unsere kleine Rückversicherung, falls Sie als Pensionär auf die dumme Idee kommen sollten, sich politisch betätigen zu wollen. Auch Ihre Privatwohnung wird in diesem Augenblick durchsucht.»

Der Comandante dreht sich zu dem Hausmeister um.

«Sie können beginnen. Streichen Sie die Wand hinter dem Schreibtisch. Da ist so ein hässlicher heller Fleck über dem Aktenschrank.»

Etwa zur selben Zeit werden in Spanien gut vier Dutzend hohe Offiziere der Guardia Civil sowie der ruhmreichen Legión Española festgenommen, augenblicklich vom Dienst suspendiert, in U-Haft verbracht oder unter Hausarrest gestellt. Manche haben zuvor noch Gelegenheit gefunden, ihren Schredder bis an die Leistungsgrenze zu treiben, ihre Festplatte zu löschen und ihr Smartphone zu zerstören. Doch die meisten werden überrascht. Nur in einem Fall misslingt die Festnahme: Ein Oberst schiebt sich den Lauf seiner Dienstwaffe in den Mund und wartet geduldig, bis die verschlossene Tür zu seinem Büro unter Zuhilfenahme einer Ramme gewaltsam geöffnet wird und das Spezialkommando den Raum stürmt. Dann erst drückt er ab. Damit alle was davon haben.

Etwa zur selben Zeit wird Monsignore Josemaría Salgado de Álvarez y Albás, Doktor der Jurisprudenz und Doktor der Heiligen Theologie, Professor für Römisches Recht und Ehrendekan der Universität von Granada, Ehrenmitglied der Päpstlichen Akademie der Theologie, Konsultor der Studienkongregation, Mitglied des Colegio de Aragón, Doktor honoris causa der Universität von Navarra, Träger des Großkreuzes Isabel La Católica de Castilla y León, Ehrenbürger der kastilischen Stadt Ávila, Generalpräsident des Ordens der Frommen Bruderschaft der Heiligen Agatha und nach Recherchen der *El País*-Reporterin Felipa Vidal Romero Gründungsmitglied der Reconquista 2.0, nach Rom einbestellt. Vier zivile Personenschützer der Cuerpo Nacional de Policía sorgen dafür, dass er den direkten Weg von seinem Amtssitz zu seinen Privatgemächern und von dort samt Koffer in die auf dem Flugfeld des militärischen Abschnitts des Flughafens Málaga wartende Maschine der spanischen Luftwaffe findet. In Rom werden ihn gleich nach der Landung der Maschine zivil gekleidete Sicherheitsbeamte des Vatikans in Empfang nehmen, am nächsten Morgen wird ihm der Privatsekretär des Papstes im Auftrag Seiner Heiligkeit ein Angebot unterbreiten, das der Monsignore nicht abschlagen kann, weil es an Alternativen mangelt: Er wird künftig als Untersekretär des Kardinalpräfekten der Kongregation für die Glaubenslehre fungieren. Auf Lebenszeit im größten Gefängnis der Welt. Zugleich verfügt der Papst die sofortige Auflösung des Ordens der Frommen Bruderschaft der Heiligen Agatha. Das umfangreiche und weit verschachtelte Vermögen der Bruderschaft wird von spanischen Zollfahndern konfisziert und später in eine Stiftung zugunsten der noch lebenden Missbrauchsopfer überführt. Noch vor Jahresende wird der Monsignore nahezu sämtliche Posten und Ehrenämter quitt sein.

Ihm ist neben der Beteiligung am Hochverrat die systematische Vertuschung des jahrzehntelangen Missbrauchs innerhalb der Erziehungsanstalten der Bruderschaft, nicht aber eine aktive Teilhabe vorzuwerfen. In den kommenden Wochen werden Dutzende seiner Mitbrüder, die von Opfern und unter Zuhilfenahme des beschlagnahmten Zentralarchivs der Bruderschaft in Granada eindeutig identifiziert werden konnten, von Beamten der Kriminalpolizei vernommen. In nicht wenigen Fällen ist die Tat nach spanischem Recht verjährt. Die spanische Kirche findet auf Anordnung Roms mit einem Mal erstaunlich kreative Wege, all jene beschuldigten Geistlichen, die noch nicht pensioniert sind, unabhängig von der Verjährung unverzüglich aus der seelsorgerischen Arbeit zu entfernen.

Nur die schillernde Gallionsfigur der Reconquista 2.0 ist nicht aufzutreiben. Cristóbal Rivera Espinosa, pensionierter General der Legión Española und prominentes Aushängeschild der Bewegung, bleibt trotz intensiver Fahndung wie vom Erdboden verschluckt. Der Geheimdienst CNI ermittelt schließlich, dass die Schlüsselfigur der Verschwörung bereits am Tag vor Erscheinen der Enthüllungsgeschichte in *El País* von Madrid nach

Buenos Aires geflogen ist. Dort verliert sich seine Spur schon am Flughafen. Nur die romantische Jagdhütte mit dem ewig prasselnden Kaminfeuer, anheimelnde Kulisse seiner YouTube-Videos, wird gefunden. Eine billige Pappkulisse in einem maroden Studiokomplex am Stadtrand von Palma de Mallorca, der schon bessere Zeiten gesehen hat. Jedermann kann die TV-Studios preiswert anmieten. Kaum jemand will sie wegen ihres maroden Zustandes noch nutzen. Dauermieter des kleinsten Studios auf dem verwaisten Gelände war bis vor wenigen Wochen CleanContent Nerja, eine inzwischen liquidierte spanische Tochter des international operierenden IT-Konzerns ThinkContent.

Am Tag der Veröffentlichung in *El País* tritt am frühen Abend König Felipe VI. vor die Fernsehkameras. Nicht in Uniform wie damals sein Vater, sondern in Zivilkleidung. Seine Rede an die Nation wird auf allen Kanälen übertragen. «Wir werden wachsam sein. Wir werden hellwach sein. Wir werden eng zusammenstehen, Schulter an Schulter, Hand in Hand. Für ein freies Spanien. Und für ein freies Europa. Wir werden nicht zulassen, dass uns eine verschwindend kleine Clique vorschreiben will, wie wir zu leben haben. Gemeinsam werden wir siegen. *Viva España!*»

Noch am Abend kommt es im Anschluss an die Fernsehansprache des Königs zu spontanen öffentlichen Protestkundgebungen gegen Reconquista 2.0 in Madrid, in Barcelona, in Bilbao, in Valencia, in Sevilla. Am darauffolgenden Samstag gehen landesweit fast zwei Millionen Menschen auf die Straße, um für die Demokratie einzustehen. Ein weltweit von den traditionellen Medien registriertes und wohlwollend kommentiertes Zeichen der Einigkeit aller Demokraten, auch wenn innerhalb des Landes kritische Stimmen laut werden, dass die Bewältigung der aktuellen Krise an die altbekannte Rezeptur der *transición* erinnere: möglichst viel unter den Teppich kehren, damit möglichst schnell Ruhe einkehrt. Auch wird von einigen Stimmen öffentlich beklagt, dass dem ehemaligen Generalpräsidenten des aufgelösten Ordens der Frommen Bruderschaft der Heiligen Agatha ein warmes Plätzchen im Vatikan eingeräumt wurde, statt ihn wegen Hochverrats und wegen Beihilfe und Strafvereitelung im Zusammenhang mit dem tausendfachen Missbrauch schutzbefohlener Minderjähriger vor einem spanischen Gericht anzuklagen.

Nur über den Drehbuchautor der Verschwörung zum Sturz der Demokratie wird in der Öffentlichkeit so gut wie gar nicht diskutiert. John Carlsberg. Obwohl die Reporterin Felipa Vidal Romero die besondere Rolle des Gründers und Eigentümers des internationalen IT-Konzerns ThinkContent sowie das perfide System der permanenten Gehirnerweichung mit Hilfe der sogenannten sozialen Medien ausführlich beschrieben hat.

Vielleicht lässt sich das Desinteresse dadurch erklären, dass ThinkContent und die Tochterfirma CleanContent in Spanien inzwischen physisch nicht mehr existieren. Vielleicht aber auch dadurch, dass sich die Regierenden eines Nationalstaates ohnmächtig wähnen gegenüber einem international operierenden Konzern, der überall und nirgendwo zu Hause ist.

Vielleicht aber auch, weil das Ausmaß der täglichen Manipulation des Denkens im Internet und die irreparable Vergiftung und Zerstörung gemeinsamer demokratischer Grundwerte in den abgespaltenen Echokammern das Vorstellungsvermögen vieler Menschen übersteigen.

Einige Wissenschaftler legen den Finger in die Wunde und warnen vor dem scharfen, aber nahezu unsichtbaren Schwert, das fragile demokratische Gesellschaften mit einem Schlag vernichten kann.

Aber wer hört schon Wissenschaftlern zu?

Dass es sich bei John Carlsberg möglicherweise um ihren verschollenen Bruder Juan Carlos handeln könnte, hat Felipa allerdings nicht in ihren Artikeln thematisiert. Weil sie keine wasserdichten Beweise dafür hat. Als gewissenhafte Journalistin schreibt sie nie über Dinge, für die sie keine Beweise hat.

Nicht mal seinen Wohnsitz oder die Adresse eines persönlichen Büros hat sie in Erfahrung bringen können.

Existiert dieser John Carlsberg überhaupt? Oder ist er nur ein Bot aus den Laboratorien des Konzerns, eine virtuelle Inszenierung, eine Erfindung wahnsinnig gewordener Programmierer?

Felipa absolviert am Abend des Folgetages in Barcelona noch einen Auftritt als Studiogast in einer politischen Talkshow des katalanischen Fernsehens, dann packt sie ihren Koffer und fliegt am Morgen des dritten Tages nach Málaga. Die Chefredaktion hat ihr dazu geraten. Nein, die Chefredaktion hat den zweiwöchigen Sonderurlaub angeordnet. Man will sie aus der Schusslinie haben. Gestern Morgen hat sie also gleich ihren Exmann angerufen. Seit zwei Wochen war ihre gemeinsame Tochter nun schon bei ihrem Exmann und dessen neuer Frau. Viel zu lange. Zunächst war sie dankbar für das Angebot. Aber jetzt war es genug, sie verging schier vor Sehnsucht nach ihrer kleinen Laura. Felipa wollte ihre Tochter unbedingt mit nach Frigiliana nehmen, also rief sie gestern Morgen gegen neun ihren Exmann an.

Es dauerte eine Ewigkeit, bis er endlich dranging. *Vielen Dank auch, dass du mich mitten in der Nacht weckst. Neun Uhr nennst du mitten in der Nacht? Felipa, hast du etwa vergessen, dass wir eine Woche in New York sind? Natürlich hast du das vergessen. Du warst ja wieder mal vollauf damit beschäftigt, die Welt zu retten. Da kann man auch schon mal den Geburtstag der eigenen Tochter vergessen. Ich leg jetzt auf. Chao.*

Alejandro holt seine Schwester am Flughafen ab. Als er Felipa in seine Arme schließt, schießen ihr die Tränen in die Augen.

78

Die Tage verfliegen wie im Rausch. Als wäre sie in einen Kokon aus flauschig weicher Watte gehüllt.

Die Menschen im Dorf strahlen, wenn sie ihr begegnen, sprechen sie an, gratulieren ihr, danken ihr, umarmen sie, drücken ihr dicke Küsse auf die Wangen.

Gleich am ersten Abend hat Federico einen Empfang in seiner Bar gegeben. Einen feierlichen Empfang zu Ehren der berühmten, der jetzt berühmtesten Tochter des Dorfes.

Alejandro, muss das sein?
Ja, das muss sein. Das bist du dem Dorf schuldig.
Ich? Was soll ich denn dem Dorf schuldig sein?
Aber sie hat sich gefügt.

Alle sprangen sie auf und jubelten, als Alejandro seine widerspenstige Schwester vor sich her durch die Tür schob. Erst war es ihr schrecklich peinlich, später wurde es richtig nett, und um Mitternacht waren fast alle betrunken. Pater Daniel war da, Lis natürlich, Mercedes und ihre Mutter Marta, außerdem einige ehemalige Schulfreundinnen, die sie schon ewig nicht mehr gesehen und gesprochen hatte und die nun unentwegt Selfies mit ihr machten. Und Victor, die erste große Liebe ihres Lebens und Verursacher des ersten großen Liebeskummers, der sich im Laufe des Abends mehrmals dafür entschuldigte, dass er ihr damals den Laufpass gegeben hat, in der letzten Schulklasse, nein, wie konnte er nur so dämlich sein, so unglaublich dämlich, und als könnte sie dies dazu animieren, ihn wieder zurückzunehmen, erzählte er ihr, dass er es inzwischen vom Busfahrer zum erfolgreichen Reiseunternehmer mit drei Angestellten gebracht habe, dass er sich einen eigenen großen Omnibus gekauft habe, mit Hilfe der Bank, und mit dem Bus fahre er nun auf eigene Rechnung Touristen vom Flughafen Málaga zu den Hotels an der Costa del Sol, und nach Ablauf des Pauschalurlaubs sammele er sie wieder ein und bringe sie zurück zum Flughafen, außerdem arbeite er ehrenamtlich als Rettungssanitäter fürs Rote Kreuz in Nerja. Victor erzählte und erzählte und erzählte, bis sie ihn mit einem langen Kuss zum Schweigen brachte.

Natürlich war auch das fast vollständige, einst so siegreiche Basketballteam zugegen, bis auf Raúl, der vor acht Jahren nach Alicante umgezogen ist, der Liebe wegen, die fast komplette legendäre Jugendmannschaft von Alejandro und Federico, aber die Jungs sind ja eigentlich immer zur Stelle, wenn es in Federicos Bar was zum Feiern gibt.

Später spielte noch jemand Gitarre, Manuel, der Poet, ebenfalls aus ihrer Schulklasse, sie erinnert sich nicht mehr so genau, weil sie zu viel getrunken hatte, aber sie weiß noch, dass Federico dazu sang, falsch und laut und herzzerreißend süß, er trug die alte Arbeitsmütze seines Großvaters, vorne an der Mütze prangte der rot-schwarze Stern, den Federico zur Feier des Tages aus der hinter der Theke deponierten Zigarrenkiste befreit hatte.

Die Tage verfliegen wie im Rausch.

Ihre Mutter verhält sich ihr gegenüber auffällig friedlich und hält sich mit Vorwürfen und Nörgeleien zurück. Für Felipa ist das eine völlig neue Erfahrung. Ana Romero Perez genießt es offenbar, die Mutter der berühmten Journalistin Felipa Vidal Romero zu sein, sie genießt beim Gang zum Bäcker oder zum Friseur die Huldigungen der Dorfbewohner.

Felipa telefoniert nun jeden Tag mit ihrer Tochter.
Felipa telefoniert zweimal mit Rafael.
Felipa telefoniert nur einmal mit ihrem Chefredakteur.

Alejandro hat den Job im Museo Picasso in Málaga bekommen, er ist überglücklich, er blüht regelrecht auf, also ist er nun tagsüber weg, manchmal auch am Wochenende, aber Lis hat viel Zeit, also geht Felipa fast jeden Tag auf einen Kaffee zu ihr, sie führen wunderbare Gespräche, über die Arbeit, über die Männer, über das Leben. Lis hat Felipa das Gästezimmer angeboten, indem sie schon einmal gewohnt hat, aber Felipa hat abgewehrt, sie möchte Lis und Alejandro nicht stören, Federico hat ihr ein Zimmer in einer Pension im Oberdorf besorgt.

Einmal sagt Lis: «Weißt du, ich mag deinen Bruder. Er liegt mir sehr am Herzen. Vielleicht liebe ich ihn sogar. Und außerdem haben wir eine Menge Spaß miteinander. Er tut mir gut. Aber der Altersunterschied, 27 Jahre ... du meine Güte, das ist gar nicht gut. Wenn zwei Menschen sich lieben, kann das auf Dauer nur funktionieren, wenn die Dinge halbwegs ausgeglichen sind. Alter, Bildung, Geld, Interessen, körperliche Attraktivität, Bedürfnisse und Perspektiven: Es darf kein zu starkes Gefälle in eine Richtung geben. Dann ist die Waage nicht im Gleichgewicht. Ich werde ihn also vor den Kopf stoßen müssen, schon bald, ihn bitter enttäuschen müssen, damit er geht, damit er nach Málaga zieht, um Abstand zu gewinnen, und endlich sein eigenes Leben beginnt. Aber jetzt noch nicht, keine Sorge, Felipa, jetzt nicht noch ein weiteres Drama. Aber ich möchte, dass du Bescheid weißt, wenn er dich eines Tages anruft und sich ausweint.»

Heute fahren sie zum Schwimmen und Faulenzen ans Meer, Alejandro und Lis und Federico und Mercedes und Felipa, weit genug weg von Frigiliana und Nerja, zur Playa de las Alberquillas, sie quetschen sich am Morgen alle fünf in Alejandros elf Jahre alten Seat, den er vor vier Jahren günstig von seinem

Schwager in Barcelona übernommen hat und der Felipa nun 14 quälende Kilometer lang an die frühen, guten Zeiten ihrer Ehe erinnert, sie folgen der alten N-340 in Richtung Almeria, bis Alejandro bald nach dem Kilometerstein 299 auf eine Schotterpiste abbiegt, die in atemberaubend engen Serpentinen hinunter zum Strand führt.

Auf dem staubigen Parkplatz steht nur ein einziges Auto. Ein chromblitzender Angeber-Jeep mit auflackierten Flammen und überdimensionierten Reifen. An der Kühlerhaube lehnt Victor, ja, *der* Victor, der ihr damals den Laufpass gegeben hat, in der letzten Klasse, Victor, der Busunternehmer und Rettungssanitäter, den sie in Federicos Bar wiedergetroffen und mit einem Kuss erfolgreich zum Schweigen gebracht hat. Victor trägt knielange Shorts in wilden Neonfarben, ein knalliges T-Shirt und eine verspiegelte Sonnenbrille und winkt ganz aufgeregt, als der Seat auf den Platz kurvt.

«Oh nein, wie kommt der denn hierher?», fragt Felipa.

«Mit seinem schönen Jeep», entgegnet Alejandro, und Federico kriegt sich gar nicht mehr ein vor Lachen, wie eigentlich immer, wenn Alejandro einen Scherz macht.

«Oder hättest du dir gewünscht, er kommt mit seinem großen Omnibus?», fragt Federico, und Alejandro lacht sich schlapp.

«Vielen lieben Dank auch. Ihr seid echt immer noch dieselben Kindsköpfe wie damals.»

«Wieso? Wir hatten neulich auf der Party den Eindruck, dass du dich prächtig mit ihm amüsierst.»

«Da war ich betrunken und nicht mehr bei Sinnen.»

Die Tage verfliegen wie im Rausch.

Auch deshalb wirkt die Mail, die Felipa und Alejandro am frühen Freitagmorgen zeitgleich erhalten, so unwirklich:

Ich störe nur ungern die Idylle. Die geschwisterliche Zweisamkeit. Aber ich denke, es ist höchste Zeit für eine Begegnung. Und außerdem an der Zeit, ein paar Dinge klarzustellen. Übermorgen ist Sonntag. Der Tag des Herrn, wie unsere Mutter sagen würde. Ich schlage vor, wir treffen uns mittags um zwölf. Nur wir drei. An dem Ort, an dem ich vor langer Zeit gestorben bin.

79

Cómpeta. Canillas de Albaida. Árchez. Salares. Keine Steinböcke. Keine Ziegenherden. Und kein einziger Streifenwagen der Guardia.

«Die sind im Moment wahrscheinlich mit sich selbst beschäftigt», sagt Alejandro. Er sagt es, nur um etwas zu sagen. Weil er das Schweigen nicht mehr aushält.

Felipa sagt nichts. Sie hockt neben ihrem Bruder auf dem Beifahrersitz des Toyota Landcruiser, den sie sich von Pater Daniel ausgeliehen haben, weil Alejandro Sorge hatte, dass sein alter Seat die Strapazen nicht mehr mitmacht. Felipa hat die Sneakers ausgezogen und ihre nackten Füße auf das zerschlissene Sitzpolster gezogen. Sie hält die Knie mit ihren Händen umklammert, während sie angestrengt durch die Windschutzscheibe starrt. Seit sie am frühen Morgen in Frigiliana gestartet sind, hat sie noch kein Wort gesprochen.

Canillas de Aceituno. Die Sonne ist mit einem Mal hinter einer dichten Wolkendecke verschwunden. Die Farbe des Himmels erinnert Alejandro an geschmolzenes Blei. Doch noch eine Ziegenherde auf der Straße. Das dauert.

Der Stausee von Viñuela. Die Bar am Straßenrand, in der sie beim letzten Mal eine Rast eingelegt haben. Jetzt spricht Felipa die ersten Worte seit ihrer Abfahrt in Frigiliana: «Fahr bitte weiter. Hier machen wir dieses Mal keine Pause.»

Sie passieren Ventas de Zaffaraya. Als sie den Ortsausgang

erreichen, sind in der Ferne die schneebedeckten Gipfel der Sierra Nevada zu sehen.

In Valdeiglesias, dem Geisterdorf, legen sie eine kurze Pinkelpause ein. Als sie weiterfahren, fragt Felipa:

«Was hat Gollmann gesagt?»

«Gollmann?»

«Na, der Bruder von Lis. So heißt er doch, oder?»

«Ach, du meinst Hans!»

«Meinetwegen auch Hans. Hat er sich bei Lis gemeldet? Hat er was rausgefunden?»

«Er hat gestern Abend angerufen. Die Mail ist nicht zurückzuverfolgen, sagt er.»

«Wäre ja auch ein Wunder gewesen.»

«Er hatte trotzdem was Neues: John Carlsberg unterhält einen Wohnsitz in Dubai. Das ist wohl auch der augenblickliche offizielle Firmensitz von ThinkContent.»

Sie folgen der Schotterpiste, die sich durch den dichten Wald der Sierra de Tejeda hinaufwindet.

Nach 20 Minuten erreichen sie die Lichtung.

Sie sind überpünktlich.

17 Minuten vor zwölf.

Rechts, vor der Scheune, parkt ein schwarzer Porsche Cayenne mit spanischem Kennzeichen. Ein Mietwagen aus Málaga, wie der Aufkleber an der Heckklappe verrät.

Die Tür zum Hauptgebäude steht weit offen.

Alejandro geht voran, Felipa folgt ihm.

Der Speisesaal.

Die Kapelle.

Die Bibliothek.

Die beiden Klassenzimmer.

Das Büro des Direktors.

Alles unverändert.

Niemand zu sehen.

Niemand zu hören.

Alejandro deutet stumm auf die Treppe, die hinauf in den ersten Stock führt. Felipa nickt nur.

Der lange, fensterlose Flur.

Die Wohnung des Direktors.

Der Schlafsaal mit den verrosteten Feldbetten.

Alles wie beim letzten Mal.

Bis auf eins: Jemand hat gelüftet. Der stickige Geruch ist weg.

Zurück ins Erdgeschoss.

Die Treppe, die hinab in den Keller führt.

Alejandro schaltet die Taschenlampe an.

Der Duschsaal.

Die beiden Arrestzellen.

Am Ende des Ganges der Raum mit ...

«Lass uns wieder nach draußen gehen», flüstert Felipa, kaum dass sie die Türschwelle überschritten hat, und zieht ihren Bruder zurück in den Gang. «Ich will raus hier. Ich kriege keine Luft mehr.»

Sie setzen sich auf die Treppe vor dem Eingang des Hauptgebäudes. Felipa bittet ihren Bruder um eine Zigarette. Alejandro gibt ihr Feuer. Felipas Hände zittern. Sie rauchen schweigend.

Alejandro springt plötzlich auf, läuft zu dem Porsche Cayenne, versucht vergeblich, die Fahrertür zu öffnen, dann die Heckklappe. Alles verschlossen.

Alejandro kehrt zurück. «Vielleicht sollten wir auf dem Friedhof nachsehen. Vielleicht besucht er sein Grab. Vielleicht stellt er frische Blumen auf.» Seine Schwester sieht ihn nicht an, sondern starrt an ihm vorbei. Alejandro folgt ihrem Blick.

Das Wirtschaftsgebäude.

In der offenen Tür des Wirtschaftsgebäudes lehnt ein Mann. Groß, schlank, blond. Er trägt Anzug und Krawatte.

Als die Geschwister sich ihm nähern, tritt er zurück und

macht ihnen Platz. Nichts ist in seinem Gesicht zu lesen. Sie müssen ganz dicht an ihm vorbei. Felipa kann sein teures Rasierwasser riechen. Aber sie kann seinen Blick nicht ertragen. Alejandro kommt der Mann bekannt vor. Dann fällt es ihm wieder ein: Der Mann hat Don Javier besucht. Gar nicht so lange her, aber Alejandro kommt es vor wie eine Ewigkeit. Doch er ist sich ganz sicher, dass er zu Beginn der Spätschicht auf dem Weg zu seiner Arbeitskabine den Blonden die Treppe hinauf in den ersten Stock hat laufen sehen.

In der ehemaligen Großküche des Heims stehen die Türen der angrenzenden Räume weit offen. Als hätte jemand das Wirtschaftsgebäude zur allgemeinen Besichtigung hergerichtet. Die Tür zum Kühlraum. Die Tür zu den beiden Lagerräumen für die Lebensmittel. Die Tür zur Werkstatt. Und die Tür zur ehemaligen Hausmeisterwohnung.

Das ausgeräumte Wohnzimmer. Der alte Hausmeister sitzt auf dem verdreckten Fußboden und lehnt mit dem Rücken an der Wand, die kurzen, dünnen Beine weit von sich gestreckt. Er ist an Händen und Füßen gefesselt. Er ist geknebelt. Der Rotz trieft ihm aus der Nase. Er schnauft. Er kriegt kaum Luft. Er reißt die Augen auf, als Felipa und Alejandro das Zimmer betreten.

Aus dem angrenzenden Schlafzimmer tritt ein Mann ins Wohnzimmer, der Alejandro entfernt ähnlich sieht. Nicht allzu sehr, denkt Felipa, nicht so sehr, wie er als kleiner Junge auf dem Foto mit dem Ölgemälde der heiligen Agatha ihrem Bruder Alejandro als kleinem Jungen ähnlich gesehen hat. Olivgrüne Drillichhose mit geräumigen Außentaschen, robustes Schuhwerk mit dicken Gummisohlen: Der Mann, der Alejandro entfernt ähnlich sieht, trägt die typische Kleidung der männlichen Sierra-Bewohner, wenn sie zur Jagd gehen.

Der Jäger lächelt.

Ein merkwürdig emotionsloses Lächeln. Steril.

«Schön, euch zu sehen. Ein Wiedersehen nach 32 Jahren. Alejandro, du trugst noch Windeln. Felipa, du bist ja noch hübscher als auf den Fotos in den Zeitungen. Ich habe dich neulich im Fernsehen gesehen. Glaube mir, mit dieser aparten Kombination aus Schönheit, Intelligenz und Naivität wirst du es noch weit bringen. Nicht unbedingt bei *El País*. Aber ich wollte dir vorschlagen ...»

«Mach den Mann los!»

Juan Carlos sieht Alejandro an, als hätte er sich verhört. Der Blick verrät Erstaunen und Verärgerung. Er scheint es gar nicht zu mögen, mitten im Satz unterbrochen zu werden. Wer mag das schon? Er scheint es aber auch nicht zu ertragen. Und auf keinen Fall zu dulden. Felipa legt beschwichtigend ihre Hand auf Alejandros Unterarm.

«Was hast du gesagt?»

«Ich sagte: Binde sofort den Mann los!»

Juan Carlos bricht in schallendes Gelächter aus. Laut und hemmungslos. Alejandro stürmt los, Juan Carlos zuckt überrascht zurück, Alejandro lässt sich neben dem Alten auf die Knie fallen und beginnt, den Knoten an dessen Hinterkopf zu lösen, um den Knebel zu entfernen. Juan Carlos gibt dem Blonden ein Zeichen, ein Nicken genügt, der Blonde ist mit zwei Sätzen bei Alejandro, reißt ihn hoch, dreht ihn herum wie eine federleichte Puppe, seine Faust umklammert Alejandros Hals. Alejandro schlägt ziellos, dann zunehmend kraftlos um sich, er verdreht die Augen, bis nur noch das Weiße in seinen Augen zu sehen ist, der Blonde rammt eine Spritze in Alejandros Oberschenkel und lässt ihn neben dem Alten fallen wie einen nassen Sack.

Felipa schreit auf.

«Spar dir das Geschrei. Hier hört dich eh niemand. Komm, wir gehen nach nebenan. Da ist die einzige Sitzgelegenheit. Wir haben einiges zu besprechen.»

Felipa steht da wie erstarrt. Juan Carlos packt sie am Handgelenk und zieht sie hinter sich her.

Im Schlafzimmer steht noch das verwaiste Ehebett. Das einzige Möbelstück in der gesamten Wohnung.

«Setz dich.»

Felipa reagiert nicht.

«Setz dich, sagte ich.»

Felipa setzt sich auf das Bett.

«Der Alte war der Hausmeister hier. Seine Frau war die Köchin. Ist letztes Jahr gestorben. Krebs. Bauchspeicheldrüse. Kein schöner Tod. Aber was rede ich: Das weißt du ja alles. Du hast ihn ja ausführlich zu Wort kommen lassen in deiner Zeitung. Der arme alte Mann. Konnte gar nichts tun gegen die üblen Machenschaften der Bruderschaft. Musste ohnmächtig zusehen. Bei dem, was die Brüder trieben. Und bei dem, was seine Frau trieb. Als der Laden hier vor 13 Jahren dichtgemacht wurde und die beiden ausziehen mussten, da hatten sie genug gespart, um sich ein kleines, bescheidenes Häuschen in Ventas de Zaffaraya zu kaufen. Da hatten sie dann endlich getrennte Schlafzimmer, da haben sie sich zwei Einzelbetten geleistet, mit nagelneuen Matratzen. Weil der Alte schnarchte und sowieso keinen mehr hochkriegte.»

Juan Carlos streichelt und tätschelt die schäbige, fleckige Matratze, ohne den Blick von Felipa abzuwenden. Sein Blick macht ihr Angst. Der Mann macht ihr Angst. Das Schlafzimmer macht ihr Angst. Alles hier macht ihr Angst. Felipa spürt die Panik aufkeimen. Was für eine irrsinnige Idee, sich hier ...

«Das Bett haben sie einfach stehen lassen. Zu viele Erinnerungen, nehme ich an. Du hast von dem Alten nur die halbe Wahrheit erfahren. Kennst du die wissenschaftlichen Studien nicht? In mindestens jedem fünften Fall von sexuellem Missbrauch ist eine Frau als Täterin aktiv beteiligt. Als Mittäterin oder als Einzeltäterin. Das hörst du doch sicher nicht zum ersten Mal? Immerhin hat sie dafür gesorgt, dass ich diese Hölle hier überlebte. Ihr Ehebett war mein Zufluchtsort. Sie hat mir beigebracht, wie man sich anpasst. Wie man sich unsichtbar macht. Wie ein Chamäleon. Wie man die Kontrolle behält. Kontrolle ist das Wichtigste. Absolute Kontrolle. Ich habe mir damals geschworen, nie wieder die Kontrolle über mein Leben zu verlieren. Um nie wieder in meinem Leben Opfer zu sein. Ich müsste ihr also dankbar sein. Selbst jetzt noch, wo sie tot ist. Bin ich aber nicht. War ich nie. Ihr nicht und ihrem Schwächling von Mann nicht. Klingt das undankbar? Sag mir, Felipa, bin ich undankbar?»

«Auch Opfer haben die Wahl, ob sie später, als Erwachsene, gute Menschen oder böse Menschen werden. Du lässt andere darunter leiden, was dir als Kind widerfahren ist, du machst Menschen zu Opfern, obwohl sie nichts für deine Kindheit können.»

«Felipa, du hast keine Ahnung, was das hier für eine Hölle war. Du hast keine Ahnung, wie das war, wenn sie dich nachts ...»

«Doch. Ich habe mit mehreren Opfern gesprochen.»

«Mit diesem Penner, der auf die Straße pisst ...»

«Und zwei anderen, die nicht auf die Straße pissen, obwohl sie schwere Schäden an der Seele davongetragen haben.»

«Und jetzt mit mir.»

«Ja, jetzt mit dir. Was willst du von mir?»

«Nur ein wenig plaudern.»

«Worüber?»

«Du bist doch die Journalistin. Du hast doch die ganze Zeit versucht, mich zu finden, oder nicht? Vor deiner grandiosen Veröffentlichung in *El País*. Hier bin ich.»

«Okay, dann lass uns plaudern. Aber zuerst lässt du den alten Mann laufen. Jetzt.»

Juan Carlos nagelt sie mit seinem Blick fest. Eine Ewigkeit.

Dann stößt er einen kurzen Pfiff aus. Der Blonde erscheint in der Tür.

«Mach den Alten los.»

«Aber ...»

«Ich hab's mir anders überlegt.»

Der Blonde verschwindet. Nebenan ist der alte Mann zu hören, wie er aufstöhnt und nach Luft schnappt.

Juan Carlos wirft einen Blick auf seine Armbanduhr.

«Eine Stunde meiner Aufmerksamkeit schenke ich dir. Dann muss ich leider los. Wichtiger Termin in London. Willst du mitkommen? Ich lade dich ein!»

«Womit hattest du die Bruderschaft in der Hand?»

Juan Carlos lacht auf und schüttelt belustigt den Kopf. Aber Felipa lässt nicht locker: «Erpressung?»

«Wie kommst du denn darauf? Erpressung! So ein Unsinn! Die Bruderschaft gehört mir. Ich habe sie gekauft.»

«Gekauft? Was heißt das?»

«Ganz einfach: Der großherrliche Monsignore Salgado hatte sich als Kämmerer der Bruderschaft mächtig verzockt, als 2008 in Spanien die Immobilienblase platzte. So ist das, wenn man vor lauter Geldgier den Hals nicht vollkriegt. Die Bruderschaft war damals mit einem Schlag pleite. Ich habe dem Verein über Strohmänner aus der Patsche geholfen. Seitdem gehört mir der Laden. Auch dieses schöne Anwesen hier. Ich konnte mich bislang nicht dazu entschließen, es einer neuen Verwendung zuzuführen. Da kommt wohl meine sentimentale Ader zum Zuge. Schließlich ist das hier der Ort, wo mein altes Ich beerdigt wurde.»

«Und wegen deiner sentimentalen Ader bautest du die spanische Niederlassung von CleanContent ausgerechnet auf dem Gelände der alten Zuckerfabrik, in der dein Großvater gearbeitet hat?»

«Hübsche Idee, nicht? Aber du begreifst immer noch nicht:

Juan Carlos existiert nicht mehr. Ich habe mich vollkommen neu erschaffen. John Carlsberg hat keine Vergangenheit. John Carlsberg hat eine wundervolle Gegenwart, eine strahlende Zukunft. John Carlsberg war nie Opfer und wird es auch niemals sein.»

«Und das Grab ...»

«... das hat der Alte tadellos hingekriegt, findest du nicht? Gib's ruhig zu, Alejandro und du wart sicher sehr ergriffen, als ihr das erste Mal davorstandet.»

«Niemand kann vor seiner Vergangenheit weglaufen. Du hast an diesem Ort Furchtbares erlitten, du ...»

«Wo waren wir stehengeblieben? Ach ja, seit der Pleite konnte Salgado keine einzige Entscheidung mehr ohne meine Zustimmung treffen. Nicht mal einen Bleistift kaufen. Als kleine Entschädigung für seine Willfährigkeit durfte er sich der Öffentlichkeit als Retter der Bruderschaft präsentieren und schließlich Generalpräsident werden. Auch seine Wahl habe ich finanziert.»

«Verstehe.»

«Du verstehst vielleicht die Worte, aber nicht die Tragweite dessen, was ich dir damit sagen will. Geld macht unendlich frei, Felipa. Geld verschafft dir absolute Kontrolle über dein Leben. Geld ermöglicht die lückenlose Kontrolle deines Umfeldes. Glaub mir, das ist ein wunderbar beruhigendes Gefühl.»

«Was hattest du mit Reconquista 2.0 vor?»

«Ich? Gar nichts! ThinkContent war nur der Dienstleister. Hat es den Taxifahrer als Dienstleister zu interessieren, was sein Kunde, der Fahrgast, am Ziel der Fahrt zu tun gedenkt? Man hat unsere Dienste in Anspruch genommen, und man hat gut dafür bezahlt. Das Lemming-Projekt. So haben sie es genannt. Aber das spanische Volk war offenbar noch nicht reif dafür. Das haben meine Kunden in ihrer grenzenlosen Eitelkeit unterschätzt. Traumtänzer. Nicht mein Problem. Die nächsten Interessenten stehen schon Schlange. Interessenten aus aller Welt. Die Nachfrage reißt nicht ab. ThinkContent hat in Spanien einiges dazugelernt. Die nächste Kampagne, in einem anderen Land auf diesem Planeten, wird sich auf einem völlig neuen technologischen Niveau bewegen. Wir arbeiten bereits mit Hochdruck daran. Du wirst staunen.»

«Verschafft es dir Befriedigung?»

«Was?»

«Macht über Menschen auszuüben. Verschafft es dir Befriedigung, Menschen in den Tod zu treiben? Mit deinen Experimenten, mit deinen Algorithmen ...»

«Felipa, es gibt grundsätzlich nur zwei Lebensentwürfe: Entweder du lässt es zu, dass Menschen Macht über dich ausüben – oder du übst Macht über sie aus. Es gibt nichts dazwischen. Dazwischen ist nur ein Vakuum. In Zukunft werden wir ...»

«Bleiben wir noch einen Moment in der Gegenwart. Warum hast du Alejandro das Kinderfoto aus dem Heim auf den Rechner an seinem Arbeitsplatz spielen lassen? Das Foto, auf dem du ihm zum Verwechseln ähnlich siehst ...»

«Ach das.» Juan Carlos lacht. «Eine Laune. Ich war einfach neugierig, was passieren würde. Als ich nämlich zufällig feststellte, dass mein eigener Bruder für mich arbeitet ...»

«Wegen dieses Fotos ist die von deiner Hassfabrik befeuerte Verschwörung grandios gescheitert.»

«Aber nein, nicht wegen des Fotos. Gescheitert ist das Projekt einzig und allein an meiner kleinen, cleveren Schwester. Vielleicht geht dein journalistisches Engagement eines Tages als das letzte Aufbäumen der traditionellen Medien vor ihrem endgültigen Verschwinden in die Bedeutungslosigkeit ein. Du hast mich sehr beeindruckt. Ich könnte dich gut gebrauchen. Du und ich, wir könnten zusammen die Welt aus den Angeln heben. Wir sind aus demselben Holz geschnitzt, Felipa. Wir sind anders als Alejandro, dieser Schlappschwanz. Alejandro kommt nach seiner willensschwachen, phlegmatischen Mutter. Wir beide aber kommen eindeutig nach unserem Vater ...»

«Meinst du etwa Vidal? Auf mich trifft das vielleicht zu. Auf dich mit Sicherheit nicht. Denn wir haben nicht denselben Vater, Juan Carlos. Vidal war nicht dein Vater.»

Felipa registriert, wie seine Gesichtszüge entgleisen. Er weiß es also nicht. Der allwissende, alles kontrollierende Juan Carlos kennt diese Geschichte seines Lebens nicht. Sein Blick flackert nervös. Nicht lange, nur zwei, drei Sekunden, dann hat er sich wieder im Griff. Das sterile Lächeln kehrt zurück.

«Was meinst du damit?»

Ein heftiges, dumpfes Poltern. Irgendwo da draußen. Nein, nicht draußen. In der Küche? Im Wohnzimmer? Alejandro?

«Wusstest du das etwa nicht? Ich kann dir gerne erzählen, was ich damit meine. Aber vorher sagst du deinem blonden Aufpasser, er soll Alejandro herbringen und hier aufs Bett legen.»

«Warum?»

«Ich will sehen, wie es meinem Bruder geht. Ich will ihn im Auge behalten, während wir reden.»

«Später.»

«Nein. Jetzt.»

Dieser Blick. Eine Ewigkeit.

Wieder dieser gellende Pfiff.

Als würde er nach seinem Hund pfeifen.

Der Blonde hat sich Alejandro über die Schulter geworfen und kippt ihn aufs Bett. Felipa legt zwei Finger an seine Halsschlagader, dann greift sie nach seinem erschlafften Handgelenk und prüft den Puls.

«Was habt ihr ihm gegeben?»

«Keine Sorge. Er schläft nur.»

«Wann wird er aufwachen?»

«Spätestens in einer halben Stunde. Er wird über Kopfschmerzen klagen. Aber das geht vorüber, mach dir keine ...»

«Ana war schon schwanger, als sie mit Vidal verheiratet wurde. Als sie schwanger wurde, hat sie diesen Vidal noch gar nicht gekannt. Mein Vater. Alejandros Vater. Aber nicht dein Vater. Willst du wissen, wer dein Vater war?»

Er durchbohrt sie mit seinem Blick.

«Dein Vater war Miguel Fuentes Ortega. Erinnerst du dich? Na, dämmert es? Richtig, der damalige Pfarrer von Frigiliana. Er hat Ana geschwängert, er hat die Ehe mit Vidal arrangiert, und er hat dich acht Jahre nach deiner Geburt, zwei Jahre nach Vidals Flucht, in der Besserungsanstalt der Bruderschaft entsorgt. Dich in die Hölle abgeschoben. Aus den Augen, aus dem Sinn. Im Gegensatz zu Alejandro und mir bist du die Brut eines alten, notgeilen Pfaffen.»

Er verpasst ihr eine schallende Ohrfeige. Ihr Gesicht brennt wie Feuer. Sie hat mit allem gerechnet, aber damit nicht. Warum nicht? Tränen schießen ihr in die Augen. Tränen der Wut.

Er hat sich längst wieder im Griff. Die Kontrolle.

«Komm mit mir, Felipa. Hab Vertrauen. Das Leben ...»

«Vertrauen? Zu dir? Weshalb sollte ich dir vertrauen? Die Wahrheit ist: Ich misstraue dir zutiefst. Tu mir den Gefallen und verschwinde einfach aus unserem Leben.»

Das sterile Lächeln kehrt zurück.

«Wie du willst. Jeder ist seines Glückes Schmied. Es kommt nicht oft vor, dass mich jemand so vor den Kopf stößt.»

«Dann wurde es ja höchste Zeit.»

Er schüttelt wieder belustigt den Kopf. Aber diesmal ist die Belustigung nur gespielt.

«Felipa, sollte ich dich tatsächlich überschätzt haben? War es Courage oder schlicht Dummheit von euch hierherzukommen? Ohne Absicherung, ohne Rückendeckung? Wirst du deine Entscheidung bereuen, wenn ich euch hier draußen liegen lasse, in der Sierra, aneinandergefesselt, aneinandergeschmiegt, in geschwisterlicher Zweisamkeit, bis die Tiere des Waldes ...»

«Unsere geschwisterliche Zweisamkeit scheint dich ja mächtig zu beschäftigen. Dich, den strahlenden John Carlsberg. Aber wer sagt denn, dass wir ohne Rückendeckung gekommen sind?»

Die Irritation währt nur den Bruchteil einer Sekunde.

«Wir haben intelligente Drohnen in der Luft. Sie überwachen den digitalen Polizeifunk und den Verkehr auf den Straßen.»

«Wir brauchen keine Polizei. Wir brauchen auch deinen ganzen Technikscheiß nicht, um uns sicher zu fühlen. Nur du brauchst das. Aber Alejandro und ich nicht. Wir haben nämlich unser Dorf. Alle sind schon ganz neugierig, dich wiederzusehen!»

«Du träumst, Felipa. Niemals in meinem ganzen Leben würde ich einen Fuß in dieses Dorf ...»

«Musst du gar nicht. Sie kommen zu dir!»

Der Blonde stürzt ins Schlafzimmer. Juan Carlos widmet ihm seine ganze Aufmerksamkeit. Felipa wirft rasch einen Blick auf ihre Armbanduhr. Ihre Hände zittern verräterisch.

«Was gibt's?»

«Ein Bus!»

Endlich.

«Ein Bus? Was für ein Bus?»

«Ein großer Reisebus. Auf dem Weg hierher.»

«Was?» Juan Carlos springt auf und stürmt mit dem Blonden aus dem Schlafzimmer.

Felipa tätschelt die Wange ihres Bruders.

«Alejandro. Bitte wach auf. Bitte, bitte!»

Alejandro stöhnt schwach.

Felipa drückt seine Hand, küsst ihn auf die Stirn, dann rennt sie aus dem Schlafzimmer durch das verlassene Wohnzimmer in die Großküche. Dort liegt der alte Hausmeister auf dem Betonboden. Der Kopf ist seltsam verdreht. Seine toten, vor Entsetzen weit aufgerissenen Augen starren sie an. Felipa sieht weg, unterdrückt den heftigen Würgereiz, rennt weiter, nach draußen.

Juan Carlos und der Blonde stehen dicht neben dem Cayenne. Sie bemerken Felipa nicht. Ihre ganze Aufmerksamkeit beansprucht das deutlich vernehmbare Dröhnen des Dieselmotors, der sich durch den dichten Wald die Serpentinen hinaufquält. Juan Carlos packt den Blonden an der Schulter, redet auf ihn ein, mit wutverzerrtem Gesicht, dann läuft er um den Wagen herum, rüttelt an der verschlossenen Beifahrertür, aber der Blonde rührt sich nicht von der Stelle, er schüttelt nur den Kopf, er weiß, dass es keine Möglichkeit gibt, mit dem überdimensionierten SUV zu verschwinden, weil der Weg durch den Wald, die einzige Verbindung zur restlichen Welt, viel zu schmal ist, um einem entgegenkommenden Omnibus auszuweichen. Das Motorengeräusch kommt näher und näher. Juan Carlos rennt zurück zu seinem Beschützer, wie ein gehetztes, in die Enge getriebenes Tier.

Dann bricht das Ungetüm aus dem Dunkel des Waldes. Erst ist nur das grelle Augenpaar der Scheinwerfer zu sehen, dann folgt der Rest. Ein großer, strahlend weißer Reisebus. Felipa erkennt Victor hinter dem Steuer. Neben ihm sitzt Pater Daniel. Der Bus stoppt mitten auf der Lichtung, das Dröhnen des Dieselmotors erstirbt mit einem Zittern. Die Scheinwerfer verlöschen. Die hydraulischen Bremsen zischen, ebenso die Türen, als sie sich öffnen. Pater Daniel springt als Erster aus dem Bus. Ihm folgt Victor, er trägt seine Uniform als Rettungssanitäter, er hat seinen voluminösen Erste-Hilfe-Rucksack geschultert.

«Felipa! Alles in Ordnung?»

«Ja. Kannst du nach Alejandro sehen? Er ist bewusstlos. Sie haben ihm irgendwas gespritzt.»

«Wo ist er?»

«Dadrinnen.»

Victor verschwindet im Wirtschaftsgebäude. Immer mehr Menschen verlassen den Bus. Lis. Federico. Mercedes. Manuel, der Poet. Fast alle, die auch bei der Party in Federicos Bar waren. Und einige mehr. Dorfbewohner, von denen Felipa viele nur vom Sehen kennt.

Um die 50 Menschen stehen nun auf dem Platz.

«Sie sind Juan Carlos, nehme ich an», sagt Pater Daniel. «Ich bin Pater Daniel. Der Pfarrer der Gemeinde San Antonio in Frigiliana. Wir sind gekommen, um Felipa und Alejandro abzuholen. Und ich möchte Ihnen sagen, wie leid es mir tut, was Ihnen hier als Kind an Unrecht im Namen der Kirche widerfahren ist.»

Eine Frau um die vierzig tritt vor. «Juan Carlos, erkennst du mich? Ich bin Teresa, die Bäckerstochter. Wir waren die ersten zwei Jahre zusammen in der Schule. Bevor sie dich abholten. Erinnerst du dich noch? Du warst nicht immer nett zu mir. Aber ich habe dich trotzdem vermisst, als du plötzlich weg warst.»

Sie umarmt ihn, stellt sich auf die Zehenspitzen und küsst ihn auf die Wange. Er erwidert die Umarmung nicht, steht einfach nur da, mit hängenden Armen, wie erstarrt. Sie schenkt ihm ein letztes Lächeln, dann tritt sie zurück in die Menge, ein Mann nimmt ihren Platz ein, ebenfalls um die vierzig.

«Ich bin Ruben. Mein Vater hatte die Autowerkstatt im Unterdorf. Jetzt ist er alt und krank, und ich führe die Werkstatt. Mein Vater hat dir mal dein Fahrrad repariert, erinnerst du dich? Du hattest kein Geld, und deine Mutter durfte nicht erfahren, dass es kaputt ist.»

Juan Carlos starrt Ruben an wie einen Geist.

Ruben streckt seine Hand aus, wie in Zeitlupe. Aber Juan Carlos erwidert die Geste nicht. Seine Arme hängen am Körper herab, die Hände ballen sich zu Fäusten. Ruben registriert es, lässt sich aber davon nicht beeindrucken. Seine Hand bleibt weiter ausgestreckt. Bis er die Zwecklosigkeit seines Tuns erkennt und die Hand sinken lässt. Er wartet noch einen Moment, unschlüssig, dann reiht er sich wieder ein.

Eine Frau tritt vor, etwa in Felipas Alter, Felipa hat keine Ahnung, wer sie ist, sie hat sie noch nie gesehen. Pater Daniel stellt sich dicht neben die Frau, legt seinen Arm um ihre Schultern, als müsste er sie beschützen. Vor Juan Carlos, vor dem blonden Begleiter, vielleicht auch vor sich selbst.

«Juan Carlos, das ist Carmen. Du kannst sie nicht kennen. Sie ist nicht aus unserem Dorf. Carmen kommt aus Málaga. Sie wollte dich unbedingt sehen. Deine Menschenversuche haben ihre Familie zerstört. Erst hat sich ihre Schwägerin Maria, die für dich gearbeitet hat, aus Verzweiflung in den Tod gestürzt. Würdest du ihren Tod als erfolgreiches Ergebnis der Arbeit deiner Forschungsabteilung bezeichnen? Sie war erst 26 Jahre alt. Daraufhin ist Marias Mutter aus Gram gestorben. Pilar hieß sie. Sie hat den Tod ihrer Tochter nicht verwunden. Und dann mussten auch noch Marias Brüder sterben. Paco und Diego. Sie wurden erschossen. Paco war Carmens Mann. Jetzt wächst der kleine Marco ohne Vater auf. So wie du damals ...»

Carmen reißt sich von Pater Daniel los, macht einen Satz auf Juan Carlos zu und spuckt ihm ins Gesicht. Im selben Moment zieht der Blonde einen Revolver hervor und drückt Carmen den Lauf an die Schläfe, während seine Linke nach ihrem Nacken greift. Er ist schnell, aber Carmen ist schneller, sie ignoriert die Pistole in seiner rechten Hand und beißt ihm mit aller Kraft in die linke Hand. Der Blonde brüllt auf, aus Schmerz oder aus Wut, er schleudert die Frau zu Boden, er senkt den Lauf der Pistole, spannt den Hahn mit dem Daumen, ein Knacken, noch ein Knacken, der Hahn ist nun bis zum Anschlag gespannt, er muss nur noch den Zeigefinger krümmen. Pater Daniel wirft sich schützend über die Frau. Felipa springt dazwischen und baut sich dicht vor Juan Carlos auf. Sie muss zu ihm aufschauen. Aber sie hat keine Angst mehr vor ihm.

«Und jetzt? Willst du uns etwa alle erschießen lassen? Und wenn die Patronen zur Neige gehen ... wollt ihr uns dann der Reihe nach erschlagen? Auch mich? Wirst du es selber tun, oder überlässt du das lieber deinem ...»

«Ihr verschwindet jetzt besser von hier.» Seine Stimme ist nur ein Flüstern, nur für ihre Ohren bestimmt. «Bevor ...»

«Nein, falsch. Du verschwindest jetzt, und wir bleiben», unterbricht sie ihn laut und deutlich und für alle vernehmbar. «Wir haben noch was zu erledigen hier. Mein Bruder liegt nämlich dort drüben auf dem Friedhof begraben. Er ist vor vielen Jahren gestorben. Er ist schon lange tot. Juan Carlos hieß er. Die aus Frigiliana angereiste Trauergemeinde wird jetzt zum Friedhof gehen und Abschied von ihm nehmen. Dein Name ist John Carlsberg. Du hast keine Vergangenheit. Wir kennen dich nicht. Wir haben nichts mit dir zu schaffen. Verschwinde jetzt. Verschwinde für immer aus unserem Leben!»

Nachwort des Autors

Ich widme meinen Roman den mehr als 150000 jungen Menschen in Manila, die Tag für Tag in Handarbeit, im Akkord, in drei Schichten rund um die Uhr im Auftrag der internationalen IT-Konzerne die sogenannten sozialen Medien von digitalem Giftmüll befreien. Die «Cleaners» in den Löschfabriken der philippinischen Hauptstadt ruinieren für drei US-Dollar Tageslohn ihre seelische Gesundheit, damit die Seelen europäischer und amerikanischer Nutzer keinen Schaden nehmen.

Die Idee zu diesem Buch entstand lange vor der Coronakrise, ebenso die Entwicklung der Dramaturgie, der Figuren und der Schauplätze. Auch war die erste Rohfassung des Manuskripts bereits zur Hälfte geschrieben, als die Pandemie die Welt auf den Kopf stellte. Die Geschichte des Romans ist im Frühjahr/Sommer 2019 angesiedelt. Meine Figuren wären im Jahr darauf aufgrund des harten Lockdowns in Spanien weitgehend zur Bewegungs- und Handlungsfähigkeit verdammt gewesen. Ein dramaturgisch nicht zu lösendes Problem.

Das Virus wird daher in dieser 2019 spielenden Geschichte mit keinem Satz erwähnt. Aber die Pandemie sowie die Ereignisse am Ende der Präsidentschaft Donald Trumps haben erneut und verstärkt die Bedeutsamkeit des Themas vor Augen geführt: der alltägliche Missbrauch der sozialen Netzwerke im «postfaktischen Zeitalter», wie Angela Merkel unsere Gegenwart beschrieb, als Brandbeschleuniger zur Polarisierung und Fragmentierung der Gesellschaft durch Misstrauen, Verachtung und schließlich Hass, als effizientes Instrument zur Empörungsbewirtschaftung, als Werkzeug der Desinformation und der Manipulation – zum Beispiel zur Inszenierung von Verschwörungserzählungen wie etwa jene, dass Bill Gates das Virus erschaffen habe, um uns allen einen Chip unter die Haut pflanzen zu können.

Ein Forscherteam um Kathleen M. Carley, Spezialistin für dynamische Netzwerkanalyse und Professorin an der Carnegie Mellon University in Pittsburgh/Pennsylvania, hat 200 Millionen Tweets aus dem Coronafrühjahr 2020 empirisch unter die Lupe genommen. Ergebnis: Mehr als die Hälfte jener Twitter-Stimmen, die eine gesundheitliche und lebensbedrohliche Gefahr durch das Virus leugneten und für ein sofortiges, bedingungsloses Wiederhochfahren der gesamten US-amerikanischen Wirtschaft plädierten, wurden von sogenannten Bots verbreitet. Also von selbständig arbeitenden Robotern.

Und noch ein Ereignis hat zu der Zeit, in der dieser Roman spielt, noch nicht stattgefunden: Mehr als tausend bisherige internationale Facebook-Werbekunden schlossen sich einem Boykott unter dem Motto *Stop hate for profit* an.

Ich danke euch für eure klugen Gedanken und für euer vielfältiges Wissen, das ihr bereitwillig mit mir geteilt habt: Thorsten Adelt, Volker Bahmann, Ulrich Bumann, Sarah Houtermans, Christina Hucke, Helga Kaes, Sarah Kaes, Pablo Kaes, Alessandro Moretti, Wolfgang Pichler, Britta Röös, Andreas Schencking, Philipp Seehausen, Georg Simader, Lisa Volpp, Peter Weber.

Weitere Titel

Das Lemming-Projekt
Endstation
Spur 24

Kommissar Morian ermittelt

Todfreunde
Die Kette
Herbstjagd
Das Feuermal